劍來

第二部 四 人間多不平

烽火戲諸侯 著

高寶書版集團

◆目錄◆

第一章　天真

小道童起身走出蒲團，將那卷道家典籍捲起來，輕輕拍打手心，看著失魂落魄的少年，這位能征善戰卻在浩然天下名聲不顯的天君，便有些高興。

多半是跟那個惹人厭的姑娘分手了吧？

小道童難得安慰人，盡力擠出一張自認慈祥、真誠的臉龐，笑咪咪道：「那樣的臭丫頭脾氣太差，性子太冷，也就模樣好一點，家世好一點，資質好一點，前程好一點……你喜歡她做甚？所以說嘛，分開就分開了，你瞧瞧這倒懸山，街上隨便一抓一大把的溫柔姑娘，瞧那腰肢細的，跟一條條醃白菜似的，最不稀罕了。你看上了哪個？我幫你。」

陳平安無奈一笑，沒有附和，這種法力通天的人物，就不要招惹了。

跟嬉皮笑臉的小道童，陳平安只是不缺禮節地告辭離去，至於那個抱劍漢子，只要是大白天，依舊萬年不變地在打瞌睡，陳平安便沒有打攪人家的白日美夢。

寧姚之前提起過這位，十三之戰，此人出戰第九場，輸了，而且是輸給一位不過百歲的十二境大妖，輸得極為可惜。那個手握仙兵的年輕大妖橫空出世，一戰成名，其名號傳遍劍氣長城以南的那座天下，抱劍漢子則來此受罰，在倒懸山畫地為牢。

抱劍漢子屬於散修劍仙，五百歲高齡，在劍氣長城卻沒有開枝散葉。傳聞他在中五境之初，有過一個修為平平的道侶。她戰死沙場後，這位劍仙在之後的漫長歲月裡，就再沒有迎娶過任何一個女子。他跟誰的關係都不錯，但跟誰都算不得關係最好。

修道之人，尤其是上五境鍊氣士，子嗣一事既大又玄，尤其是女子想要登仙證道，需要早早斬赤龍，所以生育頗為不易，而且兵家之外的鍊氣士不太願意沾染太多俗世因果。除非把握極大，能夠誕下資質極好的修道胚子，否則生育一事，就會一直擱置下來，只等機緣。

不然在山上的仙家門第，如何安置那些平庸如凡俗夫子的子孫後代？養雞犬不成？若是這些資質差、眼界卻高的可憐蟲，願意安分守己，一心等死也就罷了，可事實上，在歷史上他們惹出的滅門禍事，不勝枚舉。而且哪怕修道之人願意對這些子孫給予耐心和親情，可一場場白髮人送黑髮人的無奈離別，到底是傷心事。

富貴綿延，香火傳承，是自家事；證大道，修長生，是自己事。

寶瓶洲大驪王朝上空的驪珠洞天，雖然是三十六小洞天裡占地最小的一座，方圓千里而已，可它卻備受矚目，其原因就在於這座小洞天的人物，資質之好，匪夷所思，尋常市井男女成親生子，就有望誕下洞天之外兩位地仙眷侶苦心孤詣的結果。

陳平安回到鸛雀客棧，得知桂花島已經返航。陳平安向年輕掌櫃詢問去往桐葉洲中部的渡船有哪些，大致是在倒懸山哪個方向的渡口。

年輕掌櫃世代扎根倒懸山，對此如數家珍。桐葉洲的海域風急浪高，天然不適合渡船航行，桐葉洲南方地帶極為閉塞，跨洲渡船的渡口幾乎都在北方，北方桐葉宗之所以能夠壓過南方玉圭宗一頭，與此有關。

年輕掌櫃向陳平安推薦了一艘在海底航行的吞寶鯨渡船，由倒懸山上香渡登船，直達桐葉洲中部的扶乩宗。

吞寶鯨在一旬後起航，陳平安就在鸛雀客棧訂了一間屋子。

年輕掌櫃坐在櫃檯後打著算盤，瞥了眼少年背影，有些疑惑，背劍還是背劍，怎麼木匣沒了，還多出了一把陌生的長劍？他搖搖頭，不再多想，反正在倒懸山奇怪事太多了。

這不，前不久就有個中土神洲的少年，其武道破境的契機，竟是一步從劍氣長城跨入倒懸山的瞬間，他引發了從未有過的天地異象，使得鏡面大門出現劇烈震盪，以致坐鎮孤峰的大天君都不得不親自出手，才壓下大門的駭人動靜。

還有一撥海上甘霖宗的女子仙師，帶來了無數具蛟龍之屬的屍體，在倒懸山大賺了一筆。蛟龍真君是出錢最多的一個，他購買了大量的金銀兩色蛟龍之鬚，以致於跟人賒帳無數。沒有人覺得這位真君是傻子，因為如此一來，那把本就屬於半仙兵中佼佼者的拂塵，現下多半已經趨近於仙兵。

甘霖宗的修士當中還有一名年輕男子，這名剛剛入贅甘霖宗的幸運兒，不但被大名鼎鼎的甘霖宗滂沱仙子相中為道侶，而且被甘霖宗祖師勘驗出極佳的修道資質，隨後又得一位享譽南海的雨霖仙子垂青，與其結為夫妻。兩位有望躋身地仙的金丹境仙子共侍一夫，如此良緣，羨煞旁人。

修行路上，命好與命不好，實在是雲泥之別。

陳平安這趟去往劍氣長城，到了城頭就沒挪過窩，在那邊的時候，總覺得很多話可以慢慢說，等到被丟回倒懸山，才發現已經來不及說了。

他愁歸愁，也談不上多傷心，擔心倒是有很多。

陳平安領著鑰匙來到住處，其實沒有什麼東西可放，一把劍，背著，一只養劍葫蘆，掛著，除此就沒什麼外物了。在年輕掌櫃的建議下，陳平安很快就離開房間，去往客棧附近的商鋪購買必需品。

一部講述浩然天下風土概況的《山海志》——這是仙家書籍，一頁之上，能夠記載十數幅圖畫和三、四千字，畫面與文字如水似雲，緩緩流轉；還有一本介紹桐葉洲雅言音律的書籍、一本介紹中土神洲大雅言的書籍。陳平安可不希望到了桐葉洲後，從頭到尾都沒辦法跟人交流。雖說桐葉洲與寶瓶洲的情況大致相似，王朝藩國之間，多有官話和方言，可學會一洲山上仙門與王朝廟堂通用的雅言，勢在必行。

倒懸山的物件，尤其是法寶靈器，幾乎不存在走運撿漏的可能性，這裡的鍊氣士修為高，眼力毒，而且這些物件往往價格昂貴，要高出其他地方不少，但是有一點很好，就是幾乎沒有什麼假貨。有本事在這裡開店的商家，幾乎都是千百年的老字號，不存在什麼一錘子買賣，因此格外珍惜招牌名聲。

既然兜裡有錢，暫時又沒有什麼錢生錢的法子，總不能把錢放著發霉，陳平安就想著為林守一和謝謝兩人，分別購置一件實用的靈器，貴一點也不怕。至於小寶瓶、李槐和于祿，則不需要為他們購置，前兩者都不算修行中人，年紀還小，于祿則跟自己一樣是純粹武夫。

陳平安買了書之後，就去往靈芝齋。他第一次跟金粟來此遊覽時，走馬觀花，看得不夠仔細。這次陳平安有了目的，就更加明確，價值連城或要求鍊氣士有一定境界的法寶看也不看一眼，陳平安希望找一樣修行雷法的道書或是靈器，要不然就是當初張山峰機緣巧合之下獲得的甘露碗，能夠日積月累地幫助修行之人收集天地靈氣。

哪怕縮小了範圍，陳平安還是看花了眼。他在靈芝齋仔仔細細、來來回回，足足轉了半天，心裡大致有了想法，挑選了十數樣心儀之物，才返回鸛雀客棧，晚上再思量、權衡一番，明天應該就可以入手了。這些物件有一部旁注為孤本的雷法道書，有兩種洗髓伐骨的上品丹藥，一種出自扶搖洲玄素宗，一種出自婆娑洲香爐山，都是道家丹鼎一脈的名門大派，靈器則有七、八樣。

其間陳平安無意中瞥見三顆兵家甲丸並排放在一只木匣內，按照旁邊的文字注釋，這就是古榆國國師披掛的那種神人承露甲，但是品相要高出極多，而且三顆甲丸能夠同時穿戴於一人之身，披甲之人卻不會有絲毫累贅之感，防禦力之高，可想而知，就是價格太嚇人——三萬枚雪花錢！

一枚雪花錢大致等價於千兩紋銀，一顆小暑錢相當於一百枚雪花錢，一顆穀雨錢等於十顆小暑錢，這就是山上神仙交易錢幣的「千百十」規矩。

陳平安記得當初打醮山鯤船的鎮船之寶，好像也不到這個價格，更何況其中兩枚甲丸都存在著略有破損的情況，修復得並不完善，稱不上「無瑕」。這還遠遠不是靈芝齋最貴的法寶，許多仙家法寶，乾脆不用雪花錢或是小暑錢標價，而是用上了穀雨錢。

有個琉璃櫃中，漂浮著一根帶著火焰的金黃色羽毛，沒有任何旁注，標價一百穀雨錢。

某些一看就寶光四溢或是瞧著極其不起眼的貨物，連標價都省了，只寫了「面議」二字，讓陳平安看得直牙疼。

這天晚上，陳平安決定了最終要買的兩件東西：那部靈芝齋自稱「世間孤本，可惜殘缺數十頁，否則無價」的雷法道書，送給林守一；還有一副無法恢復成甲丸狀態的神人承露甲。其實兩物的價格都大大超出了陳平安的預期，幾乎相當於法寶的價格。

陳平安想好了之後，就不再猶豫。

臉色微白的陳平安開始走樁練拳。

他不是心疼錢才臉色這麼差，而是因為背負著那把老劍仙暫借十年的長氣，被絲絲縷縷的劍氣不斷滲透神魂。背著這把劍時間久了，就要大吃苦頭，有點類似崔姓老人的神人擂鼓式，重在累加。

陳平安發現十八停運氣法門，比起楊老頭傳授的吐納之法，可以在更大程度上，幫他與這些「凍人心脾，洗涮魂魄」的劍氣相抗衡，不過還是很辛苦難熬。

這種很熟悉的痛感，反而讓陳平安感到心安。

第二天，陳平安去靈芝齋購買了這兩件東西，一手交錢、一手交貨，沒有任何意外。

唯一的意外，是錢貨兩清後，靈芝齋額外送了一枚羊脂美玉小件，上面雕刻著白牛銜靈芝。

靈芝齋的人說今天是一位掌教祖師爺的誕辰，靈芝齋每逢佳辰，都會給一些花錢足夠多的貴客，贈送一件小禮物。只是這件小禮物是後天靈器之中最便宜的，屬於富貴門庭的案頭清供，讓人隨手把玩而已。

陳平安也發現今天的客人明顯比昨天更多，某些在長輩護送下離開靈芝齋的孩子，手中確實有類似白玉靈芝如意的把件，心中便釋然了。

陳平安回到鸛雀客棧。

夜幕沉沉，在陳平安走樁的休息間隙，傳來一陣輕輕的敲門聲。

他轉頭望去，輕聲問道：「誰？」

門外有男人以劍氣長城的方言笑道：「拴馬樁上看門的那個，寧丫頭要我給你捎個口信，順便給你帶一樣東西。」

陳平安猶豫了一下，上前開門，然後悄無聲息地後退數步。

好在的確是那位抱劍漢子，容貌可以掩飾，但是那份劍氣的獨有意味，作不得假。

男人這次前來，沒有捧劍，他看到陳平安的疑惑眼神，笑道：「既然職責是看門，總得留點東西在那邊，所以人來了，劍放在了拴馬樁上邊。」男人是直爽性子，他丟給陳平安一只比拳頭略大的小包裹，「寧丫頭送你的。你可以在倒懸山稍等一段時間。你不是有兩根金色蛟鬚嗎？我可以找人幫你製成一根不錯的縛妖索。你要是不願意等，我就省去一樁人情了。」

男人自顧自坐在桌旁，給自己倒了一杯茶，「再就是寧丫頭找人問過了，那件金色法袍挺值錢的，是一件品秩極高的法袍，尋常的陸地神仙也難求。它名為『金醴』，是一位龍虎山天師府貴人的珍稀遺物。他與家族決裂之後，與世隔絕，仙逝於孤懸海外的南方島嶼，金醴被散修僥倖獲得，最後被蛟龍溝的那頭老蛟強取豪奪。你穿在身上，肯定會合身的，畢竟是實打實的法袍，大小寬窄，能夠因人而異。拿出來吧，我幫你施展一點小術法，金燦燦的，太扎眼。」

陳平安這次沒有任何猶豫，直接從方寸物拿出了金色長袍。抱劍漢子打了個響指，然後粗略地向陳平安解釋了一下。男人所施展的障眼法，與魏檗給陳平安的養劍葫蘆所施的障眼法差不多，依舊是地仙以下的鍊氣士看不出端倪。當然如果遇上生死之戰，法袍會自然而然地庇護陳平安，誰也不是傻子，肯定會發現蛛絲馬跡。

男人離開的時候，拿走了那兩根金色蛟龍長鬚。

陳平安關上門，輕輕打開那個棉布小包裹，裡頭是一塊長條形的斬龍臺，大小與手掌相當，關鍵是上邊正反兩面都刻了字——天真、寧姚。

這自然是唯有大劍仙才能造就的大手筆，多半是寧姚爹娘精心打造的，作為禮物送給小時候的女兒。

寧姚長大之後，有一天，她遇上了喜歡的少年，便送給了心愛的少年。

陳平安就在鸛雀客棧安靜等待，離開了劍氣長城那處無法之地，打拳又變得輕鬆起來，他不知不覺就打完了最後八千拳。

這一天，陳平安停下最後一次拳樁，默默坐在桌旁，掏出一枚翠綠可愛的小竹簡。這枚竹簡跟其他竹簡不一樣，沒有刻上雋永優美的詞章，而是陳平安用作計數的小道具，何時十萬拳，何時二十萬拳，何時五十萬拳，上邊都記得一清二楚。

陳平安伸出手指，細細摩挲著上邊的一道道刻痕。有一些是一千拳甚至是數百拳的計數刻痕，那些時候，往往是陳平安心情最為煩躁的時期，比如在那座破敗古寺與齊先生分別之後，比如桂花島那場浩劫之後等等，總之，心不靜時的練拳，哪怕出拳走樁再多，陳平安都不會將其計入一百萬拳之列。

就這樣，一百萬拳了。

平平淡淡，四境還是四境，陳平安還是陳平安。

陳平安收起那片竹簡，這位老夥計就算解甲歸田了。他揀選出一片嶄新的青神山竹簡，打算下一個百萬拳，就刻在它上邊。

窗外的陽光溜進了屋子，像一群不愛說笑的稚童，玩累了之後，它們便懶洋洋趴在桌上、地上、少年的肩頭。陳平安安安靜靜坐在原地，什麼都不去想，或者想了些什麼卻不用記住，也挺好的。

一陣熟悉的敲門聲響起，陳平安立即回過神，這次他沒有問是誰。有關那名抱劍漢子的一切，陳平安都記得很清楚，說話腔調，面容神色，劍意氣概，哪怕是敲門聲這種無關緊要的細節，陳平安都沒有放過。出門在外，小心駛得萬年船，這份謹慎的重要性，一點都不比拳法低。

陳平安起身開門，果然是那位喜歡打瞌睡的劍仙。他進了屋子，將一根細軟的金色繩索放在桌上，笑道：「以老蛟長鬚製成的縛妖索，是名副其實的法寶了。我找了倒懸山一位道家符籙派的世外高人，他截留了兩段拇指長短的蛟鬚，象徵性作為報酬，事實上他製造此索所耗費的天材地寶，肯定比這點損失要多出許多，光是從一份青詞奏章上小心剝落的三朵雲紋，就不比這兩截蛟鬚差。之所以說這些，不是跟你邀功，有一說一罷了，歸根結底，還是寧丫頭的面子。」

陳平安一直沒有落座，拱手抱拳道：「多謝劍仙前輩。」

抱劍漢子擺擺手，指了指金色的縛妖索道：「粗略煉化之後，心意所至，中五境妖族都難逃束縛，只不過面對金丹、元嬰兩境，這根繩子支撐不了多久。縛妖索之所以流傳天下，尤其是品相高的縛妖索最被雲遊四方的鍊氣士鍾愛，就在於它與龍王簍差不多，一招克敵，屬於『一招鮮，吃遍天下』的上等法寶。」

漢子突然發現陳平安臉色古怪，問道：「怎麼了？」

陳平安汗顏道：「我不知如何煉化法寶。」

漢子氣笑道：「陳平安，你是在說笑話，還是覺得我好糊弄？你那只養劍葫蘆裡的兩把飛劍，若非煉化圓滿……」漢子不愧是劍氣長城屈指可數的劍仙，臉色凝重起來，看了一眼陳平安腰間的養劍葫蘆，點點頭，不再計較此事，更沒有刨根問底，直截了當道，「那我傳你一道煉化法寶的通俗口訣，放心，不用承我的情，這門口訣在劍氣長城是爛大街的貨色，你就當是買一送一。以此訣煉化器物，好處是上手容易，壞處就是以此口訣煉化的縛妖索，一旦被地仙強行擄走，很容易削去你布置的禁制，成了別人的囊中之物。」

漢子笑道：「所以，以後遇上浩然天下的高強妖族，能跑就跑，乾脆不要拿出此物，別想著靠它退敵，免得當了送寶童子。好了，我不能多待，我以心聲傳授你口訣和一些注意事項，如果一遍記不住，我可以多說兩遍。」

陳平安點點頭，心湖漣漪微漾，劍仙的醇厚嗓音在心頭緩緩響起，陳平安默默記下。

男子問道：「記住了幾成？」

陳平安老老實實道：「都記下了，但是懇請劍仙前輩複述一遍。」

男子笑道：「你小子倒是個不客氣的。」

男子倒是沒覺得絲毫麻煩，反而對陳平安的這種直爽有些欣賞，便再說了一遍口訣。比起第一次，還多講了點他自己的心得，這些心得自然是高屋建瓴的見解。陳平安當下肯定體悟不出，只能死記硬背。

男子不是拖泥帶水的人，說完了口訣，便起身離去。

他走出屋子之前，對陳平安說道：「寧丫頭這一代人，資質實在太好，好到了讓所有老頭子做夢都能笑開花的地步，而且不是三、五個人，是多達三十餘人，所以那座天下肯定不會坐以待斃。贏了我的那個年輕大妖，名頭很大，但他未必就是百年之內妖族最強的天才。這幾百年來妖族一場場攻勢過後，我發現有一點很奇怪，那就是妖族那些稍稍遜色於寧丫頭的修道天才，好像一個個都躲了起來，這很不合理。所以我有些擔憂，總覺得蠻荒天下在謀劃著什麼大事，十三之戰，不過是序幕罷了。」見陳平安聽得認真，男子自嘲道：「跟你說這些，似乎沒什麼用。你聽過就算了。」

陳平安執意要把這位前輩劍仙送到鸛雀客棧的門口。到了客棧外邊的巷子，劍仙無奈道：「剛說過你不客氣，現在就客氣上了，那我也就不客氣了。」劍仙化作一道虹光拔地而起，去往孤峰山腳，磅礴無匹的劍氣瞬間遠去。

陳平安有些頭疼。客棧那邊，幾個客人面面相覷，年輕掌櫃站在櫃檯後邊，劈裡啪啦地打著算盤，看似漫不經心，其實嘴角帶著笑意。自家客棧的客人來歷非凡，肯定不是壞事嘛，蓬蓽生輝，能長臉的。

陳平安走回客棧的時候，那幾位在倒懸山算不得出眾的山上神仙，哪怕客棧大堂足夠寬敞，仍是下意識地主動為陳平安讓出道路。陳平安只好假裝什麼都沒有看到，回到了屋子，開始憑藉那位劍仙傳授的口訣煉化縛妖索。和畫符一樣，他依舊無法長久駕馭這件上品法寶，一切只在純粹武夫那口真氣的「一鼓作氣」。

氣長則力大。

不同於製成一張符籙，對長生橋崩碎的陳平安而言，使用縛妖索要更加棘手，好在躋身第四境之後，換氣更加隱蔽迅速，新舊交替，遠遠快過之前的三境。對付中五境中的洞府、觀海和龍門三境的妖族，可以將縛妖索作為壓箱底的撒手鐧，出其不意，禁錮住對手之後，然後在最短時間內給予敵人殺傷力最大的拳法。

當然，縛妖索對所有鍊氣士都有用，只不過對付妖族效果更佳而已。

陳平安花了足足三個時辰，才一點點煉化縛妖索，大功告成之際，他早已大汗淋漓，好在屋內有那張屢試不爽的祛穢滌塵符，替他省去了許多麻煩。

陳平安摘下養劍葫蘆，把它放在桌上，然後對著它發呆。

關於那場十三之戰，寧姚說得全無保留，雲淡風輕。

陳平安便聽著她說，一點都不敢多問，還要裝著只是聽一個蕩氣迴腸的故事而已。

寧姚當面跟他說：「爹娘走了，我很傷心，我只是想著親手殺敵，報仇而已，不會多想，你也不用多想。」說完這些話，寧姚仰頭喝著酒，一手輕輕捣住心口。

在陳平安心中，寧姚的鋒芒，在那一刻，遠遠比頭一次見她御劍時更耀眼。

唯一能夠媲美的，是在家鄉小鎮，寧姚雙指併攏，抵住眉心，一絲金黃色光亮從眉心滲出，如開天眼，她揚言要斬開驪珠洞天這座天地，差一點就要祭出她的本命飛劍。

所以陳平安決定要練劍，要成為大劍仙。

終有一天，他要在劍氣長城的南方城頭上，刻字。

陳平安深呼吸一口氣，收起養劍葫蘆，將其別在腰間。

其實最近陳平安都不喝酒了，既然決定練劍，而且已經有了一部《劍術正經》，身後還背著一把老劍仙暫借給他的長氣，陳平安便開始認真思量此事，甚至比起當初決定要練一百萬拳，還要來得鄭重其事。

陳平安站起身，閉上眼睛，繞著桌子緩緩踱步。

劍修用劍，江湖劍客也用劍，但是兩者有著天壤之別。

當初牽走毛驢的風雪廟魏晉，其一劍風采，陳平安記憶猶新。

問鼎一國江湖的梳水國劍聖宋老前輩也好，死在馬苦玄手上的彩衣國劍神也罷，無論他們劍術再高，江湖名頭再大，還是無法抗衡山上鍊氣士，尤其是劍修。

之前陳平安之所以想要去往俱蘆洲歷練，就是因為聽說俱蘆洲的江湖劍客，其劍術造詣比起寶瓶洲的江湖劍客要更高，高出極多。在那邊，劍客如雲，哪怕他們是山下的純粹武夫，一樣能夠跟鍊氣士掰掰手腕。

要成為劍仙，需要成為劍修；想成為劍修，先要有一座長生橋。舊的修復不成，而且修復了也成就有限，那就搭建一座新的，如何下手？去桐葉洲找那座東海觀道觀，找一個如今甚至還不知姓名的老道人。老道人既然能夠被老劍仙念叨，想來肯定是一位相當了不得的老神仙，他見與不見自己，還兩說。

陳平安圍著桌子繞了一圈又一圈，有次不知不覺便摘下了養劍葫蘆，差點就要喝酒，好在酒香撲鼻，沁人心脾，無形中提醒了陳平安，他趕緊將養劍葫蘆別回腰間。

老劍仙的那把長氣，到了桐葉洲後，可以為陳平安指出一個大概方向，所以陳平安才選擇在桐葉洲中部地帶登陸，先確定南北，然後一路追尋。

在陳平安思量桐葉洲之行的細節之時，一對夫婦來到鸛雀客棧，說是要找陳平安，他們與少年是舊識。

倒懸山上，傷人即死，這條規矩很管用，雖然也有諸多高深祕法可以僥倖瞞天過海，可一經查實，哪怕是百年前的舊案，倒懸山師刀房道人甚至蛟龍真君，仍會親自出馬，所以倒懸山始終是難得的太平清淨之地。

年輕掌櫃領著夫婦二人來到陳平安房間的廊道，指了指方向，沒有繼續跟隨。

婦人與他道謝，年輕掌櫃笑著說應該的，然後就放心離開，只是在拐角處，年輕掌櫃忍不住回望了一眼，夫婦二人相貌平平，氣質溫和，年輕掌櫃搖搖頭，不再多想。

在陳平安的房間門外，男人埋怨道：「直接在這小子的屋裡出現，不就行了？何必這麼麻煩？」

婦人瞪眼道：「哪能半點禮數不講，閨女已經是那樣的性子了，還有一個你，如果我也是，真當陳平安是泥菩薩啊，誰都能欺負一下？怎麼？就因為閨女運氣好，找了這麼好的一個孩子，就覺得什麼都是天經地義的了？」

男人氣呼呼道：「就妳看他最順眼了！他找了咱們寶貝閨女，運氣不更好？要是有祠堂，趕緊燒一百支高香都不為過。」

婦人也是個執拗性子，一聽男人說這話，便停下敲門的動作，決定好好跟自己男人掰扯掰扯，省得進了屋子後亂說話，更難收拾。

自己男人糙，不愛講究這些，可她一個婦道人家，哪能毫不在乎。

男人趕緊認錯：「行行行，都聽妳的。」

婦人狠狠瞪了眼自己男人，後者無奈道：「真知道錯啦。」

婦人這才輕輕敲門，柔聲問道：「陳平安？」

屋內陳平安一下子緊張得無以復加，額頭滲出汗水，應聲道：「等一下啊，我馬上就出來。」

片刻之後，少年打開門，他換了一身衣衫，穿了那件金色法袍，他還脫下了萬年不變的草鞋，換上了一雙嶄新靴子。

先前背著的長氣，已經被他擱在桌上，腰間沒了養劍葫蘆，桌上也沒有，竟是被少年給藏了起來。

婦人和男人相視一笑，看來是猜出他們的真實身分了。

夫婦二人跨過門檻，陳平安輕輕關上房門，然後問道：「要喝茶嗎？」

婦人落座後，笑著搖頭，然後指了指一張凳子，說道：「陳平安，你也坐。之前在敬劍閣那邊我們夫婦二人遮掩面貌，是不得已而為之，畢竟倒懸山不是劍氣長城，有自己的規矩，希望你能理解。」

陳平安在桌對面正襟危坐，使勁點頭，雙拳緊握，放在膝蓋上。

男人斜眼瞥著拘謹萬分的少年，越看越來氣，這麼不大氣、不瀟灑，怎麼看都配不上自己閨女，結果男人給婦人狠狠踩了一腳，他只好眼觀鼻、鼻觀心，一切交由婦人。

在婦人撤去障眼法後，男子也照做，兩人露出真容。

女子絕色，男子英俊，大概這才是真正的神仙眷侶，才會有寧姚這樣動人的女兒。

婦人看似多此一舉地介紹自己：「你應該已經知道了，我是寧姚的娘親，他呢，是寧姚她爹。我們兩人其實早就已經戰死在劍氣長城以南，但是我們的殘餘魂魄被老大劍仙挽留，雖然與劍氣長城風俗相悖，可是人都死了，還在乎這些做什麼，一輩子打打殺殺，死了之後為自己『活』上一次，應該不算過分，畢竟當時寧姚還小……」說到這裡，婦人便說不下去了。

男人只好順著她的言語，接著說下去：「寧姚第一次離家出走，回來之後，我們就知道出了問題——」婦人輕輕咳嗽一聲，男人只好改變措辭，「就知道了你。當時其實我們閨女還沒想明白，後來她知道你要幫忙送劍到倒懸山，她有事沒事的時候，就會等你。」

獨自一人，坐在那座斬龍臺上，看得男人心裡直難受。

男人猶豫了一下，臉色談不上半點和煦：「你真的能不辜負寧姚嗎？你應該知道，寧姚跟尋常女子，很不一樣，方方面面都是如此。」

陳平安雖然緊張得汗水直流，仍正色道：「我想過，最壞的結果是寧姚以後會後悔，會喜歡別的人，如果那個人對她比我對她更好，我就不再見寧姚了。如果寧姚一直喜歡我的話，我會努力，下次見面，我不會再像這次這樣，只能成為她的負擔。不管她是在北邊的城池裡，是在劍氣長城的城頭上，還是在更南方的戰場上，我都會在她身邊，盡我最大的努力，保護她。」

陳平安額頭的汗水模糊了他的視線，他趕緊擦拭了一下，繼續說道：「兩個人相處，剛喜歡一個人時，可能會覺得她所有都好，但是以後在一起了，就要學會喜歡她的不好，這個道理，我是知道的。我很小的時候，爹娘也會吵架，但是從來不會當著我的面吵，吵完架之後，我爹也會在院子裡悶著，第二天，兩人就好了。雖然我一直覺得我的爹娘是天底下最好的人，但是天底下哪有什麼都好的人。我會努力知道什麼是對錯，什麼是好的，什麼是不好的，然後把最好的，留給寧姚。」

男人一臉呆滯。

話都給你小子說完了，我說啥？還有，你陳平安才多大一人，怎麼這些道理你都懂？

婦人抬起手，用手背擦了擦眼眶，然後柔聲笑道：「陳平安，小時候過得很苦吧？」

陳平安猶豫了一下，點了點頭，沒有說話。

可是他忍著忍著，憋了半天，還是再次皺起了臉，兩邊嘴角往下壓，顫聲道：「娘親走的時候，苦死了，我那會兒年紀太小，我能做的事情太少了，娘親還是走了。」

上山採藥、典當家裡的東西、燒飯做菜、挑水、煎藥、去神仙墳偷偷祈福、在背簍裡放好大一捧野果，大半夜為娘親掖好被角，問她今天好些了沒有……

沒有用，都沒有用。

陳平安只說了這麼一句話，就不再說什麼。

那是一句否定當初自己的蓋棺論定——年紀太小，做得太少。

婦人低下頭，再次抬起袖子，男人嘆息一聲。

苦難一事，世間何其多，有何奇怪？任何一個身世坎坷的孩子，誰缺這個？可奇怪之處在於「吃苦」二字，怎麼一個吃法。

人間苦難，不消說也，說不得也。

婦人輕輕吐出一口氣，抬起頭，擠出一個笑臉：「陳平安，以後寧姚就交給你照顧了，她有不對的地方，你是男人，一定要多擔待。」

陳平安顫聲道：「你們要走了嗎？你們走了，寧姚怎麼辦？」

婦人站起身，微笑道：「寧姚是知道的，她都知道，所以你不用擔心。我不是因為我是寧姚的娘親，才說她的好，而是你陳平安喜歡的姑娘，是真的很好呀。」

陳平安只能點頭。

婦人轉頭望向一同起身的男人：「有話要說嗎？」

男人點點頭。

婦人善解人意道：「那我去外邊等你？」

男人「嗯」了一聲，婦人走出屋子，在廊道拐角處站著。

男人望向少年，沉聲道：「陳平安！」對陳平安一直不冷不熱的男人驀然笑了起來，他繞過桌子，伸出寬厚手掌重重拍在少年肩膀，然後收起手，後退一步，依舊抬著手掌，手心朝向陳平安。

陳平安愣了一下，趕緊伸出手，和男人擊了一掌。

男人重重握住少年的手掌：「陳平安，以後我女兒寧姚，就交給你照顧了！能不能照顧好？」

陳平安大聲哽咽道：「死也能！」

男人鬆開手，笑道：「什麼死不死的，都好好活著。」

男人上上下下打量了一眼陳平安，滿意道：「嗯，配得上我女兒。」

男人轉過身，大踏步離去，陳平安想要相送，但是男人已經抬起一手，示意陳平安不用跟隨。

男人始終沒有轉身，緩緩走向門口，笑道：「下次到了劍氣長城，讓寧姚帶著你去給我們上個墳，敬個酒，報個平安。」

男人跨過門檻後，突然轉過頭，笑道：「喝酒怎麼了，藏什麼酒壺，世間最瀟灑的劍仙都愛喝酒。」男人伸出拳頭，蹺起大拇指，指向自己，「比如你老丈人我！」

陳平安一直站在原地。

上香樓那邊的渡口，今天會有一艘去往桐葉洲的吞寶鯨渡船起航。

陳平安在前往渡口之前，先去了趟孤峰山腳，因為沒有倒懸山的入關玉牌，只是在圍欄外遠遠看了眼那道大門，嘴唇微動，似在自言自語。

坐在拴馬樁上的抱劍漢子，大白天還是在打瞌睡，只是喃喃自語，又說了三個字，相較於第一次，將「近」字改成了「遠」字。

少年臨近此門，即是劍氣近；少年遠離倒懸山，即是劍氣遠。

今天的泥瓶巷少年，一襲雪白長袍，背負長劍，腰別養劍葫蘆，風姿卓然。

少年，思無邪，最是動人。

老龍城，風雨欲來。

大姓之一的方家如臨大敵，因為好像有個成事不足、敗事有餘的家族子弟，禍害了一名市井少女。

方家有錢，也願意花錢，如果是用錢就可以解決的麻煩，無論大麻煩還是小麻煩就都不是麻煩。可問題在於這名暴斃的少女跟灰塵藥鋪有點關係，藥鋪是范家的產業，更大的問題在於這麼點淡薄關係，有人還當了真、較了真，而這個人，是范家很看重的貴客。

方家與他們世代交好的侯家和丁家，這三家之間，最近來往緊密，走動頻繁。

迎娶了雲林姜氏女子的老龍城苻家，迎來送往，忙得很，根本懶得理會這種破爛事。

至於年輕人孫嘉樹當家做主的孫家，對此袖手旁觀，大概是想要隔岸觀火。

孫氏祖宅，孫嘉樹剛剛得到一封密信：當年幫著丁家續命的那位桐葉宗修士，今天帶著那名丁氏女子重返老龍城。此人在桐葉宗地位尊貴，其隨行扈從當中，就有一名元嬰境地仙，更何況此人本身就是地仙之一。傳言那個姓方的紈褲子弟之所以如此橫行無忌，是因其祖上結識了一位大修士，至於是誰，姓方的也好，他父親也罷，都不敢明說。

幾乎所有人都覺得大局已定。

孫嘉樹如今喜歡上了釣魚，他釣魚的地點就是當初陳平安垂釣的地方。只要沒有太要緊的家族事務，孫嘉樹經常忙裡偷閒，來這裡坐一坐。

他有些猶豫，不知道這次要不要賭，如果要賭，那麼到底該賭多大？

孫嘉樹最近遇上了一位來無影、去無蹤的世外高人，這位高人只用了一句話，不但修復了他略有瑕疵的心境，而且令他百尺竿頭、更進一步。

那人只是笑問一句而已：「你孫嘉樹怎麼確定自己就錯了？」如同佛家的一聲棒喝。

孫嘉樹收起魚竿，將魚簍裡的收穫全部倒回河中。

他最終決定，這次不賭。

老龍城那片雲海上，一個綠裙女子輕輕跳著方格子，每次落地，都會濺起陣陣雲霧。她偶爾拿出一顆拳頭大小的琉璃珠子丟來丟去，最後她瞄準雲海某地一掠而去，她的雙手垂放，緊貼大腿外側，雙腿併攏，整個人直直墜下，墜入老龍城內城某處，就像天上掉下了一棵綠蔥……

觸地前一刻，名叫范峻茂的女子飄然落地，她落下的地點正是灰塵藥鋪的後院。

掌櫃鄭大風蹲在臺階上抽著旱煙。

范峻茂問道：「怎麼說？」

煙霧繚繞，看不清鄭大風的神色面容，只聽漢子緩緩道：「欠債還錢，欠命還命。我跟李二不一樣，他只找老的，我是小的老的都要找。」

范峻茂看著這個原本成天嬉笑的漢子，眼神玩味。

狗改不了吃屎，這都過去多少年了，還是這樣的性子，好像不正經了一輩子，就只是為了那唯一一次認真。

看守四道天門的三位神將都因為各種原因放棄了職守，為勢不可當的「叛軍」讓出道路，唯獨東邊的那個，被視為最貪生怕死和最吊兒郎當的那位，不願讓開，死也不退。

當然，死也不退的結果，就是死——給人一劍釘死在天門大柱上。

無論敵我，所有人都覺得莫名其妙，這位神將的找死，實在讓人找不出任何理由。

范峻茂在心中嘆息一聲，她倒是很不想知道，可惜偏偏知道。

聖人阮邛已經在西邊大山之中正式開宗立派，正式弟子暫時只有三人。

龍鬚河畔的劍鋪照樣開著，並未關門，阮邛留下了開山弟子之一的少女，她缺了握劍之手的大拇指，於是就將劍懸佩在了右側腰間，改為左手持劍。

阮邛的獨女秀秀姑娘搬去神秀山的時候，據說隨身攜帶了一只雞籠。雞籠被阮秀拎在手裡，讓各路神仙忍不住側目，誤以為裡面有什麼了不起的靈禽異獸。後來一些去過神秀山的鍊氣士，事後提起這茬，都覺得好笑，原來就只是一窩尋常的老母雞和雞崽子。

於是周邊山頭一些仙家門派，就覺得秀秀姑娘這是童心未泯，這才算真正的道心。他們是很認真的，所以一些個搬遷到嶄新府邸的年輕修士，也開始琢磨裡頭的學問，覺得其中大有深意。

不愧是秀秀姑娘，不愧是曾經被風雪廟寄予厚望的天才修士，果然做什麼事情都透著玄妙，事事契合大道。

姓謝的長眉少年聽說後，覺得有趣，便將這件事當作笑話說給了秀秀姐聽。阮秀當時正坐在翠綠小竹椅上，看著那隻趾高氣昂的老母雞領著一群小雞崽子四處啄食，她只是說了句『這樣啊』，就沒了下文。

福緣深厚的謝姓少年望著心不在焉的秀秀姐，皺了皺眉頭，這個動作讓他的眉毛越發顯長。

阮邛是玉璞境修士，又有「娘家」風雪廟作為靠山，而且他擅長鑄劍，交友廣泛，因此能夠以宗字頭作為後綴，將其宗派取名為『龍泉劍宗』。

其實起初阮邛想只以「劍宗」二字屹立於世，氣魄極大，但是一則中土神洲早就有劍宗存世，不合儒家訂立的規矩；二來前來道賀的某個至交好友，私下勸阻阮邛，在大驪版圖開宗立派，已經足夠樹大招風，就不要在這種事情上太過招搖了。

阮邛雖然最後定下「龍泉劍宗」的宗派名稱，但是內心還是有些不得勁，上山、下山都不愛從山腳懸掛匾額的那座牌坊經過。他讓大驪官府領著盧氏刑徒開闢了一條小路，惹來旁人不少非議，總覺得這不是個好兆頭，這不是故意不走大道，而行旁門左道嗎？

阮邛對四個弟子撂下一句，將來誰能名正言順地摘掉「龍泉劍宗」的前兩字，誰就是下一任宗主。

龍泉劍宗如今在大驪王朝，風頭一時無兩。

除了大驪宋氏送的開山贈禮——宗門主山神秀山，周邊寶籙山、彩雲峰、仙草山這三座山頭，陳平安租借給聖人阮邛三百年，算是早早納入龍泉劍宗的版圖。

修為不值一提卻是龍泉郡大地主的陳平安，所做的這筆買賣，很划算。

別人是提著豬頭都找不著廟，進了門想要真正燒香成功，又是一難。

新敕封的北嶽正神魏檗，曾經帶著陳平安巡遊四方地界，又是一張金燦燦的護身符。

聽說陳平安的書童和丫鬟，腰間都掛上了大驪朝廷頒發給功勳鍊氣士的太平無事牌，這還是一張護身符。

有了這三張護身符，那幸運兒陳平安，在龍泉郡別說是橫著走，想必倒著走都沒問題。只可惜那少年消失了，據說是遠遊去了，多半是個不會享福的。

神秀山有一側是大峭壁，壁立千仞無依倚。峭壁上有四字遠古崖刻，是「天開神秀」四字。阮邛開宗之後，幾乎每天都會有鍊氣士御風而至，欣賞那四個大字的風采，他們覺得阮邛選擇神秀山作為宗門主山，說不定是那玄之又玄的天意神授，可是阮秀從來不去峭壁那邊湊熱鬧，似乎一次都沒有去過。

不愛動的阮秀好像個子高了些，胖了一些，下巴圓潤了些，阮邛覺得挺好。

其實天底下的父親看待女兒，多半是覺得怎麼都好。

阮秀偶爾會挑一個天氣晴朗的光景，去往神秀山之巔的涼亭，舉目遠眺，看著那些彎彎曲曲的溪澗，最後匯成龍鬚河，再變成水流洶洶的鐵符江。

其實阮秀不喜歡看這些溪澗江河，她覺得它們很礙眼。

河伯、河婆、江水正神、雨師、雲母等等，只要跟水沾邊的神祇，她自幼就不喜歡，聽到這些稱呼、頭銜，就會心煩，就想要像對付新鮮出爐的劍條那樣，一錘子砸下去，一了百了。

今天，阮秀慵懶地趴在欄杆上，打著哈欠。涼亭外傳來一陣細碎的腳步聲，阮秀轉頭望去，遠遠走來一行四人，皆穿著儒衫文巾。

阮秀瞥了眼，都認得。太守吳鳶，一個升官挺快的年輕男人，大驪國師崔瀺的得意門生。一個姓曹的是現任窯務督造官，還有個姓袁的。袁曹兩姓，都是上柱國姓氏，這次建造在老瓷山和神仙墳的文武兩廟，其祭祀供奉之人，就是這兩人的老祖。最後一人，是披雲山林鹿書院的一位副山長，黃庭國老侍郎出身，化名程水東，實則是一條老蛟。

阮秀站起身，走出涼亭，將最好的賞景位置讓給他們。

四人相視一笑，倒是沒有誰太過諂媚示好，而且阮秀畢竟是一位獨自出現的女子，他們不好太過熱絡。換成其他鍊氣士，肯定至少也要跟阮秀道一聲謝，外加自報名號，混個臉熟。

四人是相約來此下棋的，吳鳶要與程山長對弈。吳鳶的先生崔瀺是當之無愧的大驪第一國手，吳鳶跟隨崔瀺做學問的時候，棋力大漲，是京城有名的高手。曹、袁二人，這次只是觀戰而已。

曹、袁祖上是至交好友，這兩姓是大驪雙璧，可是數百年之後，曹、袁兩姓卻有點勢同水火，相對而坐的曹、袁二人，幾乎連眼神都沒有交流。

如今大隋與大驪結成盟約，雙方各自在大驪披雲山和大隋東山訂立山盟，大驪在整個寶瓶洲北方可謂一家獨大，包括黃庭國在內，數個大隋的藩屬國，都開始轉向大驪宋氏稱臣納貢。當然其中有些波折，許多世家高門都覺得此舉背信棄義，然後大驪鐵騎的馬蹄聲便開始響起，馬蹄停歇之後，掉了好多好多顆原本頭頂官帽或是名士高冠的腦袋。

大隋朝野上下，山上和江湖，都陷入詭譎的沉默氛圍。

堂堂大隋，寶瓶洲北方文脈之正統，國力強盛，竟然未戰而降，割地求和！

一位文壇名士醉酒高歌，登山作賦，在墜崖自盡之前，留下一句遺言：「大隋自高氏開國以來，士人受辱至此，唯有一死，可證清白。」

一位名動半洲的大隋棋壇國手，將最心愛的棋墩劈了當柴火燒掉。

大隋京城廟堂，從部堂高官到員外郎中，辭官者陸陸續續多達百餘人，傳言京城的六部衙門瞬間空了一半。

不管如何，大驪鐵騎開始南下了，寶瓶洲亂象已起。

涼亭那邊時不時傳來清脆的落子聲響。

阮秀來到崖畔一棵古松下，一路上她從地上撿起石子，然後往峭壁外輕輕拋下。

雲氣如大江之水緩緩流過，天地茫茫。

她突然丟了手中剩餘石子。今天還得幫著爹打鐵呢，完了完了，遲到這麼久，今晚是肯定吃不著鹹肉燉筍了。

有一家三口，乘坐跨洲渡船，由南到北，總算到了目的地——北俱蘆洲的一座名為獅子峰的仙家門派。

途中這家人的隊伍之中，多出一對年輕主僕——一名滿身書卷氣的貴公子、一名牽著馬的年少書童，馬背上掛了花翎王朝獨有的官制金銀鬧裝鞍。書童一路上都沒個好臉色，可是自家公子非要給人帶路，他不好說什麼。

那一家三口土裡土氣的，關鍵是半點眼力見兒都沒有。雖說那對粗鄙至極的漢子、婦人生了個不錯的女兒，可是她生得再好看，哪裡配得上自家公子？花翎王朝，是北俱蘆洲屈指可數的大王朝，雖然皇帝姓韓，可誰不知道廟堂上戴官帽子的，真要算起來，半數都跟自家公子一個姓氏？公子雖然不是家族獨苗，可家族這一代就公子和他兄長二人，長兄為庶子，公子卻是嫡子，公子便是娶了公主都算委屈了，何必跟一個睜眼瞎的山野女子糾纏不休？一戶來自寶瓶洲那種小地方的人家，真當不起公子您這般殷勤啊。

書童這一路氣得幾次掉下眼淚，可是公子最多也就是安慰他幾句，依舊跟著那三人一起趕往獅子峰。獅子峰的主人雖然是挺有名氣的仙家，可那又如何？見著了公子的爺爺，不一樣要夾著尾巴做人？便是風裡來、雲裡去的那些個陸地劍仙，他一個伴讀書童，這些年沾公子的光，都見到了一手之數。

這個眼界奇高的年少書童，見過數位貨真價實的劍仙不假，可是對於那座獅子峰的山主，其實他還是小覷了。雖然獅子峰的山主只是十境的元嬰境地仙，可北俱蘆洲的地仙本就值錢，沒點真本事，很難在北俱蘆洲站穩腳跟。

獅子峰的山主，是地道的外鄉人，可他在短短兩百年間，僅憑一己之力，就打得花翎王朝一座宗字頭仙家沒脾氣，這足以證明此人戰力卓絕。

俱蘆洲盛產高手、怪人、不講理的人，以及三者兼具的，所以在俱蘆洲坐鎮山頭，最容易遇上飛來橫禍。經常有大修士只是看你山門不順眼，就往山門一通亂捶，打不過就跑，打得過就要你拆掉匾額。

硬生生搶走皚皚洲那個「北」字的俱蘆洲民風彪悍，朝野皆崇武，修士善戰且好戰，有許多喜好獨行遊歷的仙家豪閥子弟，下山之後故意假扮成散修、野修，為的就是能夠痛快出手。

這裡，劍修如雲。

一些個享譽江湖的頂尖劍客，劍術通神，甚至能夠與山上地仙較勁，所以俱蘆洲的三個儒家書院，其聖人向來是戰力極高的讀書人，至於學問高不高，可以先放一放，不然的話根本鎮不住。

魚鳧書院的這一代聖人，原本名聲不顯，在書院常年深居簡出，在土生土長的俱蘆洲修士和君主將相眼中，此人又喜歡掉書袋，故而不是特別討喜。有一次竟然有人公然叫嚣這位聖人傳授的道德學問狗屁不通，此人當時距離魚鳧書院不過咫尺之遙，他說完後大搖大擺離去，俱蘆洲仙家之中附和之人頗多。

書院之人黯然了許久。終於有一天，聖人離開書院，一月之間，接連將兩位元嬰境修士和一位玉璞境修士打得鼻青臉腫。聽說，每次打到最後，這位儒家聖人一邊往人家腦袋上敲板栗，一邊大聲質問「現在通了沒有」，對方三人當然只好說通了，結果聖人次次回覆：「你通個屁！」

兔子被逼急了還會咬人，更何況是一位離開中土學宮前被恩師贈予「制怒」二字的聖人，而獅子峰的山主，是那位魚鳧書院聖人難得看著順眼的地仙之一。

到了獅子峰山腳的山門，書童想著既然到了這裡，好歹去跟人家討杯茶水喝，可公子又犯強了，與那對夫婦和年輕女子說了一句「送君千里終須一別」，便帶著他掉頭走了，小書童又委屈得差點滿臉淚水。

在外邊逛了小半年，打道回府是好事，可是走得一點都不豪氣啊。

登山之後，婦人與女兒竊竊私語，嘮叨了好些，無非是覺得這位富家子弟蠻不錯的，待人和氣，模樣也不俗，而且一看就是讀書人，比起林守一、董水井那些半桶水，瞧著就要更有學問。可惜她那個女兒，既不點頭也不搖頭，氣得婦人拿手指戳了一下女兒，笑罵了一句「不開竅的蠢丫頭」。大概已經不能算是少女的她柔順而笑，從小到大向來如此。

她從來不生氣，也沒有大笑過，除了那個名叫李槐的弟弟，她對誰都不上心。婦人經常說她是軟麵團，誰都可以拿捏，以後嫁了人，是要吃大苦頭的。當然，婦人最主要的意思還是覺得女兒這種軟綿綿的性子，以後嫁為人婦，肯定無法持家，鎮不住婆家人，那還怎麼補貼弟弟？

婦人從不掩飾她的偏心，好在婦人的丈夫——名叫李二的粗樸漢子，倒是從來不會重男輕女，兒子、女兒都寵著。只可惜他在家裡地位最低，說話最不管用，而李柳大概就是天生逆來順受的性子，沒覺得有什麼不對。

婦人聽說這個獅子峰的當家人，跟自家男人那個窩囊師父有些關係，男人保證一家三口到了那邊肯定不愁吃喝。一路顛沛流離、跨洲過海的婦人，這才少罵了楊老頭幾句，覺得李二給楊老頭當了那麼多年徒弟，總算有丁點兒用處，不然她下次回鄉見著了楊老頭不死，非得天天堵在藥鋪後院門口，罵得那個老東西每天不用洗臉。

婦人走著走著，沒來由想起了無人照顧、肯定是在受苦受累的寶貝兒子，便來了氣，擰了一下李柳的胳膊：「那個姓氏古怪的公子哥怎麼就不好了？妳就沒有想過，嫁了他，咱們就不用在這獅子峰看人臉色了。讓那姓司徒的趕緊用八抬大轎娶妳進門，然後咱們就可以正大光明地搬進他們家，再馬上把李槐接過來，咱們一家四口，就算團圓了。」

李柳笑了笑，眉眼彎彎，似乎在認錯求饒，又像在撒嬌。

婦人最受不得女兒這副模樣，便消了氣，又擰了一下李柳的胳膊，只是這次下手的力道輕了：「妳個沒良心的，也不知道心疼自家弟弟，我算白養了妳這麼多年……」說到這裡，善變的婦人又開心地笑了，伸手輕輕捏了一下女兒的臉頰，「臭丫頭的模樣，是真的隨我，瞅瞅，這小臉蛋，多俊多俏，都能捏出水來了。」

背著個大行囊的李二咧嘴笑著。

可是婦人又有些哀愁：「好不容易熬到杏花巷那個老婆娘死了，泥瓶巷的狐媚子也搬家了，要是不用離開小鎮，該有多好，已經沒人吵架吵得過我了。」

這一路北行，婦人只覺得自己空有一身好「武藝」，而無半點施展之處，實在是可惜。

李柳的嬌俏模樣，不一定隨她娘親，可是李槐的窩裡橫，肯定隨他娘親。

獅子峰山頂，山主正陪著一位富家翁模樣的老人。老人油光滿面，如果他不是出現在這裡，不是有一位地仙恭敬作陪，多半會被誤認為山下市井某個小店鋪的掌櫃，或是那種魚肉鄉里的鄉紳老爺。

體態臃腫的老人手腕上繫有一根碧綠繩子，他嘖嘖道：「楊老先生真是心胸開闊啊，換成是我，這種碎嘴婆娘，早投胎個千八百回了。」

這位富家翁旁邊的老者則仙風道骨，符合市井百姓心中的神仙形象，他聽聞這位客人的調侃，並未搭話，只是禮節性微笑。

胖老人笑咪咪問道：「不說那廢物金丹，只說像你這樣的地仙，驪珠洞天最近千年，大概走出來多少個？如今你我是盟友，這點小事，不至於藏藏掖掖吧？」

老仙師微微躬身，致歉道：「曹大劍仙，恕晚輩不能多言。」

原來這位富家翁，正是按照契約前來擔任李柳護道人的婆娑洲劍仙曹曦。

曹曦又問道：「那李柳為何遲遲不願修行？這又是何故？」

身為獅子峰山主的老仙師無奈道：「劍仙可以自己問我家祖師。」

曹曦愣了一下：「她竟然是你這一脈的祖師轉世？獅子峰這才傳承幾年，你們如何能夠尋見對方？」

老仙師猶豫一下，稍作權衡，小心翼翼道：「自有祕法，不僅僅是我家祖師而已。」

曹曦問了一個最關鍵的問題：「李柳是否自知？」

老仙師笑而不言。

曹曦嘖嘖道：「撿到寶了。」

之後李二一家三口便在獅子峰住下，由獅子峰一名老管事接待。老管事名義上是藥鋪楊老頭的遠親，在獅子峰管著一些雜務，他給三人找了一處尋常住處，暫時沒有給婦人什麼活計，只說需要等待幾天才有結果。獅子峰規矩森嚴，不可打攪仙師修道，切莫隨意走動，若是惹出禍事，他也無法擔待。

婦人總覺得這些話都是對她說的，所以很是忐忑。她當然不知道，那位獅子峰掌法長老在離開屋舍後，趕緊抹了一把冷汗。老人甚至不敢多看那個名叫李柳的女子一眼。

過了沒幾天，婦人便待不住了，說想要在獅子峰旁邊的小鎮找點事情做。李二便找人借了錢，打算開一家鋪子。之後某位獅子峰高人「湊巧」發現李柳有修道的資質，李柳便獨自留在山上修行。

婦人是個見識短淺的，總覺得李柳嫁給有錢人才算有福氣，她對此不太高興，萬一李柳真當了修道的仙師，幾年、幾十年見不著的，還怎麼給李槐好處？可最後婦人還是跟著李二去了小鎮，租了屋子，四處晃蕩，尋找合適的鋪子，算是扎根了下來。

李柳在山腳與爹娘告別，等到兩人身影消失在道路上，女子身後出現了包括獅子峰山主在內的所有元嬰境和金丹境，一個個畢恭畢敬，大氣也不敢喘。

在山主的帶領下，眾人齊聲道：「恭迎祖師回山。」

李柳根本不予理會，不許眾人跟隨，獨自上山，到了獅子峰一處封禁已久的山洞前，大步走入其中。

地仙也難破開的重重禁制，李柳完全不放在眼中，或者說對她沒有半點阻礙。

等她走出山洞的時候，腰間已掛上一枚金黃色的獅子印章。

曹曦站在門口等候已久，手中持有一把大小如匕首的短劍，他抬起繫有碧綠小繩的手臂，笑道：「在煉化一條江水作為本命飛劍之前，這把短劍隨我征戰三百年，之後我不斷溫養積累劍氣，等妳躋身中五境，就能夠隨意使用這把飛劍。可出十劍，威力足以媲美玉璞境劍仙的全力一擊。若是等妳到了金丹境或是元嬰境，將所有劍氣一次性使出，那可就是仙人境劍修的一劍了。」

李柳柔順而笑，一抬手，短劍便馭入她手，她隨意抽劍出鞘，向山外輕輕劈下。

一道劍氣長虹轟隆隆劈去，大有開天闢地之威勢，嚇得整座獅子峰修士都陷入沉默。

莫名其妙就一步登天，躋身中五境的李柳，點點頭：「果然如此。」

曹曦感慨道：「見了鬼了。」

曹曦難得想起那個不肖子孫曹峻，他如今混跡在大驪行伍之中。

唉，看看別人家的孩子，再瞧瞧自家的，氣人。

真武山。

作為寶瓶洲兵家兩座祖庭之一，真武山比起游俠更多的風雪廟，其投軍入伍的兵家修士更多。

最近一年下山的修士越來越多，有半數去往了北邊的大驪，其餘半數，順著各自機緣選擇投身寶瓶洲中部一帶的國家。

略顯冷清的真武山最近熱鬧了起來。

馬苦玄這個登山沒幾年的跋扈新人又鬧出了一樁天大風波——他出手打死了一名觀海境修士。具體緣由，真武山並未公布，反正不是什麼生死大仇，那名七境老修士與馬苦玄素來就沒有交集，哪怕起了衝突，最多就是口舌之爭而已，必然是心狠手辣的馬苦玄故意下了死手。哪怕有兩位老祖幫著說話求情，最後馬苦玄還是被禁錮在後山的神武殿，一年之內不得離開。

神武殿供奉著真武山歷代祖師和十數尊無名神祇，據說真武山歷史上有過一場牽連甚廣的宗門浩劫，危難之際，那一代真武山宗主以不傳祕術，請出了在大殿享受數千年香火的金身神祇，一同下山殺敵，聲勢浩蕩，最終一口氣滅掉了十數個仙家門第。

在神武殿禁足，絕對不是什麼舒坦事，只有犯下重罪的真武山修士才會被拘押在此，最終活著走出去的人，十不存一。據說神武殿中供奉的那一尊尊神祇，在一些傳承已斷的上古齋戒日，會「清醒」過來，拷問、鞭撻甚至是吞食修士的魂魄。

真武山一處仙氣繚繞的宅邸，一位輩分極高的兵家老祖咋咋呼呼道：「如此處置馬苦玄會不會太過嚴苛了點？」

對面一人，容顏年輕且俊美，手指纖細白皙如女子，他正在獨自打譜，面對這個師弟近乎無禮的質問，這名男子無動於衷，竟是一句話也不願意多說。

老人一巴掌拍在桌上：「馬苦玄這小子，是我生平僅見的天才，真正的天才！你要是毀了他，我跟你沒完！」

男人剛剛撚起一顆棋子，聞言默默將棋子放回棋盒，皺眉道：「宗字頭的門派，毀在某個驚豔天才手裡的慘劇，其實不少。」

老人冷笑道：「可是因一人而振興宗門，一掃積弊頹勢，更多！」

男人搖頭道：「修行一事首重『無錯』兩字，因為一、兩個人而壞了諸多祖輩規矩，獲得短暫的興盛氣象，只是空中閣樓。再說了，真武山如今運轉自如，並沒有到需要誰來拯救的地步。劉師弟，我勸你一句，你看重馬苦玄，願意將一切法寶都交付於他，甚至還暗中幫他贏得那樁福緣，歸根結底，只是你一人的事情，我不會插手，因為這沒有壞我真武山規矩。」

原本氣勢洶洶的老人看著神色越來越冷峻的「年輕人」便有些心虛了，冷哼道：「馬苦玄值得真武山為他壞一些規矩，風雪廟有神仙臺魏晉，我們有誰？」

男人微笑道：「有我啊。」

老人給這句話噎得不行，半天也說不出一個字來。

男人似乎也覺得氣氛太過僵硬，總算露出一個笑臉：「行了，兒孫自有兒孫福，更何況馬苦玄還不是你子孫，你急什麼？為了宗門大業？行了，你什麼性子我還不清楚？說來說去，還是想著讓馬苦玄日後去風雪廟幫你報仇。」

那位以脾氣暴躁著稱於世的兵家老祖坦誠道：「初衷的確如此，可是相處久了，我看馬苦玄越來越順眼，我家那幫不成材的子孫，一萬個都比不得馬苦玄。」

男人破天荒地附和老人，點點頭，「嗯，你家那些王八崽子，你當年確實就不該生下來，可說到底，還是怪你自己管不住褲襠裡的鳥。」

老人氣憤道：「你一個真武山宗主，說這種話，也不臊得慌？」

男人笑了，打趣道：「聽說你最近褲腰帶又沒拴緊？找了個身為凡俗的貌美侍妾？」

老人氣焰驟降，低聲道：「我是真心喜歡那個女子，覺得她嬌憨可愛，山上那些狗屁仙子，實在膩歪。」

男人無所謂道：「你喜歡就好。」

老人突然心生憤懣：「真武山現在的風氣真要改一改，尤其是最近百年收取的弟子，心性極差，只一個馬苦玄，就讓他們雞飛狗跳，道心大亂，一個個背地裡說著酸話怪話，比市井長舌婦還不如！」

男人擺擺手：「不是道心大亂，是這些人的道心本就如此不堪。」

老人疑惑道：「你不管管？」

男人反問道：「那我要不要管管他們的吃喝拉撒？管管你的褲腰帶？」

老人翻了個白眼。

「放心，馬苦玄死不了。」男人揮揮手，重新開始打譜。

兵家老祖哈哈大笑，猛然起身：「師兄你也真是，早說這句話，我何必跟你磨嘰半天工夫！」

男人頭也不抬：「你褲腰帶鬆了。」

老人嘿嘿笑道：「師兄還是這般愛開玩笑——」老人「哎喲」一聲，趕緊慌慌張張地施展神通，一閃而逝。

原來是男子在揮手之間，就讓一位元嬰地仙的褲腰帶粉碎了，而且後者毫無察覺。

若是他有心殺人？

在寶瓶洲人眼中，真武山強在對世俗王朝的影響力，論個人修為和戰力，風雪廟的諸位兵家老神仙，要強出真武山一大截。

曾經有人笑言，兩座兵家祖庭，如果各自拉出十人來捉對廝殺，強者如林的風雪廟，能夠打得涉世極深的真武山喊祖宗。

男人放下那本早已爛熟於心的老舊棋譜。棋譜名為《官子匯》，記載了歷史上許多著名的官子局。男人當下打譜那一局，名為「彩雲局」，對弈雙方，一位是白帝城城主，一位是昔年文聖首徒。

男人輕輕嘆息一聲。

後山神武殿內，馬苦玄盤腿坐在一尊居高神像的頭頂，一隻黑貓又坐在他的頭頂。一人一貓一神像。

黑貓伸出一隻爪子，輕輕撓著馬苦玄的腦袋。

馬苦玄不以為意，他從小就與黑貓相依為命，奶奶去世後，更是如此。

左手邊一尊金身木雕神像，眼眶中驀然泛起金色光彩，轟然而動。巨大神像緩緩走下神臺，環顧四周，最後看到了坐在居中神像頭頂的馬苦玄。

神像走到大殿中央，轉身面向那少年與貓，身高三丈的神像單膝跪地。

馬苦玄彷彿對此早已習以為常，只是像以往那樣出聲提醒道：「回去之後，記得守口如瓶。」

這尊木雕神像微微點頭，起身後大步前行，跨上神臺，站在原位，金色眼眸很快失去色彩，寂然不動。

大殿門窗極高極大，光線透過窗戶縫隙，灑落在大殿之內，灰塵因此清晰可見。

馬苦玄突然自嘲道：「法寶太多，福緣太厚，也挺煩人啊。」

黑貓抬起一隻腿，輕柔地舔著腳掌。馬苦玄後仰躺下，黑貓一個蹦跳，在馬苦玄躺下之後，剛好落在他胸口上。黑貓蜷曲起來，很快酣睡，時不時換一個更舒服的蜷縮姿勢。

馬苦玄蹺起二郎腿，一隻手撫摸著黑貓的柔毛，想起真武山上那些陰陽怪氣者和趨炎附勢者，覺得有些無趣：「你們不喜歡我，有什麼關係呢？我也不喜歡你們啊。」

大殿空靈，唯有一人一貓的微微鼾聲。

那些神祇的金身神像依次排開，像是在忠誠地守護著高高在上的君王，年復一年，千年萬年。

觀湖書院的賢人周矩沒有跟隨自己的聖人先生去見俱蘆洲的那位道家天君。

他怕自己忍不住會對那個叫謝實的傢伙出言不遜，害得先生為難。

先生離開了書院，肯定打不過天君謝實，先生又不能眼睜睜看著自己被謝實一巴掌拍死，難不成還要替學生給外人道歉？

周矩來到了離打醮山鯤船墜毀處不遠的一座山頭。

根據記載，沖天劍氣正是從此而起，擊毀了南下老龍城的那艘鯤船，船上死傷慘重，中五境以下的乘客，幾乎無一倖免。

周矩在山上搜尋無果，沒有半點蛛絲馬跡，這也是情理之中的事情。因為這樁禍事，瞎子都看得出來，是幕後有人處心積慮地栽贓這個寶瓶洲最具實力的強大王朝。

但是周矩想不明白一件事，堂堂俱蘆洲的一洲道主，為何願意自降身分，蹚這渾水？甚至不惜與觀湖書院「短兵相接」？如果持續這樣下去，天君謝實極有可能成為寶瓶洲所有鍊氣士的公敵。

難道你謝實真當自己是道祖座下二弟子？

這些天風餐露宿的周矩打算下山了。他聽先生隨口提起一事，最近半年內，婆娑洲、桐葉洲和扶搖洲三個地方出現了許多失傳已久的無主法寶，甚至還有幾件半仙兵的身影，引發了巨大震動，無數山澤野修蜂擁而至，根深蒂固的仙家豪閥，更是不會放棄這些莫大機緣，一時間魚龍混雜，豺狼結伴。

周矩對這些不感興趣，他對接下來的世道，更不感興趣。

周矩抬起頭，望向天空高處。

我周矩，觀湖書院的小小賢人周巨然，尚且可以發現端倪，比我家先生位置更高的你們呢？

周矩黯然下山，懶散雲遊，或御風或徒步，最後到了一處熱鬧集市，喝了碗熱騰騰的酸辣湯。周矩頓時笑顏逐開，什麼煩心事都沒了。

攤販的女兒，正值妙齡，肌膚微黑卻泛著健康的色澤，她偷偷瞥了幾眼周矩。家鄉讀書人不多，長得這麼好看的讀書人就更少了，她覺得能多看一眼都是好的。

於是周矩多要了一碗酸辣湯。

第二章　姑娘請自重

陳平安在登上那艘去往桐葉洲的吞寶鯨之前，專程去了趟上香樓外的集市，買了一只香筒，香筒裡頭裝了八十一支倒懸山特製的三清香，清香撲鼻，無論是禮敬神靈，還是焚香靜心，都是上佳之品，就是價格不便宜，總共花了一枚小暑錢，也就是一百顆雪花錢。

之所以如此破費，是因為陳平安想起自家落魄山有座山神廟，以後若是有朋友到訪，不妨拿出此香送給他們。客有誠意，神享好香，到底是件美事。

除了這只上香樓的香筒以及之前在靈芝齋重金購得的兩件寶貝，陳平安還從敬劍閣外的鋪子，買了一套婆娑洲丹青聖手臨摹的〈劍仙圖〉，總計五幅圖，每一幅都是大長卷，繪有二十位劍仙，每位劍仙在畫卷上不過一寸長，栩栩如生，飄然欲仙。

〈劍仙圖〉的初版，是一位畫家祖師爺在劍氣長城觀戰後的大手筆，之後被臨摹無數。敬劍閣的劍仙人數太多，這套名為石渠版的〈劍仙圖〉，也只是按照丹青妙手的個人喜好選取其中百人。店鋪中還有數個其他版本，價格懸殊，其中又以石渠版最為昂貴。陳平安仔細對比之後，發現還是這個石渠版所繪劍仙，最合自己心意，便一咬牙買下了。這筆開銷，真不算小，足足五十枚小暑錢。

眉開眼笑的店鋪掌櫃，不知是高興遇上了冤大頭，還是由衷覺得陳平安有眼光，說了些關於〈劍仙圖〉的奇人趣事。他說天底下有好幾位劍修，都是無意間獲得了〈劍仙圖〉原本的殘卷，悟出了各自畫卷上的真意，一步登仙，成為大名鼎鼎的陸地劍仙。

這一套〈劍仙圖〉，陳平安打算以後作為賀禮，送給聖人阮邛。離開家鄉龍泉郡時，阮師傅尚未舉辦開山立宗的慶典，現在應該已經辦完了。五十枚小暑錢，對於阮邛而言，肯定不值一提，不過好歹是從倒懸山帶往大驪龍泉的東西，隔了千山萬水，多少有點禮輕情意重的味道。

人靠衣裝馬靠鞍。陳平安一路走向上香渡，竟有數名妙齡女仙師瞅了他幾眼，還是瞅完之後再看一下的那種，不是一掃而過就算了。

陳平安這趟桐葉洲尋道之行，比起倒懸山送劍之行，心思要更重一些，他確定那些年紀輕輕的女子鍊氣士並非心懷惡意之後，便不再多想。

上香渡比起捉放渡要更大，腰懸登船玉佩的陳平安，並沒有看到那頭身軀龐大的吞寶鯨，倒是看到了一頭背甲上建有亭臺樓閣的山海龜，以及一輛由青鸞仙鶴拖曳的巨輦，還有《山海志》上記載的扶搖洲獨有之物——一座綠樹成蔭的小山峰，就是不知道它是飛來山還是飛去峰。相傳由這類山峰靈氣凝聚而成的山根，是世間蛟龍的大補之物。遠古陸地大蛟走江化龍，在選好某條通海大瀆後，還會請人搬來一座座飛來山、飛去峰丟在水畔，為的就是能夠及時進食，防止筋疲力盡，氣血耗竭。

陳平安才剛開始學中土神洲的大雅言，尚不能流暢地問路，實在不行的話，就只能拿出竹簡刻字問路了。好在陳平安找到了幾個懸掛相同樣式登船玉佩的渡船乘客，便默默跟著他們，走了一段路程，很快來到一處人頭攢動的地方。

陳平安鬆了口氣，不料左邊肩頭被人輕輕一拍，他直接轉頭望向右邊，看到了一張熟悉的面孔。那人見陳平安沒有中計，覺得有些無趣，懶洋洋道：「怎麼，你也是去往桐葉洲的扶乩宗？這麼巧？你該不會是對我有所圖謀吧？垂涎美色？」

惡人先告狀？

陳平安對這個頭戴珠釵，身穿粉裙，腰繫彩帶的……貌美男人，印象不好也不壞。

如果說一起從老龍城乘坐桂花島來到倒懸山，是緣分，那麼又在同一天從倒懸山去往扶乩宗，極有可能是心懷叵測的設計。

這位曾經被看門小道童打出上香樓的陸姓子弟，明顯也看出了陳平安的戒備，他拍了拍腰間那塊登船玉牌，哈哈笑道：「如你所想，我這次去往扶乩宗，是守株待兔，專程等你的。」

這算是哪門子的開誠布公？

陳平安有些摸不著頭腦，他在心中打定主意，絕對要對此人敬而遠之。這傢伙不但模樣如絕色女子，嗓音也清脆悅耳，難分雌雄，之前「無意間」一起遊覽捉放亭，從他的言行舉止來看，他就是一個性子跳脫、不按常理行事的人。陳平安雖然不反感此人的裝束、性情和癖好，但是也不希望有人打破自己的平靜生活。

那人雙手負後，十指交纏，下巴微微翹起，瞇眼望向陳平安，姿態嬌柔，比女子還要風流，他柔聲道：「不管你信不信，我都要把真相說出來。我呢，姓陸名臺，陸地的陸，上陽臺的臺，我是中土神洲的陸氏子弟，在家族內不怎麼受待見，就自己跑出來遊歷天下了。我走了浩然天下九大洲裡的五個了，原本是不打算去桐葉洲的，可如今實在囊中羞澀，就想著能找個蹭吃蹭喝又不覬覦我美色的好人，我覺得你就是。反正已經欠了你一枚穀雨錢，你應該不介意我再多欠一枚。說不定到了桐葉洲，我路上踩到狗屎，就能把錢還你，順便還可以掙到回家的路費。」

陸臺見陳平安面無表情，顯然根本不願意相信他的這套鬼話，他嘆息一聲：「好吧，我實話實說。我出身陰陽家，精於占卜算卦，兜裡沒錢是真，掙不到錢是假。但是我欠了你一顆穀雨錢後，給自己算了一卦，上上卦，卦語是『東遊吞寶，桐葉封侯』。此卦的意思很粗淺，但是為防意外，我仍是在這裡待了足足兩旬，這就是之前我說『守株待兔』的由來。最後見到了你，我就知道，這趟老祖宗顯靈保佑的桐葉洲之行，不去是要遭天打雷劈的。」

陳平安沒有惡語相向，更沒有流露出絲毫不耐煩的神色，而是用一種商量的和善口氣詢問道：「陸公子，你循著大吉卦象去往桐葉洲，我當然不會攔著你，也攔不住你，但是你我二人能不能各走各的？若是陸公子你急需錢財，我可以再借給你一些小暑錢——」

陸臺突然打斷陳平安的話，語氣神色俱是天然嫵媚：「什麼陸公子，為了少些麻煩，你喊我陸姑娘就行了，不然別人看我的眼神，會很怪的。」

陳平安頭皮發麻。你既然介意別人看你的眼神，怎麼就不介意我如何看你？

陸臺竟是開始撒嬌：「陳平安，行行好？捎我一程嘛。我可以對天發誓，如果對你有任何壞心思，就被天打五雷轟，被丟進雷澤泡澡，被鎮壓在穗山底下，被拘押在深海龍宮的熔爐之中，被流放到萬里無人煙的荒涼祕境……」他嘴上鬼話連篇，還伸出一隻比女子還要修長白皙的手，試圖扯住陳平安的一條手臂。

陳平安一身雞皮疙瘩，顧不得什麼客氣不客氣了，拍掉陸臺的那隻手，義正詞嚴道：「公子……陸姑娘請自重！」

陸臺悻悻地收回手，站在原地，咬著嘴唇，眼神幽怨，泫然欲泣。

陳平安轉身就走，陸臺如影隨形。陳平安停步，陸臺就停步，陳平安轉頭，陸臺就轉頭。陸臺不知道從哪裡掏出了一柄玲瓏精巧的小銅鏡，手指間還撚著一只打開的胭脂盒，如美人在閨閣對鏡梳妝。

陳平安只覺得毛骨悚然，倒是四周許多男性鍊氣士眼神蕩漾，一些個上了歲數、道行高深的地仙，哪怕看穿了陸臺的障眼法，知曉了他的男子身分，可眼神依舊炙熱。

修行路上，漫漫長生，百無禁忌。

陸臺就像一個可憐兮兮的棄婦，不敢對負心漢抱怨什麼，只敢這麼戀戀不捨地跟隨。四周視線充滿了玩味。

陳平安從來沒有經歷過這種噁心人不償命的陣仗，一肚子火氣，又拿這個陸臺沒轍。

隨著渡口前方不斷有人憑空消失，陳平安才意識到吞寶鯨的登船地點，就是鋪在地上的一幅幅錦繡地衣。吞寶鯨販賣的渡船玉牌分雲在峰、旖旎園、碧水湖三種，價格不一。

陳平安選了居中的碧水湖，此時看那三幅地衣，景象迥異，有雲霧飄渺，一峰獨出；有碧波浩渺，一棟棟湖上屋舍星羅棋布，有花團錦簇的庭院樓閣。

身後不遠處的陸臺怯生生解釋道：「總不能從吞寶鯨的嘴中登船吧？這艘吞寶鯨規模很大，在金甲洲首屈一指。吞寶鯨體內有四座小祕境，其中三座被打造成乘客居住之地。老龍城的那艘吞寶鯨只有一座祕境，與之相比，簡直寒酸。這三幅地衣，其實就是三張品秩極高的縮地符，可以幫助乘客直通三座祕境。」

陳平安恍然大悟。

關於祕境一事，包羅萬象的《山海志》有過詳細記載，因為涉及洞天福地，跟驪珠洞天很有關係，所以陳平安尤為上心，還特意去找鸛雀客棧的年輕掌櫃，請教了一些書上沒有的學問。

在倒懸山土生土長的人物，無論修為高低、家世好壞，言談之間，往往口氣都很大，見識都很廣，聖人、天君、地仙張口就來，毫無忌諱。他們所見所聞之駁雜寬泛，確實要強於倒懸山以外的任何地方的人。

年輕掌櫃本來不太愛說話，興許是將陳平安當成了貴人，當時難得暢談一番。

許多自行老舊腐朽，或是被外力摧毀、破壞的洞天福地，在破碎之後，往往會遺留下來一些大小不一的地界，這些地界不知所終，故而被稱為祕境，其實倒懸山那座販賣忘憂酒的鋪子，正是黃粱福地僅剩的一塊祕境。

修道之人的諸多機緣，經常離不開祕境。祕境既能錦上添花，也可雪中送炭，可以說大大小小的祕境的存在，讓錬氣士充滿了憧憬和盼頭。大半野修、散修之所以能夠崛起，都歸功於他們在祕境的收穫。

若有人無意間闖入一座未被占據的祕境，或是草木精華的世外桃源，或是瘴氣橫生的蠻夷之地，或是仙人兵解的洞窟，運氣好點的話，就可以青雲直上，一飛沖天，運氣不好的話，說不定就要老死其中，或者慘遭橫禍，死後的一身遺物，淪為後人的機緣之一。

陳平安很想知道，驪珠洞天破碎下墜之後，是否有祕境遺留人間，回頭倒是可以問問魏檗。

此時，陳平安走向通往吞寶鯨碧水湖的那塊地衣。

陸臺哀嘆一聲，加快步伐，姍姍而行，擋住陳平安的去路，伸出手道：「我本來也是去往碧水湖，既然你如此厭惡我，那我就不礙你的眼了，我可以添些錢，找人換一下，去往那座久負盛名的旖旎園。咱倆就這樣分道揚鑣吧。陳平安，先前你說可以借我一些小暑錢，還作數嗎？不然我可去不了旖旎園……」

一個楚楚可憐的男人，怎麼看怎麼彆扭。

陳平安直接掏出一大把破財消災的小暑錢，走近幾步，迅速交給陸臺。只要此人不再糾纏自己，讓自己這一路好好練拳和練劍，陳平安願意花這筆錢。

陸臺接過小暑錢後，怔怔望向陳平安，一雙秋水眼眸說不盡的委屈，他黯然轉身，多半是去找人更換住處了。

當陳平安走上那張古怪縮地符後，卻看到一臉歡天喜地的陸臺在朝他眨眼。陸臺揚起手中新換來的一枚玉牌，玉牌上邊篆刻著「碧水」二字。

原來陸臺的囊中羞澀，千真萬確，所以當初他只能購買一枚最便宜的雲在峰玉牌，然後陳平安聽了他一通天花亂墜的騙人言語，給了他一把小暑錢……

陸臺腳步輕盈，得意揚揚，活潑俏皮地走向陳平安，其容顏越發嬌豔。

陳平安在身形消失之前，忍不住對陸臺罵了句「你大爺」。

陳平安來到一座湖心臺上，環顧四周，碧水湖水波浩渺，雲霧升騰，湖上懸有百餘座閣樓，閣樓之間以小路相互銜接，各自繫有泛湖賞景的三兩小舟。

高臺四面八方皆有亭亭玉立的綠裙少女，她們大多豆蔻年華，姿色出眾，正在為客人指明方向。

陳平安所住閣樓名為「餘蔭山樓」，樓高三層。當初購買玉牌的時候，對方建議陳平安可以與數人合住此樓，如此便可省下一大筆錢，但是陳平安思量一番，還是婉拒。

吞寶鯨渡船方面不覺奇怪，修道之人，喜好獨來獨往，亦是常理。不過若是掙錢不易的山澤野修，習慣了精打細算，還是願意跟陌生人同住一樓，說不定可以籠絡關係。大道之上，多個朋友，哪怕是萍水相逢的點頭之交，仍然不是壞事，說不定就是一樁大機緣。

在問過碧水湖綠裙侍女後，陳平安走下湖心臺，沿著一條湖上小徑緩緩前行，他的兩邊或是頭頂，時不時有仙師御劍或御風而行。陳平安走了沒多久，身後就有位「美人」拎著裙擺，踩著小碎步，一路小跑而來，俏皮嬌憨。

陳平安是一個很不怕麻煩的人，在龍窯時他是任勞任怨的學徒，之後護送李寶瓶、李槐他們去往大隋書院，事無巨細，都是陳平安操心和照顧。陳平安雖不怕這種麻煩，卻很怕另外一種虛無縹緲的麻煩，比如這個名叫陸臺的陰陽家術士。雖然陳平安直覺上對他沒有什麼不適，沒有當初面對苻南華、崔瀺的那種壓抑和陰沉，可是在不確定一件事是好是壞的時候，陳平安習慣了先保證讓一件事「不壞」。

陸臺與陳平安並肩而行，他轉頭望向陳平安的側臉，嫣然笑道：「生氣了？男人這麼小氣怎麼行？大度一點，度量大，能夠容納的福緣也會跟著大。儒家的君子不器，總該聽說過吧？」

陳平安停下腳步，轉頭望向這個古怪的傢伙：「你跟在我身邊，到底圖什麼？你那大吉卦象跟我又沒有關係——」

陸臺笑咪咪道：「怎麼沒有，我可是用你給我的那顆穀雨錢算的卦，你的關係大了去了，你就是這場機緣棋局裡的那個一——」

這次輪到陳平安打斷他的言語：「穀雨錢不是給，是借。」

陸臺皺起纖細嫵媚的黛眉，用心想了想，柔聲問道：「總談錢多傷感情，不如咱們做筆小買賣，我拿一樣心愛法寶跟你多換一些穀雨錢？」

陳平安搖頭道：「那還是先欠著吧。」

陸臺委屈道：「你為什麼這麼怕我，視我如洪水猛獸？你想，修行路上，一見投緣，攜手遊歷，看遍山河，是多美好的事情？」

陳平安頭都大了，原來天底下真有道理講不通的事情，他都不知道如何開口解釋。

陳平安默默前行，陸臺左顧右盼，自顧自說道：「這處祕境曾是垂花小洞天一部分，為一位喜好收集世間泉水的女仙人占據，只可惜她最終飛升失敗，不但身死道消，還被天道反撲，連累整座垂花小洞天支離破碎，絕大部分消散在天地間。這座碧水湖算是比較出名的一個祕境，因為這三百里湖水，都是女仙人當年收集的名泉之一，其中泉水精華所在的一條條細微水脈，最適合拿來煮茶。」

陳平安一言不發，走出四、五里路後，他看到了那座高三層的餘蔭山樓，樓臺四周是簷下走廊，圍有白玉欄杆，還有一座小渡口，停靠有兩小舟。餘蔭山樓附近有一大片荷花，有採蓮女搖舟穿梭其中，哼著鄉謠小曲，柔弱動人。

陳平安停下腳步，提醒道：「我到了。」

陸臺點點頭。

陳平安見他裝傻扮癡，只好直截了當地問道：「我今天就不請你進去坐了，有空的話我去找你，你住在什麼樓？」

陸臺伸手指了指餘蔭山樓。

陳平安苦笑道：「陸公子不要開玩笑了。」

陸臺抬起雙手，捧著一大把小暑錢：「方才在湖心臺那邊，我迫於生計，想著咱倆關係這麼好，你總會給我一個落腳的地兒，便將住處賣給一位極其有錢的神仙了。」

陳平安的臉色有點難看。

陸臺趕緊說道：「放心，我絕不會打攪你修行，你借我一條小舟就行了，我每天就睡在上邊，沒有緊要事情，我絕不走入餘蔭山樓。我自己帶了些果腹的吃食，你不用管我，人生在世，我輩修士，哪裡不是逆旅，你千萬不用內疚，吃苦也是修行的一種……」

陳平安臉都黑了，世上怎麼會有這麼死皮賴臉的牛皮糖人物？

陸臺驀然一笑：「好啦好啦，我便與你坦誠相告，我除了算出這趟桐葉洲之行是『封侯』的上上籤，其實還算出了這次機緣不在寶物，而是『上陽臺觀道』五字。與你同行，借由你的心境，無論好壞高低，都可以砥礪我的道心，這叫借他山之石、可以攻玉……」說到這裡，陸臺呵呵一笑，改口道：「錯了錯了，是借他山之玉、可以攻石！」

陳平安沒有計較陸臺的措辭，當陸臺說出「觀道」二字後，陳平安既放心又憂心。放心是陸臺多半沒有胡說八道，這不是刻意針對他陳平安的陰謀；憂心是自己尋找那座觀道觀和老道人，多出一個身世不明的陸臺，不正是節外生枝嗎？

陸臺猶豫了一下，似乎做了一個天大的決定，他咬牙道：「你若是這般處處提防我，肯定會影響到我的『觀道封侯』契機。我可以認認真真幫你算一次卦，只要別牽扯到太厲害的大人物，我算得都還算準，可如果牽扯到上五境的神仙，我就有大苦頭吃了，比起什麼睡在小舟上，要遭罪千百倍！陳平安，機會難得，不要錯過！」陸臺似乎害怕陳平安不相信，死死盯住陳平安，「不騙你！」

陳平安嘆了口氣，擺擺手，拒絕了陸臺的提議，說道：「你就在餘蔭山樓住下吧，但是之後你我各自修行，井水不犯河水。」

陸臺神色古怪，望向陳平安的背影，發了一會兒呆，他恍然回神，臉上有些如釋重負的神情，快步跟上。

陳平安住在一樓，陸臺選了三樓，兩人之間隔了一個二樓。

陸臺舒舒服服躺在三樓的床榻上，笑了笑，滿臉的慵懶滿足。

既來之、則安之，陳平安不再管那個雲遮霧繞的陰陽家子弟，除了背上的長劍和腰間的養劍葫蘆，他身無外物，孑然一身，很輕鬆，美中不足的當然就是身邊多出了一個莫名其妙的陸臺。

陳平安坐在靠窗的桌旁，從方寸物十五當中取出一疊書——神仙書《山海志》，介紹中土神洲大雅言和桐葉洲雅言的兩本書，還有在彩衣國獲得的幾本山水遊記。他將這些書整整齊齊地放在桌上，然後取出一些來自竹海洞天青神山的珍貴竹簡，打算在看書之餘隨手刻字。

每天早上練習撼山拳，下午練習《劍術正經》，晚上看書，學習兩洲雅言。

很奇怪，明明只是破碎的祕境，碧水湖仍然有日月升落於湖水的奇異景象，因此也有了晝夜之分，不知是仙人的上乘障眼法，還是洞天福地破碎後的獨有規矩？

陳平安的練拳走樁，就圍繞著餘蔭山樓的那圈廊道。

涼風習習，荷花清香徐徐而來，在依稀可聞的採蓮女歌聲中，白衣少年悠悠出拳。

下午陳平安就只在寬敞的一樓練劍，並不去樓外廊道，依然是虛握持劍式。

因為背負長劍劍氣能夠淬煉魂魄，本身就是修行，陳平安哪怕到了晚上睡覺，都不會摘下長劍，他會選擇側身而眠的姿勢。

養劍葫蘆高高掛在床前，如今不再經常喝酒，就不用總是懸掛腰間。他與初一和十五這兩位小祖宗一路上朝夕相處，越來越心有靈犀，交流起來越來越順暢，似乎兩把本命飛劍的靈智也越來越成熟。陳平安入睡之後，就讓它們幫著看家護院。初一沒答應，但也沒拒絕，更加溫馴的十五則在養劍葫蘆內欣然「點頭」。

晚上看書期間，陳平安會從方寸物中臨時取出那本《丹書真跡》。躋身武道第四境之後，他發現自己可以多畫兩種符籙。第一種是山河劍敕符，劍敕符為護身符的一種，山為三山之山。何謂三山，書上並未詳細介紹，而此符的『河』字注解也很籠統、含糊，只說曾有神人坐鎮江河，職掌「斬邪滅煞」，喜好「吞食萬鬼」。第二種是求雨符，求雨符可令「天地晦冥，大雨流淹」，此符顧名思義屬於壇符之一，多是道門的高功法師所擅長，陳平安則興趣不大。

比起陽氣挑燈符、祛穢滌塵符和寶塔鎮妖符，這兩張符籙的品秩要略高，陳平安對劍敕符尤為上心，就以最普通的黃紙符書寫了一張，有些勉強。陳平安躋身武夫鍊氣境後，魂魄大定，越發渾厚，他經常能夠聽到三魂路過心湖之時，那種冥冥之中的叮咚滴水聲。

一旬光陰，陳平安偶爾會聽到二樓的輕微腳步聲，但是次數不多，陸臺一次都沒有下樓打攪陳平安，陳平安略微心安。

一樁沒來由跑到自己跟前的緣分，只要不是孽緣就可以了，不用刻意追求善緣。

這天夜裡，陳平安寫完了第二張劍敕符，還是不太滿意。

難道說真要找到一座古戰場遺址，與那些戰場英靈、陰魂不斷廝殺，才能使得武道第四境趨於圓滿？然後才可以嫻熟地駕馭這種劍敕符？

陳平安皺眉沉思，突然轉過頭去，只見陸臺走下樓梯，然後停步伸手敲了敲牆壁，如客人叩響門扉，然後他笑著坐在臺階上，仍是沒有走入一樓。

陳平安剛想要拿起那本《山海志》以蓋住劍敕符，陸臺忍俊不禁道：「藏藏掖掖做什麼，一張失傳的上古符籙而已，品秩又不高，就是勝在返璞歸真而已。我方才不小心瞥了一眼，心肝疼得直打戰，現在還在疼呢。」

陳平安問道：「何解？」

陸臺指了指桌上那張劍敕符：「這張護身符很有年頭了，估計整個陸家，像我這般年紀不大的傢伙之中，找不出第二個認得出它的根腳的人。我之所以心疼：一、你一個純粹武夫，寫出這麼糟糕的純粹古符，實在是丟人現眼——」

陳平安忍不住插話道：「武夫畫符，才不合理吧？」

陸臺扯了扯嘴角：「哦？這樣嗎？那看來是我陸家藏書記載有誤，不然就是我見識短淺了。」

陸臺並不太想在這個話題上深入，繼續說道：「二、你畫符，更多是靠那支筆，並非是你對畫符一道有多深的鑽研和悟性。嗯，可能你看到了正確的風景，可是你去往那處風景的路線，歪歪扭扭，所以畫出來的符籙，可以用，但是不堪大用。三、符紙品相好，卻給你做了一錘子買賣，暴殄天物。這要是給道家符籙派高人瞧見了，估計他們會恨不得一拳捶死你。」

陳平安眉頭緊皺，細細嚼著陸臺的言語，先分辨真假，再確定好壞。

陸臺笑問道：「能不能拿起符籙，我仔細瞧瞧材質，之前倉促一瞥，不太確定。」

陳平安猶豫了一下，還是撚起那張劍敕符，只不過只給陸臺看了背面。

陸臺微微一笑，對陳平安的謹小慎微不以為意，他看了片刻之後，點頭道：「果然是回春符的寶貴材質，在它上邊畫符，可以重複使用。符紙的好壞，直接關係到一張符籙品相的高低和威力的大小。世間真正好的符籙，除去那些極端追求威力的，大多可以重複使用。你呢，按照符籙派一位老祖的詣趣說法，叫『朱顏辭鏡花辭樹』，嗯，歸根結底，就是『留不住』。陳平安，你自己說可不可惜？符紙，尤其是回春符，很燒錢的。唉，我算是替你心疼了一把，反正你陳平安家大業大，不在乎這點小錢。」

陳平安看了眼陸臺，又看了眼重新放在桌上的劍敕符。

陸臺有些好奇，雙手托著腮幫，望向那個有些懊惱的桌邊少年，笑問道：「贈予你這些珍貴符紙的人，沒有說過這些？教你畫符的領路人，就沒有跟你講過，要你這半吊子符師能省則省？」

陳平安重重嘆息了一聲。

陸臺幸災樂禍道：「七、八、九境的純粹武夫，大概可以僅憑一口真氣，一氣呵成，寫出不錯的符籙了。可惜到了這個層次的武夫，一步步走到山頂，早已心志硬如鐵，誰會跑去畫符？你也就是運氣好，有這樣的珍稀符紙和符筆，才能畫出不錯的符籙。常人每畫一張符就等於燒了一大摞銀票，嗯，你略好一些，只等於燒了半摞銀票。」

陳平安狠狠瞪了一眼往自己傷口撒鹽的傢伙。

陸臺呵呵笑道：「陳平安，你也真夠有意思的，武夫畫符，還有養劍葫蘆和飛劍，最過分的是還每天勤勉讀書？你就不怕不務正業，耽誤了武道修行，落得個非驢非馬，萬事皆休？」

陳平安沒有理睬他的冷嘲熱諷，收起劍敕符，開始翻看那本《山海志》。

陸臺悄然起身，返回三樓住處。

之後陸臺便時常離開餘蔭山樓，或是泛舟遊覽碧水湖，或是去參觀每條吞寶鯨都會有的寶庫。吞寶鯨之所以有此稱呼，就在於它在漫長的歲月裡，會將那些沉在海底的失事大船吞入腹中，而能夠跨洲的渡船，往往當得起「寶船」的說法，所以一條成年吞寶鯨的肚子裡，必然是奇珍異寶無數，千奇百怪，甚至可能藏有仙人兵解後遺留人間的金身遺蛻。

陸臺在一天的下午，從方寸物中取出一套使用近乎煩瑣的茶具，以祕術擷取碧水湖的泉水精華，在一樓廊道開始優哉游哉地煮茶。

茶香怡人。

陳平安沒有去討要一杯茶水喝，只是在屋內練習劍術。

隨後陸臺每天都會煮茶，獨自喝茶賞景，往往一坐就是一下午。

有天臨近中午，陳平安走樁練拳即將收功，看到陸臺自己劃著小舟從遠處返回。繫好小舟後，陸臺跳上廊道，站在原地，在陳平安練拳經過他身邊的時候，高高舉起手，掌心疊放著好幾盒胭脂水粉，應該是在跟陳平安炫耀他今天的收穫。

離碧水湖湖心臺不遠處，有幾棟樓是渡船專門經營貨物的銷金窩，陳平安只去過一次，覺得他們太黑心了，他揀選了幾件相似物品，發現價格比倒懸山還要誇張，就澈底沒了買東西的心思。

陸臺腳尖一點，往後輕輕一跳，坐在白玉欄杆上，打開其中一盒口脂，拿出小銅鏡，開始抿嘴，之後還蹺起一根手指，以指肚抹過長眉，動作輕柔且細緻。

陳平安只是繼續沿著廊道練拳，從頭到尾，目不斜視。

在陳平安又一次路過陸臺身邊的時候，坐在欄杆上仔細畫眉的陸臺，微微挪開那柄小銅鏡，笑問道：「好看嗎？」

陳平安沒有去看陸臺，也沒有搭話。

然後每一次陳平安走樁路過，陸臺都要問一次不一樣的問題。

「陳平安，你覺得腮紅是不是豔了一點？」

「這兒的眉毛，是不是應該畫得再細一點？」

「用花露齋的細簪子從盒子中挑出胭脂，果然會畫得更勻稱自然一些，你覺得呢？」

陳平安只是默默走樁，按照原定計劃，到了時辰才停下練拳。

最後一次陸臺沒有詢問陳平安，只是將小銅鏡、簪子和幾只胭脂盒都放在欄杆上，轉頭望向那一大片荷葉，妝容精緻，眼神迷離。

陳平安剛打算走回一樓正門那邊，陸臺沒有收回視線，再次開口：「你是不是覺得我這樣的男人，很……可笑？甚至還有些噁心？」

陳平安停下腳步，轉身走向陸臺，離著陸臺大概五、六步遠的地方，他面對湖水背對廊道，也坐在了欄杆上。

沒有得到答案的陸臺也不惱，自顧自嫣然一笑，他挑出一盒胭脂，覺得它成色不佳，名不副實，便要將它隨手丟入碧水湖。

陳平安突然問道：「這盒胭脂賣多少錢？」

陸臺愣了一下，轉過身坐著，一起面向湖水，笑道：「不算太貴，每盒一顆小暑錢。這盒是今年新出的，名氣很大，好些中土神洲的出名仙子都愛用它。唉，多半是那些被豬油蒙了心的商家子弟的伎倆，我給他們合夥騙了。」

陳平安感慨道：「一顆小暑錢，那就是一百顆雪花錢，十萬兩銀子，我覺得……」停頓片刻，被清風拂面的陳平安輕聲道，「千金難買心頭好，你買它，不算貴，但是有些人聽到價格後一定會傻眼吧？他們打死都不會相信世上有這麼好的胭脂水粉。」

陸臺有些疑惑：「嗯？」

沉默片刻，一襲雪白長袍的陳平安將雙手疊放在膝蓋上，與陸臺說了家鄉龍窯那個娘娘腔漢子的故事。陳平安說得不重，語氣不重，神色不重，將一個已死之人的可憐一生，說給了身邊的男人聽。

他身邊的陸臺，腰繫彩帶，神采飛揚，恰似神仙中人，比世間的真正女子還要絕色。

而家鄉的那個男人，只是身材消瘦了一些，甚至會有鬍茬，長得不比市井婦人好看絲毫。哪怕他每天早上把自己收拾得乾淨清爽，可到了收工的時候，一樣會指甲蓋裡滿是汙泥，所以那個男人撚著蘭花指，不會有半點動人之處，而且他根本不懂什麼飛霞妝、桃花妝，也分不出點唇、畫眉的種種胭脂水粉。

陳平安望向遠方，有些傷感：「直到現在，我還是覺得他是一個很奇怪的人，明明是男人，為何喜歡像女人一樣裝扮自己，但是那天他用瓷片捅死自己之前，求了我一件事，我沒有答應，直到今天，我還是很後悔。如果我知道他會那麼做，我肯定會答應下來。他那天跟我聊了很多，最後笑著說他打算再也不像女人一樣裝扮自己了，所以希望我能夠幫他保管那盒胭脂，免得他又忍不住。

我當時哪裡會答應這種事情，死也不會答應的。他勸了我兩次，就不再勸了。他死了後，誰也沒看到那盒胭脂，其實誰也不在乎。」

陳平安轉過頭，笑望向那個如傾城美人的陸臺：「那麼貴的胭脂，扔了做什麼？」

陸臺歪著腦袋，那支精緻的珠釵便跟著傾斜，微笑道：「不然送給你了？以後回到家鄉，你拿著這盒胭脂去那傢伙墳上，告訴他天底下就是有這麼好的胭脂水粉，讓他下輩子投個好胎，做個姑娘家家，往自己臉上可勁兒抹，幾斤幾斤地抹，都不用再心疼錢了。」

陳平安轉過頭，望著遠方，輕輕搖頭：「我連他的墳頭都找不到，怎麼給他看這個？怎麼跟他說這些？」

眉眼清秀乾淨的白衣少年，雙手抱住後腦勺，不言也不語。

故事而已，一罈老酒揭了泥封，就只能喝光為止。

這罈老酒、這點小事就像陳平安肚子裡的陳釀，一打開之後，遇上對的人，就會有酒香，而且也只有遇上對的人，陳平安才會與他對飲。

陸臺便是那個與他對飲的人。

陳平安和他所尊敬的、親近的人，比如寧姚、阿良、劉羨陽、顧璨、張山峰，都沒有說起過這一茬。

可惜陸臺聽完這個故事之後，似乎沒有太大感觸，最後反而打趣陳平安：「跟我講這個，是不是說我這樣悖理違俗的男人，沒幾個有好下場，到最後連個墳頭都留不住？」

陳平安啞然失笑，只得跳下欄杆返回一樓。

不知為何，跟陸臺說過了這件陳芝麻爛穀子的事，陳平安覺得心裡舒服多了，如解開了心結。當天下午的練劍，同樣是雪崩式，感覺少了些凝滯，多了幾分圓轉如意。

在這天之後，陸臺便換了一身裝束，頭別玉簪，身穿青衫，手持黃竹摺扇，從一位絕色佳人變成了翩翩公子，這讓陳平安如釋重負，哪怕陸臺時不時走到一樓，隨手翻閱他的藏書，或者煮一壺茶看他練習《劍術正經》，陳平安都沒有說什麼。

陸臺不愧是博聞強識的陰陽家子弟，跟陳平安說了許多他以往不曾聽說過的事情，比如拳架分內外、劍架分意氣，還說了打磨第四境的注意事項和一些建議。一名純粹武夫躋身鍊氣境後，如何打熬三魂，講究很多，人身三魂，胎光為太清之陽氣，武夫淬煉此魂，最好是揀選旭日東昇、朝霞絢爛之際，練拳不懈怠，精誠所至、金石為開，說不定會有機緣巧合，讓胎光更為強壯，更加生機勃勃。

陸臺提及此事的時候，陳平安大為汗顏，心虛不已——在老龍城孫氏祖宅破開三境之初，有金色蛟龍從朝霞雲海之中洶湧撲下，卻被他一拳拳打了回去，而且還不是一次，是兩次。

陸臺跪坐在靠窗位置，喝著以碧水湖的泉水精華煮出的茶水。換了裝束妝容後，他高冠博帶，大袖逶迤，士子風流。他的心眼何等活絡，他一下子就看出了陳平安的窘態，便刨根問底。陳平安和盤托出，陸臺當場噴出一口茶水，朝陳平安伸出大拇指，說教你陳平安符籙和拳法的老師傅，估計都是不拘小節的性情中人。

陳平安詢問是否有補救之法，陸臺想了想，說到了桐葉洲，陳平安可以碰碰運氣，去一些個猶有神靈巡遊陽間的武聖人廟。歷史上不少令人驚豔的天才武夫，都是在武聖人廟瞎貓碰上死耗子，得到了一份很大的機緣。說到這裡，陸臺便有些唏噓，說他在離家遊歷之前，聽師父說過一名大端王朝的年輕武夫，資質天賦好到驚世駭俗，厲害到了讓數位武聖人廟神靈主動找上門，給予他一份武運的地步，而那個傢伙比他陳平安還要過分，竟然一拳拳打退了那些主動示好的武廟神靈。

陳平安猜測這人多半是在劍氣長城上結茅修行的曹慈了。

陸臺隨便提了一嘴，既是告誡陳平安，又彷彿是在自省，說純粹武夫也好，山上修行也罷，大道之上，運氣很重要，但是接不接得住，更重要。福禍相依，天才早夭的例子不計其數，便是此理。

陳平安深以為然。

陸臺隨即話鋒一轉，說你陳平安這般深居簡出，害怕所有麻煩，從不主動追求機緣，一心只想著避開機會，很不好。

陸臺之所以有此「怨言」，除了起先陳平安死活不願與他有交集，還源於這艘吞寶鯨前段時間打開了第四個破碎福地的祕境入門禁制，准許乘客入內探尋，而陳平安卻視若無睹。只要乘客交付一枚穀雨錢，就能夠進入其中歷練修行，一切所得，渡船均不會向乘客索取，如果有人願意將其中所得折算成雪花錢就地售賣，吞寶鯨當然歡迎。

這條吞寶鯨是金甲洲五兵宗的獨有之物，這塊祕境多上古術法殘留，極難打開，代價極大。得到這塊祕境之後，五兵宗按照慣例，吃獨食吃了足足一百年，到最後發現竟然得不償失。五兵宗乾脆將這個名為「登真仙境」的祕境對外開放，學那寶瓶洲的驪珠洞天，收取一筆過路費。

登真仙境方圓有千里之大，只是一塊殘破之地，大小就已經媲美整座驪珠洞天，它的前身為七十二福地之一，其廣袤程度，確實要遠遠勝出三十六洞天。

這塊祕境每十年打開一次，只許元嬰境之下的鍊氣士進入，對於純粹武夫則無門檻要求。在兩百年前有一位扶搖洲的幸運兒，其修為不過洞府境，竟然得到了一把威力巨大的半仙兵。他大概是覺得自己守不住那把神將大戟，這把大戟也不適合自己，便賣給了五兵宗，可謂一夜暴富。之後他財大氣粗，硬生生靠錢把自己堆上了金丹境，一枚穀雨錢換來了一個金丹修為，誰不豔羨？

此事轟動金甲洲，一時間湧入登真仙境的鍊氣士有如過江之鯽，需要有很硬的關係才能排上隊，已經不是錢的事情了。經過三百年，登真仙境才逐漸變得沒那麼炙手可熱，但依然是讓人覺得物有所值的一方勝地。

陸臺當然知道這種「開門紅」，多半是商家高人指點五兵宗的手筆，跟那盒風靡數洲的胭脂一個德行，是合夥坑人呢！

對於登真仙境的虛實和深淺，陸臺一清二楚，師父說過如果他有興致，又有閒暇，不妨走上一遭，看能不能撿到一些值點小錢的破爛貨。

陸臺此次為何乘坐吞寶鯨？當然上上籤卦象和大道契機最重要，可是進入登真仙境，尋得一筆錢財，也是他陸臺志在必得的。

陸臺極力邀請陳平安一起進入登真仙境，可是陳平安到最後只答應再借給陸臺一顆穀雨錢，他自己還是執意不去。

陸臺只得獨自進入登真仙境，兩旬之後他風塵僕僕地離開登真仙境，當天就還給陳平安三顆穀雨錢，多出的一顆，說是利息。陳平安聽陸臺講完遊歷經過和巨大收穫後，便心安理得地收下。

原來陸臺憑藉家傳陰陽術，破開了一座上古仙家府邸的禁制，一路有驚無險，差點成為那座古老仙府的主人，只是礙於五兵宗訂立的規矩，才主動放棄了對那座福地府邸的掌控。他跟五兵宗私下交易，換了一大堆穀雨錢，因為五兵宗在跨洲商貿的很多地方需要用到小暑錢和穀雨錢，所以五兵宗暫時賒欠陸臺大部分錢款，並向他保證半年之內就會全數償還，而且會額外加上一筆紅利。

別覺得五兵宗虧大了，原本雞肋的仙府在被陸臺成功打開後，由於靈氣充沛，適宜修行，吞寶鯨的貴客就會願意居住其中。細水長流，五兵宗半點不虧，商家掙錢，暴利當然很好，可是這種有穩定收入的「錢脈」，才是長長久久的立身之本。

陸臺一舉成為登真祕境歷史上收穫第三的幸運兒。

除此之外，陸臺從仙府拿到了一門上古登仙術法，和一件名為「鼇山幻樓」的上乘法寶，陸臺並未售賣這兩份機緣。

哪怕陸臺實實在在證明了陳平安與一樁洪福失之交臂，陳平安還是沒有太多情緒起伏，只是將那枚賺到的穀雨錢放在桌上，看書乏了，就以手指翻轉穀雨錢，讓它在手背上滾來滾去。對於陳平安，這是一個解乏的好法子，立竿見影。

這讓陸臺很是鬱悶。說了好些苦口婆心的言語，可是陳平安始終不為所動，所以陸臺每次煮茶，都沒有邀請陳平安共飲，當然，估計陳平安自己也沒有想法。

陸臺是個地地道道的講究人，他生於千年豪閥、仙人之家，不是尋常的人間世族子弟可以媲美的，所以陸臺的氣質，渾然天成，既是鍾靈毓秀，也是耳濡目染。

鬥茶之茶，要新；手法和茶具，要古；煮茶泉水，要清且重；飲茶之人，要淨且靈。

陸臺跟陳平安相處久了，始終覺得陳平安太死板了，所以是淨有餘而靈不足，一樣還是會辜負他的好茶。就像今天，陸臺又藉機提起這樁「天上掉了錢如雨嘩嘩落下，你陳平安卻去屋簷下躲雨」的痛心事，陳平安只是默然不語。

陸臺覺得實在敲不醒這個榆木疙瘩，就要放棄說服陳平安了，便隨口說了一句大而無當的空洞言語，可世事就是如此無常，陳平安不僅聽進去了，而且還用心記下了：「陳平安，你練拳練劍，心都很定，這是你厲害的地方，但是你要小心，心定不是心死，心境可以靜如止水，切忌一潭死水。」

這是陸臺隨口說說的，連他自己都覺得是一些廢話，可陳平安竟然第一次主動停下那套翻來覆去的枯燥劍架，坐在他面前，學陸臺擺出跪坐飲茶的姿勢，有些彆扭，與陸臺的瀟灑風流有著雲泥之別，就像是莊稼地裡的老農學那老夫子坐而論道，只會搖頭晃腦，裝模作樣。

陳平安擺出這副姿態，陸臺覺得挺好玩的。在中土神洲年輕一輩當中，被譽為鬥茶無敵手的陸氏俊彥，斜眼打量著渾身不自在的陳平安，怎麼看怎麼有意思。給他這麼一瞧，陳平安自然越發拘謹。

對於真正的讀書人，陳平安還是心嚮往之的，比如齊先生、李希聖，還有彩衣國城隍爺沈溫，哪怕是張山峰臨時興起的吟詩作對，都會讓陳平安心生嚮往。

陳平安克服心中的不適，問道：「你是說我的心性，走了極端？」

陸臺愣了一下，聰慧至極的他，沒有敷衍應付，也不敢妄下斷論。

若是面對常人，陸臺可以隨口胡謅，或是說些不錯不對的言語，可是面對陳平安不行。

兩人對坐，陳平安一臉認真神色，陸臺心中苦笑，好像自己畫地為牢了。

陸臺心中一動，有些恍惚，來得這麼早？本以為只有踏足桐葉洲的陸地，與陳平安相伴遊歷，經歷種種坎坷和磨難，才會出現此契機的苗頭，不承想如此措手不及。

陸臺穩定心境，開始屏氣凝神，鄭重其事地遞給陳平安一碗茶，說道：「慢慢飲，等你喝完，我再說一點我的見解。」

陳平安不知其中講究，只當是一場找人解惑的普通問答，就點點頭，接過茶碗，喝了一小口。

在桂花島風波過後，陳平安遇上那位愛慕桂夫人數百年的中年漢子，在渡口中年漢子揮手造就的小天地之中，跟中年漢子有過一番問答，以致那位中年漢子竟然說了句「你別想壞我大道」。

當時陳平安便是在說一把尺子兩端的道理。他認為舟子的道理走了極端，看似有理，實則無理，因為它還不夠完善，不如書上所說的「中庸」。

而道家的根底，是「道法自然」四字。

那次夢中讀書，陳平安依稀記得有人說過，儒家的道理，從不在高處，不在到底有多高，而在道理是否落在了實處。那人甚至笑言，咱們儒家的至聖先師，學問已是何等的深遠高超，可有一次問道之後，他曾對一名弟子私下感慨，甚至帶了點自慚形穢，說某人的道，真高，可是……只可惜「可是」之後的內容，陳平安已經記不得一星半點了，也有可能是那個人或者那本書根本就沒有說。

陳平安這兩次「遊山玩水」，其練拳的初衷已經從最初的「我這一拳要最快」，變成了「這一拳可以更快，但是必須最有道理」。

陳平安一生中最有分量的一句話之一，是在返鄉的一座客棧中，他對粉裙女童和青衣小童所說的那句「如果我哪裡做錯了，你一定要跟我說」。

無論落魄山竹樓老人，在他身上和神魂上打下多少拳，無形之中，陳平安始終在懷疑自己。其實在倒懸山上，陳平安對寧姚爹娘說的那句無心之言已經道破了天機，那意味著陳平安一直在否定自己：「是我做得不夠好。」

做得不夠好，就是錯。世間有幾人，會如此苛求自己？

這種心態不是無緣無故形成的，而是陳平安本命瓷一碎，之後又經歷種種困苦艱辛，種種機緣巧合，使得陳平安不得不試圖拼湊出自己的完整心境。

成了，便是日月在天的奇觀，群星黯然。

不成，大概便是種種失約，種種失望。

一個人沒東西吃，就會餓死，可若是心田乾涸，一樣會死，只是渾然不自覺而已，今日不死他年死而已。

拚命求生，逆境絕境，憤然而起，奮發向上；可又悄然求死，暴飲暴食，不知節制，七情六欲，心猿意馬，種種弊端，即是人心古怪處。

人心之複雜，便是聖人、仙人都不敢自認看透。崔瀺在小鎮為何會輸，便是例子。

循著這條心路，陳平安的心境便很明瞭。劉羨陽之所以差點死了，是因為我陳平安做錯了，所以我死了就死了，講完自己那點對方都不願意聽的道理，一了百了。

齊靜春願意在小巷與他對揖，但是陳平安還是只記住了劍靈所說的「齊先生在賭，賭那萬分之一」，至於為何齊先生願意相信他，沒有對這個世界失望到底，陳平安反而從未想過。

當一個人真正開始認識這個世界，看過高聳入雲的大山、蜿蜒無盡的江河，看過了那些無比高遠的壯闊景象，看過了那些讀書人的風流，那些象徵著一國威嚴的衙門、官服，看過了人生無常的生老病死，看過了看似壯烈實則冷血的鐵騎陣陣，看過了昔日朋友變得陌生，越行越遠而無可奈何，看過了父母逐漸老去，你卻始終無法挽留……他在某一刻，就會突然覺得自己很渺小。

這種感覺，大概就是孤單。

對於他人的悲傷人們很難感同身受，他人分享的快樂總是一閃而逝，人生只是一場場告別……

陳平安對這個世界，其實充滿了畏懼。

劉羨陽、李寶瓶、顧璨都不會像陳平安這樣。

顧璨會一門心思想著報仇。

李寶瓶會覺得天地間總有這樣那樣的有趣事情，沉浸在自己豐富多彩的內心世界裡，幾乎從不質疑自己，更不會輕易否定自己，所以她才能夠說出那一句：「怎麼會有不喜歡李寶瓶的小師叔？」

劉羨陽則會發自肺腑地說：「我要去看更高的山、更大的河，我一定不要老死在這個小地方！」

而陳平安可能會去做很多事情，比如帶著李寶瓶他們去大隋，但是陳平安的心境意象會躲起來。

陳平安的心思和念頭，大體上都是「不動」的。

在龍窯燒瓷多年，少年一直在求手穩，其實就是在執拗地追求心定。

心不定，他就會記恨宋集薪的有錢，嫉妒他有人相依為命，會讀書；他就會嫉妒劉羨陽學什麼都快，任何事情都是一上手就會；他還會厭惡和看不起那個娘娘腔男子，會在大山之中第一個找到他，不給娘娘腔指出一條隱蔽山路。

凡事有利則有弊，心定了，走了極端，就像陸臺所說的，容易「心死」，這其實就是道家所謂的「假死」。

這就是阮邛哪怕對陳平安沒有成見，卻從來不把陳平安當作同道中人，不願收他為弟子的根源所在，這也是為何陸臺會覺得陳平安靈不足的原因。

所以劍靈當初看到的少年心境是一個年幼孩子守著墳頭和山頭，是草鞋，而唯一的「動」，是向南方追逐著某個人的身影。

那個身影，其實正是御劍離去的寧姚。

陳平安送劍給心愛的姑娘那趟旅程，比起去往大隋的戰戰兢兢、如履薄冰，終於多了一份自主意願——「是我想走這趟江湖」。

我陳平安要為自己做點什麼。

哪怕羨慕老龍城的范二，哪怕到了劍氣長城後，陳平安肩頭又多了一副擔子，陳平安反而在心境上，比以前更加輕鬆。所以陳平安換下了草鞋，穿上了一襲長袍，想要成為劍仙，而且是能夠在劍氣長城上刻字的大劍仙。

當初文聖老秀才為何會在醉酒之後，拍著陳平安的腦袋說少年郎要喝酒，不要想太多太過沉重的事情，就在於老人一眼看穿了少年的心境問題。

少年不該如此，當靜極思動，應該卸下擔子，輕鬆地去做少年郎該做的美好事情。

只是世間道理，聽沒聽說，知不知道，是一回事，如何去做，又是一回事。

書裡、書外的道理，如何落在實處，難上加難。

陳平安一口一口喝著茶水，在陸臺即將說出他的答案之前，陳平安突然開口說道：「我之所以不願意跟你接觸，更不願意去登真仙境，答案其實很簡單，因為我怕死。」

在家鄉小鎮，接連面對蔡金簡、苻南華和搬山猿，陳平安認為自己差不多等於死了一次。在蛟龍溝，是第二次。

事不過三。

陳平安緩緩放下已經喝完的茶碗，笑道：「不管你信不信，靠運氣的好東西，我從來拿不住。」陳平安自顧自說道，「我方才想了想，覺得可能以前我是對的，但是現在我還是這樣的話，就是錯的。想要以後的修行走得更遠，得慢慢改正了。」

陸臺神色古怪，還有些凝重。

他方才其實在以陸氏不傳之祕觀心神通，偷窺陳平安的心境。

陳平安端起茶碗：「能不能再來一碗？」

陸臺沒好氣道：「你當是喝酒啊？」可他仍給陳平安添了一碗茶水。

陳平安繼續說道：「但是不跟著你去登真仙境，我覺得沒錯，說不定我跟你一起進入登真仙境會害得你一點錢都掙不到。現在，你掙了大錢，我掙了三顆穀雨錢，挺好的。」

陸臺自己早已不再飲茶，他將雙手放在膝蓋上，笑道：「兩顆是你借我的，你其實只掙了一顆。」

陳平安猶豫了一下，還是坦誠相告：「我覺得是三顆。」

陸臺哭笑不得，敢情這傢伙根本就沒想過自己會還錢？

陳平安喝著他肯定喝不出名堂的茶水，輕聲道：「要餘一點，錯過了就錯過了，不能事事都求全占盡。陸臺，你覺得呢？」

陸臺愕然，隨即大笑道：「陳平安，你竟然在躲那個一！」

陳平安喝著一碗茶水，同時一頭霧水。

陸臺隨即滿臉憤懣，身體前傾，一把從陳平安手中搶過茶碗，隨手揮袖，收起所有茶具，氣呼呼站起身，狠狠瞪著陳平安：「上陽臺觀道，到底是誰觀道？是誰桐葉封侯？你都知道了，我一個小小的桐葉封侯算個屁！虧死我了！」

陸臺咋咋呼呼登樓離去，踩得樓梯噔噔作響。

陳平安茫然撓頭，只覺得自己像個丈二和尚，摸不著頭腦。

之後很長一段時間，陳平安有點慘，陸臺又換回了女子裝束，打扮得花枝招展不說，還每天搔首弄姿，來一樓這邊故意噁心陳平安。

陳平安脾氣再好，也受不了那層出不窮的脂粉味和蘭花指，以及讓人極其膩歪的擠眉弄眼和嬌聲嬌氣，於是在某天早上陸臺坐在欄杆上哼小曲的時候，一拳打得陸臺摔入碧水湖中。

怒氣衝衝地從水裡掠出的陸臺，落湯雞一般，他強忍著拿針尖、麥芒兩把本命飛劍戳死陳平安的心思，只是對著陳平安破口大罵：「你就這麼對待自己的半個傳道人？你陳平安還有沒有半點良心？」

在提到傳道人的時候，陸臺明顯有些底氣不足，但他在罵陳平安沒良心的時候，倒是理直氣壯。

在那之後，陸臺不再理睬陳平安。

光陰悠悠流轉，拂曉時分，吞寶鯨到達桐葉洲扶乩宗渡口，陳平安去三樓提醒陸臺可以下船了，但是早已人去樓空。

陳平安沒有多想，只覺得陸臺真是個怪人。

他便獨自一人，從海底的吞寶鯨登上桐葉洲的陸地。

陳平安走上渡口，跺了跺腳，就像當年第一次由泥瓶巷走入福祿街，從黃泥爛路走上青石板路，充滿了新鮮感。

陸臺不在身邊，陳平安覺得挺好，雖然這麼想，有點對不住那傢伙。

就在陳平安腳步很是輕鬆輕快的時候，在渡口一家熱鬧的店鋪旁邊，他見到了一個熟悉的身影，頓時齜牙咧嘴。

換上了青衫長袍、玉帶簪子的陸臺正蹲在街邊，啃著一個肉包子，見到了陳平安後，他轉頭看了眼蹲在他身邊的一條土狗，土狗正眼巴巴地望著陸臺，陸臺便把手中的肉包子丟給了路邊的土狗。

陸臺對陳平安挑了挑眉頭。

陳平安走過去後，陸臺還在那啃著另一個皮薄餡美的肉包，搖頭晃腦，很是欠揍。

陳平安先彎腰摸了摸那條狗的腦袋，然後直接就給了陸臺一腳。

陸臺一屁股坐在地上，好在手裡的肉包子還沒丟。

踹了自己一腳，那傢伙竟然還有臉笑？口口聲聲說自己怕死，怎麼到我陸大爺這邊，你陳平安就不怕死了？真當我的針尖、麥芒，與那些廢棄的胭脂水粉一般，只是擺設？

陸臺突然有些鬱悶，因為他才記起，陳平安根本就不曉得這兩把本命飛劍的存在。

陸臺站起身，惡狠狠吃掉肉包子，警告道：「吞寶鯨那一拳，渡口這一腳，兩次了！」

陳平安笑道：「事不過三。」

陸臺厲色道：「敢有第三次，我要麼打死你，要麼換回女子裝束，噁心死你！」

陳平安立即抬起手臂，雙指併攏，佯裝對天發誓狀，可言語內容卻是：「如果有第三次，請你務必選擇打死我。」

陸臺驀然一笑。

見陸臺沒有追究計較的意思，陳平安便仰頭望去，遠處有一座巍峨大山，在半山處即有雲海遮蔽景象，使得世人看不見山上風光。據說一年之內只有數次機會，山下之人才得以窺得此山全貌，山巔矗立著一大片宮觀殿閣。

神仙書《山海志》上就記載了這個扶乩宗，其中讓陳平安印象最深的有兩點：首先扶乩宗與龍虎山天師府一樣，不屬於道家三脈之一，擅長「神仙問答，眾真降授」，簡單來說就是與寶瓶洲的風雪廟、真武山有異曲同工之妙，能夠請神下凡，區別在於請下人間的是神祇，還是真仙；其次扶乩宗的山頭豢養精怪鬼魅之多，冠絕桐葉洲，其半山腰處有一條喊天街，無奇不有。

陳平安對於那些活潑可愛的古靈精怪一直很有興趣，就想著在扶乩宗開開眼界。若是以往，他也就只能在心裡想一想，可是現在倒是願意做一做。

而且他那把長氣，當陳平安向北而走時，便有劍氣微顫，震動他的神魂，若是他向南而行，劍氣便無動靜。這讓陳平安鬆了口氣，往北走，好歹距離寶瓶洲越來越近。

陸臺對於遊覽喊天街一事，舉雙手贊成，他說那兒的一些小玩意兒，不但珍稀罕見，而且價錢公道，這是錬氣士遊歷桐葉洲時的必去之地。

望山跑死馬，瞧著距離那座大山頭不太遠，但其實能走上好久。陳平安一路上時不時望向那座雲霧繚繞的高山，他如今已經不是初入江湖的雛鳥了，很清楚扶乩宗的厲害，若是擱在寶瓶洲，就只比神誥宗略遜一籌。

這座位於桐葉洲中部的扶乩宗既然是宗字頭仙家，意味著它最少有一位玉璞境修士，而且比起版圖最小的寶瓶洲，桐葉洲的山頂仙家更有分量和底蘊。桐葉洲南北各有桐葉宗和玉圭宗，兩宗分別掐住這塊陸地的兩端，好似占據了桐葉洲半壁江山的氣運，所以在桐葉洲還能夠脫穎而出的宗門，往往都是殺出一條血路的強大勢力。

閒來無事，陸臺便聊了些桐葉洲和寶瓶洲的不一樣之處。寶瓶洲是小地方，如果不是神誥宗祁真躋身仙人境，獲得中土上宗賜下的天君頭銜，明面上一個仙人境都沒有，所以陳平安在師刀房那堵牆壁上，看到有人懸賞大驪藩王宋長鏡，其理由只是覺得寶瓶洲不配擁有一個十境武夫。

反觀桐葉洲，桐葉宗和玉圭宗的當家大佬，都是在仙人境趴了好幾百年的老王八。扶乩宗有兩位玉璞境修士，一男一女，是一對道侶，羨煞旁人。

相傳扶乩宗的那位玉璞境女修喜好飼養精魅，她成為地仙後，還是願意經常露面，專程下山收集種種精怪。扶乩宗宗主便乾脆大手一揮，傾盡私人財力，打造了喊天街，只為了讓道侶近水樓臺先得月，不用多跑那幾步路。

說起這樁恩愛，陸臺滿臉陶醉和憧憬，看得一旁陳平安毛骨悚然，因為他並不知道陸臺是將自己想像成了扶乩宗宗主，還是宗主的道侶。

大概是被勾起了心中的那份纏綿悱惻，陸臺哪怕當下是一身世家子衣飾，仍然不厭其煩地與陳平安說起了那些梅花妝容、額黃酒靨，幾種胭粉的色澤暈染和撲面次序，中土神洲仙子與別洲仙子的穿衣喜好，濃妝重彩和淡抹小點妝的各有所好……

陳平安忍了半天，終於還是忍不住了，轉頭對這傢伙正色道：「陸臺，算我求你了，你跟我聊這些，我不想聽，何況聽了也沒有用啊。」

類似言語，陳平安只對馬苦玄說過一次，那次是馬苦玄在大戰之間碎碎念個沒完。只不過他對於馬苦玄是厭惡，而對陸臺更多的還是無奈。

陸臺一挑眉，然後痛心疾首道：「沒用？你就沒有喜歡的姑娘？萬一有的話，就不想她更好看？你好歹也能靠這個跟人家聊聊天吧？你真以為仙子不放屁，個個不愛美？活該你打光棍！」

陳平安一下子開了竅，斬釘截鐵道：「有！想！」

他當然有喜歡的姑娘，想她更好看……嗯？不對不對，寧姚已經最好看了！

陸臺看得直搖頭：「傻了吧唧！估計有了姑娘也留不住。」說完後，陸臺猶不甘休，憑空變出那把竹製摺扇，嘖嘖道：「留不住啊留不住。」

陳平安呵呵一笑。

察覺到陳平安有動手的跡象，陸臺斜眼提醒道：「別動手啊，你一個天天翻書的人，哪怕不是君子，好歹也算半個讀書人。這才幾步路，說好的事不過三呢？」

渡口本就是扶乩宗的私產，他們一路往扶乩宗山頭而去，路上多有神神怪怪的景象，有十數人乘坐在一條名為「紫髯公」的紫色大蟒身上，風馳電掣，但是乘坐之人個個四平八穩。他們頭頂經常有充滿劍氣的虹光掠過，轉瞬即逝。見過了老龍城和倒懸山，陳平安對此已經見怪不怪。

陸臺說，桐葉宗跟零零碎碎的寶瓶洲很不一樣，山頭數目不多，但大部分都是龐然大物，在這裡不是隨便扯一杆破爛旗幟就能自封山大王的，桐葉宗的王朝和江湖，這兩股勢力不容小覷。

當然事無絕對，不入流的仙家門派肯定有，畢竟桐葉洲疆域實在太大了，再說了，哪塊田地還沒個老鼠窩。可像觀湖書院以南的寶瓶洲，幾乎國國有仙府的景象，在桐葉洲肯定沒有。

兩人在寬闊道路一側並肩而行，十分惹眼。來往車輛的女子，無論是仙師還是富家千金都拋來好奇打量的眼神。這主要還是歸功於風度翩翩的陸臺，陳平安站在他身邊，更多的是綠葉的作用。

陸臺沒來由感慨道：「婆娑洲不去說，很強大，文風鼎盛，仙師如雲，尤其還有一個醇儒陳淳安坐鎮。咱們腳下的桐葉洲性子喜靜，跟賢淑女子相似，與世無爭，又有地利之便，連跨洲渡船都沒幾艘，上天無路、入地無門，所以比較排外，算是一塊很大的世外桃源。西南方的扶搖洲可就熱鬧了，山上、山下沒個界線，整天打打殺殺，鍊氣士的江湖氣都很重。」

陳平安突然小聲問道：「陸臺，你是什麼境界？可以說嗎？」

陸臺輕搖摺扇，鬢髮飛揚，微笑道：「陸氏子弟，不太在意境界高低，只看『觀河』

的眼力有多遠。」

陳平安點頭道：「那就是不高了。」

陸臺扯了扯嘴角：「相較於中土神洲的修道天才，當然算不得高，可比起你嘛，綽綽有餘。」

陳平安笑道：「我認識一個比我略大的人，他已是七境武夫了。我在家門口遇上一個長得像狐狸的婆娑洲年輕劍修，好像是九境。我家裡有兩個小傢伙，一條火蟒、一條水蛇估計快要六境和七境了。你呢？到底是幾境？」

陸臺仍是不願意洩露自己的境界高低，只是得意揚揚地道：「我的兩個師傅，一個授業，一個傳道，都是上五境。」

陳平安「哦」了一聲。

陸臺瞥了眼陳平安：「啥意思？不服氣，還是不入眼？」

陳平安點頭道：「服氣。」

陸臺笑咪咪道：「陳平安，你這副口服心不服的德行，是不是希望躺著被人敬酒啊。」

陳平安疑惑道：「什麼意思？」

陸臺「啪」一聲收起摺扇：「死了之後，總該有人上墳祭酒吧。」

陳平安沒好氣道：「彎彎腸子。」

陸臺爽朗大笑，又打開了摺扇，清風陣陣而來，真是秋高氣爽。

兩人步行半日，才在黃昏中走到扶乩宗山頭的山腳。

山名垂裳，按照陸臺的說法，寓意君王拱手垂袖而治，可為何扶乩宗的山頭卻用了儒家的說法，陸臺也說不出一個所以然來。

一個時辰後，暮色之中，陳平安和陸臺終於見到那條喊天街，街上燈火輝煌，亮如白晝，哪怕是晚上，依舊遊人如織。

走入人滿為患的大街後，陸臺讓陳平安見識到了何謂花錢如流水，什麼叫老子一擲千金，眼睛眨一下算我窮。

陸臺走入第一家鋪子，就買了兩頭陳平安聽都沒聽過的小精魅，其中一頭名叫瞳子。聽了店鋪掌櫃近乎諂媚的介紹，陳平安才知道此物可以豢養在主人眼瞳之中，不但可以每天幫主人汲取些許天地靈氣，最重要的是每當瞳子見到傾國傾城的絕色佳人，便能夠幫助主人「明目」。許多修行天眼通之類術法的鍊氣士，此物最是其心頭之愛。

陸臺花了足足八百顆雪花錢購得此物，說是要送給陳平安。陳平安當然不會收下，陸臺便搖頭惋惜，說你就不想每天都能夠眼神精進？言下之意，有我陸臺在你眼前，而你眼中又有瞳子，豈不是看我即修行？

老掌櫃看了眼俊逸非凡的陸臺，又瞥了眼陳平安，笑容玩味。

陳平安一身雞皮疙瘩，假裝什麼都沒聽懂。

相比被陸臺收入囊中的瞳子，當時瞳子旁邊的一夥活潑小人，其實更讓陳平安心動。它們小如米粒，被稱為「耳子」，諧音「兒子」，是一種生活在耳朵中的精魅，以人的耳膜為鼓面，在人入睡時便悄然擂鼓，主人和旁人都不會耳聞其擂鼓之聲，卻可以激發主人的陽氣，無形中震懾那些行走於夜間的諸多邪魅。

這是山下豪門顯貴在不小心「鬧鬼中邪」後，必然重金購買的一種精怪。許多下五境的鍊氣士，如果需要行走山林湖澤，由於境界低微，也會隨身攜帶一隻。

除了瞳子，陸臺還買了一隻指甲蓋大小的蜘蛛，這蜘蛛五彩斑斕，十分討喜，可光是牠的名字就足夠讓陳平安敬而遠之——春夢蛛，喜好採擷、收集那些春光旖旎的夢境，當人入睡之後，牠就可以在主人頭頂織出一張五光十色的小網，而主人就會在夢中消受那千金春宵，因此春夢蛛經常被宗門用作砥礪弟子道心的道具，牠也是崇尚雙修的道派山門必備品之一。

春夢蛛附近的一排小籠子，還裝有包括漆黑如墨的噩夢蛛在內的諸多蜘蛛，各有其奇特之處。陳平安當然欣賞不來這類精怪，可是陸臺偏偏很喜歡，為春夢蛛花了六百顆雪花錢，就因為他覺得春夢蛛長得很可愛，於是那個老掌櫃的笑容更加有深意了。

之後陸臺在一間鋪子跟一名中五境修士，為了一隻罕見精怪起了意氣之爭。這次陳平安倒是沒覺得陸臺大手大腳，他認為那十二顆小暑錢花得物有所值。陸臺之所以能拿下，還是因為競價的對手身上沒有太多神仙錢幣，加上陸臺氣勢十足，一副你願意抬價我就陪你玩到底的架勢，才讓那人罵罵咧咧離開鋪子。

陸臺手心托著一隻極其少見的羊脂獸，小傢伙在他手掌上活蹦亂跳，通體美玉質地，是由玉石精魄凝聚而成。牠的身軀就是上品的天材地寶，是製造符籙玉牌最好材質之一。羊脂獸性情剛烈，成年後，只要被抓到就會選擇自盡，因此無法飼養，而陸臺手心這隻被修士無意間捕捉時尚且年幼，才沒有「玉石俱焚」，存活了下來。只要飼養得當，牠就有可能成為價值連城的「活靈寶」。唯一的缺點就在於豢養羊脂獸，比買下牠的開銷更大，因為牠只吃雪花錢。

掌櫃是名姿色平平的婦人，笑言如果不是扶乩宗已經有了一對羊脂獸，否則這樣的好東西，肯定當天就會被重金收走。

兩人沿著街道兜兜轉轉，進進出出，

陳平安其實也看中了三樣，只是猶豫不決，終究不太捨得一擲千金。

一頭三足金蟾，屬於天地靈獸之一，據說持有者可以增長自身財運；一隻銀白色的尋寶鼠，對天地靈物有敏銳的嗅覺；還有一種名為「酒蟲」的小傢伙，只會從陳釀美酒中誕生。如果將牠放入新釀酒水中，只需要幾個時辰，就有埋藏了數年美酒的醇厚口感，自然是世間所有嗜酒之人的心頭愛。

陳平安沒有花錢，陸臺則依舊花錢不停。他買了一條巴掌大小的龍鬚鯉，龍鬚鯉身為鯉魚，卻長有兩根蛟龍長鬚，其鬚是天材地寶之一，只是比起被陳平安製成縛妖索的那兩根金色蛟鬚，品相自然遜色太多了。這類龍鬚鯉，勝在可以繁衍生息，試想一下，一座仙門買下數條龍鬚鯉，精心培育，千百年之後，那就是一池塘的龍鬚鯉。

陸臺還買了一條牛吼魚，牛吼魚的體長不超過手指長度，卻能發出如雷吼聲。陳平安根本不理解陸臺買牠做什麼，嚇唬人？最後陳平安還在街道盡頭的鋪子裡看到了一群符籙紙人，這些符籙紙人價格不一，被裁剪成各色樣式，大致按照身高分為三種：一指高度、一掌高度、一臂高度。它們栩栩如生，能夠打掃庭院、養花養鳥、幫忙搬書及曬書等等。

紙人在山下人家，尤其是富裕門庭中頗為流行，它也分等級品次，畫符之人的道行、名望、流派，很大程度上決定了紙人的價格，紙張的質地也有關係。有專門製造紙人的宗門經營商號，利潤極高。

這些憨憨的小紙人，陳平安覺著極其好玩，卻絕對不會動心購買，因為貴，而且不划算，買來無用，跟價廉物美半點不沾邊。

陸臺卻一口氣砸下五百顆雪花錢，買了一大摞折疊起來的符紙小人，全是最矮小的那種，說是無聊的時候，就讓它們在桌上演武廝殺，一定很解悶。

陳平安在花錢這件事上跟陸臺根本沒話聊。

在喊天街往上走個三、四里山路，有一座行止亭，這座亭意味著所有外人在此停步，不可繼續登山，陳平安和滿載而歸的陸臺一起走入那座行止亭。

一路上陳平安忍不住多瞥了幾眼陸臺，很好奇他將那些靈怪精魅藏到哪裡去了。陸臺確實擁有方寸物，只不過符紙符籙尚可儲藏其中，但是精魅這類帶有陽氣的活物，萬萬不可放入，一放就會爆裂，甚至有可能害得方寸物崩碎。

在亭子裡稍作休憩，遠觀扶乩宗周邊的夜景，之後兩人就返回喊天街附近，尋找客棧下榻。結果兩人直接分道揚鑣，因為陸臺要住神仙府邸，陳平安自然是隨便找家客棧就能對付一宿。

一夜無事。

在扶乩宗眼皮底下想要出點事情都難，前提是不要招惹那些眼高於頂的扶乩宗子弟。

昨日兩人約好在行止亭碰頭，然後下山北行，可是陳平安早早到達亭內，看過了日出東海的壯麗景象，一直待到日上三竿，還是不見陸臺身影。他正要下去尋找，才看到陸臺打著哈欠登山而來。陸臺看見陳平安，朝陳平安招招手，就再不願挪步向前，反正多走一步都是冤枉路。陳平安嘆息一聲，走出亭子，跟他一起下山。

陳平安昨夜還擔心陸臺在喊天街的大手筆會惹來風波，行走四方，到底是財不露白的好，等到兩人下山，一路向北行出六、七百里，還是沒有任何異樣，陳平安這才放下心來。陳平安按照其背上長劍的偶爾「提醒」，數次調整方向，循著大致方向前行，因此難免要繞過官家大道，跋山涉水。

陸臺對此毫無意見，遇上城鎮鬧市、酒樓店鋪，他都會停下腳步，閒逛一番，陳平安也不拒絕。

這一路，陳平安走得平淡無奇，無非是在寂靜無人煙的山林水澤練拳練劍。他從不見陸臺修行，只有到了車水馬龍的繁華市井，陸臺才會打起精神，好似闖入了洞天福地，十分雀躍。久而久之，陸臺讓陳平安知道了一件事——富人的講究，到底是怎樣的。

陸臺總能花最少的錢吃喝上最好的酒食，每一道菜，都能吃出百年、千年的文化，扯出幾個文豪聖賢；每一壺酒，都能說出幾句美文詩篇。

陸臺偶爾拿起一部從書肆淘來的古書，一手持書，明明是很慵懶的翻書姿態，可落在陳平安眼中，總覺得讀書人就該如此。

只要在客棧停留，陸臺每天都會給自己煮上一壺茶。他從不喊陳平安一起喝茶，獨自坐在那邊，一言不發，只是飲茶。

他身上的那種氣定神閒，充滿了合規矩、明禮儀的意味。

他獨自打譜時的那種風采，陳平安在崔東山身上見到過。

陸臺還有一支竹笛，他的笛聲，在山水之間尤為悠揚悅耳。

他手持竹扇，慵懶隨意地坐在某處，仰頭望月，也是風流。

陳平安知道一個說法，叫附庸風雅，十分貶義。

陸臺不是。

就像他陳平安骨子裡就是個泥腿子，陸臺是天生的風流人，讀書種子。

有錢為富，知禮為貴，這才是真正的富貴子弟。

范二的燦爛心性，陳平安學不來；陸臺的瀟灑寫意，陳平安覺得自己還是學不來。

這天陳平安站在一棵高樹上居高遠眺，竟然發現在人跡罕至的雄山峻嶺之間，有一座城堡。在這之前，兩人沿途沒有遇上任何山水精怪。

此處距離桐葉洲中部一家獨大的扶乩宗，已有千里之遙。

陳平安本來不想告訴陸臺那邊有座城堡，只想埋頭趕路，可是一直對山水景象不感興趣的陸臺，今天破天荒掠上枝頭，搖動竹扇，哈哈笑道：「不錯不錯，是一處殺人越貨，然後栽贓嫁禍的風水寶地。」

陳平安起先還不理解這句話的意思，但他很快就懂了。

四周山林，有鬼祟身影簌簌作響，雖然隱蔽且細微，可是陳平安眼力、耳力都極好，一下子就知道他們給人包了餃子。

陳平安環顧四周，緩緩說道：「武道四境，還有本命飛劍兩把，符籙若干。」

陸臺心有靈犀，微笑道：「鍊氣士龍門境，那真是巧了，我也有兩把本命飛劍，法寶若干。」

一個白袍負劍，腰掛許久沒摘下喝酒的養劍葫蘆。

一個青衫懸佩，君子無故，玉不去身。

陸臺輕輕搖扇，笑咪咪道：「動手之前，不先跟他們講一講道理？」

陳平安扯了扯嘴角，拍了拍腰間葫蘆，沒有說話。

要講的道理都在這裡了。

第三章　對敵

山林之間，秋風肅殺。

陳平安心情沉重，這次被人圍追堵截，讓他不由得想起在梳水國山林中，買櫝樓樓主和古榆國劍尊林孤山的聯手伏擊，如果不是青竹劍仙蘇琅臨陣倒戈，最後誰生誰死，還真不好說。

這趟向北而行，陳平安已經足夠小心謹慎，經常登高望遠，哪怕跟隨陸臺在市井坊間晃蕩也時刻留心有無盯梢，這撥人竟然始終沒有露出半點馬腳，這已經很能說明一切。對方以有心算無心，若是沒有把握，肯定不會洩露蹤跡。

大戰在即，陸臺有些心虛：「陳平安，你該不會真的只是四境武夫吧？」

陳平安愕然，不知陸臺為何有此問，點頭道：「當然是真的。」

陸臺悻悻然，坦白道：「我還以為你是第五境，一直故意在我面前隱藏實力。其實這才正常，行走江湖，誰還沒點障眼法，我就將自己的境界提升了一點點，其實我不是龍門境，而是第七境觀海境。」

陳平安瞪了他一眼：「都這種時候了，還耍心眼？你找死？」

陸臺理虧，沒有還嘴，只是在肚子裡腹誹不已。

他腳尖一點，高枝晃蕩，整個人往樹頂而去，他神色看似閒適，實則心中有些不安，他已經合起了那把竹扇，用其輕輕敲打手心。

陸臺終究是一名觀海境鍊氣士，而且家學淵源，藏書極豐，他又喜歡東一榔頭、西一棒子地學東西，所以一身術法駁雜，只是都算不得精通。相比那些靠著一鱗半爪的術法祕卷僥倖躋身中五境的山澤野修、散修，陸臺無論是眼力還是手段，都要高出他們一大截，只不過能否將這些優勢，轉變成搏殺的絕對勝算，不好說。

那些個將腦袋拴在褲腰帶上的山野散修，哪怕不算什麼亡命之徒，可一旦身陷絕地，或是利益足夠誘人，讓他們不惜與人拚命，他們與那些傳承有序、養尊處優的宗門子弟就會截然不同，他們凶狠、狡猾，願意以傷換死。

陳平安輕聲問道：「需不需要我幫你拖延時間，你先大致查探一下他們的根腳底細？跟鍊氣士放開手腳廝殺，我經驗不足，而且我們相互之間並不熟悉，很容易拖後腿。」

陸臺以心聲回答：『好。』

乾脆俐落。

陸臺大概是害怕陳平安誤會自己要袖手旁觀，補充道：『我只要一有發現，就會立即告知你術法來歷以及防禦和破解之法。』

陳平安點點頭，從袖中撚出一張方寸符以防不測，說道：「生死之戰，不可馬虎。」

陸臺笑了笑：『曉得了。』

陳平安深呼吸一口氣，依然站在枝頭，雖然這樣很容易淪為箭靶子，但是視野開闊。

兩軍對壘，冒些風險，看一眼大局，總好過蒼蠅亂撞。

這撥自扶乩宗喊天街就開始密謀的剪徑匪人並未扎堆出現，三三兩兩，光是明面上的人數，就多達十餘人。

豺狼環伺。

陳平安沉聲問道：「來者何人？」

無一人作答。

往往一個看似豪邁的自報名號，就容易洩露自己的看家本事和門派的撒手鐧。有些人甚至喜歡在出手之前故意大聲喊出招式名稱，這不是自找麻煩是什麼？運氣不好的，找死都有可能。例如桂花島劍修馬致的飛劍涼蔭，一聽就知道是偏陰近水的本命飛劍，所以在與他對戰時，使出陽氣充沛的招式、法寶，往往就可以發揮更加顯著的威勢。

試想馬致若是與人狹路相逢，驟然為敵，能主動跟死敵報出飛劍涼蔭的名號嗎？

陸臺以心聲默默告訴陳平安當下的情形，敵方陣營之中，在陳平安的正前方，有一個手持鐵鞭的壯漢，他身邊所站之人，陳平安必須多加留意。此人顯然是一位劍走偏鋒的劍師，並非鍊氣士。劍師跟純粹武夫不太一樣，他們雖然沒有本命飛劍，只是耍劍花俏的江湖莽夫，專精以氣馭劍，稱不上御劍，只是劍師出手，會讓旁人瞧著像是駕馭一把飛劍。至於那身材魁梧的鐵鞭壯漢，是按照兵家旁門法門走橫鍊體魄路數的鍊氣士還是是純粹武夫，不好確定，但是後者可能性更大。

壯漢一身肌肉虯結，身高將近九尺，氣勢凌人，手持雙鞭，透過稀疏的樹林枝椏仰頭望向陳平安，冷笑道：「好小子，真夠油滑的，去往行止亭的步子故意深淺不一，害得老子差點看走眼，只將你當作三境武夫。離開垂裳山，走了幾百里路，才發現你小子的腳印如此輕淺均勻。不談修為，只說這份機敏謹慎……」壯漢揚起左手鐵鞭，獰笑道：「當得起老子一鞭敲爛你的頭顱！」他說的是桐葉洲雅言。

陸臺不再是那個喜歡胭脂水粉的娘娘腔，也不再是那個滿身風流的世家子，他給陳平安指點著那些死敵的來歷，語速極快，簡明扼要。

『東南方向是一名使符籙的道人，多半是因為沒有招徠到真正的兵家修士，退而求其次要以符甲擔任陷陣步卒。如果再加上一、兩只墨家機關術的傀儡，我們兩個飛劍殺敵的威力就要大打折扣，畢竟這兩類死物，一個符膽難破，一個核心難尋。

只是不知這名道人，有無專克劍修和本命飛劍的符籙。有的可能性不大，一般只有金丹境和元嬰境修士才用得起針對劍修的那幾種珍貴符籙，但是如果咱倆運氣太差，就不好說了。比如有兩種名為「劍鞘」、「封山」的上品符籙，專門對付神出鬼沒的本命飛劍，讓本命飛劍自投羅網後，暫時將其封禁一段時間。劍修若是沒了本命飛劍，哪怕只是一時半刻，戰力也會跌入谷底。你我最大的依仗就是那四把飛劍，所以我們最需要提防這點，如果飛劍不得不出鞘殺敵，就要時刻留心符籙派道人兩只袖子的細微動靜。

西南方向是一名研習木法的鍊氣士，應該就是他遮蔽了所有痕跡。他多半飼養有花妖木魅，記得到時候小心草木樹藤之類，因為不起眼，反而比劍師的飛劍還要陰險難纏。』

陳平安一邊默記在心中，一邊盯著那壯漢和劍師，眼角餘光則盯著符籙派道人，他冷笑道：「既然我和朋友敢在扶乩宗喊天街當著所有人的面砸下那麼多錢，就沒擔心過會因此惹來禍事。」

壯漢樂不可支：「小崽子，莫要拿話誆我，兩個連桐葉洲雅言都說不順暢的外鄉人，就算你們是宗門出身又如何？有地仙師父又如何？了不起啊！」

魁梧大漢身邊的劍師，是一名身材修長的黑袍男子，臉色蒼白，眼眶有些凹陷，顯得有些陰沉，他笑道：「當然了不起，只可惜鞭長莫及罷了。」

壯漢驀然大笑起來，劍師亦是會心一笑。

關係熟絡的兩人都望向了更高處的陸臺，中年劍師道：「這一路你們兩個卿卿我我、恩恩愛愛，看得我一肚子邪火，你要負責啊！若是識趣，說不定還能夠保住一條小命。」

陸臺沒有理睬此人的挑釁，神色自若，繼續給陳平安講解形勢。

『你我身後的北邊，是一名正在排兵布陣的陰陽家陣師，附近還有一對少年、少女，應該是此人的得意弟子，其實這個陣師最麻煩。陳平安，我一有機會，就先殺此人。他們現在之所以不急於動手，就是在等陣師完成這個半吊子的搬山陣。放心，我會找準時機出手，絕不會讓他們師徒三人成功。在我出手之前，你一定要分散他們的注意力，哪怕只是讓他們稍稍分神，足矣。』

陳平安悄然點頭。

陸臺繼續道破天機：『除了那個陣師和他的兩名弟子，還有一名邪道修士，人不人、鬼不鬼的，一身邪祟陰氣極重。這類鍊氣士，常年遊走於亂葬崗和墳塋之間，可以將孤魂野鬼拘押在靈器之中，招為己用，以養蠱之法培育出厲鬼。我們身後更遠處的左、右兩邊，還站有兩人，他們負責壓陣，萬一你我逃脫，他們就會出手攔截。以此推斷，敵方陣營的主力，是在南邊。』

那中年劍師見陸臺無動於衷，心中除了邪火，便又有了些惱火，滿臉壞笑道：「你倆上手了沒？」

陳平安完全聽不懂，只當那個劍師在說什麼山上的行話，他感到陸臺剎那間出現了一抹罕見的怒意。

陸臺不再以心聲與陳平安交流，改變了主意，死死盯住那個中年劍師，臉色陰沉道：「陳平安，這樁禍事本就是我惹來的，你只管北行，我自己解決他們。」

陳平安問道：「你一個人，能殺光他們，然後順利脫身？」

陸臺不說話。

陳平安沒好氣道：「就這麼喜歡死無葬身之地，讓人連個墳頭都找不著？」

陸臺「呸」了幾聲，笑道：「別咒我啊。」

陳平安站在原地，紋絲不動，悶了一會兒，總算回了陸臺一句：「那就少說廢話，多殺人。」

陸臺突然傳給陳平安一道心聲：『動手！』

陳平安沒有任何猶豫，撚動袖中那張出自《丹書真跡》的方寸符，一閃而逝。

中年劍師心弦驟然緊繃，便知大事不妙。好在那魁梧壯漢已經一步踏出，橫在劍師的身前，迅猛一鞭向身前空中砸去：「有點意思！」

憑空出現在兩人身前的陳平安，非但沒有避其鋒芒，反而打定主意要近身搏殺，去勢更為堅決，但他也做出一個微微歪斜腦袋並貓腰的動作，以所背長劍長氣硬抗那條鐵鞭，一拳神人擂鼓式當胸砸中那壯漢。

一拳至，而後十拳至，百拳至，若是意氣足夠，由我拳拳累加，哪怕你是傳說中的大羅金仙，不敗金身也給我摧破殆盡！

中年劍師只是出現片刻失神，很快從大袖中飛掠出一抹青芒。

壯漢一口鮮血噴灑而出，踉蹌後退五、六步，一手鐵鞭在身前揮舞得滴水不漏，同時竭力吼道：「護住陣師！」

與此同時，陳平安心意一動，心中默念道：『十五。』

腰間養劍葫蘆內，一抹碧幽幽的纖細劍虹瞬間掠出。

那名符籙派道人冷冷一笑：「竟然還真是一個劍修。」

那魁梧漢子只覺得左側肩頭傳來一陣撕裂痛楚，心神震撼——怎麼可能這麼快！

十五才離開養劍葫蘆沒多久，只聽「叮」的一聲，它剛剛攔腰斬斷中年劍師的出袖劍芒就被一道紅光乍現的符籙籠罩，它四處亂撞，碰壁不已。

劍師神色狠辣，大袖一揮，又有一把「飛劍」飛出袖子。

陳平安繼續無視劍師的這一手精妙馭劍，神出鬼沒地來到漢子身後，將第三拳結結實實砸在那壯漢的後心，剛猛拳勁直透此人心臟，第四拳下壓且右移，直接打在了那個壯漢的脊柱之上。

道人又以珍貴異常的祕法符籙，困住了那個再次斬斷劍師青芒的初一。

老道臉色鐵青，眼皮子直打戰，只覺得心頭滴血。

『這個小王八崽子，竟然擁有兩把飛劍？少年腰間的朱紅色小酒壺，莫不是那養劍葫蘆？』想到此處，老道眼神炙熱：『好好好！不枉費貧道一口氣丟出兩張壓箱底的寶貝，只要事成，仍是賺大了！』

壯漢一身渾厚的護體罡氣，在三拳之後就已經被打得崩潰消散，所以陳平安這第四拳是真真切切打在了脊柱上。

響起一連串輕微的哢嚓聲響，別人可以不上心，可是魁梧漢子已經嚇得魂飛魄散——再來一拳，可就真要被打斷了！

漢子不敢再藏掖，重重一跺腳，左手握住右手手腕，右手雙指併攏，然後身軀擺出一個如同獅虎抖肩的姿勢，他的眼眸瞬間雪白一片，氣血和筋骨驟然雄壯起來，猶如神人降世，結果他還是被陳平安的第五拳打得宛如斷線風箏，筆直向前飛出去，重重摔在地上。

陳平安也不好受，他先前以後背硬抗了壯漢的一記鐵鞭，雖然鐵鞭砸在了長氣之上，可還是有四、五分勁道轟入體內。初一、十五被符籙道人以祕法拘押，暫時無法脫困，為了成功遞出第五拳神人擂鼓式，又硬生生挨了中年劍師一道透肩而過的劍芒，鮮血淋漓。

然而陳平安整個人的氣勢不降反升，魂魄之凝聚，拳意之洶湧，幾乎肉眼可見，絕無半點垂死掙扎的氣象。

彷彿日出東海，總有高懸中天的時候。

他忍不住咧嘴一笑。這點小傷，算什麼？

白袍少年身陷包圍，不退反進，數拳之後，已經打得那名壯漢毫無還手之力，這讓所有參與圍獵一事的傢伙，都難免心中惴惴。

若非壯漢出聲提醒，北邊的那名陣師很可能就要當場暴斃。

為眾人打造一座搬山陣法的老人，當時正蹲在地上，布置數杆土黃色小旗，聽到壯漢提醒後，哪怕沒有察覺到絲毫異樣，他仍是毫不猶豫地一掌拍在胸口，擊碎一張隱蔽的昂貴替身符，於是他與那名少年弟子瞬間互換位置。

剎那間，一把虛實難測的飛劍從天而降，速度極快，如筷子插水，牽扯出陣陣漣漪。

一臉茫然的少年被巨大飛劍當場劈開，從頭顱到腰部一分為二，兩片屍身倒地，腸肚流淌，慘絕人寰。

遠比尋常劍客佩劍要巨大的飛劍，沒入土地，一閃而逝，地面沒有發生絲毫變化。

這無疑是一把劍修的本命飛劍。

下一刻，陣師又一掌拍在心口處，似乎又用上了替身符，打定主意要捨了第二個嫡傳弟子的性命，以保全自己的性命。只是這一次，先前措手不及的邪道修士有了反應時間，他沒有袖手旁觀，遙遙站在遠處，掏出一只刻滿符文的漆黑小陶罐，默念口訣，將陶罐輕輕晃蕩數下，一股陰森黑煙從陶罐中沖天而起，然後分成三股，分別指向陣師、少女和立於高枝之上御劍的陸臺。

飛劍再次憑空出現，依然是當頭斬落，但是這次並非直指陣師，而是指向那個滿臉驚駭的少女。

由無數頭陰物鬼魅彙聚而成的滾滾黑煙，遮蔽在少女頭頂，如同為她撐起一把雨傘，可是巨大飛劍實在太過勢如破竹，迅猛破開了黑煙屏障，一劍將少女從頭到尾劈開。

豆蔻少女，就此夭折在大道之上，辛苦求長生，到頭來反而沒能活過二十歲。

一手扶住大樹主幹的陸臺臉色不太好看。

真是道高一尺、魔高一丈，那名陣師竟然沒有真正使用替身符，第二次拍打胸口只是虛晃一槍，誘使陸臺將劍尖指向少女。

棋差一著的陸臺，倒也沒有氣急敗壞，山上修行之人，每一個都不是省油的燈。

那把本命飛劍雖然巨大，可是速度之快匪夷所思，陸臺就站在原地，任由那道黑煙洶湧撲殺而至，飛劍斬殺少女之後，轉瞬之間就來到主人陸臺身前，將那道充滿哀號著的猙獰面孔的黑煙給攪爛。

邪道修士不斷搖晃掌心陶罐，陰森地笑道：「敢壞我陰物，我倒要看看，你還有幾兩靈氣可以揮霍！」

一道道黑煙從陶罐中飛出，像是在他手心盛開了一朵黑色的碩大花朵。

陣師實在懼怕那個傢伙再給自己來一劍，掏出一大把雪白珠子，揮袖撒出，數十顆珠子在他四周懸停，三才、四象、七星、八卦，九宮，數目不等的珠子懸停位置極有講究，形成一座座護身陣法。結陣之後，光芒璀璨，將年老陣師映照得無比光明偉岸。

只是如此一來，先前的布陣就被耽擱了，要延誤不少時間。

那邪道修士在駕馭黑煙撲殺陸臺的同時，出聲提醒道：「抓緊布陣，否則咱們跑了千里路程，就要白費功夫。一旦宰不掉那兩個，肯定後患無窮，你自己掂量掂量！」

老陣師臉色陰晴不定，一發狠，撤去半數小陣，收回數十顆珠子，如此一來，其布陣速度又加快幾分。

南邊的戰場上，魁梧漢子撲倒在地，嘔血不已，好似要將心肝腸子都吐出來，面前土壤被浸染成鮮紅一片，十分慘烈。

他是一名貨真價實的五境武夫，一身日積月累的橫練功夫，十分難纏。他在武道路上未曾遇上明師指點，走得坎坷艱難，鍊體三境的底子打得漏洞百出，能夠由四到五，可謂不計後果，所以沒有意外的話，他終生無望第六境。

大活人總不能被一泡尿憋死，於是他便走了歪門邪道，他的請神之法來自半本殘卷，這當然是「打野食」而來的。因為只有上半本，故而他只知如何請，不知如何送，請神容易送神難。

每一次請神附體的代價極大，他摸索了將近二十年，跟人求爺爺、告奶奶，大肆購買這類仙書密卷，才好不容易控制住這門請神術的後遺症。

今天請神請了一半，竟然給那白袍少年一拳打得「神靈」退回神壇，對於規矩森嚴的請神降真而言，簡直無禮至極，所以反撲得厲害，一縷縷神魂從竅穴飄蕩而出，如三炷香嫋嫋升起。

燒完三炷香之後，還是沒有停下的跡象，壯漢整個人的後背雲霧蒸騰，要知道這些煙霧可是五境武夫的氣魄顯化，是一名純粹武夫的根本元氣。

漢子沙啞含糊道：「救我！」

那名精通五行木法的鍊氣士眉頭緊鎖，不得已撤去了針對白袍少年的一門搬山拔木之法，來到壯漢身邊蹲下，雙手手指掐訣，滿臉漲紅。從地下飄出星星點點的幽光，縈繞指尖，鍊氣士猛然將其拍入壯漢後心。

壯漢趴在泥地裡的身軀一彈，臉色瞬間紅潤起來，全身上下各大關節處傳出黃豆爆裂般的清脆聲響，如枯木逢春。魁梧漢子轉過身來，一個鯉魚打挺，手持雙鞭站起身，神采奕奕，再無半點頹態。

那名出手相救的鍊氣士沉聲道：「記在帳上。」

漢子咬牙切齒地望著陳平安，點頭道：「拿下這兩頭肥羊，一切好說！」

那夜在扶乩宗喊天街，那個長得比娘們還水靈的傢伙出手闊綽，簡直讓金丹境的野修都自慚形穢。倒不是說一名金丹境修士拿不出那麼多小暑錢，要知道那個俊俏公子所買之物盡是些羊脂獸、春夢蛛、符籙紙人這類燒錢玩意，不是殺敵的攻伐法寶，不是保命的防禦重器！

兩個明顯來自外鄉的年輕人，這一路上只走山林和市井，北上千里，沒有一次拜訪過沿途的仙家山頭，也從來沒有大修士主動拜見。這說明了什麼？這意味著這兩個雛兒，出身顯貴，腰纏萬貫，肯定自幼過慣了舒坦日子，不知江湖水深，山上風大！

不拿下這兩個富得流油的愣頭青，對得起自己那麼多年的苦修嗎？他們除了四處尋找機緣，刀口舔血，還要給山上的仙師們低頭哈腰當條狗，幫他們擺平仙師們不屑親自做的腌臢事，背負了惡名，流竄逃命，換一個地方從頭再來。如此循環，何時是個頭？

從壯漢被接連五拳神人擂鼓式打得半死不活，再到鍊氣士以祕法竊取此地山水氣運成功治療壯漢，這一切，不過是幾個彈指的短暫工夫。

陳平安被中年劍師駕馭的一道道劍氣所阻，沒能一鼓作氣澈底打死鐵鞭壯漢。

以氣馭劍，在江湖上，是很了不得的仙家神通了。在許多偏僻的小地方，其詩書典籍上，所謂的飛劍千里取頭顱，其實不是說劍修，而是指經常在世人面前冒頭的劍師。相比山上劍仙和江湖劍客，半桶水的劍師，高不成、低不就，尤其喜歡沽名釣譽。

一位劍師馭劍殺敵，出袖之物往往劍氣和真劍皆有，前者勝在量多，後者強在力大。正如輕騎掠陣，贏得優勢；重騎鑿陣，取得勝果，兩者相互配合，缺一不可。

與陳平安對峙的這名劍師，顯然是此道大家，他雙袖鼓蕩，袖口表面泛起陣陣青色光華，從中掠出的一條條青芒劍氣，凌厲異常。

好在劍師每次至多駕馭兩縷劍氣，陳平安躲閃得還算輕鬆，遠遠不至於捉襟見肘，但是被牽制得很死。

陳平安沒有用上殺敵一千、自損八百的手段，先前他重傷魁梧壯漢後，劍師為阻止陳平安澈底擊殺壯漢，將一縷劍氣早早停在壯漢附近守株待兔，結果陳平安一個驟然加速，直衝劍師，差點闖入劍師身前一丈。

嚇出一身冷汗的劍師，不得不使出真正的撒手鐧。那把實質小劍並非從袖中飛出，而是從頭頂髮髻之中悄然出現，原來那根碧玉簪子，是用來遮掩小劍的「劍鞘」——那是一把形狀如翠綠柳葉的無柄小劍，極其纖細，圍繞著劍師滴溜溜地旋轉，帶起一股股嫩綠色流螢。

那個符籙派道人厲聲提醒道：「貧道的兩張枯井符最多再支撐二十彈指！速戰速決，趕緊斬掉這個小王八蛋！一旦他的飛劍破開牢籠，到時候咱們就排隊等著給人抹脖子！」

老道人面容枯槁，十指乾瘦，言語之間，雙手緩緩轉動，應該是在掌控那兩張抓住初一、十五的符籙，老道人氣得嗓音顫抖，「你們給的密報上說，這小子不是武夫劍客嗎？如今不單是劍修，這崽子竟然還有兩把飛劍，兩把！要不是老子還有點家底，攢出兩張原本打算傳家的寶符，這次咱們就全玩完了！之前算好的分紅，不作數！」

那壯漢臉色難堪，大踏步走向陳平安，看也不看那老道，悶聲道：「更改分紅一事，好說，總不會虧了你。」

老道人冷哼一聲，心中翻江倒海，死死盯著那個白袍少年。

何時劍修也有這般強橫的體魄了？

那名仍然站在樹上的俊俏公子哥，居然也是一名擁有本命飛劍的劍修，難怪兩個人膽敢在異國他鄉橫著走。兩名劍修，三把本命飛劍，就算他們大搖大擺地從桐葉洲玉圭宗走到桐葉宗，只要不主動挑釁那幾座仙家府邸，尋常時候，幾個野修敢惹？

他們這撥人魚龍混雜，原本走不到一塊，雖然每個人的境界修為都算不得太高，可是各有所長，這一路又有幕後高人出謀劃策，所以哪怕是一名金丹境修士，只要對方事先沒有察覺，一行人都可以與其掰掰手腕，說不定就有一樁潑天富貴到手。

他們其實已經足夠高估這兩個年輕人了，沒想到還是這般難纏。

這一次中年劍師放開手腳牽扯那少年，而木法鍊氣士在這山林之間如魚得水，竟然驅使一棵棵古木拔地而起，如一個個老人蹣跚而行。壯漢掏出一顆朱紅丹丸，丟入嘴中，臉上肌膚變得滾燙通紅——他要再次請神降真！

大樹的樹枝如一條條長鞭，狠狠砸向陳平安，陳平安不僅要躲避樹枝，還要及時避開一、兩條陰險刁鑽的青色劍芒，一時間險象環生。

好在陸臺很快傳來心聲，傳授陳平安應對那些古怪樹木之法，之後陳平安每一拳都精準地砸爛了貼在大樹之上的一小串隱蔽字符，隨後銀光崩碎，大樹隨之倒塌，綠油油的樹木瞬間枯萎。

陸臺還提醒陳平安，囚禁兩把飛劍的符籙派道人所說的二十彈指，未必是真，極有可能是三十彈指，甚至時間更加長久。

陳平安面無表情，全神貫注，他打爛了所有古怪樹木後，那名已經棄了鐵鞭的壯漢已經請神成功，一雙眼眸雪白，沒有半點人性光彩，如一尊神祇冷漠俯瞰人間。

陸臺心中有些詫異，因為他察覺到陳平安在聽到自己的提醒後，根本就沒有泛起任何心湖漣漪，顯然是早就洞悉老道人的那份算計，才能如此鎮定。

小小年紀，卻是個老江湖啊。

陸臺一手撐在樹幹上，相比陳平安與各路豪傑的一通亂戰，他這邊就很無聊了。

他的飛劍針尖已經殺不掉那個老陣師了，陶罐裡冒出的陰魂黑煙也奈何不了他陸臺，何況陸臺還隨手取出了一根五色絲繩，繫在了手臂上。此物雖然比起他女裝時的彩色腰帶差了十萬八千里，可是對尋常鍊氣士而言，已是相當不俗的法寶，它的強大之處，在於攻守兼備。

有陳平安牽制住敵方主力，「閒來無事」的陸臺破天荒地有些愧疚情緒。這次確實是大意了，沒想到對方膽子這麼大，敢吆喝這麼多人一起圍剿他們，毅力、恆心更是一絕，足足跟了他們千里路程。

北邊戰場，那名邪道修士約莫是心疼不斷消散的黑煙，對老道人高聲喊道：「還有沒有枯井符？有的話趕緊丟一張出來，先欠著，回頭我和他一起湊錢還你！」

老道人氣得跳腳，罵道：「有你爹！」

邪道修士心頭一怒，但是當下只能隱忍不發，想著來日方長，以後要好好與這臭牛鼻子老道計較一番。

老道人根本就瞧不起那人不人、鬼不鬼的邪道修士，悄悄抖了抖袖子，似乎在準備著什麼。

兩張關押飛劍的符籙，顫動幅度越來越大。

起先老道人大聲開口，說只能困住飛劍二十彈指，確實如陸臺所猜測那般，是故意矇騙陳平安，希望陳平安誤以為二十彈指後就能夠召回飛劍，大殺四方。可是現在老道人啞巴吃黃連，有苦說不出，原來那兩張價值連城的寶符，因為初一和十五的反抗，真的只能困住這兩把飛劍二十彈指左右，而不是他預期中的四十彈指！

符籙名為枯井符，能夠厭勝本命飛劍，用雷擊木製成的七枚小釘成北斗七星狀，以祕術嵌入特殊符紙，再刮下從不周風中落下的一、兩飛土，符籙圖案為劍困井中，符紙背書「不動」二字，這還只是「主幹」，其餘符籙「枝葉」，還有許多細節。

這是桐葉洲符籙派旁門的一道上品祕符，雖然比不上陸臺口中的劍鞘符和封山符，但也不容小覷，是中五境鍊氣士對付劍修的保命符，價值千金。在方圓十丈內，只要祭出此符，就可使得劍修的本命飛劍，如人立井中，不能動彈。若要打開禁制，只需開訣拂袖吹氣，「井中」飛劍即可自由遠去。

別人是十年磨一劍，老道人則是十年磨一符，如何珍惜都不為過。

兩處戰場，大戰正酣。

山林深處，有兩人遠遠眺望此處，隔岸觀火。

其中一人正是在扶乩宗店鋪跟陸臺爭奪羊脂獸的客人，他五短身材，其貌不揚，臉上略有得意；另一人則是腰佩長劍的紅袍劍客，身材修長，器宇軒昂。

他伸手按住劍柄，看著那邊的戰場形勢，微笑道：「先前所有人都認為你小題大做，就連我也不例外，現在看來，虧得你這般謹慎，省去我不少麻煩。」

紅袍男子是一名武道六境巔峰的劍客，他在桐葉洲的山下江湖，已經算是名副其實的劍道大宗師，雖然已是古稀之年，可是依然面如冠玉。數十年間，他仗劍馳騁十數國，罕逢敵手。

劍客腰間長劍，是一把鋒利無匹的仙家法寶，使得他膽敢自稱「金丹地仙之下，一劍傷敵；龍門之下，一劍斬殺」，山上、山下少有質疑。而且他風流無雙，不知有多少女子愛慕這位不求長生的江湖劍仙，甚至有小道消息說雲麓國的皇后趙氏都與此人有染。

不起眼的漢子笑道：「我馬某人的謹慎，是習慣使然。我年輕的時候吃了太多虧和苦頭，所以我始終牢記一事，對付這些出身好的仙師，咱們混江湖的，就得獅子搏兔，一口氣吃掉他們，否則哪怕僥倖贏了，也是慘勝，收穫不大。」

紅衣劍客笑道：「馬萬法，之前說好的，我幫你們壓陣，以防意外，白袍少年背著的那把劍，早早就歸我了。現在意外出現了，當真需要我親自殺敵，那麼……」

男人點頭道：「養劍葫蘆不能給你，而且你也不是劍修，但是兩個小傢伙身上，最少也有一件方寸物，裡邊的東西，我要拿出來分紅，你可以拿走方寸物，如何？」

紅衣劍客瞇眼而笑：「極好。」

漢子猶豫了一下：「雖然大局已定，但我們還是要小心。那白袍少年多半已經捉襟見肘，不過那個長得跟娘們似的傢伙，多半還留有餘力。要不你先對付這傢伙？」

紅衣劍客搖頭道：「樹上那個，手臂上有件法寶護身，又有飛劍暗中亂竄，我很難悄無聲息地一擊功成，倒是那個白袍少年，我可以一劍斬殺。到時候沒了同伴，比娘們還細皮嫩肉的小傢伙，肯定會心神失守，到時候是我來殺，還是你親自出手，都不重要了。」

漢子想了想，點頭答應道：「如此最好。」然後他笑道：「老道士的兩張枯井符馬上要扛不住了，你何時出手？」

「正是此時！」紅衣劍客身形已經消失，原地尚有餘音嫋嫋，先前腳下的樹枝竟是絲毫未動，可見這位江湖大宗師身形之迅捷，以及武道之高。

南邊戰場上，因為魁梧漢子得兩人相助，陳平安與他廝殺得難解難分，看似亂局還要持續許久。

一抹赤虹從天而落，快若奔雷，剎那間撕開戰場，劍氣森森，充斥天地之間。

出鞘一劍戳向白袍少年心口，一劍戳中，毫無懸念。

紅衣劍客嘴角微翹，又是這般有趣又無趣，又宰了一個所謂的修道天才。

下一刻，紅衣劍客企圖暴掠而退，甚至打算連那把佩劍都捨了不要，因為命最重要。

在場眾人一個個目瞪口呆，實在是這位劍道大宗師氣勢太盛，所有人不敢畫蛇添足，都停下了手，省得被那位大宗師一劍斬殺少年後，隨手一劍又輕描淡寫地戳死他們，最後美其名曰誤殺。到時候少了一人分一杯羹，就意味著其餘人都多出一點分紅，活著的傢伙誰會不樂意？

可是接下來的一幕，讓眾人畢生難忘。

陳平安身上的一襲勝雪白衣，在被紅衣劍客一劍刺中心口後，以劍尖心口處為中心，一陣陣炫目的漣漪蕩漾開來，露出了這件長袍的真容——一件金袍！彷彿有一條條蛟龍隱沒於金色的雲海。

陳平安不再故意壓制這件海外仙人遺物的威勢，不再故意多次露出破綻，自求傷勢，讓自己瞧著鮮血淋漓，所以這一劍沒能將金袍刺破半點。

陸臺之前沒有出聲示警，但是陳平安偏偏一直在等待這一刻，等著躲在幕後的高人來一錘定音。

不來，陳平安不虧；來了，陳平安大賺。

這一路行來，從第一次離開驪珠洞天去大隋書院，再到第二次離開家鄉去往倒懸山，無時無刻不謹小慎微，日復一日地追求「無錯」，陳平安終於得到了回報。

轉瞬之間，紅衣劍客剛剛鬆開劍柄，不管不顧大踏步抵住劍尖前行的少年，伸手抽出背後長劍，一劍削去了紅衣劍客的頭顱。

陸臺也驚得目瞪口呆，他環顧四周，對著那些肝膽欲裂的傢伙嫣然一笑：「你們呀，千里送人頭，真是禮輕情意重。」

陳平安反手將長氣放回劍鞘，向前走出數步，另一手輕輕握住那把長劍，身形站定，以倒持式持劍。

有那麼點小風流。

紅衣劍客那具無頭屍體的腰間，有一抹不易察覺的淡淡金光一閃而逝，而滾落地面的那顆頭顱，其眉心處，露出一滴緩緩凝聚而成的鮮血。

陳平安轉頭望向高枝上的陸臺，後者一挑眉頭，伸出一根手指，輕輕旋轉，有一絲金黃色的小玩意在陸臺的手指間縈繞，緩緩流轉，若非陳平安眼力極好，根本就發現不了。

陳平安身上的金色法袍金醴，其肩頭那處被劍師劍芒割破的地方，早已自行修繕，毫無瑕疵。

一位上五境仙人的遺物，能夠被元嬰老蛟常年穿在身上，當然不會是尋常的法袍，桂花島上那位玉圭宗元嬰供奉的法袍墨竹林，都要比這件金醴遜色不少。

它像是讓人驚鴻一瞥的美人，很快就轉入屏風之後，遮掩了傾城之姿，重新變回了白袍樣式。

兩張枯井符在空中「砰」的一聲炸裂，初一和十五兩把飛劍，就此脫困，再無束縛。

陳平安能夠清晰感受到初一的那股憤怒神意，這很正常，因為就連性子溫順的十五，此時都充滿了火氣。

陳平安只好在心中默念道：『你們別急，說不定敵人還有後手。』

飛劍初一在空中肆意往來，帶起一條條白虹，令人觸目驚心；幽綠顏色的飛劍十五明顯有些幽怨，圍繞著陳平安緩緩飛旋，很是疑惑不解。

它們當然是世間一等一的本命飛劍，不過卻不是陳平安的本命之物。

雙方不是那種君臣、主僕的關係，而像是陳平安帶著兩個心智初開的稚童，一個脾氣暴躁，一個性情溫馴。

陳平安覺得這樣也不錯。

山林間的氣氛凝重且詭譎。

作為定海神針的紅衣劍客已死，死得那叫一個毫不拖泥帶水。如果不是他身形化虹而至，來勢洶洶，隨後那刺心一劍的風采堪稱絕世，估計所有人都要以為這傢伙是個欺世盜名的江湖騙子。

請神降真的魁梧壯漢，其銀色眼眸逐漸淡化，恢復常態。此人先前氣勢最盛，風頭一時無兩，這會兒臉色蒼白，嘴唇顫抖，一副欲言又止的可憐模樣。他瞥了一眼遠處的兩條鐵鞭，站在原地不敢動彈，生怕下一刻自己就要被飛劍透心涼。

中年劍師眼神晦暗不明，已經心生退意。他雙手自然下垂，之前清光滿滿的雙袖，再無異象，而那把以中空玉簪作為劍鞘的柳葉小劍，懸停在他肩頭上方，像是一條忠心耿耿的看門犬，庇護著主人。

一場本以為無異於郊遊踏青的圍獵，居然落得個死傷慘重的淒涼境地，而那兩個外鄉年輕人，一個尚有一戰之力，一個更是毫髮無損。

這一刻，這些在各自地頭都算呼風喚雨的山澤野修，對於山上仙家洞府的那種恐懼油然而生，再度籠罩心頭。

老陣師心如死灰，陣法只差些許就要大功告成，結果被這個挨千刀的劍道宗師毀了。

偷雞不成蝕把米，兩個得意高徒也橫死當場。那兩個倒楣孩子，資質算不得驚豔，可是乖巧聽話，使喚起來順手順心。

老陣師重新掏出那些收入袖中的寶珠，依次結陣，座座小陣結成一座護身大陣。修行五行木法的錬氣士，始終沉默不語。他這一類可攻可守的修士，除了能夠搬山拔木，還會飼養花妖蟲寵、草木精怪，而且他們往往擅長療傷和祛毒的術法。他們無法一舉奠定戰局，但卻是備受歡迎的一種錬氣士。

沒有人願意主動開口說話，眾人各懷鬼胎。

陳平安倒持紅衣劍客的長劍，低頭望去，劍身恰似一泓秋水，在透過枝葉的陽光的映照下，水紋蕩漾。

肯定是一把好劍，就是不知道值多少錢。

那個邪道修士是唯一一個有所動作的膽大人物，他鬼鬼祟祟，一手繞在背後，托起一只銀白色的瓷瓶。瓷瓶高一尺，窄口寬肚，表面不斷有猙獰面孔游弋而過，就像一座囚禁魂魄的殘酷牢籠。

此人默念口訣，想借助手上的靈器偷偷收攏紅衣劍客死後的魂魄。這可是千載難逢的機會，一旦得逞，自己的實力就可以暴漲，只要將一位六境巔峰的武道宗師的渾厚魂魄成功煉化成一尊陰將，溫養得當，再讓它去亂葬崗或古戰場待著，不斷汲取陰煞之氣，說不定可以重返六境，甚至有望成為一尊七境的英靈陰物。到時候自己哪裡還需要看別人臉色？恐怕那些個小國君主，都要看自己的臉色。

陸臺一下子看穿了邪道修士的小動作，怒道：「敢在我眼皮子底下偷東西！」名為「針尖」卻無比巨大的那把本命飛劍，在邪道修士的頭頂上空筆直落下。

邪道修士慌忙逃竄，同時收起那只銀色瓷瓶。他不得不打消收攏魂魄的主意，以收集在黑色陶罐裡的陰物，抵禦那柄可怕飛劍的追殺。無論邪道修士如何輾轉騰挪，飛劍針尖始終如影隨形。

這次圍剿，算上幕後主使馬萬法，如果老陣師的陣法順利完成，紅衣劍客沒有暴斃，所有人眾志成城，那麼他們對付一位金丹境修士都綽綽有餘。若是所有人不懼一死，恐怕就算兩位金丹境修士，對上他們都討不到半點便宜。

只是世上沒那麼多如果。

因利而聚的一群人，形勢占據上風時，那是人人猛如虎；可只要落了下風，那就是人心渙散，淪為烏合之眾。

已是強弩之末的壯漢突然滿臉驚喜，高聲道：「我家主人說了，他馬上就會趕來，親自對付兩人！諸位，我們會將竇紫芝的佩劍癡心，還有原本答應給竇紫芝的那件方寸物，再加上竇紫芝的家產，全部拿出來分給大家！」魁梧壯漢近乎竭力嘶吼，慷慨激昂道：「富貴險中求，是回去當老鼠鑽地洞，還是從此有資格跟山上人平起平坐，在此一舉！」

中年劍師臉色冰冷，殺氣騰騰，沉聲道：「我同意，這兩個小子該死！」只見他手腕一擰，袖中青芒蓄勢待發。

老陣師微笑道：「搬山陣即將完工，可以一戰。只須幫我拖延最多半炷香時間！」

被飛劍追殺得灰頭土臉的邪道修士喊道：「算我一個！事先說好，除了重新分紅，老子還要那竇老兒的魂魄，誰也別跟我搶！」

木法鍊氣士點點頭，依然不苟言笑。

魁梧壯漢仰天大笑，伸手一扯，將地上兩條鐵鞭馭回手中，率先大踏步走向陳平安。他的家主，先前確實密語傳音給他，要親自趕來，勢必將這兩頭肥羊斬殺在此。

幾乎同時，中年劍師揮動大袖，轉身掠去，快若驚鴻。

老陣師使出了不止一張縮地符，每次身形出現在十數丈之外，幾個眨眼，就已經消失不見，身形沒入山林深處。

木法鍊氣士腳尖一點，身後倒掠而去，明明撞上一棵大樹，但是驟然間便沒了蹤跡，唯獨那個邪道修士還在往陳平安這邊趕。

魁梧漢子愣在當場，罵了句娘，再不敢往前送死。自己這點斤兩，已經不夠看了，這般作態，不過是拋磚引玉罷了。

陳平安先是錯愕，隨即釋然，這才合情合理，自己又學到了一些。

陸臺深呼吸一口氣，對陳平安說道：「那個主謀剛剛跑了，我去追他，這邊你應該對付得過來，回頭我來找你。」

陸臺收起了那把名不副實的飛劍針尖。他的雙手手腕和雙腿腳踝處，各有紫金色的含苞待放的蓮花圖案。

陸臺輕聲道：「開花。」

四朵栩栩如生的紫金蓮花，瞬間綻放。

陸臺一咬牙，身形高高躍起，就此御風而行。他身體前傾，瞇眼遠望，大袖鼓蕩，獵獵作響，鬢角髮絲絮亂飄蕩。

他左右張望一番，然後找準一個方向，一閃而逝。

邪道修士咽了一口唾沫，一手托著裝滿陰魂的陶罐，一手竟是做了個僧人拜禮，諂媚笑道：「這位劍仙公子，此次是我冒犯了，失禮失禮。下次相見，在下一定主動退避三舍，若是到時候公子願意吩咐在下做點小事情，一定在所不辭。」

言語之間，邪道修士一直在留意那白袍少年的眼神和臉色，身形暴退而去。此人也是個殺伐果決的，逃離之前，當場捏爆了那只蓄養陰魂的黑色陶罐，頓時黑煙彌漫。壁虎斷尾。

一抹纖細金光在滾滾黑煙之中迅猛遊蕩，濃稠如墨汁的陰森煙霧，以肉眼可見的速度消散，但是距離這抹金光徹底打消這些汙穢黑煙，還有一會兒工夫。

陳平安皺了皺眉頭，幾步前衝，躍上一棵大樹的樹冠之巔。

有一道化作淡淡灰煙的飄忽身影，在山林之中飛快遠遁。

初一已經自行追去，陳平安心意微動，十五也緊隨其後。

陳平安飄落回地面，落地之前，在空中翻轉手腕，換作正常持劍姿勢。竇紫芝的佩劍癡心雖然比槐木劍要重上不少，可陳平安總覺得還是太輕了。

那魁梧壯漢抬起頭，望向陸臺消失的方向，最後低頭看了眼手中鐵鞭，慘然一笑。他心知今日必死無疑，怨恨、失落、憤懣，一一浮現，又皆在心胸間一一淡去。

這輩子活得窩囊憋屈，總要死得像個英雄好漢。

壯漢將兩條鐵鞭狠狠丟到地上，開始第三次請神降真。

漢子使勁一跺腳，雙手重重合十，眼眶布滿血絲，臉色蒼白，痛快大笑道：「敢不敢稍等片刻，讓我酣暢一戰！」

陳平安隨手丟出手中那把癡心，長劍從魁梧壯漢的心口處一穿而過，釘入一棵大樹的樹幹上。

長劍穿透漢子心臟之後，陳平安清楚地看到劍身上紅光流淌，一閃而逝，如饑漢飽餐一頓，酒鬼暢飲一番。

陳平安打定主意，要找一處仙家渡口或是山上的神仙鋪子，賣出這把劍。

那道璀璨金光依然在孜孜不倦地消融黑煙，不愧是由老蛟長鬚製成的上品法寶。

兩根蛟鬚就已經如此神通廣大，真不知道倒懸山上那位蛟龍真君手中的拂塵，該是何等威力無匹。

陳平安收起思緒，猶豫一下，取回長劍，撿了一根粗如手臂的樹枝，以劍將其削尖，然後默默挖了幾個大土坑，將紅衣劍客、魁梧漢子和陣師的兩名弟子分別埋入其中，最後添土掩蓋，盡量掩飾痕跡，不至於被無意間路過此地的人一眼看到。

陳平安坐在高枝上，耐心等待初一、十五以及陸臺返回。

他將那把多了劍鞘的癡心隨意橫放在膝上。

遠處，與金光糾纏不休卻節節敗退的陰魂黑煙，雖然早已失去了靈智，可仍然畏死向生，頓時有一大股滾滾黑煙要離開此地，逃往別處肆虐山水。

陳平安突然想起遠處還有一座城堡，若是其中是不諳術法的江湖人，恐怕就要殃及池魚。

陳平安持劍起身，環顧四周，確定並無異樣後，這才將魂魄真意澆灌於法袍金醴中。一瞬間，出現了一個身高十數丈的縹緲法相，法相面容模糊，可是金光湛然。法相在天地間屹然而立，剛好攔阻在那股黑煙之前，大袖一捲，就將那些陰魂兜入袖中。陰魂如入雷池，滋滋作響，很快就悉數煙消雲散。

陳平安坐回原地，臉色雪白，頭疼欲裂。這次毫不保留地顯露法袍金醴，用掉了他整整一口真氣，而且還有難以為繼的跡象。若是與人捉對廝殺，除非萬不得已，還是不要輕易使用這種手段。一旦對方有出人意料的保命本事，陳平安等於自己雙手奉上頭顱。

不過說實話，那種魂魄好似出竅遠遊的感覺，極為玄妙——居高臨下，俯瞰山河。

陳平安伸出手指，輕輕撚動柔順細膩的法袍衣角，感到陣陣清涼。一番生死廝殺，提心吊膽，幾乎耗盡了心力，當下陳平安有些睏意，背靠大樹主幹，開始閉目養神。

約莫半炷香後，陳平安才平穩心神，呼吸重新順暢起來。

縛妖索幻化成一根金色繩索，回到陳平安的手腕上。很快，一道絢爛白虹和一道幽綠光芒飛掠而返，雙雙進入養劍葫蘆中。雖然兩把飛劍極其細微，可是兩條流螢拉伸出十數丈，十分扎眼。

感受到它們在養劍葫蘆內傳來的心意，應該是順利殺敵了，陳平安便放下心來。初一、十五是頭一次離開陳平安這麼久遠。

既然無事，陳平安就開始坐著練習劍爐立樁。

背劍是修行，穿衣也是修行。曾經伴隨一位仙人百年甚至千年光陰的法袍金醴，對於鍊氣士而言，就是一座小小的洞天福地，可以集聚靈氣；可對一名純粹武夫來說，金醴雖然是罕見的護身符，卻也有些小麻煩，那就是武夫需要抵禦那些源源不斷往金醴靠近的靈氣，畢竟純粹武夫一開始就要毅然決然地打散氣府中所有靈氣，才稱得上純粹，才算登上武道一途。

陳平安在倒懸山時，由於那邊靈氣充沛，所以抵禦得比較辛苦。離開吞寶鯨後，他行走山林，就輕鬆愜意許多，畢竟尋常的山野之地靈氣淡薄，大多可以忽略不計。

陳平安等了將近一個時辰，陸臺才大搖大擺地從山林之中向陳平安這邊快速趕來，他滿身塵土，所幸身上沒有任何血跡。看樣子，很像一個滿載而歸的人。

陸臺一邊走向陳平安所在的大樹，隨手將老陣師遺留在四周的諸多陣旗收入袖中，一邊好奇問道：「你倒是菩薩心腸，為何不由著屍體曝曬，野獸啃咬，飛鳥剁啄，這才是他們該有的下場。你可憐這幫歹人做甚？」

陳平安搖頭道：「我不是可憐他們。我只是在意『人死為大，入土為安』這件事。」

陸臺搖搖頭，懶得多想，他突然轉身跑向血腥氣最重的「墳頭」，跟陳平安問了那幾個屍體的大致位置，然後信誓旦旦地答應，稍後會重新填土。

不等陳平安點頭，陸臺就一掌拍去，塵土飛揚，他屁顛屁顛跑過去，做起了翻檢屍體的勾當，就連老陣師的兩名弟子都沒有放過。很難想像，這麼一個喜歡胭脂水粉、胭紅黛眉的傢伙，做起這種刨墳勾當，如此嫻熟，毫無心理負擔。

陸臺難免沾染上鮮血和泥土，只是有那五彩絲繩纏繞手臂，他全身上下很快就被清理得乾乾淨淨，仙家法寶，種種妙用，匪夷所思。

陸臺在那邊獨自絮絮叨叨：「好歹是一位江湖宗師，可你真是個窮鬼啊！瞅瞅，這是馬萬法的方寸物，裡頭堆滿了金山、銀山，再看看你，你真該羞愧得活過來再死一次。唉，不是我說你啊，比起你家主子，你身上這點家當，真是寒酸，唯獨這摞銀票，倒是解了我們燃眉之急。在山下購物，給人家雪花錢，店家是要打人的……

你們這兩個苦命鴛鴦，下輩子投胎做人，記得找個好一點的師父，哪怕本事差點，也莫要再找這種了。」

陳平安也沒打攪忙碌的陸臺，只是看著那個背影，覺得很陌生。

最後陸臺重新填土，拍拍手，看著平整的地面，有些心滿意足：「那個幕後主使已經死翹翹了，萬事大吉！」

陸臺走回陳平安這邊的樹下，仰著腦袋，招手道：「分贓嘍！」

陳平安問道：「關於今天這場風波，你之前是不是算過卦，早就有了答案？」

陸臺抬起手，頓了一下，然後捋了捋鬢角髮絲，眼波流轉，手勢嫵媚，笑道：「我每天都在算，這是陰陽家子弟的日常課業，不然這次早就喊你逃命了。只是這種事情，與你說不得，說了就不靈了。」

陳平安打量著陸臺：「下不為例。」

陸臺撇撇嘴，不以為然道：「順勢而為，有什麼不好？有便宜不占，天打雷劈。」說到這裡，陸臺手腕一翻，手心中變出一塊青綠玉笏，「馬萬法的方寸物，他的寶貝都在裡頭了。比起習武的竇紫芝，馬萬法混得相當不錯，一個龍門境修士就能擁有方寸物，但是你知道這傢伙最厲害的地方在哪裡嗎？」

陳平安搖搖頭。

陸臺呵呵笑道：「馬萬法是一個罕見的養蠶人，擅長抽絲剝繭，他有把握在我們死之後，捉出我們的方寸物，所以他才對咱倆如此垂涎。估計馬萬法一開始沒想到咱倆是兩位『劍仙』，我的兩把本命飛劍他自然奪不走，至於你的那兩把，可就不好說了，一旦給人奪了養劍葫蘆……」

陳平安默不作聲。

對於本命物和法寶靈器的煉化入虛，陳平安在倒懸山時，因為法袍金醴和縛妖索的緣故，大致有所瞭解。本命物，就像劍修的本命飛劍，人死即無，神仙都難留住。

可尋常的煉化之物，雖然藏匿於氣府竅穴，但是死後有一定可能會游離於神魂之中，並不會快速消散。若是煉化之物品相極高，寄身之所的魂魄飛散後它甚至有可能「蹦出」氣府，重返人間。世上那麼多洞天福地破碎後的祕境，其中的仙家府邸被破開禁制後，許多兵解、屍解的仙人遺蛻附近經常會有上品法寶，就是此理。

對於錬氣士而言，本命物註定極為稀少，而煉化之物數量略多，但也是屈指可數。畢竟品相越高的靈器法寶越難煉化，其所消耗的天材地寶和時間精力，足以讓地仙之下的絕大部分修士知難而退。

像中土神洲龍虎山天師府的那把仙劍，哪怕持劍之人是道法通天的大天師，一樣無法煉化為本命物。道老二的那把，亦是如此。

九洲多劍仙，仙劍自然也多，但是真正意義上的仙劍，九座天下加在一起，其實也就四把。

只有四把，萬年不變。

所以風雪廟阮邛，才會立誓要鑄造出一把前無古人、後無來者的嶄新仙劍。

若是今人處處不如古人，這得多沒勁。

而兵家大修之所以被譽為行走的武庫，就在於他們能夠煉化更多法寶傍身。

試想一下，兵修身懷三頭六臂之類的祕術神通，手持一件件神兵，披掛一件上品的神人承露甲，再加上本身體魄強橫，誰敢與之為敵？

兵修以打不死出名，更以能夠輕易打死別人著稱。

陸臺心情極好，為陳平安詳細解釋何為養蠶人：「方寸物比較特殊，與法器、飛劍不同，它類似一座小洞天，無法被立即銷毀，而且方寸物極難煉製成本命之物。所以如何從錬氣士身上剝離出方寸物，成了一門大學問，一旦得逞，那就是三年不開張、開張吃三年的暴利買賣。山上專門有一種養蠶人，自有家傳或是師門傳承的祕法，能夠從錬氣士神魂之中剝取方寸物。」

陸臺嘖嘖道：「馬萬法如果宰掉我們，拿到你的養劍葫蘆加上我的方寸物，那他就發大財了。說不定他只需要靠砸錢，就能砸出一個陸地神仙。」陸臺突然眯起眼，笑問道：「你就不問問，我到底是怎麼殺死龍門境修士的？」

陳平安後退一步，養劍葫蘆內掠出初一和十五，一左一右護在陳平安身旁。

陸臺好奇地問道：「你是怎麼看出來的？」

陳平安面無表情，指了指陸臺的手臂——並無五彩繩索纏繞陸臺的手臂。

雖然眼前這個陸臺故意做出一些女子姿態，可陳平安總覺得不如以往那般自然，再加上陸臺刻意解釋馬萬法的養蠶人身分，有點此地無銀三百兩。

陸臺先是神色陰冷，然後憋著笑，最後終於忍不住捧腹大笑。

他伸出手指，點了點陳平安：「換成別人，我故意這樣折騰，又是收起五彩索，又是假裝神態扭捏，還要悄悄流露出一點殺氣，就是媚眼拋給瞎子看，可是對付你陳平安則恰到好處。行了行了，那寶紫芝先前戳中你心口一劍，你趕緊把淤血吐出來，不然會有後遺症的。」陸臺見陳平安仍是全然不信，差點笑出眼淚，聲道：「針尖、麥芒，出來。」

一把巨大飛劍懸空而停，旁邊還有一絲金黃色的「麥穗尖芒」。

陳平安如釋重負，確定了陸臺身分後，這才趕緊轉頭，朝地上吐出一口血水，怒目相向道：「陸臺！」

陸臺打了一個響指，針尖、麥芒兩把本命飛劍返回氣府棲息。

他手中多出那把竹扇，輕輕搧起清風，開心笑道：「誰讓你放跑那些個雜魚——」

陳平安氣得想要一腳踹過去，然而陸臺驀然彎下腰，伸手摀住嘴巴，鮮血從指縫間滲出。

追殺一名老奸巨猾、擁有方寸物的龍門境修士，不算太難，可要將其截殺，恐怕金丹境修士也很難輕鬆做到，所以陸臺付出的代價，肯定不小。

陳平安伸出雙指，撚住身上法袍金醴的一角，微微一扯，直接將一整件金醴給「剝」了下來。他輕輕將其拋給身軀微顫的陸臺，皺眉道：「穿上試試，我已經撤去袍子上邊的禁制。」

陸臺伸手抓住那件金色法袍，不見他有所動作，金醴就瞬間穿在了身上。他一屁股坐在地上，深呼吸一口氣，盤腿而坐，伸出一根手指使勁抹了一下猩紅嘴唇，罵罵咧咧，可是即便如此，還是不讓人覺得如何粗鄙：「如果不是為了時刻保證自己具備巔峰戰力，將那丹藥和瓊漿當了饅頭茶水，哪裡會這麼狼狽？這筆買賣，若是咱倆對半分了馬萬法的方寸物，你是大賺，我卻虧死了。」

陳平安蹲在旁邊，將那把癡心隨手插入地面，沒好氣道：「竇紫芝的這把佩劍歸我，其餘你都拿著便是。」

陸臺瞪圓眼睛，氣呼呼道：「這把劍才是最值錢的好不好，鍊神境的武道宗師都用得著！竇紫芝當初為了得到這件法寶，肯定砸鍋賣鐵，甚至已經傾家蕩產，所以這次才會被馬萬法喊來打家劫舍。」

陳平安咧嘴一笑：「這個我就不管了。」

陸臺穿上金醴之後，氣息平穩許多：「好了，咱們來複盤。」

「那個陣師布置的陣法叫搬山陣，能夠讓人身處其中，魂魄流轉凝滯，就像背著一座山峰，對付金丹境以下的鍊氣士，很管用。那些小旗幟，品相倒也不高，只不過數目多，還值點錢。

我來的路上，剛好撞見了那個不走運的符籙派老道人。老傢伙差點給針尖劈成兩半，嚇得趕緊跪地求饒，一把鼻涕、一把淚的，我便要他交出所有的看家法寶。老傢伙哪裡願意，垂死掙扎，與我拚命，我只好了結他的性命。再加上我查探了老道人的神魂，是否藏有方寸物或是煉化法寶，這才會傷上加傷，可惜只得到這本《帛魚符籙》。

原來禁錮住你那兩把飛劍的符籙，就是這本符書的精華所在，叫『枯井符』。此符品秩不如我說的劍鞘符和封山符，但是也算有意思的了。我將其拿回家族，放入藏書樓，也算立了一功。你若是宰了老道人，東西咱們對半分，我就不會加重傷勢。我拚了半條命宰掉老道人，還是要跟你對半分，你說我氣不氣？」

陳平安說道：「那個邪道修士破罐子破摔，先前這邊陰氣沖天，黑煙滾滾，如果不是這件法袍，差點沒攔住它，否則那座城堡就要被咱們害慘了。這豈不是殃及池魚，白白讓那座城堡受了一場無妄之災。」

陸臺揚起手中的玉笏：「這塊青綠玉笏材質，比穀雨錢還稀少，可遇而不可求，比起尋常的方寸物，價格要高出不少。裡頭的東西，其實不太出奇，俗世的金銀財寶、古董珍玩一大堆，其中贗品無數，幾瓶丹藥也不咋地，折算在一起，拋開玉笏本身不說，也就是約莫一萬顆雪花錢的樣子。同樣是一個龍門境的家底，桐葉洲確實遠遠不如中土神洲。」

陸臺的言語之間充滿了遺憾，以及身為中土神洲人氏的那份自豪。

陳平安無奈道：「也就一萬顆雪花錢？」

陸臺反問道：「不然呢？」

陳平安記得俱蘆洲打醮山的那艘鯤船，在這幾百年間，其售價最高的幾件法寶器物也就值一、兩萬雪花錢。

春水、秋實姐妹兩人聽人說到這個，就好像陳平安還是龍窯學徒的時候，聽到劉羨陽神神祕祕地對他說，那福祿街的大宅子值幾千兩銀子。那會兒，陳平安連碎銀子都沒見過幾次。

陸臺忙著憑藉金醴蘊含的靈氣療傷，沒有發現陳平安的悵然神色，冷哼道：「跟馬萬法廝殺搏命後，我那五彩索破損嚴重，另外一樣護身法寶也澈底毀了。不提五彩索的修復價錢，你知道後者值多少錢嗎？」陸臺眨了眨眼睛，「如果方寸物裡的財寶全部歸我，加上那些零零碎碎的陣法旗幟，我勉強不虧，略有小賺。」

陳平安一板一眼道：「你少說了那本可以收入家族藏書樓的《帛魚符籙》。」

陸臺「恍然大悟」：「哈哈，給忘了。」

陳平安指了指他手中的方寸物：「還有這塊玉笏，退一步講，你我如果真的對半分，半塊玉笏值多少錢？一件方寸物，怎麼都不便宜吧？」

陸臺憤然道：「陳平安！受了這麼重的傷，你還不許我哭窮啊？」

陳平安針尖對麥芒道：「我都說了，除了這把劍全都歸你，你彎來繞去的圖什麼？」

陸臺嘆了口氣：「我這不是覺得自己占了便宜，不太厚道嘛，就想找個法子，讓自己既賺了一大筆，又能心安理得。」

陳平安哭笑不得：「你無聊不無聊？」

陳平安拔出身邊的長劍，遞向陸臺，大致說了一劍穿心後的異樣。

陸臺擺擺手，沒有接過癡心，直截了當地道：「根本不用我上手掂量，就知道這只是旁門左道的路數而已。」

陳平安愣了一下：「對了，先前那漢子說的『上手』，是什麼意思？」

陸臺笑咪咪道：「以後多逛青樓，多喝花酒，就知道了。」

陳平安不理睬他的打趣，橫劍在前，緩緩拔劍出鞘，一泓秋水照人寒，像是四周的光線都凝聚在了劍身之上。

陳平安又問起那老陣師拍碎符籙後的轉移術法，陸臺也是頭回親眼瞧見這種術法，但不是頭回聽說。這個見識廣博的陸氏子弟，向陳平安娓娓道來，順便給陳平安說了一些符籙和陣法的配合之術。陳平安這才知道原來將兩張縮地符「重疊」使用，就能夠產生意想不到的效果。

山上術法神通，確實千奇百怪。

「差不多了，傷勢已經壓下，接下來只須安靜調養即可。」陸臺站起身，亦是用指尖

「揪出」金色法袍，隨手將其丟給陳平安。

陳平安張開雙手，金醴便自行上身。

陸臺將那塊青綠玉笏收入袖中，笑道：「坐地分贓，最怕什麼？」陸臺自問自答，「分贓不均，窩裡死鬥。所以我算了一下，我現在欠你一半玉笏，折算成雪花錢……」陸臺突然「哎喲」一聲，摀住心口，愁眉不展，「提及此事，我就有些心疼。」

陳平安一巴掌拍在陸臺腦袋上，笑罵道：「皮。」

落魄山上，魏檗經常對青衣小童做此事。

陸臺愣了一下，沒跟陳平安計較。

「我先看看周邊的動靜，不著急動身。」陳平安說完後，掠上高枝，舉目遠眺四方。

陸臺抬頭望去，猶豫了一下，終於還是壯起膽子站在樹枝上，他急忙一手扶住主幹，這才略微覺得心安。

陳平安一手持癡心，一手摘下養劍葫蘆，難得喝了口酒：「陸臺，其實我知道，如果不殺了馬萬法，後患無窮，接下來一路上都會有很大麻煩。我曾經在梳水國領教過，一個鍊氣士鐵了心死纏爛打。所以我有這把劍就夠了，你不用再給我額外的雪花錢。」

陸臺正要說話，陳平安轉頭微笑道：「認識你後，我越發覺得不能只講自己的道理，萬事最怕走極端。你要是實在良心不安，錢，我也收。」

陸臺沒有說什麼，乾脆背靠樹幹，笑著拿出銅鏡，左顧右盼，開始哼著小曲兒，仔細梳理鬢角。

陳平安受不了這個，不再看他，突然皺眉道：「有人在往這邊趕。」

陸臺順著陳平安的視線望去，很快繼續對鏡梳妝：「一夥江湖莽夫而已，應該是那座城堡的人。你身穿金醴，站著讓他們砍上幾十刀都沒事。」

陳平安說道：「多一事不如少一事，你要是行動無礙，我們就動身繼續往北。」

陸臺猶豫了一下，試探性問道：「咱們能不能停步休養幾天？」

陳平安點點頭：「也行。」

一支隊伍從城堡進入山林，其中個個身形矯健，都是底子扎實的練家子，只不過這種扎實，只是相對一般的江湖武夫而言。

為首一人，是名青衫長髯的儒雅老者，呼吸綿長，腳步輕靈，應該是內家拳高手。

他身後有一男一女，年紀都在二十左右，男子俊逸，女子溫婉，兩人三、四分相似，應該是兄妹。男子背負角弓，女子腳踩錦繡小蠻靴，手腕上戴著一只精巧的蛇形金釧，好一對金童玉女。再往後，就是十數名青壯扈從，俱是一身簡單爽利的緊身衣裝。

他們在山林之中看到兩個年輕公子迎面走來，所有人立即停步不前，紛紛握住兵器，充滿了戒心，以及忌憚。

為首老人笑著拱手抱拳道：「在下飛鷹堡管事何崖，不知兩位公子可曾見到附近有仙師和妖魔的身影？」

陸臺笑咪咪道：「世上哪來的神仙妖魔？老先生是在說笑嗎？」

老人啞口無言。

那年輕女子見到了好似書上謫仙人的陸臺，眼前一亮，頓時神采奕奕。她的兄長，要更加老成持重，打量著兩名不速之客。

飛鷹堡附近方圓百里，並無名勝可以遊歷，只有最尋常的山水，而且兩條通往飛鷹堡的山路，一寬闊、一羊腸，那條寬闊山路是斷頭路，為的就是防止外人循著大道找到隱居世外的飛鷹堡。

飛鷹堡在三、四十年前，還是沉香國的一方武林霸主，在遭遇一場浩劫之後，飛鷹堡之人便開始避世不出，並主動毀去那條大道，其家族子弟極少外出遊歷。不過談不上與世隔絕，還是有一些必需的商貿往來，偶爾也會有一些世代與其交好的江湖中人，來此做客散心，或是切磋武藝。

眼前這兩人出現在此地，本就奇怪。先前他們在城堡中發現這邊的神仙打架，驚世駭俗，不是黑煙滾滾，就是流光溢彩，最後竟然還有一尊氣勢威嚴的金身法相飄蕩在空中。飛鷹堡絕大多數人都不曾領略過這等風光，一時間風聲鶴唳，議論紛紛。

經過一番商議後，堡主讓管事何崖來此查看。至於那對年輕男女，則是瞞著眾人偷偷溜出來的。他們半路出現，讓管事何崖無可奈何，何崖只好讓隊伍越發放慢腳步，故意繞了一些遠路，這才慢慢悠悠來到此地，最終見著了好似正在閒遊山水的眼前兩人。

何崖看似神色自若，實則心弦緊繃，就怕那兩個瞧著像神仙中人的公子哥暴起傷人。

飛鷹堡中絕大多數人涉世不深，不曾親眼見過那些江湖上的古怪祕事，何崖則不然，老管事闖蕩過江湖，去過幾次「半山腰」。

飛鷹堡在何崖的堅持下，有著諸多讓年輕人倍感莫名其妙的規矩，例如每逢新年、重陽等節日，飛鷹堡幾座重地的大門，都要張貼從外邊道觀求來的丹書符紙；小孩子受到驚嚇之後，老人會經常在道路岔口獨自上香，擺上糕點果盤。還有每次飛鷹堡有人去世，若不是正常死亡，例如溺水、急症等，老人的規矩就更多，哪些青壯漢子抬棺下葬，葬在何處，哪個時辰出生的人負責哪幾天的守靈，頭七的香火供奉怎麼擺等等，簡直能讓年輕人煩死。

陸臺先問了老人是不是來自那座城堡，得到肯定答案後，便笑著說要去借宿，最近都是露宿荒郊野嶺，實在難熬。

老管事猶豫不決，那腕有金釧的女子已經率先點頭。

陳平安微微搖頭，這女子心太大了，真不怕引狼入室啊？

老管事看著那個笑咪咪望向自己的青衫公子，突然哂然一笑：「來者是客，兩位公子遠道而來，既然遇上了，飛鷹堡理當盛情款待。」

陸臺和陳平安跟著一行人，去往十數里外的飛鷹堡。

山路逶迤，可就不止十數里了。一路上都是那女子在跟陸臺閒聊，老管事何崖在前邊始終豎著耳朵，一個字都不願錯過。

飛鷹堡姓桓，女子叫桓淑，她哥哥叫桓常。按照桓氏族譜，桓氏是六百年前為了躲避戰火，由北方常沂國遷入沉香國的，其堂號為重英堂。

陳平安聽不懂這些，陸臺什麼都能聊，與女子說這個「桓」是好姓氏，旁徵博引了一大通。

臨近飛鷹堡，眾人腳下已出現了一條平整道路，陸臺抬頭望去，笑了笑。

城堡最高的一棟樓的欄杆處，有一個裹著貂裘的畏寒婦人，正在焦急地望向城堡外的道路，她依稀看到子女的身影後，這才放下心來。只是婦人自己並不知曉，飛鷹堡也從來沒人能夠看到，這個婦人七竅淌血、潺潺而流的淒慘模樣。

欄杆之外，陽光普照，欄杆之內，有些陰涼。若是在婦人旁邊站得久了，便會覺得肌膚微涼，像是身軀浸入河水中。

所以婦人身邊這些年換了又換的丫鬟婢女，無一例外都成了病秧子，而她們離開婦人之後，多半又能痊癒。

久而久之，見怪不怪，便成自然。

第四章 小巷雨夜

城堡高聳於青山綠水之間，若是不細看，就不會發現大門高處的左右各自張貼著一張黃紙丹書的古樸符籙。陳平安眼力本就好，性子又細心，一下子就看到這兩張不太顯眼的符籙。他轉頭看了眼陸臺，後者正忙著跟女子桓淑閒聊沉香國江湖往事，便默默記下了符籙圖案。

世上符籙千萬種，流派駁雜，有資格被譽為符籙正宗的唯有三家，中土神洲龍虎山天師府就是其中之一，其餘兩脈分別是南婆娑洲的靈寶派和桐葉洲的桐葉宗。

陳平安和陸臺這兩名不速之客，被管事何崖安置在飛鷹堡東邊的一間獨門小院，何崖親自領著兩人去往住處。

桓常、桓淑兄妹二人與陳平安和陸臺告別時說，他們今天只管安心住下，好好休息，明晚主樓會有一場接風宴，希望他們按時赴約。

飛鷹堡的居中青石主道直達主樓，其餘街巷縱橫交錯，黃泥土的巷弄，讓陳平安彷彿回到了家鄉的泥瓶巷和杏花巷，街坊鄰里都是世代居住在此的飛鷹堡子弟。這邊的巷弄，相較於到處是雞糞狗屎的泥瓶巷，收拾得乾淨整潔，幾乎家家戶戶都栽種有桃李杏花。往來奔跑打鬧的稚童或拿著小小的竹劍木刀相互比拚，或者騎著竹杖馬嚷嚷著「駕駕駕」，他們見著了老管事何崖都不懼怕，停下腳步，稱呼一聲何先生，有模有樣地作揖，之後很快就呼嘯而去，童稚笑聲悠悠迴盪在巷弄。

在領著陸臺和陳平安住下後，一身書卷氣的老管事很快去往主樓頂層，向飛鷹堡堡主桓陽稟報。

桓陽是一名面如冠玉的美男子，雖然已是雙鬢微白，不再年輕，風采卻不減當年。

桓陽坐在一張造型古樸的羅漢床上，伸手示意何崖落座，老管事低頭看了眼滿是泥土的靴子，笑著搖了搖頭，搬了條椅子坐在旁邊。

桓陽皺眉道：「何叔，怎麼將兩個外人領進了飛鷹堡？他們可是與西邊山上的仙師有關？」

何崖無奈道：「有沒有關係，暫時不好說。等我們趕到的時候，那邊已經沒了動靜，估計是大戰落幕，那些仙人妖魔各自撤去了。我偷偷在那邊留了兩人，可是他們並未發現任何蛛絲馬跡，應該是勝出的一方，以仙家祕術遮蔽了天機。」

桓陽苦笑道：「若是那兩個年輕人真是傳說中的仙師，倒也好了。我托關係找人去請的世外高人，算來已經晚了將近一個月。我曾讓人捎去密信，詢問高人為何遲遲未到。就在方才，我收到了京城世交朋友的回信，他在信上訓斥了我一頓，說高高在上的山上仙人神龍見首不見尾，便是京城的將相公卿都難見一面，他能夠遞出口信，最終讓仙人點頭答應幫忙，已經是天大幸事，要是得寸進尺，惹惱了仙人，小心好事變成禍事。」

桓陽滿臉憂容，輕聲問道：「何叔，你是老江湖，知曉些山上事，覺得此事應該如何處置？難道就一直苦等下去？城堡裡頭這些年接連出現怪事，要是再有一、兩件，就真要紙包不住火了，到時候必然人心惶惶，如何是好？」

何崖斬釘截鐵道：「堡主的朋友所言不虛。山上仙家一心向道，性情難測，我們常人根本無法揣測，只能老老實實等著。」

桓陽嘆了口氣，抓起一只酒壺，小酌了一口飛鷹堡自釀的高粱酒：「那就等著吧。可飛鷹堡實在是拖不起，若非如此，我哪裡會讓你去山中冒險，主動求見那什麼鍊氣士。我就想著如果運氣好，遇上一位會仙術的高人，死馬當活馬醫，幫咱們飛鷹堡解決了麻煩，便是散盡家財，也值得。」

何崖猶豫片刻，字斟句酌，小心翼翼道：「之所以將那兩人請入飛鷹堡，是我覺得那兩人雖然年紀不大，但有可能真是某座山頭出門歷練的仙家子弟。來的路上，我仔細觀察過他們的呼吸、腳步和面相，那個背著劍的白袍少年多半是扈從，另一位年輕公子，一看就不是凡俗夫子，氣質太好，實在太好。」

桓陽撫鬚笑道：「難怪淑丫頭要黏在他身邊，看來是一眼相中了人家。不錯，眼光不錯，不愧是我桓陽的女兒。」

何崖笑道：「我當初跟隨老堡主一起行走江湖，只見過寥寥兩、三人能夠有此氣象。一個是現今的京城劉樞密使。早年那會兒他還只是個紈褲子弟，酒色不忌，但是分明精華內斂，那些行徑不過是蒙蔽世人的自汙手段罷了。

再就是初出茅廬便鋒芒畢露的竇紫芝。其實那時候看好竇紫芝的人不多，世人只當他是尋常天才而已，算不得鶴立雞群。可老堡主當時就認定未來沉香國江湖，竇紫芝最少要占盡三十年風流。老堡主眼光獨到啊。

最後一人，我並不知道他的姓名、來歷。當時我和老堡主登上山嶽欣賞日出，結果登頂之後，發現一個白衣男子在那邊呼吸吐納。他發現了我們，笑著向我點頭致意，起身後便一閃而逝，再無蹤跡。要知道那可是千丈之高的山嶽之巔，除了神人御風、仙人御劍，還能怎麼下山？」

老人長吁短嘆，卻也神采飛揚，只是到最後，他還是有些黯然。

他們身處的江湖那麼大，正邪之爭，生死榮辱，江湖兒女，義字當頭，都在裡頭了。到頭來，這個江湖難道只是某些人眼中的小水窪？想要跨過去，就是他們抬抬腳的事情。如果懶得抬腳，一腳下去，就可能讓江湖掀起驚濤駭浪。

桓陽聽得有趣，無形之中，積鬱的心情舒朗了幾分，笑問道：「何叔，以前怎麼不聊這些？」

何崖自嘲道：「聊這些做什麼？好漢不提當年勇，再說了，何叔我這輩子就沒出息過一天半日的，一刀劈碎靈官像的老堡主，那才是真英雄。我也就給老堡主背背包袱，給你牽牽馬，以後爭取多活幾天，再給少堡主操辦一下婚禮，這輩子就知足了。」

桓陽感慨道：「仙人真能證道長生嗎？」

何崖笑道：「等堡主朋友引薦的那位神仙到來，堡主不妨一問。」

陸臺對於這間院落比較滿意。

院落位於小巷盡頭，環境安靜，院子裡的牆上爬滿了薜荔。

陸臺仰起頭，對遠處屋簷笑著揮了揮手。屋脊那邊，一名飛鷹堡子弟大口喘氣，貓腰下了屋頂，跑去跟何管事通風報信。自己的行蹤已經被人察覺，再待下去，恐怕會被誤認為心懷歹意，極有可能捅婁子。

陳平安坐在石凳上，輕聲道：「我覺得這裡有點怪。」

陸臺不以為意，隨口道：「放心，我只是找個舒服的地兒休養，絕不惹事。只要別惹到我頭上，不管這間院子外邊發生了什麼，我都懶得管。」

陳平安記起飛鷹堡大門上的兩張古舊符籙，伸出一根手指，依葫蘆畫瓢，凌空畫符，問道：「知道這是什麼符嗎？」

陸臺此時正在屋內尋找茶具。既然寄人籬下，就要入鄉隨俗，兩個人都沒有攜帶包裹行囊，總不好隨隨便便憑空變出東西來。不用如何翻箱倒櫃，陸臺就搬出一套物件來，然後拿著小水桶準備出門。他跟陳平安說，方才路過的一座水井有點意思，本來井水是最下等的煮茶之水，但是那邊的井水質地極佳，說不定會有意外之喜。

至於符籙一事，陸臺說得直白，他哪裡有認識天底下所有符籙樣式的本事。大門上那兩張脈絡不明，有可能是桐葉洲符籙派的旁門手筆，反正符膽品秩不太入流，靈氣早就消逝一空，也就飛鷹堡這幫不識貨的莽夫，才傻了吧唧地當個寶貝供奉在上頭，估計是圖個心安吧。

陳平安總覺得飛鷹堡中有淡淡的陰氣盤桓不去，只不過相比那個邪道修士打破陶罐後的黑煙滾滾、煞氣滔天，不值一提。

不久後，陸臺提著個空桶回來了。

陳平安問道：「怎麼，井水不適合煮茶？」

陸臺撇撇嘴：「飛鷹堡的風水明顯給人動了手腳，井水格外陰沉，別說煮茶，就是燒水做飯，日積月累之下，也會讓陽氣不夠重的凡夫俗子遇到點小麻煩。我猜這十幾、二十年來，飛鷹堡中誕下的女孩肯定比男孩多出很多，長此以往，就要陰盛陽衰了。」

陳平安皺眉不語。

陸臺笑問道：「不管管？」

陳平安瞥了他一眼：「我們現在什麼都不明不白的，是要幫人還是害人？」

陸臺笑道：「那我就放心了，我還怕你熱血上頭，就要路見不平、拔刀相助來著。」

陳平安沒好氣道：「我沒刀。」

陸臺將水桶丟在一旁，雙手負後，打量著陳平安，嘖嘖道：「喲，陳平安，可以啊，如今都會講笑話了。」

陳平安一笑置之，開始在院子內練習六步走樁。

陸臺坐在臺階上，抬頭看了眼天色，輕輕揮動竹扇：「要下雨了。」

暮色裡，很快就有一場瓢潑大雨如約而至。

雨點滴滴答答，落在院子裡的石桌上、小巷中、天地間。

陳平安身穿法袍金醴，無須擔心衣衫被雨水浸透，便繼續練拳不停，而且每次出拳，驟然打碎一片雨水的感覺，讓陳平安沉迷其中。

陸臺為了躲雨，已經坐在屋門口。雖然天氣陰涼，可他還是在那邊搖著扇子，要麼發呆，要麼偶爾瞥幾眼陳平安的拳法。

陸臺見到陳平安由練拳轉為練劍，依然是虛握長劍的古怪路數，笑道：「古人一直將下雨視為天地交合，陰陽交泰。古人的想法真是有趣，不知道後人又會如何看待我們。」

陳平安沒有說話，陸臺經常這麼神神道道，不用理會。

當天夜裡，陸臺已經熄燈睡覺，陳平安像往常那般挑燈夜讀，翻閱那本《山海志》。

窗外依舊大雨磅礴，這麼大的雨，少見。

陳平安耳朵微動，依稀聽到院子外邊的巷弄有稚童追逐打鬧的嬉笑聲一閃而過。片刻之後，陳平安剛剛翻過一頁書，又聽到外邊響起細微的女子嗓音，如泣如訴，之後又有一連串老翁的咳嗽聲響，漸漸遠去。

要知道，這間院子位於巷子的盡頭，而這條巷子，是死胡同。

陳平安合上手中書本，拿起桌上的養劍葫蘆，一邊喝酒一邊走出屋子，打開門後，驟然之間，彷彿天地間的雨水，都是血水。眨眼之後，就又恢復正常，除了空氣中的寒意，與小院四周彌漫的水氣，並無異樣。

陳平安搬了把椅子，坐在門檻外邊，稍稍外放氣勢，內斂拳意緩緩流淌全身，將那些撲面而來的雨水悄然遮擋在數尺之外。

院門傳來一陣屈指敲門聲響。

陳平安剛要起身開門，敲門聲便驟然而停。

三番兩次如此後，陳平安便乾脆不聞不問，開始練習劍爐立樁。

大概一炷香後，大雨漸漸停歇，轉為淅淅瀝瀝的連綿細雨，院門那邊又傳來手指撓門的瘆人聲響。

陳平安睜開眼睛，嘆了口氣，從袖中撚出一張黃紙材質的寶塔鎮妖符，站起身，緩步走向院門口。

他指尖那張黃紙符籙熠熠生輝，散發出金色光芒，如一輪驕陽撕裂夜幕。

陸臺突然打開門，打著哈欠說道：「趕緊收起來，一不小心會把鬼魅給嚇死的。」

陳平安沒理睬這個冷笑話，他打算不管不顧，先往巷子裡丟出這張符籙再說。

陸臺提醒道：「可別打草驚蛇啊。」

陳平安想了想，仍是徑直走向院門，拔出門閂開門，門外陰氣森森，泥濘小巷明明空無一人，卻有竊竊私語四處飄蕩，地上還會隨之出現一個個深淺不一的腳印。

陳平安轉身將符籙張貼在大門上。進門之前，他轉頭望去，發現小巷遠處，有一大一小兩人冒雨而行，皆是身穿素白麻衣，孩子沒有轉身，卻「擰轉」整顆腦袋，與陳平安對視，他咧著嘴巴，無聲笑著。

那面容青白、身穿縞素的孩子，腦子足足轉了一圈，這才繼續跟隨大人一起前行，身形消失在小巷深處。

陳平安神色自若，也不繼續張望那邊的詭譎景象，瞥了眼張貼在大門上的鎮妖符。這張符只是普通的黃紙材質，用起來不算太過心疼。先前一場大雨，門扉為雨水浸透，鎮妖符被陳平安隨手貼在門板上，牢固異常。

門上張貼著市井坊間最常見的兩位武門神，不知是在桐葉洲享受香火的武廟聖人還是沉香國歷史上的功勳大將。今年已經過去大半，彩繪門神被風吹日曬雨淋，褪色得厲害，還有點黯淡無光，有一絲遲暮腐朽之氣。

陳平安躋身武道四境之後，氣血雄壯，魂魄堅韌，看待這方天地的方式，也有了些許變化，類似錬氣士的望氣，能夠捕捉到絲絲縷縷的流轉靈氣，尤其是在身穿金醴後，與這件法袍汲取靈氣的程度相互驗證，收穫頗豐。

這兩尊看似裝束威嚴的門神，實則一點神性靈光早已消逝於光陰長河，被這條古怪巷弄的陰煞之氣點點蠶食，消磨殆盡。

這算不算英雄氣短？

陳平安嘆息一聲，踮起腳尖，用手指撫平那張符籙的細微褶皺。一張寶塔鎮妖符，按照市價來算，能買多少對彩繪門神了？一想到這裡，陳平安就有些惱火，那些鬼祟陰邪的大致意思，陳平安心知肚明——這是下馬威，大概是想要他和陸臺這兩個陽氣旺盛的外鄉人識趣一些，早早離開此地，雙方井水不犯河水。

陳平安走入院子，關門上閂，陸臺已然醒了，澈底沒了睡意，跟陳平安一樣搬了把椅子坐在門口。

沒等陳平安開口，陸臺就主動解釋道：「一些個道行淺薄的陰物，也就嚇唬嚇唬人，最多禍害那些先天陽氣薄弱的市井百姓。要麼在他們走夜路的時候，突然嚇他們一跳，趁著魂魄顫動的瞬間，吸取一點魂魄；要麼在那些祖上沒積德、門神失靈的門戶裡，挑選老百姓做噩夢的時候，做那鬼壓床的勾當。嗯，還有一些傢伙是自己找不自在，不懂規矩，在一些個陰物遊蕩的鬼路岔口撒尿，自己惹禍上身。」

陸臺拿出那把竹扇，嘩啦啦搧動起來，院內涼意頓消，沒來由多出幾分和煦暖意，雨水之中，一絲絲灰煙嫋嫋升起，旋而消散。

陸臺笑道：「這幫鬼魅沒啥見識，跟飛鷹堡的活人們一個德行，半點看不出咱倆的深淺。可惜了那張鎮妖符，要是換成張家天師或是靈寶派的高功法師，憑藉這種材質……」

陸臺停頓片刻，故意在陳平安傷口上撒鹽，「只須畫一張符貼在飛鷹堡大門口，就能夠庇護這幾百口人最少三年五載，讓其不至於被陰物襲擾。像你這種門外漢，只靠吐在符上的一口純粹真氣，註定無法勾連天地靈氣，這張符籙就是無源之水，所以能有幾天風光？」

陳平安坐在對面的椅子上說道：「你怎麼早不露面？」

陸臺微笑道：「我露面做什麼？跟他們嘮嗑，聊一聊這邊的風土人情啊？問它們，為了嚇唬你，是如何安排出場次序的？是如何讓那雨水變作血水的？我只會語重心長地告訴它們，它們嚇人的手段，實在不夠看，我可能會忍不住教它們幾招絕活……」

陸臺越說越不像話，陳平安提著養劍葫蘆指了指門外，示意陸臺可以出去跟它們套近乎了。

陸臺坐在原地，不動如山，「啪」一聲收起摺扇：「我自幼就喜歡跟飼養在家族裡的妖魔精魅打交道，甚至可以說是朝夕相處，早就習慣了。如果不是你陳平安嫌它們煩，有它們在外邊飄來蕩去，我睡覺只會更安穩香甜。」

陳平安疑惑道：「你們陰陽家子弟，不用忌諱這個？」

陸臺仰頭望向雨幕，輕聲道：「不近惡，不知善。」

陳平安好奇地問道：「飛鷹堡是不是隱匿著真正的厲鬼？」

陸臺點點頭：「不然為何當初在打架之前，我要說一句『栽贓嫁禍的風水寶地』？」

陳平安點點頭，他還清楚地記得此事。

陸臺將兩隻手慵懶地搭在椅子把手上，大袖垂落：「若是我們倆死翹翹了，在那邊的深山老林做了『亡命鴛鴦』，你覺得栽贓給飛鷹堡這幫武林莽夫，會有人信嗎？自然是嫁禍給這裡邊的那窩陰物鬼魅。」

陳平安心頭一動，猛然站起身，走向大門。

院外小巷傳出一陣動靜，大門上的那張鎮妖符上金光大放，隨後一閃而逝。

陸臺轉頭笑道：「不用去了，那些鬼魅不死心，一定要吃點虧，才長記性，現在領教過了，近期應該會對我們敬而遠之。我以後想要再聽到那些動人的天籟之音，想要睡個好覺，難嘍。」

陳平安打開院門，跨過門檻，抬頭打量了寶塔鎮妖符。除了一枚淺淡的汙漬，符籙並未出現符膽崩碎、靈光搖晃的跡象。前來試探符籙的鬼魅如陸臺所說，確實道行不高。

陳平安返回院子，他打定主意，如果鬼魅還來挑釁，那就別怪他當個惡鄰了。

陸臺雙手抱住後腦勺，道：「這桐葉洲是一個很守舊的地方，不太喜歡別洲外鄉人。天君謝實如果是在這，早就給人圍毆得半死了，哪像你們寶瓶洲，竟然還能客客氣氣坐下來喝茶、講理、討價還價。」

陳平安在臺階上蹭了蹭靴底的泥濘，想了想，緩緩道：「寶瓶洲距離俱蘆洲太近，大驪跟謝實的關係也很神祕，都有關係，不全是一洲風土民風的事情。陸臺，你覺得呢？」

陸臺嘖嘖道：「可以可以，陳平安，你如今越來越能夠站在山上看待問題了，不愧是闖蕩過倒懸山和劍氣長城的人物。」

陳平安準備將椅子搬回屋子，陸臺突然說道：「陳平安，如果把馬萬法計算在內，其實他們對付一個金丹境修士並不難。我們兩個能打贏這場架，其實挺不容易的。」

陳平安站在椅子旁邊，問道：「如果我們倆對上一個金丹境鍊氣士，有勝算嗎？」

「有，但是勝算不大。」陸臺笑道，「幾乎每一個金丹境修士，都是心性堅韌之輩，而且他們的術法神通層出不窮，所以我們只能跟他拚命，不然就會被他活活耗死。你應該知道吧，鍊氣士的第九境金丹境，純粹武夫的第七境，與之前的那些個境界相比，可以說是『翻天覆地』。」

陳平安坐回椅子，搖頭道：「我其實不太清楚，你給說道說道？」

陸臺眼睛一亮：「給你講這些，能不能下次正式分贓的時候少給你一百顆雪花錢？」

陳平安哭笑不得：「你還會在意一百顆雪花錢？」

陸臺哈哈笑道：「我當然不在意這些雪花錢，我只是喜歡這種占便宜的感覺。」

陳平安伸出一隻手，示意陸臺可以掙錢了。

陸臺心情大好，踢了靴子，在椅子上盤腿而坐，微笑道：「純粹武夫六升七，被譽為『覆地』。第七境御風境，能夠使武夫像仙人那般御風遠遊，而且還使魂魄膽凝為一體。展現在武夫眼前的天地，就是另外一番光景了。

至於鍊氣士嘛，『結成金丹客，方是我輩人』這句金科玉律，幾乎給人說爛了。其實真正的玄妙，在於結成金丹前，修士運用術法神通時瓶頸很大，從他們開闢出幾座氣府，就可以大致推算出其儲藏靈氣的總數，他們與人對戰就像你陳平安花錢，總想省著點花。可結成金丹後，修士儲藏靈氣不局限於有幾座氣府，而是如同富人造出了一個冰窖，酷暑猶可吃冰，更重要的是還能夠臨時跟天地借用靈氣。長生橋、長生橋，說了那麼多，到底為何物？除了踏上修行，再就是為了能夠跟天地相接，自身小洞天，天地大福地。」

陳平安聽得認真用心。

陸臺笑問道：「所以，我們兩個人打死了馬萬法這麼多人，卻未必能打贏一個金丹境的修士。」

陳平安點點頭：「原來如此。」

陸臺一臉活見鬼的模樣，疑惑道：「教你拳法、劍術和符籙的人，都不曾跟你說過這些？」

陳平安搖頭道：「不教這些，傳授我拳法的老人，只教我……」陳平安站起身，輕輕一拳遞向雨幕，「要隨手一拳，打退雨幕十丈、百丈。」陳平安收起拳頭，輕輕擰轉手腕如提筆劃符，「要在筆端流瀉符籙真意，一點浩然氣，千里快哉風。」陳平安再虛握長劍輕輕向前一揮，「大千世界，無奇不有，我唯有一劍。」

陸臺蜷縮在椅子上，雙手攏袖，怔怔地看著對面屋簷下，那個跟平常不太一樣的白袍少年，久久無言。

陳平安咧嘴一笑，拿了椅子就要回屋：「你也早點睡。」

陸臺認真問道：「陳平安，拳、劍、符這三者，如果只能選一樣，你會選什麼？」

陳平安愣在當場，這個問題還真沒有想過。

他思量片刻，回答道：「當初練拳，是為了延續壽命，算是我的立身之本，以後我還會一直練拳。如果活得夠久，我希望我能夠打上一千萬拳，當然在這期間，我一定要躋身武道第七境。至於畫符，只是保命的手段，我會順其自然，不會鑽進去太深。真正想要走得遠的，還是……」陳平安伸出大拇指，指了指背後的那把劍，「練劍。」

陳平安神色平靜，眼神堅毅：「我要成為一名劍仙，大劍仙！」

陸臺歪著腦袋：「圖什麼呢？」

陳平安嘿嘿笑著，不說話，搬了椅子小跑回屋子，關門睡覺。

陸臺翻了個白眼，他沒了睡意，便百無聊賴地哼著鄉謠小曲，最後乾脆站起身，在椅子上緩緩起舞，大袖翻轉如流水。

舞畢，他坐回椅子，打著哈欠、搖著扇子，時不時以手指掐訣推算運勢，或者把腦袋擱在椅子把手上，翻白眼、吐舌頭假裝吊死鬼……就這麼熬到了天亮。

陳平安按時起床，先去開門，收回了鎮妖符，然後在屋簷下來來回回走樁練拳。

陸臺瞥了一眼陳平安的靴子：「回頭給你找一雙咱們仙家穿的，你就不用再擔心雨雪天氣。貴一點的，甚至可以水火不侵。」

陳平安沒好氣道：「要那玩意兒幹啥，跟人打架還得擔心靴子會不會破，多礙事，白白多了一件心事。」

陸臺嘆息道：「你就沒有享福的命。」

陳平安問道：「昨夜後邊沒發生什麼怪事吧？」

陸臺點了點頭：「還真有，好像飛鷹堡有人撞見鬼了。離著這邊不算太遠，雙方大打出手，挺血腥的，不過沒死人。」

陳平安想了想：「那咱們白天走動走動，看看能不能發現真相。心裡有數之後，再確定要不要出手。」

陸臺對此不置可否。

風水堪輿、尋龍點穴、奇門遁甲、醫卜星相，他都挺擅長的。沒辦法，祖師爺賞飯吃，哪怕學得不用功，整天變著法子偷懶，可還是在同齡人當中一騎絕塵，這讓他很煩惱啊。

陸臺以三言兩語，輕描淡寫地概括了一場血腥廝殺，其實這場廝殺對於當時的局中人而言，遠遠沒有這麼輕鬆。

昨晚的雨幕中，有一個腰掛朴刀身穿黑衣的年輕人與一個遊歷至此的道士結伴夜行。斗笠之下，一個慷慨赴死，一個憂心忡忡。

滂沱大雨轉為軟綿小雨後，兩人走入一條巷弄，來到一棟荒廢已久的破敗屋舍前。身披蓑衣的年輕道人臉色微白：「今夜的凶煞之氣，格外重！」

肌膚微黑的年輕人手握朴刀，壓低嗓音，咬牙切齒道：「再等下去，不知道要枉死多少人，拖不得了！」

這條巷子中的住客極少，稀稀疏疏三、四戶人家而已，多是上了歲數的孤寡老人，也不常與外邊聯繫。飛鷹堡的習武子弟，比拚膽識的一種方式，就是挑一個深夜時分，嘗試獨自走過這條狹窄陰暗的巷弄。

這條巷子曾經有過一場血戰。趁著老堡主剛剛去世，有一夥拉幫結派的仇人摸進飛鷹堡內，他們一個個手染鮮血，不是魔教高手就是邪路宗師，都是當年被老堡主打傷打殘的各路江湖梟雄。

他們不小心洩露了風聲，被早有準備的飛鷹堡甕中捉鱉，堵在這條巷子裡。

那一場廝殺，血流滿地，雙方殺得人頭滾滾而落，其中既有凶人頭顱，也有飛鷹堡老一輩人的腦袋，遍地殘肢斷骸，幾乎沒有一具全屍。據說最後飛鷹堡的收屍之人，就沒有一個不吐出膽汁的。

飛鷹堡是祖上闊過而家道中落的那種武林幫派，曾有長達百年的輝煌歲月。哪怕桓氏如今沉寂了數十年，飛鷹堡在沉香國江湖中的名氣仍是不算小，尤其是已經過世的桓老爺子，德高望重，當初在江湖上赫赫有名，是朝野皆知的江湖豪傑。

只可惜這一代堡主桓陽的武道造詣平平無奇，未能撐起飛鷹堡的威名，而桓常年紀還輕，便有了當下青黃不接的慘澹格局。

可是隨便翻翻老黃曆，從桓老爺子再往上推兩代人，飛鷹堡可以拎到檯面上講的東西實在太多，所以偌大一座飛鷹堡，上上下下四百餘人，都很自傲。

少堡主桓常，自幼就展現出出類拔萃的習武天賦，天生膂力驚人，他時常與那些名動江湖的少俠切磋過招，其招式可圈可點。而堡主千金桓淑，據說跟沉香國十大高手中某人的嫡長子，定了一樁娃娃親，只等那個年輕人前來迎娶。

但飛鷹堡年輕一輩的領袖，不是桓常，而是一名外姓人——陶斜陽。他是堡主桓陽的嫡傳弟子，從小跟隨大管家何老先生學習儒家典籍和高深功夫，說起人緣，比少堡主桓常還要好。

陶斜陽古道熱腸，在飛鷹堡有口皆碑，他性情開朗，好像天塌下都不怕。

上回進山入堡的一夥人，其為首宗師是大名鼎鼎的江湖豪俠，其中還有個被譽為仙子的漂亮女子，與陶斜陽關係極好，他們經常一起在飛鷹堡內外同行，她與陶斜陽喝著街邊最便宜的酒水，也能笑靨如花。

陶斜陽最近幾年已經開始幫著堡主和管家何崖打理飛鷹堡事務，接觸到了許多內幕，日子過得並不輕鬆。八方客人，待人接物，需要滴水不漏，飛鷹堡祖輩遺留下來那一支支香火，不能讓它們無聲無息地滅了，得暗中續著香火情。跑京城、跑山頭上的名門正派、跑大城池裡的強橫幫派、給豪門官邸送銀子、跟郡城地頭蛇籠絡關係，都需要陶斜陽這個外姓人出面，所以陶斜陽的江湖見識和經驗都很出眾。

今夜這個來到這條巷弄的刀客，正是陶斜陽，而與之同行的年輕道人，是陶斜陽在江湖上一見如故的至交好友。陶斜陽知道年輕道人能夠看得見那些陰穢東西，還有一些江湖上聞所未聞的厭勝手段。

年輕道人收到陶斜陽的密信求助後，二話不說就來到飛鷹堡。一番小心探尋後，年輕道人心情越發沉重，果然如陶斜陽信上所說，飛鷹堡中的確有鬼物作祟，而且鬼物道行高深，直接壞了飛鷹堡的風水根本。

年輕道人知道自己從來不是什麼真正的山上人，他跟隨那個喜歡雲遊四方的師父，修習道法不過五年，只學到了一些望氣、畫符的皮毛功夫，而且他畫的符籙時靈時不靈，他背上的那把由七七四十九顆銅錢串成的法劍，至今還沒有出鞘的機會，是不是真的能夠鎮煞斬邪，他的心裡完全沒譜。

年輕道人名叫黃尚，是個科舉無望的士族子弟。傳授道法的師父常年不在身邊，黃尚幾乎花光了所有積蓄，才湊出了這把以前朝神冊、元光、正德三代通寶串成的法劍。師父說過這三種通寶銅錢，九疊篆，蘊含的陽氣最足。

讓他這麼個半吊子道士對付飛鷹堡的凶煞惡鬼，實在是勉為其難，只是他與陶斜陽相交莫逆，他見陶斜陽鐵了心要為民除害，總不能眼睜睜看著兄弟夭折在這邊。

兩人的稱兄道弟，並非那江湖豪客在酒桌上的推杯換盞，而是換命。

這棟宅子的門檻頗高，其原先的主人應該家境殷實。大門也是上好的柏木，還裝飾有獸面門環，古老而深沉。

道士黃尚從袖中摸出一張黃紙符籙，先前大雨滂沱，黃尚看著濕漉漉的大門和高牆，苦笑道：「天時地利都不在我們這邊啊。」

刀客陶斜陽「嗯」了一聲，死死盯住那扇大門，一手按住刀柄，突然轉身，餘下一手狠狠拍了一下道士的肩膀：「我先行一步，若是形勢嚴峻，救我不得，你不用管我，回頭幫我找個風水好點的陰宅即可！」

黃尚正要說話，陶斜陽已經咧嘴而笑：「這可不是客氣話！若是兩人都死在這邊，在下邊還不得搶酒喝？」陶斜陽收起手，氣沉丹田，一刀劈向大門，「給我開！」

刀勢凶猛，竟是直接劈開了大門，陶斜陽大步踏入其中，毅然決然。

一時間步伐沉沉，如陷泥潭，陶斜陽毫無畏懼，輕喝一聲，揮刀向前，一刀刀劈在虛空處，刀光森森，略帶螢光，顯然是在武道窺得門徑了。

陶斜陽以刀開路，筆直向前，藏在他懷中和腰間的兩張君子佩符，瞬間黑化，如染滿墨汁一般，本就不多的靈氣，消逝乾淨。

黃尚正要快步跟上，陣陣陰風從門內撲出，他只得在大門內壁找了兩處稍稍乾燥的地方張貼了兩張鎮宅符籙，這才稍稍好受，不至於呼吸凝滯。他雙手各撚住一張符籙，分別是光華真君持劍符和黃神越之印章符，皆是上古遺留下來的廣為流傳的著名護身符。

只是黃尚才頂著陰風向前走出三步，就發現持劍符和印章符變得大半漆黑，好像剛從硯臺裡扯出來。

年輕道人心中大駭，忍不住高喊道：「煞氣濃重似水，此地鬼魅絕不是當年死於小巷的冤魂！必然是遊蕩百年以上的厲鬼！斜陽，速速退出宅子——」

話音未落，遠處的正屋房門自行打開，陶斜陽揮刀而入，房門「砰」的一聲關閉。

黃尚滿臉悲痛，竭力往手中的兩張符籙，澆灌入淡薄的靈氣，怒喝道：「移殃去咎！」持劍符毫無動靜，被凶地煞氣凝聚而成的墨汁浸透，撚符的雙指如被火燙，黃尚趕緊丟了持劍符。好在那張印章符靈光蕩漾，驟然亮起，映照出四周的異象。

在黃尚周圍，陰惻惻的嬉笑聲此起彼伏，卻不見半點人影。脖頸處好似被冰涼長舌舔過，讓年輕道人起了一身雞皮疙瘩。

黃尚丟了燒完的印章符，正要再從袖中摸出一張壓箱底的符籙，往袖子伸去的左手手背處，好似給人用針刺了一下。黃尚打了個寒戰，頭頂又有莫名其妙的驟雨淋下。黃尚環顧四周，小雨綿綿，年輕道人怔怔抬手抹了一把臉，攤手一看，竟滿是鮮血。黃尚下意識抬起頭，一張沒了眼珠的蒼白臉龐近在咫尺，幾乎要貼上黃尚的鼻尖。

黃尚呆若木雞。

剎那間，他的肩膀被人使勁按住，往後一拽，黃尚整個人倒飛出宅子，摔在外邊的泥濘巷弄中，暈暈乎乎。

他看到一個熟悉的高瘦背影，正是飛鷹堡老管事何崖，陶斜陽的師父。

老人雙手持符，符紙材質應該不是普通的黃紙，螢光流淌，晶瑩剔透，在陰風煞雨之中仍是光彩飄蕩，如大風之中的兩支燭火，符籙靈光始終搖而不散。

老管事腳踩罡步，口中念念有詞。

黃尚剛剛鬆了口氣，脖子就被指甲極長的雪白雙手掐住，一下子往後拽去。黃尚的雙手胡亂拍打泥濘地面，他的後腦勺和後背重重撞在巷弄牆壁上，像是滲透在牆壁之中的某人希望黃尚這個大活人也跟著進入其中。

黃尚一翻白眼，暈厥過去。

年輕道人清醒過來時，已經回到了飛鷹堡主樓的那間客房，隔壁就是陶斜陽的住處。

黃尚搖搖晃晃起了床，剛好看到何老先生臉色凝重地走出房間。

何崖嘆息一聲：「斜陽的身上並無重傷，只是……」老人沒有繼續說下去。

何崖本想對黃尚說，他不該如此冒冒失失，陪著陶斜陽擅自闖入那條巷弄。只是看著倉皇失措的年輕道士，尤其是脖頸處黑如濃墨的一條條抓痕，過了一宿尚未淡去，老人便有些於心不忍，嘆息一聲，快步離開，要去煮一服藥，幫著徒弟固本培元。

黃尚站在陶斜陽房門口，幾次想要推門而入，都收回了手，失魂落魄。

今晚陳平安和陸臺要去桓家府邸赴宴。白天兩人四處閒逛，大小街道、各處水井、桓氏祠堂、演武場、飛鷹堡的行刑臺等等，都走了一遍。

陸臺觀察了家家戶戶大門上的各式門神，陳平安則偶爾蹲下身，默默撚起一小撮土壤放入嘴中嚼著。

回到院子後，陳平安突然想起一事：「何管事讓我們進入飛鷹堡，將我們安排在這，是不是有他的私心？」

陸臺點點頭：「驅狼吞虎之計，多半是飛鷹堡已經走投無路，死馬當活馬醫。說不得今晚宴席上，若是我們撕破臉皮，問責此事，飛鷹堡就要開誠布公，道歉賠罪，然後砸錢給咱們，要我們幫飛鷹堡渡過難關。」

陳平安嘆了口氣，若是他們倆道行低微，敵不過那些遊魂蕩鬼，是不是昨晚在那座宅子死了就死了？兩張爛草席一捲，讓人丟出飛鷹堡了事？

陸臺好似看穿了陳平安的心事，笑道：「在感慨江湖險惡？那你有沒有想過，可能飛鷹堡與那何崖都有難言之隱，聽過他們訴苦之後，說不定你就會義憤填膺，奮然挺身。」
陳平安搖搖頭，輕聲道：「事有先後，對錯分大小，順序不可亂，才是權衡輕重，界定善惡，最終選擇如何去做一件事。」
陸臺笑道：「聽著簡單，做起來可不容易。」
陳平安「嗯」了一聲：「難得很。」
沒過多久，桓常、桓淑兄妹二人連袂而至。今天桓淑換了一身暖黃色的衣裳，亭亭玉立；桓常還是那般裝扮，只是摘掉了那張牛角弓。
此前陸臺詢問陳平安，要不要給飛鷹堡和桓淑一個驚喜。不等陸臺說完，陳平安黑著臉一拍養劍葫蘆，陸臺立即住嘴，雙手合十，做求饒狀。
遠處高樓欄杆處，一個心情不錯的婦人容光煥發，笑意溫柔。她昨夜聽女兒說了些閨房話，說有位外鄉的翩翩佳公子，今兒要和朋友一起登門拜訪，要她這個當娘親的幫著掌掌眼。婦人覺得有趣，便答應下來。
早年那樁有些兒戲的娃娃親，別說飛鷹堡不再當真，對方更希望根本沒這回事，省得被落魄不堪的飛鷹堡拖累。
賢淑婦人一想到將來有一天，女兒會跟她這個娘親一樣，在歲月最好的時候，穿上最漂亮的鮮紅嫁衣，嫁給最喜歡的心上人，婦人既欣慰，又不免有些失落。婦人眼眶通紅，微微低頭，掏出一方繡花帕巾，輕輕擦拭眼角。
婦人並不自知，飛鷹堡也無人看穿，她那張七竅流血的臉龐出現了不計其數的裂紋，縱橫交錯，就像一只將碎未碎的瓷器。

飛鷹堡的千金小姐桓淑對陸臺有意思，陳平安又不是瞎子，自然看得出來。

至於兄妹二人在客氣熱絡之餘，眉宇間揮之不去的那份陰霾，陳平安也看得出來。

看來此地鬼魅作祟近乎肆無忌憚地襲擾市井百姓，給飛鷹堡帶來極大的隱憂和困擾。

山下江湖，任你是豪門大派，對付這種事情，仍是力不從心。

一行人去往飛鷹堡主樓，樓建得氣勢巍峨，名人手筆的匾額、楹聯，等人高的彩繪門神，左右兩側的玉白蹲獅，都彰顯著飛鷹堡桓氏昔年的榮光和底蘊。

宴客大廳燈火輝煌，廳裡點著一支支粗如嬰兒手臂的紅燭，還擺著許多老物件，以及大幅山水字畫、繪有仙家景象的對屏。堡主桓陽和夫人、老管家何崖以及幾位桓氏長輩在大廳門口恭迎兩位初次蒞臨飛鷹堡的年輕後生。他們身後站著諸多家族俊彥和旁支子弟，這些人對陸臺和陳平安都充滿了好奇，畢竟飛鷹堡擺出這麼大的陣仗，罕見。

陸臺以心聲告知陳平安：『伸手不打笑臉人，你信不信，飛鷹堡桓氏如果足夠聰明的話，會在酒過三巡之後，跟咱倆主動請罪。』

陸臺很快就沒個正經，環顧四周，在陳平安心湖說道：『老古董還不少，這飛鷹堡桓家祖上挺闊綽啊。擱在桐葉洲山底下，算是不錯的了，如果不是遭了變故，不得不龜縮至此，恐怕根本不需要咱們露面，早就請了沉香國或是周邊國家的仙師擺平了那幫陰物。』

入座之前，陳平安敏銳察覺到了堡主夫人的異樣，她整個人的氣息顯得雲遮霧繞，只不過是烏雲黑霧，明顯沾著汙穢氣息的那種。看上去婦人容顏豔麗，保養得當，實則元氣衰竭，即將油盡燈枯。

陸臺一眼都沒有看她。

晚宴談不上山珍海味，野味河鮮加時令蔬果。桓陽從頭到尾都沒有擺譜，架子放得很低，就連陳平安都能夠清晰感受到那些桓氏子弟的不自在，他們舉杯喝酒和下筷夾菜都很敷衍，往往是堡主提議敬酒，才稍有動作。

陸臺猜錯了，哪怕宴席臨近尾聲，堡主桓陽也沒有提及兩人下榻古怪巷弄一事，只說飛鷹堡窮山惡水，照顧不周，還望兩位公子多多海涵。等喝完最後一口酒，外人紛紛起身離去，桓陽和夫人親自帶著陳平安、陸臺遊覽主樓。

登上頂樓的一處露臺後，眾人一起登高遠眺，桓常和桓淑分別拿來一樣禮物，都裝在木匣內。桓陽說是飛鷹堡祖傳的老古董，不值錢，但還算稀罕，一點見面禮，不成敬意，希望兩位公子以後多來飛鷹堡做客，一定掃榻相迎。

陸臺應酬得滴水不漏，他摸著欄杆，默念道：『好地方。』

就這樣賓主盡歡而散，桓淑想要送兩人去那巷子，但是被桓常找了個藉口拉住。

桓淑雖然心有不滿，最終還是沒有執意離開主樓。她看著兩人並肩走在寬闊街道上的背影，桓常小聲道：「斜陽受了那麼重的傷，你怎麼也不去探望一下？」

桓淑皺眉道：「爹和何爺爺都說了，讓他不要輕舉妄動，還這麼魯莽。如果不是今夜有仙師駕臨飛鷹堡，如何收拾爛攤子？陶斜陽這麼大一個人，還管著飛鷹堡的半數事務，怎麼還如此意氣用事？不過是混了幾天外邊的江湖，就不知道天高地厚……」

桓常惱火道：「不管怎麼說，斜陽都是為了咱們飛鷹堡才受了重傷，妳少說一點風涼話！這要是給斜陽聽見，負氣離開飛鷹堡，都沒人有臉攔阻！妳當真不知道，這些年有多少名門正派看中了斜陽的習武天賦和經濟才幹？」

桓淑撇撇嘴：「那就廟小容不下大菩薩唄，飛鷹堡還能如何？哭著喊著求陶斜陽留下來？」

桓常轉過頭，厲色教訓道：「桓淑，妳怎的越說越混帳了！莫不是良心都給狗吃了？斜陽跟妳是青梅竹馬一起長大的自家人，跟我更是好兄弟……」

桓淑頭一次見到如此生氣的哥哥，她眼眶通紅，有些委屈，顫聲道：「可是我不想嫁給他啊。他喜歡我，可我就是不喜歡他啊，我有什麼辦法？」

桓常嘆了口氣，家家有本難念的經，此事心結難解。

秋夜涼爽，星河璀璨，星星點點，彷彿都是人間的愁緒。

這天夜裡，陳平安和陸臺還沒走到那條巷弄，飛鷹堡大門外的道路上，就來了一位仙風道骨的方外之人。

唯有堡主桓陽和管家何崖肅手恭立，出門迎接。氣氛不熱鬧，但是比起迎接兩個年輕人的宴席，明顯要更加實在。

迎面走來之人，是一個雙眼綻放精光的高大男子，他牽著一匹通體雪白的駿馬，瞧著約莫不惑之年，手持拂塵，腰懸桃木符籙牌子，飄然而至。

他的馬鞍兩側懸掛著兩捆松柏樹枝，十分奇怪，那柄拂塵，篆刻有「去憂」二字。

堡主桓陽和老人何崖連忙作揖：「恭迎太平山仙師。」

中年男子微笑點頭道：「無須客氣，下山降妖除魔，是我輩山人的義之所在。」不等桓陽開口，男子舉頭望向城堡上空，「陰煞之氣果然很重。如果我沒有猜錯，飛鷹堡應該剛剛下過一場大雨。你們要曉得，那可不是一場普通的秋雨，而是盤踞此地的邪魔鬼魅在施法布陣，要教你們飛鷹堡斷子絕孫。」

桓陽和老管事視線交匯，桓陽拱手抱拳道：「只要仙師救下飛鷹堡五百餘口人性命，飛鷹堡願意為仙師造生祠，交出那柄先祖無意中獲取的寶刀停雪，桓氏子孫供奉太平山和仙師最少百年時光，竭盡所能，報答仙師！」

男子哂然一笑，一搖拂塵：「救下再說，否則好好一樁善緣，就成了商賈買賣，豈不是一身銅臭氣了。」

桓陽激動萬分，泣不成聲道：「仙師高潔！是桓陽失禮了……」

男子不予理會，牽馬前行，盡顯神仙風範。

這天夜裡，又有一個風塵僕僕的邋遢老人拜訪飛鷹堡，差點大門都沒給進，後來黃尚聞訊趕去，才將老人接入了飛鷹堡，隨便將其安排在一條巷弄住下。

黃尚滿臉愧疚，老人倒是不以為意，在深夜裡走走看看，其間還趴在井口上，聞了聞幾口水井的味道。

老人住下後，「咦」了一聲，腳尖一點，從院中掠上屋頂，舉目望向一處，仔細端詳片刻，返回院子後，問道：「飛鷹堡已經有了高人坐鎮？」

年輕道人愣了愣：「是不是高人，弟子並不清楚，只知道飛鷹堡前兩天來了兩位年輕公子哥，一位風度翩翩，生得真是好皮囊；另一位背負長劍，不太愛說話。」

老人問道：「你和陶斜陽先前遇險，那兩人沒有出手相助？」

黃尚苦笑道：「是老管家救了咱們，那兩人並沒有出現。」

老人點點頭：「何崖確實會一點道法皮毛，但是比起那兩人貼在門口的那張符籙水準，差得就有點遠了。」

年輕道人愣在當場：「那兩人跟我差不多歲數，難道就已經與師父一樣，是那道法通玄的仙師？」

老人嗤笑道：「年紀輕怎麼了，年紀輕輕，就能夠搬山倒海，那才叫真正的仙師。像你師父我這樣的半吊子，靠著一大把年紀熬出來的微末道行，根本就不會被真正的山上仙家視為同道中人。」

黃尚依舊不太相信，總覺得師父是真正淡泊名利的世外高人，不喜歡吹噓自己的神仙修為。

老人不再多說什麼，相比那些騰雲駕霧、御風遠遊的仙家，自個兒一大把年紀都活到狗身上去，這終究不是什麼舒坦事。

陳平安又在院門外貼了張寶塔鎮妖符。

兩人都無睡意，就在院子裡閒聊。

陳平安神色凝重，陸臺依舊笑咪咪坐在椅子上搧扇子。

陳平安剛要說話，陸臺伸手阻止：「說了可就不靈了。」

陸臺轉移話題，打趣道：「一件金醴法袍，養劍葫蘆裡兩把飛劍，一條法寶品秩的縛妖索，等你哪天躋身了七境武夫，那還了得？」

陳平安會心一笑，開朗道：「其中辛酸，不足為外人道也。」

陸臺嘆了口氣道：「你是不是很奇怪，為何我從不覺得自己是一名劍修？」

陳平安沒好氣道：「有什麼奇怪的，不就因為你恐高？你從老龍城去倒懸山，是乘坐桂花島；從倒懸山來桐葉洲，是坐吞寶鯨。那你坐過鯤船嗎？」

陸臺漲紅了臉，一把將手中竹扇丟向陳平安，陳平安伸出併攏雙指，輕輕一旋，竹扇如有絲線牽引，滴溜溜旋轉起來，繞著陳平安飛行一圈，返回陸臺那邊。

陸臺接住竹扇，嘖嘖道：「學以致用，很快嘛。」

劍師馭劍術，在江湖上可能很神祕，可對於躋身武道四境的陳平安而言，一法通，萬法通。

秋日和煦，陸臺今天又在院子裡獨自枯坐打譜，陳平安在一旁練習《劍術正經》。

自從上次陸臺察覺到飛鷹堡弟子的查探後，飛鷹堡就再沒有私底下冒犯。

陸臺趁著陳平安停下劍架的間隙，突然問道：「陳平安，我教你下棋吧？」

陳平安還在那邊擰轉手腕，找尋最合適、最順暢的握劍姿勢，來應對變招。出劍想要快，就得從細處不斷求變，這跟燒瓷當中，極其高明的跳刀手法是一個道理，粗看是「不動」，實則不然。

聽到陸臺的提議後，陳平安搖頭道：「算了吧，我學過，但是下不好。第一次出門遊歷的時候，我見過高手下棋，我還是更喜歡看人下棋。」

林守一、謝謝、于祿、改名崔東山的少年國師，一個比一個棋力深厚。陳平安經常觀棋，可他始終連棋著的好壞、遠近和深淺都看不出來，所以自認沒有下棋的天賦。

就像看到陸臺煮茶，會讓人覺得賞心悅目，去往大隋的路上，林守一跟謝謝下棋，同樣讓陳平安心嚮往之。

棋盤對弈，下棋人那種坐忘的感覺，陳平安覺得很美好。

陸臺也不糾纏，笑問道：「知道下棋的最高境界是什麼嗎？」

陳平安當然不知道。

陸臺撚子落子，眼神炙熱：「身前無人。」

陳平安想了想，點點頭：「嗯。」

這下子輪到陸臺詫異了，抬起頭，斜眼看著陳平安：「你真能懂？」

陳平安在院子裡緩緩行走，氣沉丹田，拳意傾瀉，乍一看毫不起眼，原來已是水深無聲的境界，他笑道：「有個人的劍，還有幫我打熬武道三境的老人的拳，感覺都是這樣，就像你說的，『身前無人』。」

陸臺微微一愣。

哪怕陸臺見過太多的奇人美景，見過鐘鳴鼎食、黃紫貴人、羽扇綸巾、餐霞飲露，看陳平安打拳，還是一種享受，但是陸臺覺得陳平安可以做得更好。

陸臺站起身，深吸一口氣，只見他耳鼻之間，有四縷白色氣息緩緩飄蕩而出，卻並不離開，也未消逝，如四條纖細白蟒倒掛面目之上。

陳平安有些疑惑，不知陸臺此舉為何。

陸臺走到院子中央，緩緩道：「純粹武夫鍊氣，鍊氣士也養氣、鍊氣，呼吸吐納，都逃不掉一個『氣』字。氣若游絲，擱在凡夫俗子身上，是形容一個人命不久矣，但是擱在劍修身上，是另外一種景象。」

陸臺緩緩吐出一口氣，氣凝聚如絲，在他身前變作一把袖珍飛劍，陸臺輕輕一吹，陳平安心弦一震，迅速撇頭，一抹白光從他耳畔疾速掠過。那抹極其纖細的白光，在整座院子迅猛飛掠，不斷拉扯出一條條經久不散的流光溢彩，將一棟院子編織得如同一座劍氣牢籠——一座充滿凌厲劍氣的雷池。

陸臺一跺腳，異象瞬間消散。

陸臺微笑道：「我雖不是純粹武夫，但是道理還是懂的，你陳平安練拳瘋魔，只是一個最普通的拳架就打了一百萬遍，所以拳意渾然天成，但是你並不理解其中的真意。」陸臺面向陳平安，一手負後，一手伸出，手掌攤開，「世間的拳架，除了壯筋骨氣血，溫養魂魄神意，真正的玄機，在於一股『不借助於天地之力，反而要敕令天地』的真氣，銜接緊密，為的就是出拳快到不講道理！」

陸臺筆直伸出一拳，砰砰作響，拳罡炸裂，傳出絲帛撕裂的聲響。

陸臺又出拳，略有傾斜，一劃一滑，出拳最終地點，仍是原先位置，雖然悄無聲息，但是被拳頭觸及的空中氣機崩碎，聲勢驚人。

陸臺解釋道：「兩拳，我用了相同的氣力和神意，一拳出去，看似最短的路徑，但是就像跋山涉水。最快的，是找到山路，順流而下，你一路直行，反而走得不夠快。傳說中武道真正止境是十境，再往上是武神境，那才是讓錬氣士都要豔羨和畏懼的天上風光。」

陸臺收起拳頭，嘆了口氣，望向天空，眼神恍惚，「天下亂象已起，陳平安，你一定要活下去。能夠撐到最後，就是……」陸臺嘴角滲出血絲，「你一定要活下去，堅守於某地，做那中流砥柱，千萬不要被大勢裹挾。時來天地皆同力，陳平安，不要爭一時得失，我相信你會比那個曹慈走得更遠，會重建長生橋，會成為大劍仙……」

天機不可洩露，對於尋常錬氣士而言，可能就是一句可以隨便掛在嘴邊的戲言，但是陰陽家不同。精於卜卦、算命和星象之人，往往不得壽終正寢，偶爾有，也莫要奢望恩澤子孫，甚至有可能寅吃卯糧，祖上失德，貽害後人。

陳平安已經看出不妙，輕聲喝道：「陸臺，夠了！」

陸臺點點頭，抬起手背抹去血跡，坐回石桌旁，燦爛笑道：「既然我找到了這裡，在飛鷹堡找到了上陽臺，那麼之後你就需要獨自遊歷了。」

陳平安坐在他身邊，點點頭：「此間事了，我會獨自北上，你不用擔心。」

陸臺問道：「有什麼打算？」

「當然有啊。」陳平安笑道，「近的，就是找到一座古戰場遺址，尋找那些死後還凝聚不散的陰魂英靈，淬煉三魂，夯實武道四境的底子。遠的，回到家鄉後，繼續跟老人學拳，一步步走得踏實些，躋身第七境的可能性就更大。」

陸臺點點頭：「你不用管我，我沒事，這點天道反撲，陸氏子弟的家常飯而已。」

陳平安確認陸臺不是打腫臉充胖子後便放下心來，雙手抱住後腦勺，悠然道：「我還有一件之前就想過，但是來不及做的事——給家鄉鋪一條路，每隔三、五里路就建一座行亭，花再多錢，我也不心疼。」

陸臺沒好氣道：「一條路而已，也花不了幾個錢。」

難怪這傢伙的兩把本命飛劍叫針尖和麥芒，看來他天生喜歡跟人頂針較勁。

陳平安也不跟他較勁，繼續道：「到了家鄉那邊，我會試著親自打理騎龍巷的兩間鋪子，只要能掙錢，哪怕每天入帳只有幾文錢，都行。再就是神仙墳的那些殘破神像。雖然之前回家了一趟，已經做了點事情，搭建了許多棚子，修繕了一些，可還是不夠，還需要為它們正式地重塑金身。」

「這就是你購買那幾本造像書的原因？」

「嗯。盡量多知道一些忌諱和規矩，省得自己好心辦壞事。」

陸臺笑道：「真夠忙的。」

陳平安始終望向遠方：「再遠一點的話，願意聽嗎？」

「說吧，如果說得差了，汙了我耳朵，我就一頭扎進水井裡，洗一洗。」

陳平安不理睬他的譏諷：「我想要家鄉落魄山那邊，竹樓之外，有更多的建築一棟棟立起來，從山腳……算了，從半山腰一直延伸到山頂，瓦當、滴水、飛簷、藻井、卯榫，都要有。」陳平安說到這裡，伸出一隻手，狠狠往上比劃了一下。

陸臺翻了個白眼：「好可怕的雄心壯志。」

陳平安有些洩氣。

陸臺趕緊舉起雙手：「好好好，你繼續說，我不再取笑你便是。」

陳平安這才繼續說道：「我要購買很多的藏書，三教聖人、諸子百家、先賢筆劄，都要有一些。驪珠洞天在破碎之前，像我家泥瓶巷這種市井坊間，一本書有多難得，你肯定無法想像，比見著一粒銀子還難。

我想要山上的大樓、小樓，都放著很多靈器法寶，我還要收集天下各國的特產，比如彩衣國錦繡地衣和鬥雞杯，還有活潑可愛的精靈古怪，幫人梳妝打扮的精魅，會站在盆栽枝椏上拱手作揖、開門迎客的小傢伙，都養上一些。奇花異草、高山流水、亭臺樓閣、茂林修竹，每天都會有像江河一樣的雲海湧過山畔……

李寶瓶、李槐可以在那邊安心讀書，林守一可以潛心修道，于祿可以武道登頂，跟崔姓老人請教拳法技擊，謝謝可以在那邊……不用受崔東山的欺負，青衣小童和粉裙女童可以在那邊想修行就修行，想偷懶就偷懶，有個叫阮秀的姑娘，可以經常來我家裡做客，我可以拿出自己鋪子做的糕點待客……

每逢初一、十五，會有很多百姓去落魄山山神廟燒香。我要把山路神道修得更寬，鋪上跟福祿街、桃葉巷一樣的青石板，下雨天都不怕泥濘沾鞋。在山神廟準備好許多蓑衣、斗笠，哪怕臨時下雨，老百姓也不怕，借去便是，下次燒香再還回來。

不管天下怎麼樣，山下怎麼個活法，別處山上如何，我只希望我那邊人人相親相愛，每天的日子都過得舒心些。我希望自己和身邊的人，不要再像劉羡陽那次，感覺什麼都做不了。我們占著道理的時候，別人不聽，那就讓他們聽，不管是靠拳頭還是靠劍……」

陸臺一直安安靜靜聽著，就像親眼看著陳平安在夏天堆著自己的雪人。

第五章　拳不停

陸臺當時指了指院門口，說貼了那張寶塔鎮妖符，門外是江湖，門內就已是山上了，陳平安被說得想喝酒。

之後飛鷹堡熱鬧了起來，比起之前那種近乎死寂沉沉的安詳，當下的飛鷹堡明顯要更加讓人心安。

因為飛鷹堡來了兩個人，不是飛鷹堡熟悉的那種遊歷四方的大俠或是大名鼎鼎的宗師，而是神神道道的外鄉高人。他們比起已經足夠古怪的何老夫子，更讓人覺得新鮮。

那位堡主盛情邀請而來的中年男子，在飛鷹堡的大街小巷牽白馬而行，馬鞍兩側掛了兩大捆松柏枝條。每次人馬停步，手持拂塵的男子就會燒掉一根樹枝，也不見他用火石，雙指一搓，松柏樹枝便會燃燒起來，泛起陣陣清香，嫋嫋升空。

湊在遠處旁觀的飛鷹堡人士，其中有些略通老黃曆的白髮老者，開始顯擺起學問來，說這叫庭燎，是一門了不得的仙家術法，能夠驅邪祛穢。因為松是萬木之長，被譽為十八公，相當於朝廷的國公爺，柏樹則是僅次於松木的侯爺，尤其是一些名山大岳上的松柏，顯貴著呢，所以燃燒松柏，配合仙家口訣，就能夠通神。

相較高大男子的拂塵白馬，另外一位邋遢老人，就顯得俗氣多了，賣相比不過同行，手段也透著股鄉土氣，故而跑去湊熱鬧長見識的飛鷹堡百姓，實在不多。老人據說是年輕道人黃尚的師父，是位居山道士，跟老堡主是江湖上結識的故交。這次老人家在山上掐指一算，算準了飛鷹堡有難，才下山來幫著祈福消災。

邋遢老人既沒有身穿道袍，也不會畫符踏罡，只是讓人抓了七、八隻雄雞，分別掛在了飛鷹堡大門、祠堂門口、水井、校武場等地，然後就一天到晚盯著那些大公雞。他的腰間挎著只小米袋子，裝滿糯米，還有一壺清水，用來伺候那些雄雞。壺中水，卻不是飛鷹堡日常飲用的井水，而是讓弟子黃尚從遠處深山打來的山泉之水。

陳平安和陸臺兵分兩路，陸臺喜歡看那所謂的太平山仙師裝神弄鬼，陳平安則去觀摩老人的手法。外行看熱鬧，內行看門道，陳平安介於兩者之間，雖然不清楚老道人這種行徑的淵源，但是能夠確定每處懸掛雄雞之後，陰風煞氣就要淺淡幾分，如同兩軍對壘，一方避其鋒芒，只不過這種逼退，並無傷亡，躲在暗中蓄勢而已。

在老道人給雄雞餵養糯米和清水的時候，陳平安從他憂心忡忡的臉色中就能夠看出，老道人也瞧出了端倪，心情並不輕鬆。

至於那位招搖過市的拂塵男子，神色自得，像是彈指間就要讓一切邪祟灰飛煙滅。桓常、桓淑兄妹，負責為此人開道。

陶斜陽臉色蒼白，經常咳嗽，只與黃尚一起跟在老道人身後。

陸臺並未明言兩人道行的高低，只說那男子肯定不是什麼桐葉洲太平山的鍊氣士，而邋遢老人是個名副其實的山居道人，講究一個幽潛學道，仁智自安，與山水為鄰。

太平山是桐葉洲中部首屈一指的大宗門，是內、外丹法集大成者，比起扶乩宗只強不弱，只是隱世到了近乎厭世的地步，極少有修士下山外出，陸臺在中土神洲都有所耳聞，所以在世間的名氣遠遠不如桐葉、玉圭兩宗。

又過了兩天安靜祥和的日子。

就算是居住在市井巷弄的飛鷹堡百姓，都察覺到了天色的異樣。

本該旭日東昇的晨曦時分，飛鷹堡的上空，卻是黑雲翻滾，層層疊疊，像是活物一般在對著飛鷹堡張牙舞爪，壓得所有人心頭沉甸甸的。擔任教書先生的老管事何崖放出話，今天學塾不用上課，要蒙學稚童們趕緊回家待著，讓他們好一陣歡天喜地。

回去路上，他們成群結隊，對著那些黑雲指指點點，說這像一隻蜈蚣，那像一頭水牛，最後瞧見了如同一張女子猙獰面孔的黑雲，孩子們被嚇得頓時作鳥獸散，趕緊跑回家。

陳平安在院子裡練習拳樁，早早發現了天象的詭譎。

陸臺坐在石桌旁默默掐指推演，神色自若。

本該日頭高照的清晨時分，昏暗如深夜，陽光竟是半點灑不進飛鷹堡。

陳平安又聽到了巷子外邊飄來蕩去的陰森嬉笑聲。陳平安停下拳樁，跑去打開門，轉身抬頭一看，那張普通材質的鎮妖符，隨著時間的推移，符膽中蘊含的靈氣也不斷流逝，已經變得黯淡無光。一張原本嶄新的黃色符紙，像是張貼了大半年的春聯，褪色嚴重，皺得厲害，還有幾處被滲透的黑色墨塊，難怪那群陰物鬼魅膽敢現身挑釁。

陸臺雙手攏袖走出院門口，與陳平安並肩而立，仰頭看著那張趨於腐朽的丹書真跡，自言自語道：「距今極其遙遠的時代，相當於七境武夫修為的人，畫出來的符，不過是剛剛抓到了一點皮毛，九境實力的人，畫符才算登堂入室，所以那會兒的符籙，威力之大，可想而知。其中隱晦難明的三山九侯先生，被視為『符籙正宗』，只可惜我們這些後人，甚至不知道這到底是一個人，還是一群人。」

陳平安踮起腳尖，摘下那張符籙，收入袖中。

四周頓時響起鼓噪之聲，霧氣從小巷泥路升起，迅速彌漫開來。霧氣先上升至腳踝，然後是膝蓋，很快就到了半腰。陳平安就像打開了鍋蓋，立即就是霧氣騰騰，只不過灶臺霧氣是熱騰騰的米香菜香，小巷這邊是黏糊糊的潮濕陰霧，泛著淡淡的腥臭氣味。

陳平安轉頭望去，好在霧氣並未一鼓作氣，湧入那些市井門戶的院子裡。

家家戶戶張貼在大門上的各類門神——武聖人或是文武財神什麼的，發出一陣細微的滋滋聲，本就渙散淺淡的那點靈氣，煙消雲散，再也庇護不得主人家。

在陳平安視野中，小巷盡頭，又出現了那對身穿縞素的大小人物，小孩子依舊盯著陳平安，一對鮮紅的眼珠子，不斷有血跡滲出，流淌在雪白的臉龐上，只是鮮血並不會離開那張臉，像一條條蚯蚓爬來爬去，從雙眼進進出出，將孩子的眼窩子，當作巢穴。牽著孩子的大人，臉上竟然沒有五官，像是覆著一層厚重的白布，讓人瞧不見耳鼻眉眼口。

還有許多瘆人的汙穢陰物一併往巷弄盡頭的這座院子走來，有生了一雙死魚眼的老嫗手腳著地，靈活攀爬在院牆上，對著陳平安不斷重複呢喃著要吃肉。

還有許多蹲靠在牆根下的稚童，雙手抱膝，腦袋抵住膝蓋，從牙齒縫滲出嗚咽聲。這嗚咽聲斷斷續續，隨風飄搖，像是想要訴說一個悲傷的故事，可又說不出個真切。

陳平安雖然從小就敬鬼神，可真談不上害怕。試想一下，一個四、五歲的年幼孩子，就敢一個人往神仙墳裡頭跑，風雨無阻，然後練了拳，加上這趟桐葉洲之旅，總共三次遠遊，一路上見過的山水奇怪何其多也，哪裡還會被這種陣仗嚇到。

哪怕那一大一小已經晃晃悠悠地走到了院門正對著的巷子，陳平安還是無動於衷，反而上前一步，站在臺階邊緣，好像在等待它們動手的那一刻。

那個滿臉鮮血如蛛網的孩子，一直凝視著陳平安，它在側過頭與陳平安對視的時候，開口道：「你的肉很香，能讓我吃上幾口嗎？我只要你的半副心肝，可以嗎？」

孩子的言語說得極為緩慢，而且前行的腳步不停，等到「心肝」二字說出口的時候，已經在陳平安身前。

它雖背對著陳平安，頭顱卻擰轉過來，依然在「正視」著陳平安。它還伸出一條漆黑的舌頭，舔弄著嘴角的血跡。

那位在牆壁上爬行的老嫗率先發難，一個縱身而躍，撲向陳平安。

陳平安看也不看，一步向前踏出，走下臺階，不等靴子觸及巷弄地面，輕描淡寫一拳砸出，擊中那個老嫗的頭顱。陰物老嫗被打得向後倒撞回對面的牆壁，砰然粉碎，它甚至來不及哀號。

看到這一幕後，小巷之中的陰物凶性爆發，黑煙湧動，一頭頭死後怨氣凝聚而成的陰物瘋狂撲向陳平安。

陳平安一手負後，收在袖中，只以右手對敵。拳意依舊點到為止，只在右臂流淌，罡氣凝聚而不外瀉，可是每一次出拳，就打爛一頭來勢洶洶的陰物。

這點拳意，對於如今的陳平安而言，就像從一口深井中汲水一桶罷了。

在那群陰物的視野中，那白袍少年的那條胳膊，就像一小截割破了夜幕的「陽光」，灼熱刺眼。

不過幾個眨眼工夫，浩浩蕩蕩的小巷陰物就十去七八。

陸臺不知何時已經坐在門檻上，袖手旁觀，笑意吟吟。

那個揚言要吃掉陳平安半副心肝的小孩子，掙脫大人的手，一閃而逝，來到陳平安的身後，手掌作刀，戳向陳平安後背心，試圖以一記手刀從背後剖出心臟。

那孩子剛剛誤以為自己就要得逞，就痛苦號叫起來，當它的五指觸及那一襲白袍後，如同撞入一座火爐，雪水消融，根本來不及收手，大半條胳膊就這麼沒了。

陳平安負於背後的左手依舊不見絲毫動靜，眼角餘光始終盯著那個沒有五官的陰物。他向後一靠，撞在孩子陰物身上，身上的法袍金醴觸及後者，孩子剎那間便如蠟燭熔化，化作一縷極為精粹的黑煙，就要掠向遠方。

陳平安轉過身，擰轉手腕，畫弧一拳，打得黑煙無頭也無尾。

陸臺打趣道：「這就有點欺負人了啊。」

陳平安撇撇嘴：「哪裡是人。」

陳平安猛然轉頭，望向小巷盡頭。

鄰近街道的那口水井中，有陰沉井水攀緣水井內壁，藉著街面上的霧氣遮掩陽氣，迅速流出了井口，向陳平安這條巷弄傾瀉而來。

井水闖入巷口之後，剛好「看到」了陳平安鎮壓孩子陰物的光景，稍作猶豫，井水竟然倒退而回。

陳平安右手出袖，指尖撚著一張嶄新的寶塔鎮妖符，心中默念一聲「十五」，一柄幽綠玲瓏的飛劍掠出養劍葫蘆，劃過陳平安身後。

十五的劍尖釘住那張黃紙符籙，轉瞬即逝，在空中拖曳出一條符籙散發的金色光彩。

這張符籙本該用來針對牽著孩子的那頭陰物，一番交手後，陳平安心中大定，出拳足矣。

既然那口水井裡的「古怪」主動跑了出來，陳平安就讓十五帶著鎮妖符，掠去厭勝水井，斷了井水的退路。

井水去勢極快，可是哪裡快得過飛劍十五的飛掠速度。十五到了如有怨婦抽泣聲的水井旁，劍尖往井口一戳，將那張金光燦燦的寶塔鎮妖符釘在井口邊沿，然後緩緩升空，繞著井口飛旋起來。

那股爬出井底的井水布滿四周，漣漪陣陣，露出一張張怨恨仇視的女子扭曲面容。井水不甘心地分出一小股支流，衝向井口，很快就全部化為煙霧。三番五次之後，貼在井口上的符籙巋然不動，靈光飽滿，不斷翻湧的井水這才死心，它們不斷彙聚在一起，最終變成了一頭依稀可見四肢的人形陰物，身高一丈，身上井水滾動不停，讓人認不出容貌。

飛劍十五自然而然將其視為挑釁，在那井水陰物的額頭一穿而過，驟然懸停，又從後背心口掠回，以此反復，樂此不疲。

興許是根本沒有想到這把飛劍的劍意如此充沛，剛剛化作人形的井水，嘩啦啦散去，重新變作一層漫延四方的水面，開始翻湧遠遁。

十五不管這些把戲，劍尖只是一次次戳在水中。

小巷那邊，原本希望井水「上身」的男性陰物流露出一絲膽怯，非但沒有跟陳平安交手的念頭，反而掠向巷弄盡頭的那堵牆壁。

陳平安一個蹬踏，搶先來到斷頭路的牆壁之前，一掌拍在牆上，又是一張鎮妖符。

牆壁頓時現出原形，骸骨累累，其中夾雜著許多年幼孩童的骨架，甚至還有一些像是被人剖腹而出的嬰兒，慘絕人寰。

當這堵牆出現後，那些蹲坐在牆根的抱頭孩子，立即嗚嗚咽咽。

這一幕，看得陳平安心中大恨。

那男子剛要升空離開巷弄，就被怒極的陳平安轉身伸手，一把抓住那張沒有五官的臉面。陳平安五指如鉤，法袍金醴的袖口飄搖，散發出一陣陣如同享受千年香火的神龕光彩。那頭陰物發出來自神魂深處的祈求哀鳴，陳平安右手抓住陰物，左手一拳打穿陰物心臟，整條胳膊金光暴漲，既有自身拳罡，也有金醴的靈氣。

陳平安攪動左手手臂，硬生生在陰物心口處捅出一個大窟窿。

陳平安猶不甘休，還要試圖將陰物所有魂魄扯碎，他故意控制力道，一絲一縷，抽絲剝繭，好似剝皮抽筋的刑罰，將魂魄一點一滴扯入法袍金醴的袖口，要這頭陰物受那千刀萬剮之痛。

陸臺站起身，輕聲提醒道：「陳平安，可以了。」

陳平安深吸一口氣，右手鬆開五指，左手從陰物心口拔出，一拳打碎陰物，猛然一揮衣袖，將魂魄全部收入法袍袖中，最後抖了抖袖口，細細碎碎的煙灰，簌簌而落。

陳平安看了眼前方，那些蹲坐在牆根的孩子陰物，沒有逃跑，只是瑟瑟發抖，雙手死死抱住膝蓋，束手待斃。

它們咿咿呀呀，帶著哭腔，不知道在哭訴著什麼，好似正遭受著巨大的痛苦和煎熬。

陳平安轉頭看了眼那張貼在屍骸牆壁上的符籙，趕緊扯了下來。收起鎮妖符後，他一步跨出七、八丈，蹲下身，來到一個抱頭蹲坐的孩子陰物旁邊。

陳平安伸出一隻手掌，哪怕他已經竭力收斂拳意和金醴靈氣，盡量讓法袍變得與尋常衣衫無異，可是那孩子還是顫抖得越發厲害。

陳平安趕緊捲起兩只袖口，幾乎快要捲到了肩頭，輕輕拍了拍那孩子的腦袋。

陳平安說不出話。

世間萬般苦難，哪怕是在劫難逃的前世因果報應，可總該等到孩子稍稍長大，略微懂事之後吧？

陳平安覺得這樣不對，這樣不好，因為他最能感同身受。

陳平安收回手，抬起手背，抹了抹眼眶，轉頭望向陸臺，問道：「有法子嗎？」

陸臺緩緩走來，沒有了先前的那種雲淡風輕，點頭道：「你不是會陽氣挑燈符嗎？只要反畫此符，就是陰氣指引符，然後我再畫一張冥府擺渡符，就能夠超度這些小傢伙。你畫的那張符，是為了說服這些靈智未開的陰物，要它們憑藉本能起身行走；我那張，是為它們打開一扇門，要它們前行有路不斷頭。」

陳平安在心中輕聲呼喚了一聲飛劍十五，它從巷口那邊迅速掠回。

陳平安從方寸物中取出一張黃色符紙和那支小雪錐，盤腿而坐，一手持筆，一手掌托符紙，在陸臺的指點下，開始第一次嘗試著反畫陽氣挑燈符，因為心境不穩，最終失敗。

陸臺也沒有說什麼，陳平安深吸一口氣，再次取出符紙，竟然還是功虧一簣，這對於練拳以後的陳平安而言，是極其罕見的事情，陳平安自己都有些茫然。

陸臺嘆息一聲。陳平安心境上的一塊碎片，在搖晃。

陸臺乾脆拿出那把竹扇，輕輕搧動起來，看也不看陳平安，微笑道：「不要人人事事都設身處地，要學會置身事外。」

「不用著急畫符，這麼多年的苦頭都吃了，那些小傢伙應該不介意多等這一會兒。」

陸臺搧動清風，幫著這條散盡陰風的巷弄，重新遮掩那些從頭頂黑雲中滲透落下的無形陽氣，緩緩道：「等到解決掉這邊的事，我會直接去竹樓找到那個堡主夫人。陳平安，你不用跟我一起，因為我需要你幫我打散那些黑雲以及潛藏在暗處的一些陰物，這些陰物的道行可能不會太低。我這邊你不用擔心。」

陳平安「嗯」了一聲。

陸臺仰頭望向天空：「大致可以確定真相了，飛鷹堡這幾十年的陰盛陽衰，是幕後有人故意為之，為的就是讓那位天生極陰之身的堡主夫人，孕育出一頭百年難遇的鬼嬰。鬼嬰從女子心竅之中誕生，需要耗費數年時光，以女子氣血和元氣為食，即俗語所謂『心懷鬼胎』。那位堡主夫人不是修行中人，所以元氣不夠，這才有了飛鷹堡的諸多古怪，為的就是維持她的性命。鬼嬰破心而出，就是婦人死絕的時候，而且造孽太深，婦人死後魂魄多半是不得安寧了。活著的時候，生不如死；死了的時候，死不如生，真是淒慘。」

陳平安眉頭緊皺。

陸臺緩緩道：「根據我家藏書樓上的幾本道家典籍記載，這種骯髒東西一生出來，就擁有六境修為，頗為難纏，聚散不定，除非一擊必殺，否則很難消滅。它嗜好吞食活人的內臟，如果沒有人約束，無須百年，只要給它禍害個幾座城池，吃掉十幾萬人，就可以順順利利躋身元嬰境。鬼嬰本就極難捕殺，而一位地仙鬼嬰，恐怕沒有三位地仙聯手追殺，根本不用奢望將其剷除。一個元嬰境修士獨自捕殺，淪為它的餌料還差不多。」

陸臺冷笑：「這等手筆，在中土神洲算不得什麼，可擱在這桐葉洲，算是很大了。」

陸臺不再多說什麼，手搖竹扇，清風拂面。

陳平安沉默片刻，輕聲道：「可以繼續畫符了。」

陸臺瞥了眼身邊的陳平安，笑了笑。

這一次總算成了！

陳平安抹了抹額頭汗水，就要將那張陰氣指引符收起來，陸臺一臉茫然，道：「這是做什麼？」

陳平安答道：「符紙材質不高，只是拿來練筆的……」

陸臺一把奪過那張符籙，沒好氣道：「傻了吧唧的，一群小不點，這張符籙已經綽綽有餘，再好一些，說不定引來它們的貪戀，繼續選擇在陰陽縫隙之間，做這種孤魂野鬼，反而是壞事。」

陳平安點點頭，先將那支小雪錐遞給陸臺，在取出符紙之前，問道：「你那張冥府擺渡符，畢竟要破開陰陽界線，跟我這張簡單的指引符很不一樣，所以是不是材質越好越靈驗？」

陸臺欲言又止，沒有開口說話。

陳平安便已經知道了答案，直接取出一張金色的符紙。

陸臺沒有去接，問道：「值得嗎？」

陳平安點點頭。

陸臺搖頭道：「我覺得不值得。」

陳平安轉頭看了眼牆根的孩子，轉頭對陸臺咧嘴一笑，眼神堅定：「你只管用這張符紙，但是千萬別畫錯了。」

陸臺嘆息一聲，先閉眼片刻，鄭重其事地屏氣凝神，這才睜開眼，握緊小雪錐，在金色符紙上畫那擺渡符。這是中土神洲陰陽家陸氏的獨門符籙，圖案為一片孤舟，舟上有老翁撐篙，兩邊各有一串古篆文字。

陳平安相信陸臺的畫符，轉頭望向那些孩子。

曾經有個人在楊家鋪子，聽到過「不值得」三個字。

陳平安看著那些孩子，就像是看著數十個自己在等待一個答案。

片刻之後，陸臺笑道：「大功告成！」

陸臺交還那支小雪錐，之後兩人起身，陳平安撚起那張陰氣指引符，澆灌入一縷純粹真氣後，符籙靈光流溢，光線輕柔，與陽氣挑燈符是截然不同的光景。果不其然，牆根下的那些孩童便懵懵懂懂抬起頭，癡癡望向陳平安手中的符籙，充滿了眷念和歡喜。

陸臺將金色符紙的冥府擺渡符，往巷弄盡頭的那堵屍骸牆壁上一丟，符籙貼在牆上，符籙四周邊框各自出現一條金線，符紙中央地帶則開始消散，金線不斷往外擴張，最終出現了一道金色的門框。

陸臺讓手持指引符的陳平安走向那道大門，腳步要緩。陰物孩童們紛紛站起身，跟著在前方指引方向的陳平安，一起走向巷弄盡頭。

陸臺坐在院門口臺階上，單手托起腮幫，望向陳平安的背影。

陳平安按照陸臺的吩咐，輕輕將陰氣指引符放在大門內，符籙在地面上方懸停不動。數十個陰物孩童先後走入其中，有人蹦蹦跳跳，有人搖搖晃晃，還有大一些的孩子牽著小一些的孩子。它們陸陸續續走入大門之後，突然所有腦袋都擠在門檻後邊，對著那個站在門外的白袍少年笑了起來。

它們雖是陰物，這一刻的笑臉，卻是那般天真燦爛。

陸臺看不到陳平安的神色表情。

身穿男子青衫的她其實本名「陸抬」，高高抬起的抬。

她取這名字，好似與那老祖宗陸沉賭氣作對。

她只看到陳平安在跟那些孩子揮手作別。

飛鷹堡主樓內有數十位桓氏的頂梁柱，人人臉色鐵青，心如死灰。

堡主桓陽如何都想不到，讓世交重金聘請來的那位太平山仙師，竟然才是真正的罪魁禍首。

大堂四周角落，擱著四只火盆，裡頭的松柏枝條早已燃燒殆盡。之前那位仙師說這棟主樓是那些邪祟妖魔覬覦已久的關鍵點，所以必須在此召集眾人，然後他再以庭燎之法，輔以太平山獨門符籙，布陣祛穢，那麼居心叵測的邪魔外道，就沒了可乘之機。還說只有主樓安全後，他才會獨自出門，斬妖除魔，替天行道。

飛鷹堡眾人當然沒有異議。外邊黑雲壓頂，讓人胸悶作嘔，明顯是遇上了貨真價實的妖魔作祟，他們飛鷹堡一幫江湖莽夫，為了家族存亡去對敵提刀，哪怕是迎上沉香國的那幾尊魔道梟雄，也義無反顧，死則死矣。可要他們去跟陰物鬼魅交手，實在是想一想都頭皮發麻，心驚膽戰，一身陽氣便又弱了幾分。

桓陽先前並非全然信任這位太平山仙師。哪怕此人仙風道骨，好似不世出的謫仙，並且是世交好友的牽線搭橋，桓陽依然不敢掉以輕心，這是江湖豪門必須要有的心性。那人在大街小巷牽馬晃蕩的時候，桓陽專門讓老管事何崖以帶路的名義，貼身跟隨了一程。

那時候此人點燃松柏，清香撲鼻，的的確確透著股浩然正氣。何崖機緣巧合，粗通道法，雖然算不得行家，可早年跟隨桓老爺子走南闖北，也算一位見多識廣的老江湖。他確定那位仙師的手段，是正大光明的仙家路數，本就走投無路的飛鷹堡，這才澈底吃下一顆定心丸。

在半個時辰前，那位白衣仙師，一手捧拂塵，一手捲袖提筆，在大堂楠木大柱之上書寫一幅幅丹書符籙，行雲流水，賞心悅目。擔任飛鷹堡教書先生的何崖，甚至還一直陪伴左右，主動為仙師拿著那盒鮮豔欲滴的朱砂。

當下老夫子何崖癱坐在一張椅子上，瞪目欲裂，眼眶布滿血絲，死死盯著那位站在桓陽和夫人之間的白衣男子，恨不得飲其血食其肉。他這般年紀的老人，早已看淡世事，又無子嗣，每多活一天就是老天爺法外開恩了，死有何懼？可是何崖無法想像自己死後，有何顏面去面對那些桓氏的列祖列宗。

大堂內有資格落座的，多是飛鷹堡桓姓老人，他們上了歲數，加上當年那場小巷廝殺大多受了積重難返的傷勢，氣血衰竭，吸入了那些火盆庭燎而生的松柏煙霧後，一個個臉色烏青，四肢抽搐，恐怕不用白衣男子如何動手，就會自己斷氣身亡。而沒有座位的年輕子弟，原本站在各房長輩身後，他們中大多數人武藝不高，癱倒在地上，修為好一些的苗子還能盤腿而坐，打坐運氣，盡量讓自己保持清醒。

身材高大的白衣男子還是手挽那柄雪白拂塵，只是一隻手輕輕按住堡主桓陽的肩頭，笑道：「桓堡主無須自責，覺得自己是引狼入室，我如此算計飛鷹堡，不過是想著省些氣力，真要廝殺起來，你們這幫武林好漢，還是難逃一死。數十年潛心經營，有心算無心，還是山上算山下，你們不死誰死？」

桓陽身旁的那位夫人，她身軀顫抖，大堂之上，唯獨她的臉色並無異樣，應該並未受到庭燎煙霧的毒害，但是她早已嚇得失魂落魄，畢竟她只是飛鷹堡土生土長的女子，又喜靜不喜動，除了偶爾的踏春秋遊，這輩子都沒有走出過飛鷹堡百里之外，哪裡經得起這種風波？

高大男子從桓陽肩頭抬起手，擰了擰婦人的臉頰，動作輕柔，充滿了愛憐，卻不是那種男子覬覦美色的淫邪眼神，而是像一位匠人，在看待一件生平最得意的作品。

他戀戀不捨地收回手，笑道：「幸好那場莫名其妙的交手，沒有殃及咱們飛鷹堡，一旦給有心人窺破這樁謀劃，那我們可就真要血本無歸了。其實按照之前的計畫，你們還能再享受半年的太平歲月，但是我家師尊實在是怕了那幫打生打死的同道修士，萬一再惹來扶乩宗的注意，如何是好？所以我一接到密信，就立即趕來了。」

大堂之上，沒有人能夠開口言語，所以這位仙師覺得有些無趣，無人捧場，多少有點美中不足。

高大男子望向在座眾人，譏諷道：「你們是不是心存僥倖，覺得那老道士和小道士能夠救你們？勸你們死了這條心，一個五境散修，我一巴掌拍不死他，都算他運氣好了。之所以留著他不動，無非是師徒二人的那點氣血、靈氣，還有些錦上添花的用處。」他有些後悔，早知道如此，在那些松柏樹枝裡就不該放那麼多祕藥，一屋子的啞巴，連句謾罵都沒有，更別提磕頭求饒了，真是太沒意思。

趁著師尊尚未出手，加上大局已定，他便想要找點樂子。他環顧四周，最終眼神停留在一位運氣抵禦藥物的婦人身上。事先還真看不出來，這麼個嬌柔女子，還是位深藏不露的四境武夫，女子有此武道修為，殊為不易。

他緩緩前行，蹲下身，捏住她的下巴，婦人面色堅毅，眼神銳利。

他微微一笑，從袖中拿出一只光可鑑人的精緻瓷瓶，轉過頭，瞥見一位容貌酷似婦人的孱弱少年。少年早已倒地不起，四肢抽搐，翻了白眼，口吐白沫，命不久矣。

男人眼前一亮，有點意思，竟然有些修道的資質，丟到三流門派，說不定還是個備受器重的嫡傳弟子。既然閒來無事，那就順水推舟幫他一把，這小子能否活下來成為自家師門的外門弟子，就看他的造化了。只不過在這之前，少年無論生死，都有一樁豔福要好好消受，至於大堂其他人，則要大飽眼福了。

這名偽裝成太平山修士的男子，伸出手指抵住少年眉心，然後隨手一提，帶出一縷腥臭的碧綠煙霧。煙霧凝聚為一粒圓球，男子輕輕彈指，那團煙霧便消散於大堂之中。

清秀少年立即清醒過來，剛要說些什麼，就被男子往嘴中拍入一粒朱紅色丹藥。他將少年丟入大堂中間，再一揮拂塵，打散婦人體內那口艱難抵禦松柏毒霧的純粹真氣，再將她騰空挪到少年身旁。

男子笑咪咪道：「諸位，好好欣賞。」

少年面色潮紅，身體蜷縮顫抖，當他看到婦人，眼神逐漸炙熱起來，緩緩爬向她。

男子嘖嘖道：「我們這些個邪門外道，比不得那些穩穩當當、步步登天的宗門大派，一些個觀想之法，與世俗禮儀相悖，不但只能劍走偏鋒，最可恨的是最終成就有限，連摸著金丹境的門檻，都是奢望。」

說到這裡，男子有些憤恨難平，隨即一笑，對那個少年微笑道：「不過也別瞧不起觀海、龍門兩境。小傢伙，你吃了我的那顆妙用無窮的南柯丹，現在心神鬆懈，有一種難得的羽化感受，但是心中的七情六欲某一種會被無限放大，這亦是我們師門的不傳之祕。我打賞給你的那顆，最是昂貴，你可別浪費了。只要從頭到尾維持住一絲清明，其間只管縱欲享受，熬到最後，活了下來，我就收你為弟子，你前期的修行之路，必然一路坦途，躋身中五境都有一定可能。」

婦人驚慌失措，可是身體無法動彈，流露出一絲絕望和恐懼。

男子蠱惑那個少年道：「放心，大堂所有人都會死，所以你不用有任何顧忌，天道無情，修行哪來的善惡……」

高大男子心中一震，猛然抬起頭，握緊拂塵，如臨大敵。

只見橫梁之上，有人懶洋洋打著哈欠，他低頭望向那個邪道修士，從袖中拿出那把竹扇，微微搧動起來：「你夠無聊的，這麼喜歡自說自話？」

正是陸臺。

男子瞇起眼：「這位朋友，你跟背劍的少年，此次是路過看戲呢，還是要壞人好事？或者說，當初在飛鷹堡外邊的大山之中，你們兩位正是局中人？」

陸臺瞥了眼地上那個色欲熏心的少年，發出一連串的嘖嘖嘖，滿臉嫌棄道：「你是不是覺得一切歸咎於那顆害人的丹藥？我不妨實話告訴你，你此刻情欲最少有三、四成是由你自己心中生發而出。你啊，難怪會被這個傢伙一眼相中，因為本來就不是個好東西。」

那一隻手幾乎就要觸及婦人膝蓋的少年，內心與身軀都開始掙扎起來。

他的七竅滲出黑色血絲，滿臉血汙，滿地打滾。

高大男子無動於衷，只是有些可惜那顆丹藥，被那位「梁上君子」一語道破天機後，少年的脆弱道心，也就崩碎了。本來少年如果沒有旁人幫他戳破那層窗紙，能夠一條路走到黑，其實也算一條出路，還真有可能成為男子的入室弟子，從此踏上修行之路。

陸臺神色淡漠，雙指併攏，由上往下輕輕一劃，名為針尖的本命飛劍，破空而出，直直斬向痛苦不已的少年。

那名婦人噴出一口鮮血，對陸臺高聲喊道：「不要！」

距離少年脖頸只差一寸的飛劍針尖，驟然停下。

陸臺望向滿臉淚水的婦人，道：「他死了會更輕鬆些，今天活著從這裡走出去的話，要麼他一狠心害死妳，然後再次墮入魔道；要麼他在接下來的歲月裡，被別人的言語活活慪死。」

婦人只顧搖頭，重複呢喃：「求仙師不要殺他，求你不要殺他……」

男子手持拂塵，笑問道：「我很好奇，你是怎麼悄無聲息地闖入此陣？」

陸臺一手持扇，一手撐在橫梁上，笑道：「論及陣法，天底下比我家祖傳更厲害的，好像還沒有。你說氣不氣人？」

男子哈哈大笑，笑聲戛然而止，瞬間身形開始輾轉騰挪，手中那柄刻有「去憂」二字的雪白拂塵，在空中發出陣陣呼嘯的風雷聲。

他每一次揮動拂塵，就會有一根由某種山澤靈獸尾鬚製成的絲線，脫離拂塵，激射向頭頂橫梁的陸臺。拂塵絲線在半空中變作一條條粗如手臂的白蛇，生有一對羽翼，通體散發寒氣，去勢快若閃電。

對於那幾十條白蛇，陸臺根本不予理會，「啪」一聲合上竹扇，將竹扇當作毛筆，在橫梁上畫符。在竹扇頂端的「筆尖」之下，不斷有古樸的銀色文字和圖案流瀉而出，然後那些宛如活物的字符開始沿著橫梁、大柱、地面四處流動，浸入原本存在的那些丹書符籙之中，一一覆蓋——喧賓奪主，而離開拂塵的白蛇，只要接近陸臺身邊兩丈，就會自行化作齏粉。

那男子根本就看不出這是什麼道法祕術，這才是最可怕的地方。但是比這還可怕的事情出現了，那個長得比女人還有姿色的青衫公子，自己洩露天機，微笑道：「我方才在四周布置了一座小陣，能夠禁絕一切外人術法，自己居中當聖人，是不是一聽就很厲害？」

男子心中激蕩不已，猶豫了一下，還是停下手中拂塵，重重搭在手臂上：「這位仙師不但家學源遠流長，而且一身本事神通廣大，我拜服！只要仙師高抬貴手，我與師尊願意拿出足夠的誠意，比如這飛鷹堡一切祕藏，贈予兩位仙師。我還可以做主，私下拿出一筆報酬，回頭再去跟師尊討要一件上等靈器。仙師意下如何？」

陸臺答非所問：「你家師尊是金丹境界？」

男子微笑點頭：「為表誠意，我願意報上師尊法號，他正是當初斬殺兩位太平山龍門境修士的——」

陸臺趕緊擺手道：「打住打住，你這人的用心太險惡了！」

男子一臉無辜：「仙師為何有此說？」

陸臺嘆了口氣：「一個桐葉洲的小小金丹野修，被你這個觀海境搬出來狐假虎威，嚇不死我，但是能笑死我啊，你差點就得逞了。」然後陸臺開始捧腹大笑。當然，幕後主使是不是真有金丹修為，還兩說。

男子臉色陰沉。他娘的碰到個腦子有坑的，關鍵是這個不男不女的傢伙道行還賊深，深不見底的那種。

陸臺收斂笑意，擦了擦眼角，看來是真的挺歡樂：「除了你們師徒在飼養那頭鬼嬰之外，還有高人盟友嗎？」

男子心中震撼不已，苦笑道：「山下人覺得此地離那扶乩宗有千里之遙，很遠，在你我眼中，這可不算遠。你覺得只憑兩人，就敢布下這麼大一個局？就能掌控這樁謀劃？」

陸臺「哦」了一聲：「看來你們師徒是想要吃獨食了。」

男子臉色故作鎮定，心中早就罵娘不已。

陸臺打趣道：「是不是很尷尬，我想要的報酬，你們根本給不起，可是跟我們兩個外鄉人打生打死，又有可能壞了數十年的苦心經營？」

被說破心事，男子臉上殺氣騰騰：「你真要鐵了心插手到底，就不怕玉石俱焚？」

男子怒氣填胸：「確實如你所說，我與師尊無法給你倆足夠豐厚的好處，話說回來，你們橫插一腳，又有什麼裨益？鬼嬰是我師尊以獨門祕法養育而成，天底下獨一份，何況鬼嬰早已認主，退一萬步說，給你僥倖奪了去，你養得活嗎！」

陸臺翻轉竹扇，以尾端輕輕敲擊橫梁，十分閒適愜意：「還不許我做點正氣凜然的善舉啊？」

男子幾乎氣炸，嘴唇顫抖，若非心懷鬼胎的婦人在場，稍有損傷，就會影響鬼嬰誕生後的成長，壞了師尊將來的百年大計，他還真想拚盡全力，跟這個傢伙來一場死鬥。

陸臺火上澆油道：「現在是不是不會覺得無聊了？怎麼謝我？」

這次輪到那男子變得臉色鐵青，不比那些中了陰毒祕術的飛鷹堡人士好多少。

陸臺突然沒了閒聊的興致，收起竹扇，從袖中倒出一粒粒雪白丹丸在手心，然後紛紛丟入那些燃燒松柏的火盆當中。拂塵男子不是不想阻攔，可是那柄誇張的巨大飛劍再次出現，一次次從天而降，沒入地面後，又從空中浮現，他躲閃得吃力。

真正的殺機一閃而逝。

拂塵男子差點中招，怒喝一聲，拂塵只留下「無憂」長柄，那些雪白絲線全部脫落，化作無數條生有羽翼的白蛇，快速飛旋，嗡嗡作響，密密麻麻地將他護在中間。男子摸了摸臉頰，被割出一條深可見骨的血槽，如果不是扭頭夠快，恐怕就要被一劍刺透頭顱。

兩把本命飛劍！還精通陣法！並且大言不慚，自稱家學陣法，天下無雙！

陸臺嗤笑一聲：「自投羅網，可怪不著別人。」

大柱之上，那些銀色符文熠熠生輝，相互牽引，將一座大廳編織成網，這張漁網的線正是那些懸空的文字和圖案。在漁網之中，除了不小心畫地為牢的男子，還有陸臺的針尖和麥芒兩把本命飛劍。

陸臺從橫梁上飄然而落，不再理會那座牢籠，走向那名面無血色的堡主夫人，婦人雙眼無神，大汗淋漓，座椅上還散發出一股淡腥味。

他經過大堂中央的女子身邊時，這位偷偷摸摸躋身四境武夫的婦人，已經手腳自如，將神色枯槁、滿臉呆滯的少年抱在懷中。

先前陸臺將那把丹丸丟入火盆之後，揚起一陣陣雪白粉塵，粉塵消散四方，被飛鷹堡桓家老少吸入後，漸漸恢復了紅潤臉色，每個人雖然身體無恙，但是神魂損耗頗大，折損陽壽，在所難免。

婦人突然轉頭，對著陸臺的背影厲色質問道：「你為什麼要說出那些話，你也是罪魁禍首！」

陸臺轉過頭，看了她一眼，微笑問道：「要不然我現在就做掉你們兩個，一了百了，無憂無愁？」

婦人抱著少年，趕緊低下頭，不敢再看陸臺。

陸臺走到堡主夫人身前，雙手負後，彎腰看著她：「妳的性命本元已經所剩無幾，怎麼都是一個死，現在就看妳是選擇死得其所，還是被人為民除害了。」

在陸臺眼中，婦人那張看似秀美的臉龐，早已支離破碎，溝壑縱橫，滲透出絲絲縷縷的黑色死氣，一雙凡夫俗子眼中十分靈動水潤的秋水眼眸，更是漆黑一片。

這位養尊處優的婦人茫然無知，沒有反應。

陸臺笑道：「別裝了。我知道妳回神還魂了，趁著妳現在迴光返照，還有精神氣做出選擇，我會尊重妳的意願，再過半炷香，妳就會身不由己，到時候可就不跟妳客氣了。」

桓陽正要起身說話，被陸臺一揮袖，瞬間封禁了五感，如一具乖巧傀儡，端坐原地，只是眼中充滿了痛苦和哀求。

婦人緩緩抬起頭，喃喃道：「可以不死嗎？」

陸臺嘆了口氣，一時竟是無言以對。

沉默良久，陸臺轉身面向大門那邊，斜靠著婦人所坐的椅子，柔聲道：「那就多活一會兒。」

飛鷹堡主樓之外。

邋遢老人眼睜睜看著那些吃糯米、飲清泉的雄雞，一隻隻斃命。

今天桓常、桓淑湊巧跟在了道士黃尚和陶斜陽身邊。兄妹二人不願躲在主樓那個「安樂窩」，不願躲在那位「太平山仙師」的羽翼下，既然老人還在外邊行走，他們兄妹就想著爭取助老人一臂之力。

老人抬頭看了眼不斷下壓的黑色雲海，一咬牙，只得祭出壓箱底的手段，拿出兩只大白碗，一手端一只，轉身對兄妹說道：「我要借取你們二、三兩鮮血，才能請得動你桓氏祠堂大門口的那兩尊石獅子，這是你們爺爺當年跟高人求來的鎮宅之物，飛鷹堡真正的撒手鐧。」

老人舉起雙手，沉聲道：「趕緊，然後我們速速趕往祠堂！拖不得了！」

桓常、桓淑對視一眼，然後毫不猶豫地抽刀割破手心，讓鮮血流入老道人的掌心白碗之中。

老人手腕一翻，兩只白碗憑空消失：「一路上可能會有鬼魅陰物阻攔，我未必顧得上你們，你們四人好自為之，甚至還要幫我清掃道路，死了都沒人幫你們收屍，去與不去，你們現在就想好。」

兄妹二人，好友二人，同時點頭。

老人輕喝一聲：「走！」

果真如老道人所料，隱匿在飛鷹堡各處的陰物，好似洞悉老道人的企圖，終於不再藏掖，紛紛湧出。

一位白袍少年突兀出現在一座屋頂，站在一處翹簷之巔，正在舉目遠眺，所看方向，正是躍上屋脊、飛奔向祠堂的老道一行人。

陳平安雙手指尖各撚一張符籙，輕輕鬆開，默念道：『初一、十五！』

兩抹劍光帶著兩張符籙，風馳電掣，去往桓家祠堂那邊，分別將寶塔鎮妖符瞬間釘在兩根柱子之上，柱子上頓時炸出兩團璀璨金光。之後兩抹流光返回陳平安身邊，又是兩張黃紙符籙，被帶往老道人前方不遠處的兩處屋頂。最後一趟往返，初一和十五，又捎去兩張幫助邋遢老人開路的鎮妖符。

陳平安用完所有鎮妖符，便不再關心祠堂那邊的動靜。

行走江湖，降妖除魔，生死皆須自負。作惡是如此，行善亦是如此。

頭頂黑雲即將壓城，彷彿天幕低垂，讓人覺得觸手可及，市井坊間的幾句高聲言語，就可以驚動那天上仙人。

陳平安仰頭望去，飛鷹堡的江湖人看不到黑雲上邊的景象，他看得到。

一名不知深淺的高冠老人，盤腿坐於一塊紅色蒲團上，口中正在念念有詞，駕馭這塊剛好覆蓋飛鷹堡地界的黑色雲海，一點點墜落人間。時機已至，老人要血洗飛鷹堡，汲取所有血肉精華，餵養那頭即將破心而出的初生鬼嬰。

陳平安在一個個屋頂蜻蜓點水，一閃而逝，速度極快，他身穿一襲白袍，其身形有如一條雪白長虹。

他最終落在飛鷹堡的校武場上。

校武場中，除了陳平安，空無一人。

陳平安輕輕跺了跺腳，深吸一口氣，雙膝微蹲，緩緩擺出一個氣勢磅礴的拳架——雲蒸大澤式。

陳平安身上那件被施展障眼法的法袍金醴，此刻露出真容——金色長袍，蛟龍遊走。

陳平安閉上眼睛，體內那一口純粹真氣，以十八停劍氣的運轉法門疾速流淌，如大江之水奔流入海。陳平安猛然睜開眼睛，一抬腳，重重一跺腳，不但整座校武場轟然震動，木架上無數兵器跌落地面，周邊臨近的幾條街道，幾乎同時塵土飛揚。

一拳率先向天遞出，之後便是拳拳遞出。

這是雲蒸大澤式的拳架，可是拳意，卻是神人擂鼓式！

竹樓那位崔姓老人，可從來沒有教過陳平安這種拳法。

陳平安一次次出拳，一次次跺腳借力。大地震動，轟隆隆作響，簡直如同地牛翻身。

老人曾言，雲蒸大澤式第一次現世，就打得天上雨幕倒退百丈，不敢染指人間。

陳平安沒想太多，他只想要此時此刻的滾滾雲海，如同當年老人頭頂的那重重雨幕，在我拳法之前，都滾回天上！

不知不覺，身前無人。

雲上老者頭頂所戴的五嶽冠，繪有五嶽真形圖，流光溢彩，隱約傳出松濤、鶴鳴、泉水流淌山澗的聲響。

老者駕馭雲海下墜，如手握千軍萬馬，壓制一個彈丸之地，自然胸有成竹。

老人瞇眼望向飛鷹堡的校武場，啞然失笑，黃口小兒，也敢蚍蜉撼大樹，真是不知死活。為了孕育藏於堡主夫人心口的鬼嬰，他們師徒二人謀劃了將近四十年，志在必得，其中艱辛困苦和一擲千金，與那玄之又玄的機緣巧合，不足為外人道也。

這座隱於山林的飛鷹堡，其建造初衷，恐怕早已跟隨第一任堡主埋入黃土，而老者卻是知曉。當初有兩位地仙分屬桐葉洲中部地帶最大的兩座仙家豪閥扶乩宗和太平山起了衝突，大打出手。扶乩宗那位金丹修士，萬萬沒有想到自己惹到的太平山修士，竟是一位深藏不露的元嬰巨擘！

後者自知大限將至，破境無望，交代完後事後就離開山門開始遊歷四方，雖是體魄神魂皆腐朽之人，可畢竟瘦死的駱駝比馬大，打得扶乩宗金丹修士差點當場喪命。後者一路逃遁，仍是被太平山元嬰攔截在如今的飛鷹堡一帶。太平山元嬰得理不饒人，絲毫不將扶乩宗放在眼中，鐵了心要將金丹修士打殺。

金丹修士眼見逃生無望，便有了玉石俱焚的決絕念頭，使出了一門扶乩宗的禁術。當時金丹修士已是強弩之末，無法從宗門正統傳承的請神降真請下那些神通廣大的神靈，於是他不惜以所有性命精血，招來了一頭扶乩宗祕典上記載的遠古魔物。魔頭身高十數丈，陰煞之氣凝為實質，如同披掛了一件漆黑重甲。金丹修士在請出魔物之後，就已經氣絕身亡，早已中空的皮囊化作灰塵消散天地間。

太平山元嬰未必沒有撤離戰場的可能，可最終他還是選擇與遠古魔頭一戰到底。元嬰修士法寶迭出，術法如雨點般砸向魔物，打得自己皮開肉綻，魂魄搖盪，直至金丹崩碎，出竅作戰的氣府陰神率先陣亡，元嬰修士仍是大呼痛快，與那尊魔物來到人間的分身同歸於盡。

一場驚世駭俗的大戰，打得雙方腳下的地界，方圓百里都陰氣凝聚，不亞於一座埋骨十數萬武卒的古戰場。

太平山的元嬰修士仍是放心不下世俗，擔心此處陰氣流散，會影響附近千里山河的氣運，其殘餘魂魄便強自苟延殘喘，就近找到一名入山砍柴的少年樵夫，授予他一門厭勝祕法與一種至剛至陽的刀法。元嬰修士還讓那少年樵夫在此打造一座城堡，開枝散葉，借助純粹武夫子孫後代的生人陽氣壓下那份陰氣，而且桓氏子嗣在此練習那門刀法，因為無形陰氣如同一塊最佳的磨刀石砥礪武道，桓氏子弟的武道精進往往事半功倍，這也造就了飛鷹堡後世的江湖地位。

包括桓老爺子在內，幾代堡主都喜歡在武道有成之後，明面上闖蕩江湖，為飛鷹堡贏得聲譽，實則暗中踏遍名山大川，尋訪仙人。這其中未必沒有一勞永逸地解決飛鷹堡陰氣過重的想法。桓老爺子當年死得蹊蹺，武道天賦並不出眾的嫡子桓陽匆忙接任堡主，很快就又有沉香國魔道中人聯手攻打飛鷹堡，元嬰神仙和樵夫祖宗的那段仙家福緣就此斷了線索，許多祖輩辛苦經營的關係也沒了下文，比如桓老爺子和年輕道士黃尚的師父的這份香火情，桓陽就全然不知，他反而跑去求助京城朋友。飛鷹堡所有人甚至連祠堂門口那兩尊石獅子的存在都茫然不知，於是便有了這樁潑天禍事。

高冠老人在桐葉洲中部是凶名在外的魔道修士，曾經是一等一金丹大佬，戰力卓絕。老人身為野修，即便是對上扶乩宗、太平山的金丹修士，也毫不畏縮。可是在做出那次斬殺兩名太平山龍門修士的壯舉之後，他很快迎來了太平山雷霆萬鈞的追殺。一名太平山年輕金丹獨自下山，追殺萬里，打得老人傾家蕩產，連僅剩的方寸物都崩碎了，最後不得不捨去半數修為和身軀，才瞞天過海，僥倖從那個好似天庭神祇的年輕修士手中逃過一劫。

心中大恨的老人便時時刻刻想著向太平山復仇，因此就有了飛鷹堡這場綿延數十年的精心謀劃。趺回龍門境的老人先是親自出手，悄悄打碎年幼時有修行資質的堡主夫人長生橋。其長生橋碎而不斷，出現數以千百計的縫隙，唯獨在心口處的「橋段」完好無損，使得她就像一只不斷汲取地底陰氣的瓷罐，陰氣主動匯入她心口處的「泉眼」，最終在老人的祕法導引之下，孕育出了那頭嗷嗷待哺的鬼嬰。

一旦事成，鬼嬰破心而出，再找一個遠離山上視線的偏遠小國隨便當個國師，或是扶植幾個廟堂傀儡，甚至是祕密掌控小國君主，發起一場場大戰，餵飽鬼嬰，百年之後，鬼嬰躋身地仙，哪怕根深蒂固的太平山，不至於因為它的襲擾而滅亡，但一定會傷筋動骨，元氣大傷。

山上修士的恩怨，百年光陰真不算長。至於這段恩怨之間山下凡俗夫子的死活，有人全然不在乎，例如雲上老者，但是同樣有人在乎，比如那位太平山的元嬰修士。

不過這般悲天憫人的陸地神仙，依舊無法躋身上五境，到頭來只能束手待斃，亦可見大道無情，不分人之善惡。

雲上的高冠老人，在那少年武夫遞出三拳後，仍是覺得少年滑稽可笑。氣勢再盛，若無實打實的境界作為支撐，那就是一座瞧著華美的空中樓閣而已。老人對於少年身上那件金燦燦的法袍，那是真的垂涎欲滴。這簡直就是天大的意外之喜，竟有這等身懷重寶的江湖雛兒，不曉得珍惜性命。

好東西，的確是好東西，說不定就是一件名副其實的仙家法寶。難道風水輪流轉，輪到自己飛黃騰達了？再不用當地底打洞的老鼠，而且會比預期更早恢復昔日榮光？至於那金袍少年是不是仙家子弟，高冠老人哪裡管得著，跟太平山都撕破臉皮了，債多不壓身！

隨著黑雲下沉，飛鷹堡中人人開始頭暈目眩，一些身體孱弱、陽氣不盛的老幼婦孺，已經開始在家中嘔吐起來。大街小巷，高屋矮院，哭聲連綿不絕。許多習武的飛鷹堡青壯漢子，仰頭癡癡看著那座當頭壓下的漆黑雲海，只覺得四肢百骸都會被壓成齏粉。一些個心志不堅的年輕武夫，更是毫無反抗之心，渾身顫抖，哪怕會因此斷了武道前程，也要逃過今天此劫。

循著好似地震的巨大動靜，有人發現校武場方向，在飛揚的塵土之中，有著金光熠熠的瑰麗場景。一道道如虹拳罡，先是手臂粗細，碗口大小，然後逐漸增大變成井口大小。拳罡勢如破竹，一次次沖向天上，好像有人在對雲海出拳。

校武場上，陳平安並非站在原地朝天出拳，他每出一拳之後，就會快步轉移。

他施展撼山拳的六步走樁，加上劍氣十八停，以及雲蒸大澤式的拳架，和神人擂鼓式的拳意。

在遞出第十拳後，一拳聲勢，已經徹底壓過腳跺大地的動靜。

拳罡沖天而起，裹挾著呼嘯的風雷聲，校武場周邊的屋脊瓦片由內向外，層層疊疊，劈裡啪啦猛然碎裂。以陳平安為中心，四周牆壁裂開了一張張雜亂的蛛網，校武場的青石地面上，早已坑坑窪窪，被踩踏出十個深淺不一的坑。

起先九拳，雖然聲勢一次比一次浩大，可是次次只是洞穿雲海而已，但是陳平安的第十拳，直直撞向了高冠老人所坐的蒲團。老人心中微微悚然，已經默默將少年視為必殺之人，可他面對這氣勢如虹的一拳，仍是不覺得棘手，反而有了點爭強好勝之心。

只見老人冷笑一聲，伸出一隻手掌，掌中驟然綻放一大團碧綠幽光，他翻轉手心，往下一覆，剛好迎向那道破開黑色雲海的拳罡。

「砰」的一聲巨響，蒲團微晃，高冠老人身下的整座雲海卻是劇烈一搖。來自校武場的拳罡與縈繞老人手掌的絢爛綠光，同時轟然崩碎，化成點點星光。

拳罡散入附近雲海，使得原本死氣沉重的漆黑雲海，像是研磨出一層墨汁的硯臺，灑入了一撮金色碎末，滋滋作響，發出灼燒聲響。

老人抖了抖手腕，透過被拳罡打穿的雲海窟窿，俯瞰相距不過三十丈的校武場，陰森笑道：「好傢伙，小小年紀，放在山底下，也算稱雄一方的武道宗師了，不好好混你的江湖非要跟老夫作對，不知天高地厚！」

言語之時，高冠老人抬起一手，雙指併攏，在五嶽冠附近輕輕一劃，從中擷取出一抹某座遠古東嶽大山的真意，往窟窿處急擲而下。

山嶽真意離開五嶽冠之初，先是拇指大小的袖珍山峰，等到下墜到老人腳邊，大小已經不輸那塊蒲團，滑出雲海窟窿之後，更是大如案几。

老人倡狂大笑，快意至極：「當那縮頭烏龜，隱忍多年，老天爺不負苦心人，老夫終於時來運轉，只要將你小子的血肉精氣研磨殆盡，說不得鬼嬰破開心關的現世瞬間，就能夠衝破觀海境了！」

校武場上，陳平安眼見著山嶽從天上傾軋而來，沒有半點畏懼。

當初在老龍城孫氏祖宅，雲海蛟龍洶湧撲下，氣勢比起眼前這份仙家神通，可是半點不弱，他不一樣出拳了？

拳意盎然雄渾，他堅信一拳可破萬法。

一襲金色法袍，鼓蕩飄搖，襯托得泥瓶巷少年，生平首次如此像一個山上神仙。

第十一拳，極快。

神人擂鼓式的拳意真正強大之處，就在於只要出拳之人能夠承受體內那份氣機流轉帶來的劇烈痛苦，成功遞出新的一拳，就能夠拳拳累加，撼山摧城，這絕非癡人說夢！

陳平安一拳打得那座大如屋舍的「山嶽」倒退數丈。二話不說，又是轟然一跺腳，一拳向上。

高冠老人臉色凝重幾分，不再心存戲弄，他默念法訣，併攏雙指，接連在五嶽冠附近四次劃下。

哪怕會耗去不少靈氣，頭上這頂五嶽冠也會暫時失去神通，他也執意要一鼓作氣宰掉這個礙手礙腳的少年。

這頂五嶽冠是高冠老人唯一一件法寶，是他從祕境之中獲得的。他為了獨占此物，分贓之時暴起殺人，做掉了一起出生入死的兄弟。後者死時，哀求他照顧好自己的子嗣，保證他們享受俗世百年榮華。老人點頭答應，只是回頭就用了點小手段，將一座府邸百餘口人悄無聲息地斬草除根。

當初被太平山年輕金丹追殺萬里，這頂價值連城的五嶽冠依然保存完好，破損並不嚴重，經過他百年修繕，如今已經恢復巔峰品相。只可惜老人翻閱典籍無數，依然沒有找到五嶽冠上所繪五嶽真形圖的根本，使得至多只能發揮出法寶一半的功效，實為天大憾事。不然當初與那個太平山小王八蛋狹路相逢，到底是誰追殺誰還兩說。

兩座山嶽上下疊加，下墜勢頭，快若奔雷。

陳平安迅猛出手的第十三拳，只打得底下那座東嶽上浮丈餘高度。

很快又有一座山嶽壓下。

是山嶽之重，占據優勢，還是拳法之高，更加無敵？

老人頭頂上的五嶽冠已經黯淡無光，再無悠揚的鶴鳴松濤之聲。陳平安氣血翻湧，尚未出現衰竭跡象。陳平安並不想被這三座山嶽困住，天曉得高冠老人還有什麼山上祕法，藉著神人擂鼓式的拳意牽引，暫時能夠藕斷絲連，於是就準備撤離校武場，轉移戰場，然後趕緊遞出第十四拳。

然而早早準備好方寸符的陳平安，驚訝地發現他身處山嶽壓頂的陰影之中，如同置身於一座陸臺所謂的「無法之地」，數次大戰都立下奇功的方寸符，竟是沒了絲毫反應。

不得已，養劍葫蘆內初一、十五兩把飛劍一左一右散開，高高掠入雲海。

陳平安只好繼續遞出新的一拳，打得山嶽下墜勢頭微微凝滯，之後他迅猛前衝，試圖離開山嶽陰影籠罩之地。

高冠老人哈哈大笑：「想跑？」他一掌向下壓去，第四座山嶽砸下。

四嶽相疊，轟隆隆砸向陳平安頭頂，「山腳」的校武場被磅礴靈氣鎮壓，陳平安前掠身形慢了幾分。

那個拳法驚人的金袍少年，總算被山嶽成功鎮壓。

得逞之後，高冠老人微微錯愕：「什麼時候純粹武夫也能使喚本命飛劍了？」

高山往往與流水相伴，老人感知到兩柄飛劍的破空而至，又從五嶽冠上「摘下」兩條江水。江水顯化之後，最終如女子腰肢般纖細，一條渾濁泛黃，一條碧綠清澈，圍繞老人蒲團，滾滾而流，一次次擋下兩把飛劍的凌厲攻勢，水花四濺，江水的分量不斷減少。高冠老人還是將更多注意力放在那座校武場上。

此刻雲海相距地面已經不過二十丈，老人所坐的蒲團幾乎就要觸及第四座山嶽之巔。視野被遮蔽，高冠老人便伸出一指，在眉心處一敲，默念一聲「開」，其眼簾之中，先是漆黑一片，然後如同夜幕的雲霧散去，露出明月真容，天地清晰，高冠老人的視線成功透過四座疊加大山，看到了那個金袍少年的身影。

好傢伙，跟條泥鰍似的，還想溜走！

少年先是低頭彎腰，以肩膀力扛山嶽，向前奔走，隨著四座大山的下沉，少年乾脆貓腰前衝，以後背頂住山嶽。他身上那件金色法袍，發揮出令老人感到驚豔的效果，硬生生幫助少年贏得千鈞一髮的寶貴時間，使得少年能夠在山嶽距離校武場地面只有四尺之際，一個翻滾，堪堪躲過了被大山碾壓成肉泥的下場。

高冠老人心中冷笑不已，道高一尺、魔高一丈，就等你誤以為逃出生天的這一刻。一直蓄勢待發的第五座山嶽，正是地位最為尊崇的中嶽，依稀可見山勢險峻的真身。

少年能夠抵擋住四座大山，已經出乎高冠老人的意料，他本以為三山疊加，就能夠壓死這個小傢伙。那種彷彿威勢遞增就沒有一個止境的拳法，委實古怪！這本拳法祕笈，未必比那件金色法袍遜色。

老人輕喝一聲：「去！」中嶽剛好砸向在地上翻滾的陳平安。

與此同時，先前四座山嶽開始陸續飛散，圍繞中嶽，紛紛向下「落地生根」，有山嶽碾壓校武場的房屋，有山嶽壓垮高牆，有山嶽落在校武場之外的街道上，還有山嶽砸在校武場隔壁的一個私人庭院。

一旦四方山嶽屹立地面，加上中嶽居中坐鎮，就會形成一座天然大陣。

雲海上方的兩把飛劍，似乎與身陷死地的少年心意相通，越發拚了命攻擊那兩條江水真意。

高冠老人爽朗大笑：「怕了你們兩個小東西了，好好好，老夫與你們玩一玩捉迷藏便是。回頭你們主人一死，看你倆怎麼辦。」

老人雙手左右一探，抓起兩股黑色雲霧，然後雙手重重一拍掌，雲遮霧繞，老人身形消失不見。

被五嶽圍困的陳平安，已是生死一線。初一、十五雖然劍氣凜然，可是面對一個躲藏起來的高冠老人亦是無可奈何，只能盡量消滅黑色雲海。

陳平安祭出了那條以老蛟兩根長鬚製成的縛妖索。金光燦燦的縛妖索驀然變大，如一條金色蛟龍盤踞在那座中嶽之上，硬生生將其拔高數丈，使其不至於一壓而下，與大地接壤，五嶽大陣暫時沒有成形。可是即便縛妖索不斷收縮，中嶽上不斷有碎石崩裂而落，可這座中嶽始終在緩緩下沉，而飛鷹堡上空的雲海，離地不過十丈。

若是站在主樓的那座觀景露臺眺望四方，則宛如置身於高出大地千百丈的大山之巔，波瀾壯闊，風起雲湧，驚濤拍岸。

飛鷹堡主樓內，畫地為牢的拂塵男子，被那一大一小兩把本命飛劍追逐得疲於奔命。那些飛鷹堡桓氏成員，真正親眼領教了山上神仙的炫目手段。人人慶幸之餘，亦有人難免心生絕望，我輩江湖武夫，面對這些神通廣大的山上仙師，實在不值一提。

陸臺沒有靜觀其變，並未由著針尖、麥芒慢慢耗死那個高大男子，而是從那條彩帶之中取出了從四處搜刮而來的法寶器物。這些法寶器物藉著飛劍劈斬而出的牢籠縫隙一穿而入，陰險襲擊高大男子，使其苦不堪言。

高大男子先是百般求饒，苦勸陸臺萬事好商量，只要陸臺收手，他願意交出一切家當，並且任由陸臺在他的神魂上動手腳。眼見著陸臺無動於衷，手中只餘下一支拂塵鐵柄的男子便開始厲色，揚言要與陸臺的兩把本命飛劍來一個玉石俱焚，威脅著一定要陸臺神魂受損，此生修為再難精進。

陸臺斜靠在堡主夫人所坐的椅子旁邊，手搖摺扇，根本不理睬捉襟見肘的高大男子。

廳堂大門已經被他強行打開，外邊的景象一覽無餘。

天昏地暗。

想必飛鷹堡數百人，這輩子都不會忘記今天的場景，那種無力感深深刻在了骨頭上。這種影響，註定極其深遠，只要這些人能夠活下來，那麼今日神仙打架凡人遭殃之事，就會代代相傳下去。

一座浩然天下的九大洲，如果都是這般百無禁忌，早就亂得不能再亂了，所以才有了儒家三大學宮和七十二書院的出現。

學宮書院的存在，就是為了防止山上神仙動輒一拳打爛山峰江河，一件法寶隨意砸爛人間城池。

畢竟山上人，終究來自人間。人間都沒了，還有什麼山上？

有些鍊氣士，求的是長生大道的自在逍遙，我既然已經站在山上，還管你人間是死是活。有些修士，要麼清心寡欲，不問世事；要麼恪守規矩，願意為了人間的太平，讓自己活得沒那麼痛快，不去追求絕對的自由。

世間百態，各有所求；是非對錯，一團糨糊。

這世上有太多人，道理只是說給別人聽的，而不是用來約束自己的本心，山上、山下皆如此。

陸臺是一個陸氏陰陽家子弟，對於人之本性，理解更深。

陸臺無論是家族身分還是自身，都很特殊。他的存在，在中土神洲的陸氏，有些禁制意味。對於那些沉默寡言、暮氣沉沉的陸氏老祖而言，這個晚輩太讓人感到「彆扭」了，同時又讓人倍感驚豔，他彷彿契道而生，這在歷史上幾乎沒有先例，所以龐大的陸氏對於陸臺的態度，一直很是含糊不清。

聖賢有言：「大人虎變，小人革面，君子豹變。」陸臺的那副身軀皮囊本身就像是一件法寶，甚至比起陳平安的那個「學生」——崔東山早年謀奪的那副遺蛻更加妙不可言。

陸臺關注著樓外的雲海，在尋找最佳的出手時機。主樓大堂此處景象，早已被陸臺遮蔽起來，高大男子想要傳遞訊息出去，難如登天。

那個堡主夫人輕聲道：「仙師，我想好了。」

陸臺有些疑惑，低頭望去：「怎麼說？」

婦人面容淒然卻眼神堅毅，她伸手摀住心口，道：「他能活下來嗎？」

婦人雖然不是修行中人，可是其心臟處的異樣，已經持續數年時光，她又不是癡兒，透過飛鷹堡的飛來橫禍以及拂塵男子與陸臺的對話，當然已經猜出個七七八八。

陸臺搖頭道：「小傢伙先天就背離大道，天性暴戾，殘忍嗜血，就算妳死它活，以後還是禍害。到時候一座小小的飛鷹堡，給它陪葬都沒資格，極有可能是整個沉香國……」

婦人哀泣道：「我想讓他活下來，我能感覺到他的存在，他畢竟是我的子女……」

陸臺既沒有感動，也沒有鄙夷，只是淡然而笑，為可憐婦人陳述了一個事實：「那妳知不知道小傢伙早已開了靈智，所以故意傳遞給妳虛假的情緒。它甚至會憑藉本能，潛移默化地影響妳這位寄主的心智，不然妳為何明知道自己身體有異樣，卻始終不曾開口跟丈夫說清楚此事？」

婦人一手使勁摀住心口，一手抬起，摀住嘴巴，滿臉痛苦之色，她茫然無助，只是對著陸臺搖頭。婦人默默承受那份揪心之痛，望著陸臺，眼神充滿了哀求。

陸臺嘆息一聲：「妳這是何苦來哉？難道妳真要棄於飛鷹堡幾百條人命不顧？丈夫桓陽，子女桓常、桓淑，還有生妳、養妳的這座城堡，都不管了？就為了這個髒東西？」

婦人含淚搖頭，放下胳膊，滿嘴漆黑如墨的血汙立即湧出，極為瘮人。婦人顧不得什麼主婦儀容，已經有些神志渙散，眼神恍惚，她開口向陸臺祈求道：「讓他活下來吧，求求仙師了。他有什麼錯？不過是害死了他娘親一人，我不怪他，一點都不怪他啊！仙師你以後多教教他，勸他向善，讓他不要誤入歧途。仙師你道法通天，無所不能，一定可以做到的，我的這個孩子一定會做個好人……」

婦人就像一塊千瘡百孔的瓷片，隨著心臟的劇烈顫動，不堪重負，終於澈底碎了，她始終死死地盯住陸臺的那張臉龐。

陸臺微笑點頭：「好吧，它可以活。」

婦人這才嘴角抽動，緩緩閉上眼睛，觸目驚心的黑色鮮血，猶然從她的眼眶中潺潺而流，她的眼瞼都破碎了，兩粒眼珠子墜落，從衣裙上滑落至地面，滾動到了椅子後方。

大堂上死寂一片，沒有任何人膽敢出聲。

被封禁五感的桓陽，被束縛在椅子上，眼眶通紅，對那個朝夕相處的枕邊人，充滿了刻骨銘心的怒氣——她怎麼可以如此自私！

她一定是鬼迷心竅，走火入魔了！

她的死一點都不冤枉，就應該跟那個小雜種一起去死！

陸臺來到已死婦人的身前，彎下腰，凝視著她被鮮血浸透的心口處，喃喃道：「你娘親為了你，付出了這麼多，什麼都給你了，連為人的良心都不要了，你呢？怎麼還在瘋狂汲取屍體的靈氣和魂魄。她活著的時候，你就折騰得她夠嗆，現在她死了，就不能讓她有片刻的安寧嗎？」

婦人起伏不定的心口驟然靜止，似乎有細細微微的哭泣聲來到人間，一如世上所有的嬰兒——哭著來到。

「晚了。」陸臺將手中竹扇猛然一戳，穿透婦人的心臟，釘入椅背，面無表情地道，「人間很無趣的，不如不來。」

刺破耳膜的一聲尖叫，驀然響徹大堂，燭光熄滅，一根根大柱同時響起碎裂的聲音。

眾人肝膽俱裂，唯有桓陽如釋重負，繼而失落。

他眼神空洞，怔怔地望著旁邊的那張椅子。那個青梅竹馬的溫婉女子，死得很醜。

這個憤憤不平的男子，自己都不知道，其實他早已淚流滿面。

桓家祠堂外，眾人好不容易殺出一條血路，邋遢老人在以桓老堡主傳授的祕術，用盛放有桓氏子嗣鮮血的雙碗施法。

老人等待片刻，頹然跌坐在地上，失魂落魄，喃喃道：「為何如此，不該如此……」

渾身浴血的桓氏兄妹臉色蒼白。

黃尚嘴唇顫抖：「那些妖魔鬼魅，不知道用了什麼陰毒法子，早就耗盡了兩尊石獅子蘊含的靈氣。」

陶斜陽一屁股坐在地上，以刀拄地。

老人轉頭望向校武場那邊的雲海，山嶽下沉，拳罡迎敵，雲海之上更有劍光縱橫。

老人生出一絲渺茫希望，掙扎著站起身，對四個年輕人說道：「你們四個，趕緊離開飛鷹堡。先前你們護送我來到這裡，現在輪到我護送你們幾個孩子一程。你們應當為飛鷹堡桓氏留下一點血脈，不要猶豫了，趕緊離開此地，走得越遠越好，以後不要想著報仇！」

陶斜陽沒有起身的意思，他抬頭望向那個心儀多年的桓氏女子，沙啞道：「桓淑，妳和桓常一起走吧，我要留在這裡，走南闖北這麼多年，真的有點累了，今天就不走了。」

黃尚正要說話，陶斜陽對他搖頭道：「黃尚，別勸我了，我意已決！」

老道人喟嘆一聲，帶著徒弟和桓氏兄妹，一起殺向近處的飛鷹堡北門。

陶斜陽盤腿而坐，面朝祠堂大門，開始以袖口擦拭長刀。

黃尚跟隨師父奔跑，視線朦朧，始終不敢回頭看那個年輕武夫。

桓淑突然轉頭望向那個熟悉男人的落魄背影，有些於心不忍，心中千言萬語，到了嘴邊便煙消雲散。

生死之間，最見真性情。

年輕女子被兄長一拽而走，不再停留。

陶斜陽低下頭，凝視著雪亮刀身映照出來的那截臉孔，扯了扯嘴角——還是不喜歡啊。

鬼嬰被陸臺一竹扇透心戳死，其哀號傳出主樓廳堂。

樓外的那片黑色雲海之上，顧不得兩把飛劍還在肆意飛掠，高冠老人再度現身，臉色難看至極，整個人氣惱得連五嶽冠都開始顫顫巍巍，幾乎已經淹沒屋脊的雲海，更是翻滾如沸水。

老人對著主樓那邊怒吼道：「廢物，廢物！留你何用！」

高冠老人伸出一隻手，猛然攥緊。大堂之內，苦苦應對兩把飛劍的拂塵男子在學道之初，就被老人以師門祕法控制，此刻他的一顆心臟毫無徵兆地炸開，瞬間魂飛魄散，骨肉分離，所有鮮血都被乾乾淨淨剝離出來，化作一大團猩紅血球，不計代價地向外衝撞。

一個觀海境鍊氣士的氣海爆裂，將那座被陸臺鳩占鵲巢的符陣，炸得七零八落，搖搖欲墜，猩紅血球好似倦鳥歸巢，試圖掠向雲海老人。

陸臺皺了皺眉頭，收回針尖和麥芒，以免被那些汙穢鮮血沾染，到時候可就不是耗費天材地寶那麼輕鬆了，也不再往符陣灌注靈氣，於是血球化作一條溪澗，拉伸出一條纖長的河道，從大堂漫延到了雲海之上，湧入老者的手心之中。

老人如饑漢飽餐一頓，雙眼綻放血光，他雙手揮袖，兩股鮮紅氣機從大袖之中洶湧而出，一時間罡風大作，初一、十五兩把飛劍在雲海之中四處飄散。

高冠老人臉色猙獰，低頭看著那座尚未觸地的中央山嶽，大怒道：「垂死掙扎！本來還想著鬼嬰初生，胃口不濟，才將你壓在山嶽下，一點點榨取精血。既然現在害得老夫萬事皆休，老夫就不用這般講究！去死！」

陸臺來到飛鷹堡主樓的那座觀景臺，駕馭兩柄飛劍掠向雲海老人，暢快大笑道：「老賊！我太平山等這一天很久了！」

老人臉色一凝，隨即癲狂大笑道：「老夫就算今天死在這裡，也要你們太平山兩個天才修士一起陪葬！」

老人一手不斷揮袖，竭力阻攔初一、十五和針尖、麥芒四把飛劍的刺殺，一手握拳，向下兇猛砸下，「小兔崽子，死也不死！」

陸臺眼神微變，默念一聲「走」，一根色彩絢爛的彩帶一閃而逝，配合那條如金蛟纏繞山峰的縛妖索，一起往上提拽。

絕對不能讓這座中嶽與其餘扎根大地的四嶽匯合，到時候五嶽結陣，別說陳平安只是四境武夫，就是六境的體魄，恐怕都要被活生生碾壓成一攤肉泥。

陸臺怒喝一聲：「給我升起！」

山峰往上拔高了幾尺。

「拚命誰不會！」高冠老人不愧是以狠辣著稱於世的散修，他肆意大笑著站起身，收起那張蒲團後，他的下半身立即如枯木般腐朽，不斷有灰燼飄散。

老人依然不管不顧，一掠而至那座中嶽，雙腳觸及山巔之後，轟然下壓，使得被五彩腰帶和金色縛妖索束縛的山峰，成功一壓到底！

這座中嶽落地時，整座飛鷹堡都開始顫動不已，以致城堡外的山脈也開始出現裂縫。金色的縛妖索沿著山體向地面頹然滑去，高冠老人哈哈一笑，伸手一抓，就將縛妖索握在手心。

五嶽齊聚之後，陣法已成，上陽臺那邊，陸臺吐出一口鮮血，踉蹌前行數步，好不容易扶住欄杆，手指微動，艱難開口道：「回來……」原本捆住中嶽的五彩腰帶亦是失去了絢爛光彩，開始恢復原形，向主樓那邊掠去。

老人眼前一亮，再次探臂一抓，將彩帶扯在手中。縛妖索剛剛到手，又將這根彩帶收入囊中，天無絕人之路，此次自己雖然吃了大虧，可好歹並不是顆粒無收。

老人重新盤腿而坐，蒲團憑空浮現，經此一役，頭頂五嶽冠已經靈氣稀薄。

頭頂雲海那邊，唯有主樓那名劍修的兩把飛劍還在掙扎，之前那兩把袖珍飛劍，在中嶽成功壓死那金袍少年後，便向地面墜落，落在了遠處的兩處巷弄之中，多半是就此銷毀了，實在可惜。

今日大仇得報，老人心中有些快意，他要趕緊離開飛鷹堡，免得被扶乩宗或者太平山的老王八攔阻截殺，再次淪為喪家犬。

事已至此，太平山依然沒有金丹或是元嬰修士出手，看來這一死一傷的兩個崽子太過托大，才給了自己安然離去的機會。不過這兩個年輕人絕對是太平山最拔尖的嫡傳弟子，說不定還是那位山主的得意高徒，不然哪有膽子帶著一身法寶招搖過市。如果自己不是早就跟太平山結下了不死不休的梁子，恐怕早就避其鋒芒了。

高冠老人默念「收山」口訣，五座山峰瞬間拔地而起，體形越來越小，最終重返五嶽冠之中。

老人一邊揮袖駕馭雲海，阻擋陸臺的針尖和麥芒，一邊盤腿坐於蒲團上，笑著往校武場那邊下降。

地上有一攤亮眼的金色，就像從竹竿上不小心掉落的一件金衣裳，隨意鋪在地面上。明明一件法寶唾手可得，高冠老人卻臉色劇變，雙手在虛空一拍，整個人連同蒲團一起猛然升空，那座十不存一的黑色雲海瘋狂湧向老人。

校武場地上那抹金色，從剛好能平躺一人的大坑中一躍而起，高聲喊道：「陸臺，針尖借我一用！」

陸臺沒有絲毫驚訝，心意微動，巨大的飛劍針尖便出現在陳平安腳下。

先前初一、十五「墜落」時，陸臺其實就發現了蛛絲馬跡。陳平安說過，它們是本命飛劍，卻不是他陳平安的本命之物，所以陳平安如果真的死了，初一、十五只會更加拚命地殺敵，只有陳平安假死，才會故意讓兩把飛劍演戲。

之後那條縛妖索同樣「裝死」，陸臺忍得很辛苦才沒有笑出聲。依葫蘆畫瓢，靈機一動的陸臺也故意失去對五彩腰帶的控制，任由高冠老人將其取走。

老人去勢極快，可是早早隱匿在附近的初一、十五，來勢更快。它們一左一右，瞬間戳穿了那蒲團，使得高冠老人遠遁速度微微凝滯，又有陸臺的飛劍麥芒在高空阻攔。

最關鍵的是，陸臺的五彩腰帶和陳平安的金色縛妖索，重新活了過來，同時綁縛住高冠老人的手臂，如兩條蟒蛇纏繞人身。

而陳平安，踩在飛劍針尖之上，追著空中的高冠老人和雲海，飛掠而去。

御劍遠遊！

在山嶽鎮壓之下，陳平安在出拳之前，跺腳裂地，硬是臨時開闢出一個可供他躺下的大坑，這才得以逃過粉身碎骨的下場。但是被五嶽大陣的磅礡氣機當面壓下，好似置身於密封棺材內的陳平安，可一點都不好受，當下肋骨斷了好幾根，如果不是在竹樓習慣了這種傷勢，也就只能眼睜睜看著高冠老人離去。

陳平安在踩劍「飛升」之前，就以劍師馭劍之法，將先前那把丟在一旁的長劍癡心握在手心。

彩帶和縛妖索捆住老人雙手，並且兩物能夠破開雲海遮掩，準確牽引三把飛劍去戳破那塊蒲團，這使得初次馭劍的陳平安很快追上高冠老人，對那傢伙的後腦勺就一劍劈去。

老人拚了老命裹挾雲海加速向前，好不容易躲開了那一劍，可是劍氣流溢，仍是在高冠老人腦袋上留下了一條血槽。

上陽臺那邊，陸臺一咬牙，再次說出「開花」二字，青衫飄飄，御風追去，速度猶勝飛劍針尖。

陸臺在空中劃出一道圓弧，十數個眨眼工夫，就飛快截住高冠老人的去路。

老人吃足了苦頭，竟是不敢硬闖，轉彎繞行，結果被後邊兩次出劍都慢上一線的金袍少年，給一劍刺穿，透心涼！

這柄劍極其古怪，老人的生機連同靈氣，驟然流失，被透體而過的長劍不斷汲取。

老人停下身形，蒲團下的雲海隨之徑直懸停。

他低頭看了眼劍尖，淒然一笑。

取我性命者，竟然還不是那四把本命飛劍，幫助這把長劍取我性命者，竟然只是一張自己瞧不起的方寸符。

現在這些宗字頭仙家的小傢伙們，怎麼比我們這些山澤野修還要奸猾狡詐了？

陳平安本想乘勝追擊，再出一拳，但是陸臺已經近乎嘶吼地以心聲提醒陳平安，讓他藉著飛劍針尖，趕緊後撤，越遠越好。

高冠老人扶了扶頭上那頂歪斜的五嶽冠，也不去拔出那把刺破心臟的癡心，陰惻惻地笑望向陸臺。

兩件法寶依舊死死捆住老人的雙手，竭力限制老人靈氣的流轉。蒲團已經破碎不堪，被三把飛劍刺出數十個窟窿，四處漏風了。

陸臺與高冠老人相對而立，心有餘悸，當時他故意自稱太平山修士，為的就是嚇退這個老傢伙，哪裡想到老人一聽說他們來自太平山，就跟瘋狗一樣亂咬人，陳平安當時的境地是名副其實的命懸一線。

陸臺穩了穩心神，平靜道：「我們其實不是太平山修士。」

老人扯了扯嘴角，皮笑肉不笑道：「方才老夫就想明白了，太平山教不出你們兩個小娃兒。」

四方雲海逐漸消散，無功而返，重歸天地。

神仙打架總在天上，可是悲歡離合，多在人世間。

飛鷹堡主樓廳堂內，氣氛詭譎。

堡主桓陽已經行動自如，但是看都沒看一眼身邊椅子上的婦人屍體。

老管家何崖，眼神複雜地瞥了眼堡主夫人，於心不忍，欲言又止，卻被桓陽以冷厲眼神制止。

桓陽一隻手扶在椅子把手上，沉聲道：「今日大堂之事，誰都不要對外宣揚，誰敢洩露一個字，不但家法伺候，還要連累一房所有人，打斷手腳，悉數逐出飛鷹堡！」桓陽並不轉頭，只以手指隨意點了點身旁的椅子，「夫人積勞成疾，重病不治……」桓陽略作停頓，冷聲道，「死後牌位不放入我桓氏祠堂！不許葬在——」

大堂眾人噤若寒蟬，不敢有半分質疑，只有何崖終於忍不住，上前一步，打斷桓陽的後半句話，慘然道：「堡主，夫人是有過錯，可是希望堡主看在這些年夫人相夫教子、操持家業的分上，准許夫人葬在後山吧。堡主，就算我何崖求你了……」說到最後，這個為飛鷹堡鞠躬盡瘁的老管事，為一撥撥稚童傳道解惑的老夫子，竟是泣不成聲。

桓陽勃然大怒，重重一拍椅子把手，打得整張椅子瞬間斷折垮塌。

他臉色陰沉，思量片刻，冷哼道：「此事稍後再議！」一向待人和善的桓陽，此刻如一頭饑鷹餓隼般環顧四周，看得所有人頭皮發麻，都不敢與之對視，紛紛低頭。

「飛鷹堡能不能存活下來，現在還不好說，你們暫時都不要離開這裡，誰敢擅自離開大門，何崖，殺了他！」桓陽撂下這句話後，獨自離開大堂，登樓而上，來到那座連父親都不知為何要命名為「上陽臺」的地方。

這輩子從未如此鐵石心腸的男人，舉目遠眺，試圖早點看到那場大戰的結果。只可惜他武道修為平平，目力有限，看不出半點端倪，只依稀可見雲海散去、劍光縱橫而已。

桓陽壓低嗓音，咬牙切齒道：「若是那鬼嬰生下來，真有他們說的那麼厲害，由我飛鷹堡全權掌控，倒好了！」

老道人帶著三人順順利利逃離了飛鷹堡，一路往北邊大山深處鑽。

這一路，順風順水到了匪夷所思的地步，除了零星的陰物鬼魅出來攪局，並無太大的波折。不說劫後餘生的三個年輕人，就連老道人自己都覺得無法想像，一時間四人都有些恍若隔世。

站在山坡之上，桓常突然說道：「我要回去。」

邋遢老人暗中點頭。有此心志，且不去談幼稚與否，將來才有希望幫助桓氏，重振旗鼓。若是只顧著倉皇逃竄，老人不會看輕桓淑，卻要打心眼瞧不起桓老兄弟的這名嫡孫。

原先那片漆黑如墨的雲海已散，雖然暫時還不知道飛鷹堡是否已就此脫離死局，可到底是一個好兆頭。

老道人舉目望去，以山門道法粗略觀其氣象，飛鷹堡內的濃郁陰氣幾乎消散殆盡，於是他出言勸慰桓常：「別著急回去，如今大勢好像已經轉向我們這邊，你在這個時候，絕不可節外生枝。」

桓常握緊腰間刀柄，手背青筋暴起，悶聲道：「父母還身處險境，我做兒子的卻要袖手旁觀，不當人子！」

老人啞然失笑，耐心解釋道：「無謂的犧牲，並非真正的勇氣。桓常，要做你爺爺那樣的男人，只有真正到了退無可退的時候，才去做那一刀劈開靈官像的壯舉！便是我們隱居山上的修行中人，聽過你爺爺的事蹟之後，也要拍案叫絕，稱呼一聲英雄。這份膽識氣魄，可不是匹夫之勇。」

桓常默默點頭。這個被家族寄予厚望的年輕武夫，到底不是鑽牛角尖的性子，如果心性不寬，身為飛鷹堡下一任堡主，早就容不下在飛鷹堡蒸蒸日上的外姓人陶斜陽。

桓淑輕輕扯住桓常的袖子，桓常抬頭一笑：「我沒事，放心吧。」

老人有些欣慰，如此江湖，才有滋味。

年輕道士黃尚喃喃道：「師父，那兩個外鄉人，難道真能將那尊魔頭斬殺在天上？」

老道人哭笑不得，嘆息道：「有能耐布置下這麼大一個局，顛倒百里風水氣運，極有可能是一個金丹境的大魔頭，那搬動山嶽之術，別說是師父我，就是你那位天縱之才的師祖在修為巔峰之際，一樣做不到。那兩個年輕人，如果能夠趕跑強敵，就已經是萬幸，根本不用奢望他們成功殺敵。」

脫離險地後，老人那根時刻緊繃的心弦便鬆了，頓時顯得神色萎靡，今日一戰，讓這個山居道人實在是心力交瘁。

老道人靠著一棵大樹：「除非是扶乩宗的大修士聞訊趕來，否則很難攔下那個駕馭雲海的魔道巨梟。」

三個年輕人臉色凝重，桓淑咬緊嘴唇，心情尤為複雜。

爹娘還在困境之中，祠堂外還有個自願等死的傻子，自己和兄長哪怕苟活，仍然前途渺茫。何去何從，桓淑當真不知道。

黃尚神色黯然，辛苦修道數載，片刻不敢懈怠，本以為已經道法小成，逢山遇水，不在話下，哪裡想到在這世外桃源一般的飛鷹堡，就差點丟了性命。

老人打破這份沉悶氣氛，大口喘氣之後，笑了笑：「你們放心，只要這次魔頭鎩羽而歸，肯定會引起扶乩宗的重視，那魔頭百年之內，絕對不敢再興風作浪了。扶乩宗有兩位結為道侶的仙人，一旦惹惱了他們，任何一人下山滅殺魔頭，易如反掌！」

老人似乎猶不解氣，做了個翻手的動作，加重語氣，「易如反掌！」

祠堂外，陶斜陽憂心忡忡。

他並不是擔心飛鷹堡淪為人間煉獄，而是擔心將年幼的自己丟入此地的家族老祖。此役折損太重，恐怕會害得他無法一步步成長為沉香國宗師第一人。

他要將心儀美人收入懷中，那個他看著從小女孩變成少女，再變成婀娜女子的桓淑，他是真心喜歡。

美人，他要；江湖，他也要。說不得以後還有機會去山頂看一看風光。他偶爾假借為桓氏奔波江湖的機會，與老祖宗私底下碰頭。那位老祖曾經教誨他，只要是喜歡的東西就應該抓在自己手裡，實在抓不住的，要麼乾脆別多想，要麼直接毀掉。陶斜陽深以為然。

四下無人，卸下面具的陶斜陽，神色陰晴不定。他收起雜亂心緒，覺得那對早已無用的石獅子礙眼，先後兩刀劈下，將兩尊石獅劈作兩半，轟然倒地。

發洩完心中鬱氣之後，年輕人立即醒悟這件事做得差了，一旦老祖謀劃失敗，不得不退回老巢休養生息，自己這般賭氣行徑很容易露出蛛絲馬跡，被那個該死的老傢伙看出點什麼。於是心思縝密的陶斜陽快步向前，以澆灌純粹真氣的刀柄，一點點敲爛頹然倒地的石獅雕像。然後他快步走向飛鷹堡主樓，半路上一掌拍在自己胸口，打得自己口中鮮血四濺，這才甘休。

山上凶險，風大人易倒；江湖險惡，水深船易翻。人心起伏最難平。心定且赤誠，何其難也。

第六章　人間多不平

人間大勢，其實多是由山上決定。

遠離飛鷹堡的天上，雙方對峙。他們的勝負，幾乎決定了一座飛鷹堡的生死存亡。

三把本命飛劍、兩個年輕人，又被縛妖索和五彩腰帶纏身，高冠老人可謂身陷重圍。

面對兩個莫名其妙的年輕怪物，高冠老人自知必死。他神色悵然，充滿了無奈，緩緩道：「若非如此，方才那金袍少年刺我一劍的時候，我就自行炸裂金丹了，再以殘留陰神炸死你。老夫早年是摸著元嬰門檻的大金丹修士，哪怕你躲得過，也絕對不會好受，說不得這副漂亮皮囊，就要沒了。」

陸臺點點頭，並不否認，其眼角餘光則一直盯著高冠老人的兩條胳膊，那才是真正禁錮住老人的撒手鐧。

老人何等老辣，低頭望去，嘖嘖道：「都是好東西啊。」老人環顧四周，有些落寞，「當初若非太平山一位老祖的高徒覬覦我的五嶽冠，我不願雙手奉上，哪裡會淪落到今天的境地。他索要無果，便私通散修出錢請他們大開殺戒，殺得我親朋好友一個不剩……」說到這裡，老人嘿嘿而笑，「老夫也不是吃素的，便找機會宰了他們兩個龍門境修士，那可都是真正的天才，與你們兩人差不多，運氣好的話，有望躋身元嬰境。太平山氣瘋了，再顧不得什麼風度，明面上是一個年輕金丹與我捉對廝殺，最終殺得我境界大跌。事實如何？哈哈，好一個太平山，那年輕金丹背後可杵著一個元嬰地仙呢，就是要我給那年輕金丹餵招，既得了打殺一個老金丹的聲望又得了穩固境界的實在好處，美其名曰物盡其用。你們說這些個名門正派，厲害不厲害？」

陸臺的視線越過蒲團老人，望向遠方的陳平安。

明知道兩個年輕人在「眉來眼去」，窮途末路的高冠老人沒有理睬這些，艱難抬臂伸出一根手指，輕彈從心口透出的鋒銳劍尖，這個頗有英雄氣概的動作使得老人嘔血不已。

老者神色自若：「如果沒有認錯，這應該是那名沉香國第一劍客，從扶乩宗重金購買的佩劍吧。本來就算半件山上法寶，吃掉老夫的心頭血後，總算是百尺竿頭、更進一步，坐實了法寶稱號。」高冠老人哈哈大笑，轉頭望向那個踩在飛劍之上的金袍少年，伸出三根手指，「小子，真是有錢啊。你背後所負的那把長劍，從頭到尾都沒出鞘，該不會還是一樣法寶吧？」

陳平安無動於衷，一言不發。

高冠老人收回視線，望向天空，深吸一口氣。

天上大風，吹拂得狼狽老人雙袖獵獵作響。

「我這一身物件，你們兩個小兔崽子壞我大道，就別想拿到手了！」老人驀然放聲大笑，「我這一死，也算值了。心口長劍、雙手彩帶、縛妖索、頭頂五嶽冠、屁股底下的蒲團，能夠有五件法寶一起殉葬，元嬰地仙也就這待遇了！若是再加上三把本命飛劍，上五境的山巔仙人，也不過如此吧？」

老人身軀開始腐化，一點點灰燼從身上簌簌而落，但是丹田處卻綻放出一團刺眼的光彩，向四面八方激射而出。

與此同時，初一、十五和麥芒全部疾速撤退，遠離那個要自爆丹田的龍門境修士。那把飽飲老者心頭精血的長劍癡心，也隨即被陳平安以劍師馭劍術從心口處拔出。只是拔出之前，陳平安還不忘狠狠一攪，將老人心口完全搗爛。顯而易見，就算是冒著長劍被炸裂的風險，陳平安也要確保老人必死無疑。

老人低下眉眼，隨著那根對陸臺而言至關重要的五彩腰帶離開手臂，高冠老人頓時覺得渾身一輕。老人瞇起眼眸，只等另外一條胳膊上的縛妖索也被金袍少年取走。

老人呆若木雞，那條品相極高的金色縛妖索非但沒有離去，反而越發用力地綁縛住他的胳膊，擺明瞭要當他的殉葬品。

老人機關算盡，到頭來仍是被束手束腳，直到這一刻才徹底爆發出心底壓抑的陰鷙暴戾以及內心深處潛藏的那抹恐慌，這份難以自禁的惶恐不安，半點不輸當年被那個太平山年輕金丹追殺時的恐懼。

什麼元嬰地仙厚顏無恥的保駕護航，迫使老人給太平山的那個金丹餵招，自然是高冠老人信口雌黃，為的就是營造出自己願意慷慨赴死的假象。在縛妖索和彩帶鬆開之後，他就可以分出一縷精粹陰神，捨了肉身和修為，澈底遁去。雖然傷及大道根本，可總好過命喪當場。回頭去市井找一棵修道好苗子，用言語蠱惑，隨口編造一個淒慘壯烈的故事，之後兢兢業業幫其修行，然後再伺機奪舍便是。

不管了，顧不得太多！哪怕手臂上還纏繞著縛妖索，再不金蟬脫殼，就真的只能束手待斃了。

高冠老人的丹室和氣海一同炸開，蒲團澈底毀壞，那頂五嶽冠被一彈而開，向身後的金袍少年飛去。一時間，天上罡風紊亂，向四面八方炸開，靈氣驟然崩碎，如鑄劍室的壯漢打鐵，星火四濺。

陸臺因是鍊氣士，比陳平安更加難熬，哪怕已經隔著五十丈遠，仍是一退再退。即便形勢嚴峻，陸臺仍是竭力以心聲告知陳平安，讓他在一個能夠保證自身安全的位置上，以此作為契機，淬煉武夫體魄、神魂，此舉大有裨益。

隔著那團紊亂氣象，陸臺看不清楚陳平安的動作，但是他相信謹小慎微的陳平安，會採取一個安全之策。

不知不覺，陸臺早已將武道四境的陳平安當作同道中人，甚至在某些生死抉擇之中，願意信賴甚至是一定程度上依賴陳平安。這對於有望證道的天之驕子而言，殊為不易。

高冠老人不再奢望盡善盡美，趁著丹室轟然炸開、天上光芒刺眼的瞬間，一縷精粹陰魂瞅準一個間隙，果斷往更高處一閃而逝。

不承想那金袍少年並沒有中計，陳平安沒有伸手接住那頂五嶽冠，而是由著它往大地墜去，一點時間都沒有耽擱。高冠老人仍然信心十足，踩著那把誇張飛劍，金袍少年不可能追上自己，除非他一邊馭劍，一邊使用方寸符，並且前提是找準自己的逃遁方位，三者缺一不可。

這個機會稍縱即逝，因為縛妖索很快就要被陰魂掙脫，先前丹室和氣海一同自爆，縛妖索上邊的靈氣所剩無幾，再難牢牢約束住陰魂了。

天上，金袍少年陳平安接連使出兩次方寸符，一次離開了飛劍針尖，第二次更是憑空來到那縷精粹陰魂之後，首次拔出了那把劍氣長城老大劍仙暫借給他的長氣。

陳平安心無旁騖，腦海之中，全是破敗寺廟齊先生面對粉色道袍柳赤誠的那一劍。

一劍斬下！可憐陰魂如同一葉殘破浮萍，被劍氣洪水迅猛沖刷而過，人間再無此人半點痕跡。

一劍功成之後，陳平安當下也到了油盡燈枯的淒慘地步，持長氣劍的整條胳膊都已經變成白骨，以致握不住那把長氣劍，長劍墜向大地，陳平安整個人也頹然砸向地面。

初一、十五十分焦急，在下墜的身形四周飛旋，不知所措。

好在手腳皆有蓮花符籙生發綻放的陸臺在半空截下陳平安，最終扶著他站在緩緩下降的飛劍針尖之上，陸臺自己則在飛劍之外的空中大袖飄搖。

陸臺看著模樣淒慘的陳平安，既有心疼，又有怒氣：「陳平安，你也太莽撞了！還要不要命了？由著他逃走又如何，一縷陰魂而已，想要復出，最少也是幾十年甚至百年之後的事情了，到時候你我還會怕了他？」

陳平安歪頭吐出一口血水，轉頭望向高冠老人身死道消的高空戰場，並沒有什麼志得意滿的表情：「我是在殺人。」

陸臺趕緊掏出一只瓷瓶，將芬芳濃稠的膏藥倒在手心，緩緩傾倒在陳平安那條慘不忍睹的手臂上。哪怕是陳平安這麼能熬的傢伙，仍是疼得齜牙咧嘴。

陸臺低聲道：「忍著點，這藥可讓白骨生肉。」

陸臺發現陳平安環顧四周，似乎在尋找什麼，心中了然，沒好氣道：「方才我已經幫你接住了長劍和縛妖索，暫時收在腰帶之中。縛妖索破損得厲害，需要花費不少雪花錢才能修復如初，不過你放心，這筆錢當然是我來出。」

陳平安鬆了口氣，隨即問道：「那頂高冠？」

陸臺翻白眼道：「咱們腳下都是荒郊野嶺，不怕給人撿漏拿走，好找的。」

兩人一飛劍，緩緩向地面下降。陳平安嘆了口氣，那塊蒲團已毀，有點可惜，此次斬妖除魔的收穫，竟然只剩下一頂可以搬出山嶽的高冠。

不過先前逆勢而上，執意將老人斬殺當場，陳平安在淬煉神魂上收益頗豐，武道四境第一次有「沉」下來的感覺，不再是那種虛無縹緲、捉摸不定的意味。

陳平安覺得這場廝殺，哪怕沒有得到那頂五嶽冠，哪怕縛妖索徹底崩壞，都不算虧，如今自然是賺大了。不說其他，只說那把充滿邪祟氣息的長劍癡心，品相就提升了一大截，轉手賣出，能賺不少錢呢。

陸臺突然笑道：「那頂五嶽冠，長得挺漂亮啊。那老傢伙似乎尚未完整發揮出這件法寶的威力，他應該不清楚五嶽冠的真實來歷。我回到中土神洲後，去自家和幾個世家的藏書樓翻翻看，說不定會有收穫。」

陳平安笑道：「得嘞，這就是想收入囊中的意思了。你擻起腚兒，我就知道你要放什麼屁。」

陸臺憤憤道：「陳平安，你好歹讀了些聖賢書，能不能斯文一點？」

陳平安「喲呵」一聲：「倆大老爺們，瞎講究個啥？」

陸臺丟了個嫵媚白眼。

兩人落在飛鷹堡外的山林之中，陸臺心意一動，本命飛劍麥芒一閃而逝。

陸臺主動洩露底細：「麥芒相較針尖，殺傷力平平，但是麥芒誕生之初，就擁有一項罕見神通——覓寶。」

「聽聽，同樣是飛劍，別人家的，就是不一樣吧。」陳平安笑著拍了拍養劍葫蘆，初一和十五都已經藏身其中。

陳平安在一棵大樹底下盤腿而坐，他瞥了眼盡是白骨的胳膊，撇撇嘴。

陸臺沒來由紅了眼睛，整個人顯得有些沉默。

陳平安看了他一眼：「哭哭啼啼，娘們似的！」

陸臺怔怔。

陳平安笑了起來，笑得很開心。

當初在落魄山竹樓，陳平安就被光腳老人這麼罵過，他十分難過。現在他發現這樣罵別人，果然挺帶勁。

陸臺看著爽朗大笑的陳平安，心境跟著安寧下來。

陸臺跟他相對而坐，問道：「為何要這麼拚命？」

陳平安一臉天經地義：「我們不是事先說好了嗎？你去飛鷹堡主樓，我來對付那座雲海。答應過你的事情，總要做到吧？何況那老邪修鐵了心要殺我，我不拚命就活不下去，還能怎麼辦？」

陳平安停頓片刻，略作思量後補充道：「都跟人打生打死了，把情況往最壞處想，總是沒錯的。如果縛妖索真的毀了，我也不會怪你，那是我自己的決定。這就像之前咱們對付那撥殺人越貨的傢伙，我覺得可以收手了，你還是要去追殺幕後主使。」

陸臺致歉道：「那根彩帶，是我的本命物，受不得損傷，對不住了。」

陳平安擺擺手，示意陸臺不用多解釋什麼，他看了眼陸臺的黯然神色，笑著安慰道：「這可不是因為我自己覺得無所謂啊，而是我願意相信你，才會覺得有些事情，你做了，就自有你的權衡和考量。朋友之間，不用說太多。」

陸臺的眼眶又有些濕潤，陳平安語重心長道：「你啊，不是女兒身，真是可惜了。我以前有兩個江湖朋友，就是跟你說過的年輕道士和大髯游俠，在這種事情上，他們就不像你這般扭扭捏捏，你太不爽利了。」

一個隨便把別人當朋友的人，往往不會有真正的朋友；一個喜歡嘴上稱兄道弟的人，心裡其實沒有真正的兄弟，所以陸臺知道從陳平安嘴裡說出來的「朋友」二字，分量到底有多重——可以為之託付生死！

陸臺斬釘截鐵道：「陳平安，這次分贓，我會讓你賺一個盆滿缽盈的。」

陳平安翻了個白眼，懶得說話。

長久的沉默，唯有秋日的陽光，透過疏疏密密的枝葉，灑落林間。

陸臺終於幽幽開口道：「陳平安，你怕死，我怕命。你說我們倆是不是同病相憐？」

陳平安搖頭道：「當然不是，我比你爺們多了。」

陸臺好不容易與人這般敞開心扉，結果給人澆了一頭冷水，頓時大怒：「陳平安！你這廝怎的如此無趣！」

陳平安眨眨眼：「我一個大老爺們要另外一個男人覺得我有意思做啥，我有病啊？」

陸臺慨慨道：「好吧，我有病。」然後他細若蚊蚋地說道：「連我自己都不知道我到底是男人還是女人。」

陳平安耳尖，愣了愣：「啥意思！」

陸臺後仰倒去，躺在地上：「就是字面意思，我就是個怪物嘛。從小到大，知道這個祕密的人，只有我爹娘加兩個師傅，再加一個家族老祖宗，你是第六個。到了上陽臺後，我才能夠真正……」說到最後，陳平安已經完全聽不真切。

陳平安憋了半天。

陸臺癡癡望向天空：「想說什麼就說吧，我既然說出口，就受得了你任何看法。」

陳平安挪了挪位置，向陸臺靠近了一些，他充滿了好奇，又有些難為情，低聲問道：「女人來那個的時候，是不是很痛啊？」

陸臺如遭雷擊，黑著臉轉過頭，咬牙切齒道：「你怎麼不去問你喜歡的那個姑娘！」

陳平安下意識撓撓頭：「這我哪敢啊？」

陸臺突然笑了起來，指了指陳平安的手臂。

陳平安罵了一句娘，趕緊放下那條血肉緩緩生長的胳膊，真疼。

兩人再次無言。

陸臺坐起身的時候，驀然發現那個傢伙在傷心，而且是很傷心。

陸臺只覺得不可理喻，他不知道天底下還有什麼事情，能夠讓陳平安這麼想不開。

只見陳平安膝蓋上，放著一枚陸臺從未見過的小小印章。

今天的飛鷹堡，大難臨頭，最後安然無恙，而他陳平安也還好好地活著。

驪珠洞天，所有人也都安然無恙，甚至像他陳平安這樣的泥腿子，都走了這麼遠的江湖路。

因為我們有齊先生。

那麼，齊先生人呢？

返回飛鷹堡的路上，陳平安的情緒已經恢復如常，在那條白骨裸露的胳膊上，血肉正在緩慢生長，一條條經脈如草藤緩緩蔓延，十分玄妙。

陳平安看得仔細，好似一位夫子在做學問，卻把陸臺結結實實地給噁心到了。他心想陸氏家族也供奉著一些祕不示人的武道宗師，他們在四、五境的時候，肯定沒陳平安這份定力。

陳平安一邊走、一邊看，忍著痛，津津有味。親眼見證那些經脈的生長，對於運氣一事，大受裨益，一些原本想不明白的癥結，茅塞頓開。

臨近飛鷹堡，陳平安只好收起胳膊，免得被飛鷹堡老百姓當作魔道中人。身上的法袍金醴，既可以將這幅淒慘景象藏在袖中，也不會影響到白骨生肉的進程。

飛劍麥芒之前已經捎回了那頂五嶽冠，陸臺掂量了一番，說這是件年頭久遠的法寶，品相極高，上邊五嶽真形圖的繪製，無論是技法還是形制，都顯示這頂五嶽冠來自中土神洲，甚至有可能是中土某位著名山嶽正神的本命物。

陳平安對這些還算感興趣，當是豐富自己的見識，至於陸臺是否會獨吞五嶽冠或是是否故意貶低五嶽冠的價值，陳平安則是想也沒想，因為他打心底覺得陸臺不是那種人。

兩人並未徑直去往飛鷹堡主樓，他們先悄悄回到了校武場，收起了那把寶紫芝從扶乩宗重金購買的法劍癡心。癡心汲取了一位巔峰龍門境修士的心血、靈氣後，其劍身越發清亮如雪，紋路如一泓秋水幽幽流轉，越發靈動活絡，光彩湛然。便是眼高於頂的陸臺都忍不住再次取劍打量一番，嘖嘖稱奇，說那老魔頭言語之間真真假假，但是關於境界一事，應該屬實，其跌境之前的巔峰，多半果真摸著了元嬰境的門檻，這種層次的金丹修士，在中土神洲也算不錯了，可以挺直腰杆登山。

因此這把癡心，算是獲得了一樁天大機緣。

陸臺奉勸陳平安，別將癡心售賣出去，以後遇見了邪道修士或是妖魔陰物，大可以一劍穿心過，既能為自己積攢陰德，又可以提高佩劍的品相，兩全其美，何樂而不為。

眼見著陳平安有些猶豫，陸臺破天荒訓斥起了陳平安，道：「修道之人可以不講善惡那是屁話、混帳話，可是世間器物法寶，哪來的正邪之分，以邪器行正事，有何不妥？」陸臺越說越氣，恨不得伸出手指，指著陳平安的鼻子罵，「你都能瞪大眼睛看著自己白骨生肉，為何這點心坎都過不去？陳平安！你要還是這種死腦筋，長生橋不修也罷，我勸你一門心思當純粹武夫好了，別奢望做什麼大劍仙。就你這種心性，就算以後有了長生橋，成了鍊氣士，你在破開上五境瓶頸前的心魔，說不定比天還要大了！你知不知道，世上每一個躋身元嬰境的鍊氣士，與天地爭勝的雄心壯志，自身的術法神通和毅力韌性，都已經很了不起，但是為何躋身上五境還如此艱辛，就在於這一道關隘的凶險之處，不在世人誤以為的天劫之流，那些只是表象，真正的死敵，是自身的本心。你道心有多高、心性有多堅，你心魔法相就有多高，甚至可以高達百丈、千丈，並且如上古神靈金身，堅不可摧，你還怎麼破開？」

陳平安沒有反駁什麼，只是指了指陸臺鼻子，小聲提醒道：「又來了。」

陸臺停下言語，狠狠擦拭鼻血。

無關天下大勢走向，只涉及陳平安一人的大道，陸臺身為陰陽家陸氏子弟所遭受的天道反撲，比起先前那一次，就要小了許多。

陳平安突然說道：「外邊來人了。」

陸臺瞥了一眼陳平安，他這份敏銳的神識，已經完全不輸六境武夫，當真只是四境武夫？他越發對傳授陳平安拳法之人感到好奇。

一行四人小心翼翼步入校武場，正是老道人和徒弟黃尚，以及桓常、桓淑兄妹。他們之所以沒有去往主樓，還是邋遢老人的主意。老人在北方山林高處，無意間見到了陳平安和陸臺重返飛鷹堡的身影，便決定來此與他們匯合，先問清楚那個魔頭的動向，再一起去往主樓，這顯然更加穩妥。

老人打了一個道家作揖，自我介紹道：「貧道馬飛斧，在鴛鴦山修行，有幸拜見陸仙師、陳仙師。」

陸臺隨意伸手，那把竹扇憑空出現，輕輕搖動：「我來自中土神洲。」

陳平安想了想：「我是寶瓶洲大驪人氏。」

馬飛斧小心問道：「兩位仙師可知曉那個魔頭的下落？」

陸臺合上竹扇，以扇子指向老道人，正在眾人一頭霧水的時候，摺扇頂端之上，出現了一頂五嶽冠。

陸臺手腕輕抖，那五嶽冠隨之起伏，他微笑道：「已經死了，小有收穫。」

高冠老人乘坐蒲團從雲海落下，搬動五嶽大山鎮壓校武場，馬飛斧當時驚鴻一瞥，對那頂五嶽冠記憶深刻，此刻見著了在竹扇上邊擱放著的古樸高冠，心中翻江倒海，他不敢相信兩個年輕人能夠成功斬殺一名極有可能是金丹境的地仙，可又無比奢望那個俊俏公子所言不虛。

鴛鴦山山居道人馬飛斧，到底是一個久經風雨的老江湖，哪怕將信將疑，臉上仍是感恩戴德，滿是崇敬神色，他再次鄭重其事地作揖：「兩位仙師路過此地，偶遇魔頭逞凶，仗義出手，救飛鷹堡數百條性命於水深火熱之中，功德無量，貧道先替飛鷹堡謝過兩位仙師的大恩大德！」

桓常、桓淑兄妹倆熱淚盈眶，趕緊拱手抱拳，重重彎腰，分別對兩位外鄉公子說道：「大恩不言謝，若是兩位仙師不嫌棄在下駑鈍，桓常願為兩位仙師做牛做馬，赴湯蹈火，在所不辭！」

「桓淑謝過陸公子、謝過陳仙師，小女實在不知如何言語才能表達感激之情……」

年輕道士黃尚神色複雜，站在最後邊。他心中有念頭一閃而過，若是拜這兩人為師，自己的修道之路，是不是會更加順遂，以後不再是如今這般碌碌無為，害得自己遇上妖魔陰物，處處皆是生死險境？

黃尚看了眼師父的背影，這個修道坎坷的年輕道士默默低下頭，有些愧疚，覺得自己忘恩負義，比那些妖魔外道還不如。只是心中這個念頭，已經生根發芽，揮之不去，反而越演越烈，如熊熊大火，灼燒得他心頭發燙，眼眶通紅。

山居道人的懷疑和慶幸，以及大戰之後的心神憔悴；桓常經此大難，試圖改弦易轍，想要奮發圖強，由武道轉入修行；桓淑的兩種稱呼，別樣風情；年輕道士的心念等等，陸臺嘴角微翹，早已將一切盡收眼底。

陰陽家子弟，剖人心、看人心，本就是最拿手的本事。

陳平安對於這些感觸不深，只是依稀記住了那些微妙的神態和眼神，其中道理，尚未悟透。

人生的點點滴滴，到底不是書本上的文字。

一行人趕往飛鷹堡主樓。雖然陸臺說了那邊已經塵埃落定，並無傷亡，桓常、桓淑依舊戰戰兢兢，生怕一推開大門就是血流成河的畫面。

到了主樓那邊，桓常發現大門緊閉，使勁敲門，等了半天才有一個桓氏老人開門，桓氏老人見著了安然無恙的兄妹後，竟是當場老淚縱橫，結果嚇了桓常一大跳，以為父母遭了拂塵男子的毒手。聽了桓氏老人的一番解釋，桓常才知道那位陸仙師早早施展神通，將那位假冒太平山修士的妖人擊斃。

一時間，廳堂所有活下來的人，倍感恍若隔世。

桓常、桓淑並未發現，爹娘不在廳堂不說，當他們問起此事，所有人的眼神都有些游移不定。

陸臺懶得計較這些別人家裡的一地雞毛，只是帶著陳平安走向頂樓露臺。

堡主桓陽早已不在這座名稱奇異的上陽臺。

陸臺坐在欄杆上搖盪著雙腳，緩緩搖扇，鬢角飛揚。陳平安有樣學樣，摘下養劍葫蘆喝著烈酒，仰起頭，長吐出一口帶著酒氣的濁氣。

開始分贓，熟門熟路。

「先前跟馬萬法和竇紫芝一戰加上今天這場死戰，咱倆運氣真不錯，賺了不少。擱在以前，我一個人未必有這樣的收穫，我在家族裡頭，可是有個『撿寶大仙』的稱號。」

陳平安笑了笑，沒來由想起那個被譽為「福緣深厚，冠絕一洲」的神誥宗女冠。

「竇紫芝的那把法劍癡心，歸你，五嶽冠歸我。其實不能說歸我，算是我跟你買的。我不只會幫你修繕、煉化那條縛妖索，你先前提及的那件破損甲丸，就是在倒懸山靈芝齋購買的那件，你不是一直埋怨將甲冑拆分後裝在十五裡頭很占地方嗎，我可以無償幫你修復如新，讓它重新變作一顆兵家甲丸。你別管我是如何做到的，山人……自有妙計！」

陸臺笑容燦爛：「所以你可能還需要在飛鷹堡待上一段時間，不會太久就是了。剛好在這邊養好傷，再去尋找那座道觀。」

陳平安笑著點頭，遇上陸臺這種大戶，他陳平安才不會心軟。

陸臺緩緩道：「一頂上品法寶五嶽冠，我需要給你兩萬雪花錢，折算成穀雨錢，就是二十顆。追殺馬萬法和斬殺那拂塵修士，我其實也有收穫。我粗略計算了一下，應該需要再支付你兩萬雪花錢，還是二十顆穀雨錢。刻有『無憂』二字的拂塵長柄還不錯，你可以拿走，就當是一點小彩頭了。」

陳平安震驚道：「這麼多穀雨錢？」

陸臺始終眺望遠方，微笑道：「山上的神仙錢嘛，我還是有一些的，中土神洲的尋常元嬰地仙，都不敢跟我比家底。」

陳平安氣得直接一巴掌拍過去：「那你之前在倒懸山，還跟我哭什麼窮？陸臺你可以啊，挺會演戲啊？」

陸臺有些心虛，悻悻地道：「我那不是怕你沒有見色起意，卻會見財起意嗎？」

「見你大爺的財色！」

陳平安又是一巴掌甩過去，打得陸臺惱羞成怒，「陳平安，小心我翻臉啊！」

陳平安呵呵笑著，還是一巴掌。

陸臺眼波流轉，就要祭出撒手鐧，陳平安做了個要陸臺「打住」的手勢，然後喝了一口酒：「你繼續說。」

陸臺手掌一翻，掌中出現一只繡工精美的袋子，他將袋子遞給陳平安。

陳平安皺眉道：「幹嘛？」

陸臺笑道：「小玩意兒，送你的。打開看看吧，你一定喜歡。這是來歷比較特殊的一袋榆錢種子，回到家鄉後，你可以種在風水好一些的山上，一定要向陽，三年五載，說不定就會有意外之喜。」

陳平安雖然伸手接過了榆錢袋子，可還是說道：「先說清楚，不然就還你。」

陸臺便大略解釋了一通，陳平安聽完後笑得合不攏嘴，趕緊收了起來，什麼還還是不還的，只當沒說過。

原來這袋子榆錢十分神奇，而且最對陳平安的胃口。它們是中土神洲遠古仙家某棵榆樹的珍貴種子，因其外形圓薄如錢幣，故而得名。

它們諧音「餘錢」，因而民間就有吃了榆錢可以「餘錢」的說法，這個說法被大多數人認為是訛傳，其實是不得其法。只需要找到躲藏在榆錢裡的金黃精魅，先將其浸泡於酒甕中，醺醉後取出生吃，每年可額外增加銅錢收入。殷實之家，開春時分，為了討個彩頭都會開設「榆錢宴」，以求新年財源廣進。

這種有望細水長流的錢財收入，最讓陳平安喜歡。

陳平安在心底始終堅信，一份驟然而來的富貴要麼去也匆匆，要麼就是需要大毅力、付出大辛苦才能拿得住、守得住，例如榆錢這類不是特別扎眼的好處和收益，很能讓陳平安安心安。

陳平安得了好處，才開始賣乖，笑道：「會不會太珍貴了一點？」

陸臺以拇指和食指不斷打開、合攏竹扇，感慨道：「陳平安，上陽臺之行，我是在求道啊。『大道』二字，你知道有多重嗎？不過我覺得既然咱們是朋友了，不如就算了吧？不然我陸臺再富裕，傾家蕩產，還是掏不起這筆錢。咋樣？」

陳平安遞過去手中的養劍葫蘆，點頭笑道：「還能咋樣，就這樣！」

陸臺接過了酒壺，高高舉起，仰頭灌酒，養劍葫蘆離著臉龐有幾寸高，這酒喝得很豪邁。他抹了抹嘴，將酒壺還給陳平安：「該添酒了，回頭我讓飛鷹堡給你加滿。」

這種好事，陳平安當然不會拒絕。

陸臺突然無奈道：「為什麼都喜歡喝酒呢？酒有什麼好的。」

陳平安笑著不說話，只喝酒。

喝了酒，就敢想不敢想的，敢說不敢說的，敢做不敢做的。

之後一句光陰，陳平安依舊住在那棟小宅，只是再無陰物、鬼魅叨擾罷了。

陳平安偶爾會坐在院門口的臺階上，看著巷弄盡頭的那堵牆壁，想著那些身世可憐的鬼孩子，想著它們在這一世最後露出的笑臉。

陸臺在主樓那邊住下，偶爾會來這邊院子坐一坐，但是都待不久，很快就回去忙碌。一旬過後，陸臺拿回一顆修復如新的兵家甲丸，陳平安愛不釋手，而那條胳膊已經恢復，只是還不太使得上勁。除了這顆甲丸，陸臺還帶了一把雪白長鞘的狹刀，說是飛鷹堡桓家的報酬，陳平安如果不收下，桓氏會十分不安。

這一次陸臺忙裡偷閒，沒有著急離去，在院中給自己煮了一壺茶水，順便給陳平安提了一下這把狹刀的淵源。當年太平山那位元嬰地仙，為了鎮壓此地過於陰森的風水，饋贈了飛鷹堡的樵夫老祖一把佩刀，名為停雪。後世飛鷹堡子孫，就沒有誰有修道資質，一直只能將停雪當作擺設，暴殄天物。

陳平安清楚這把狹刀的珍貴，這多半是那位太平山陸地神仙的心愛之物。陸臺略作思量，便也不當那散財童子，將這把狹刀折算為二十顆穀雨錢，然後他丟給陳平安一袋子穀雨錢，正好是剩餘的二十枚。

再之後一句時間，陳平安每天就是走樁、練劍和睡覺，已經不再去看那堵牆壁，畢竟相逢離別都短暫，哪怕是生死大事，終究還是會慢慢釋懷，就像市井酒肆的一杯酒，滋味再好，難道還能讓人醉上數日不成？

這一句內，陸臺只來了一次，說他收了三名弟子——陶斜陽、一個名叫桓蔭的少年，還有個改換門庭的年輕道士黃尚。至於其中緣由，陸臺不願多說，只講了「不近惡，不知善」六個字，這句話是老調重彈，之前陸臺就在吞寶鯨提起過。

陸臺離去之前，說他可能真的要在這裡長久住下了，短時間內不會返回中土神洲。

當陸臺最後一次帶來那條縛妖索，陳平安已經修養得差不多了。

離別在即，都沒有什麼傷感。

一個懷揣著夢想，一個是大道之起始，沒理由太過傷春悲秋，於是就這麼幹乾脆脆地分別了，一個留在異鄉的飛鷹堡，一個背劍往北而行。

陸臺甚至沒有送行，只是站在那座上陽臺上，遠遠目送一襲白袍的陳平安緩緩離去。

他之前慫恿陳平安懸掛長劍癡心和狹刀停雪，如此便顯得很有江湖氣概，可惜陳平安沒上當，說他又不是開兵器鋪子的。

陸臺有些遺憾，如果陳平安真這麼做了，陸臺就可以光明正大笑話他一句傻了吧唧。

陳平安走出大門，走在大道上，忍不住回望了一眼飛鷹堡，卻不是看那陸臺，而是想起一事，覺得有些奇怪，最終搖搖頭，不再多想。

離開飛鷹堡的途中，他在街上與一個中年男子擦肩而過，陳平安明明記不得以前曾見過他，可是卻總覺得在哪裡見過。那憨厚男人也發現了陳平安的打量眼光，咧嘴一笑，有些羞赧，這人就是活脫脫一個市井漢子。

在陳平安遠離飛鷹堡後，四處逛蕩的質樸漢子輕輕一跺腳，千里河山，不再存在禁絕術法，不然先前那場雲海大戰引發的巨大動靜，扶乩宗不可能無動於衷。

陸臺趴在欄杆上，笑咪咪望著山河氣運的顛倒轉換，玄機重重。

不愧是他的傳道恩師，比起另外一位授業師父，還是要強出不少的。

在百里之外的一處山巔，陳平安在走樁間隙，不知為何，破天荒地有些懷念糖葫蘆的滋味，這讓陳平安覺得有些好笑。他想著如今家大業大，到了下一處市井城鎮，隨便找個賣糖葫蘆的攤販，買它個兩串，左手一串，右手一串！

根據神仙書《山海志》記載，桐葉洲多山神妖魅精怪，事實確實如此。哪怕陳平安大多時候，已經刻意繞開那些靈氣充沛的山水形勝之地，或是望之生畏的汙穢險要之境，有些時候還是會著了道。比如陳平安在一次深夜，望見一座燈火輝煌的小城鎮，陳平安手上並無地圖，想著需要補給食物，就順著燈火一路行去。地圖一向是王國的封禁之物，比兵器還要管束嚴格。

那座小城並無夜禁，但是有城門士卒查看通關文牒。陳平安順利入城後，找了一處尚未打烊的客棧入住，掌櫃卻搖頭擺手，說陳平安給的銀錢不對，他們這兒不收。各國有各國的制式銅錢這很正常，可是連真金白銀都不收就有些怪異了。好在掌櫃給陳平安指路，說有個地方可以將金銀折算成他們這邊的錢，換完之後再來客棧下榻便是。

於是陳平安找到了一間鋪子，櫃檯極高，幾乎有一人半高。陳平安入鄉隨俗，踩在一條小板凳上，用幾枚銀錠，換來了一堆通寶銅錢和一摞紙鈔。銅錢沉甸甸的，成色十足，陳平安見紙鈔上邊有正兒八經的朝廷和銀莊朱印，就沒有多想，回到客棧，交了錢，又給掌櫃看過了通關文牒。掌櫃一絲不苟地記錄在案，以備當地衙門的戶房胥吏查詢。

第二天陳平安準備出門，掌櫃還在那邊打算盤，笑著提醒陳平安這邊有個鄉俗，與人閒談，不可說一個「紙」字，例如紙上談兵、一紙空文等都萬萬說不得，不然給人打出城外，莫怪他沒提醒。

陳平安記在心裡，道謝之後，就去買了柴米油鹽和兩套衣服。回來在客棧吃飯時，他只覺得飯菜寡淡無味。之後他離開了城鎮，走出數十里後，遇上一場突如其來的大雨，陳平安站在一座山上破敗行亭躲雨，閒來無事，緩緩走樁練拳，結果看到驚人一幕——山腳那座城池，好似一攤爛泥，溶化在大雨之中。

陳平安趕緊掏出在小城鎮購買之物，以及那些銅錢和紙鈔，頓時頭皮發麻，竟然全是由白紙裁剪而成，如同活人在陽間燒給陰冥死人之物。

似乎有人被陳平安的窘態逗樂，在涼亭牆壁內哧哧而笑，聲音透過牆壁迴盪在亭內。

陳平安之前只是驚異小城鎮的匪夷所思，可不是真怕了這些神神怪怪，所以他很快緩了過來，只是坐在一根由深山老木打造而成的牆根長凳上，望向對面的那堵慘白牆壁，默默喝酒。

那個陰物猶然不知自己撞上了鐵板，更加故弄玄虛，假裝陰沉說道：「你不怕我？」

陳平安將養劍葫蘆別在腰間，站起身，緩緩走向那堵牆壁，「啪」的一下，直接在上邊貼了一張寶塔鎮妖符，裡邊立即響起了帶著哭腔的求饒聲響，嗓音似乎略帶稚氣。

陳平安沒有摘下那張黃色符紙，笑問道：「你說我怕不怕？」

那傢伙嚷嚷道：「我怕了、我怕了，都快要怕得活過來了！」

「出來吧，再躲躲藏藏，我可真要跟你不客氣了，跟我說一說，那座小鎮到底是怎麼回事。」陳平安摘下了鎮妖符，收入袖中，坐回原先位置。

從牆壁中走出一位心有餘悸的童子，身前、身後都繡有一塊官補子，只是不像世俗官服那樣色彩繽紛，只有黑白兩色。他畏畏縮縮站在牆根，望向對面坐著的神仙老爺，不但鞠躬，還古裡古怪地唱了一聲「喏」，自報身分。原來他是前朝敕封的土地爺，換了皇帝和國姓後，他就自動被劃入舊臣之列，沒了官身，本就微薄的道行，越發低微。

他生前是一名封疆大吏的心愛幼子，死後未過頭七，有一位雲遊神仙路過，進入靈堂幫著他父親運作了一番，他便成了一個品秩不入流的土地爺，香火頗旺。後來山河變色，一切成了過眼雲煙。

陳平安向這個沒了朝廷正統的土地爺問了些紙人小鎮的淵源。原來當初萬餘小鎮居民在一夜之間，死於一場彷彿天災的巨大人禍，朝廷為了防止人心惶恐，下令周邊州郡封堵消息，還請了佛門高僧前來做了一場法事，才沒有使此鎮演變成一處凶險的陰煞之地。

陳平安詢問暴雨之後小鎮怎麼辦，童子笑著說無妨，只要天氣晴上幾天，就會恢復原狀。陳平安便蹲在地上，面朝小鎮，在行亭內燒了那些紙錢、紙衣。

童子蹲在一旁，唏噓道：「這位神仙老爺，不承想還是個大善人。」

陳平安一笑置之。他順便跟這個童子問了方圓千里的山水形勢，是否有仙家門第或是渡口，童子一一作答，並無藏掖。童子說北邊約莫離此處八百里，確實有妖魔作祟，占山為王。這個妖魔倒也不常做那強擄樵夫山民的勾當，山上、山下還算安穩，少有百姓遭殃的傳聞。妖魔聲勢鼎盛之際，好些山上鍊氣士都要繞路，只是後來遭了一場變故，便沉寂下來，聽說山上只有三、兩隻小貓小狗，不成氣候了。真相如何，不好說，外邊的傳聞五花八門，有說是扶乩宗的仙師覺得礙眼，也有說是佛門行者在那邊落腳，有妖精不長眼，惹得佛家高人金剛怒目，才有此一劫。

亭子內有些枯枝，在童子的幫助下，陳平安將枯枝攏在一起，點燃火摺子，一人一怪在篝火旁蹲著。

童子雖然瞧著臉龐稚嫩，實則已經存活了五百年，他對陳平安解釋道：「之所以那座山頭的妖魔會兔子不吃窩邊草，除了那個山大王脾氣相對溫和之外，麾下眾多暴戾之輩，也怕名聲臭了，讓人談虎色變，十傳百、百傳千，萬一惹來吃飽了撐著沒事做的仙家子弟貪圖那斬妖除魔的世俗名聲，可如何是好？」

陳平安點點頭。

童子將兩隻手掌靠近火堆，呵呵笑道：「殺還是不殺？殺了小的，來個大的，殺了大的，再來個老的。哪怕有本事來兩個殺一雙，來三個全殺光，都給殺了，鬧大了，當地官府上報朝廷，皇帝老爺覺得丟了顏面，可不就要去懇請仙師出山？」

童子無奈道：「最是煩人。」

陳平安笑道：「若非如此，早就亂成一鍋粥了，山下的老百姓還怎麼活。只說那座小鎮，死了萬餘人，他們在外鄉的親戚朋友會如何想？一夜之間，所有人就這麼沒了，活著的人，也會害怕的。」

童子愣了愣，似乎從未想過這個問題。童子又說了些附近的趣聞趣事，多是他道聽塗說而來，畢竟數百年光陰，總得找點樂子打發時光才行。

大雨停歇之後，陳平安跟這個小小的土地公告別，繼續趕路，只剩下童子站在行亭外邊喃喃自語。

陳平安又路過一座荒塚，有一夥進京趕考的寒士書生，站在一座大墳之前，露出自慚形穢和嘆為觀止的神色。他看到從墳塋之間，躥出兩隻雪白狐狸，學人作揖。還有幾頭年幼一些的狐狸，趴在墳塋上頭，竊竊而笑，眉眼間有些靈氣，充滿了憧憬和嬌羞，半點不像什麼凶惡的妖魅，反而像是饞嘴的稚童，那些讀書人紛紛還禮。

陳平安看得一陣好笑，他知道這必然是狐妖作祟，在蠱惑人心。不過陳平安並不太擔憂，世間狐妖，無論是哪個洲的，都往往不會行殘暴之舉，它們自古天生親近人族，更多還是為了破開情關，提升境界和修為，所以陳平安沒有當場揭穿，讓那些書生發現眼前的高門華屋，其實只是一座墳墓而已，陳平安只是悄悄守在墳旁。

果然第二天，那些書生就安然離開那座豪門府邸，人人喜不勝收，只覺得碰上好一場豔遇，不枉此生。

陳平安笑著離去。

三百里之後，陳平安到了一個名為北晉的小國。他在路過一座城池的時候，剛好碰到集市，還真買了兩串糖葫蘆。他先前聽說北晉國的如去寺名氣很大，與中有一塊大石，相傳為一位菩薩的悟道之址，被稱為石蓮臺，巨石長凳皆五丈，可以容數百人，而一人就能讓其晃動，沒人能夠解釋原理。北晉皇帝西巡，親自試了後，龍顏大悅，使得如去寺名聲大噪。

陳平安問了好幾個人，竟然人人都說不知道什麼是如去寺，陳平安這才想起來，童子說此事，應該是發生在兩百年前。

人間兩百年，足夠改變很多事情。

陳平安猶豫了一下，還是堅持不懈，直到跟人問出了如去寺的遺址才甘休。他去了一趟如去寺，寺中荒草叢生，既無人氣也無妖氣，暮氣沉沉。

夕陽裡，陳平安找到了一塊巨石，看不出什麼奇異之處。

陳平安吃完最後一顆糖葫蘆，丟了竹籤，轉身離去。在陳平安走出寺廟破敗大門後，那塊巨石之頂，有個小人兒探頭探腦地從石頭中冒出來，它坐在石頭上，默默無言。

原來這座蓮臺會搖晃的真相，是因為巨石孕育出了一個身為土石精魅的「小蓮花人兒」，它喜歡躲起來咯咯偷笑，每次有人嘗試搖晃巨石，它就立即興致勃勃，左搖右擺，巨石便隨它晃動，於是讓人誤解。只是有一天，它覺得有些無趣了，石蓮臺的搖晃就開始「時靈時不靈」了，最後澈底「不動如山」。原來是它離開了石蓮臺，想要去遠方找尋同伴，年復一年的獨自一人，讓它覺得孤單了。

它接連找到了兩個夥伴——一條蛇精、一頭獐子精。赤子之心的「小蓮花人兒」被它們分別騙去了一條「雲根、土精兩者凝聚」的小胳膊、一瓣乘黃蓮葉，但是它始終堅持尋找夥伴。最後它終於找到了一個不跟它索要任何東西的花精，它帶著花精回到石蓮臺，一起玩耍，一起戲弄那些遊客，但是某天它睡覺醒來，發現石蓮臺的靈氣都沒有了，一點都沒有剩下，花精也不見了。

失去靈性的石蓮臺再度無人問津，最後澈底被遺忘，只剩下一個獨臂的小精魄經常坐在石臺邊緣，哼唱著鄉謠，輕輕搖晃腳丫。

它偶爾會有些傷感，因為它不知道那三個夥伴，如今過得好不好。如果過得不好，為什麼不來見自己呢？它會安慰它們的呀。如果過得好，為什麼還是不來見自己呢？它會替它們高興啊。

它想不明白。

小傢伙突然轉過頭，發現那個穿著一身雪白長袍的外鄉人，就坐在石頭另外一邊，對著夕陽喝著酒。發現自己的注視後，他便對它笑了笑，嚇得小傢伙趕緊起身，一個蹦跳，身形直接沒入巨石。

陳平安哈哈大笑，跳下石頭，真正離開這座如去寺，不再逗弄那個小精魅。

小傢伙在石中躲了半天，才鬼鬼祟祟地出現，四處張望一番，確定那人已經不在後，這才來到那人坐著的地方。它驀然瞪大眼睛，發現了一枚靈氣縈繞的錢幣。世間精魅，大多喜好山上神仙錢，以此為食。

放下一枚雪花錢，陳平安不過是隨手之舉。陳平安離開城池，走出官道，剛剛入山，就發現小路前方站著一個淚眼婆娑的小東西。小東西一手緊緊摟著那枚相較它而言十分龐大的雪花錢，看著陳平安，好像既忐忑，又高興。

陳平安緩緩走過去，小傢伙生性膽小，瞬間在道路上消失不見，就這樣反復了幾次，小傢伙尾隨陳平安走了近百里山路。

陳平安也不主動接近它，由著它不遠不近地跟著自己，一大一小就這麼同行。

到了童子所說的那座深山老林，果真山勢險峻，陳平安在即將走出山頭地界的時候，遇上了一個好像發了瘋的小妖精。

小妖精衣衫襤褸，蹣跚而行，喃喃重複著一句傷心話：「這等心腸，如何成的佛？如何成的佛……」

小妖精嚇得小傢伙顧不得什麼，一路飛奔，躲在了陳平安的腳邊。

在那之後，小傢伙就徹底沒了戒心，要麼就在陳平安身邊活蹦亂跳，要麼就蹲坐在陳平安的肩頭。

後來陳平安帶著這個不會說話的新夥伴，途經一個戰事不斷的國家，生靈塗炭，逼得一幫豪傑落草為寇，占山為王，立起了一杆大旗。陳平安一路所聞，都是這三十六條好漢的英雄事蹟，說他們是如何的豪氣干雲、武藝高超，一個個力拔山河。

陳平安自然不會全信，但是也想著有機會的話，就去那座山頭瞅瞅，見一見英雄，哪怕人家未必願意與自己同桌喝酒，遠遠地沾一沾俠氣，也是好的。

結果陳平安慕名而去，就遇上了一座賣人肉包子的黑店。陳平安見同行的幾個行腳商賈暈厥過去，便也假裝昏迷給人五花大綁到了鋪子後邊，丟在了大長條的豬肉案板上，然後就有店夥計拎著剔骨刀，打著哈欠朝他們走來。

在附近一座州城裡邊，劊子手正要對一個大寇行刑，竟然有數十人劫法場，尤其是一個大漢手持雙斧一路砍殺過去，殺得興起，哈哈大笑。無論是看熱鬧的百姓，還是官兵，悉數被一板斧砍成兩半。大漢被一個五短身材的黝黑漢子教訓了一番，這才悻悻地罷手，臊眉耷眼，沒了半點煞氣。

那黝黑男人看了眼壯漢，揮揮手讓他離開。男人環顧四周，臉上除了疲憊，更多的還是欣慰和快意。方才對那雙斧壯漢的一通訓斥，他說得疾言厲色，可是這會兒望向這員心腹大將的背影，他眼角帶笑。

這一行人在法場成功救了人，不遠處有人早早備好了馬匹，他們策馬狂奔，火速離開亂哄哄的州城，官兵竟是不敢出城追捕。

而後眾人翻身下馬，意氣風發，在大笑聲中陸續走入自家鋪子，卻發現店鋪內沒了熟悉的那對夫婦，只有一個白衣少年，他身前的酒桌上，擱著一把長劍，劍氣森森。

不過一炷香工夫，陳平安就離開了鋪子。

身後的鋪子裡邊，有人死、有人活，都是世人眼中的英雄好漢，確實人人都死得毫不含糊，死到臨頭，依舊豪氣干雲。

活下來的那撥人，多是從頭到尾沉默寡言，或是受了一點傷就主動收手。他們既沒有口出狂言，眼神之中，也沒有太多要報仇雪恨的意味，反而有一種茫然，好像在說，人生已經如此，就只能如此了。

陳平安不管這些。

離開鋪子，陳平安發現路邊駿馬扎堆，他想了想，從路邊牽了一匹高頭大馬，翻身上馬，竟是十分嫻熟。

先是晃晃悠悠，之後便是縱馬江湖。

陳平安沒有想到這趟江湖一走，就走了半年，這不是因為尋找那座觀道觀的路途太過遙遠，而是陳平安按照背後長氣的指示，在一座雄偉城池之中兜兜轉轉，原地打轉，耗費了足足三個月時間，也未能找到所謂的觀道觀。

在這座南苑國京城之中，陳平安問遍了販夫走卒、江湖武人、鏢局頭領、衙門官吏等各色人物，他們都不曾聽說有過什麼道觀。陳平安翻閱了各種史籍、縣誌和私人筆箚，仍是沒有任何線索，唯一的收穫，大概就是陳平安已經可以流利地說一口南苑國官話了。

就這樣，從暮秋走到了鵝毛大雪，走到了淅淅瀝瀝的春雨，一直等到立夏的到來，陳平安才確定，觀道觀的入口就在這座京城，可始終不得其門而入。

哪怕心志堅定如陳平安也開始有些動搖和煩躁。

在這期間，陳平安多有古怪見聞，他見到了在夜間飄蕩懸浮的一襲青色衣裙，如佳人般翩翩起舞，大袖如流水。

有一次他無意間看破了一道障眼法，見到了骸骨相撐拄的一段內城城牆，每一塊青磚上都刻上了佛家經文。

他還遇上了在寶瓶洲不易見到的僧侶。佛學在南苑國風靡朝野，各地寺廟林立。陳平安知道了僧人諸多袈裟的講究，以及誦經僧、講經僧、傳法僧和護法僧之間的種種不同。

有一次他離開京城，出去透透氣，遠遠跟隨一撥身負朝廷密令的僧人，去了一個廝殺慘烈的戰場。陳平安親眼目睹百餘名誦經僧端坐於蓮花蒲團之上，數名誦經僧脫了靴子，赤腳行走，低頭合十，雙腳行走之時，以及嘴唇開合之際，便有朵朵雪白蓮花生出。僧人皆以一串念珠纏繞手掌，若是有厲鬼糾纏，就會被念珠散發出來的金色光澤擊退。

念珠金光湛然，僧人寶相莊嚴，步步生出蓮花，牽引著那數萬怨氣沖天的亡魂，跟隨他們一起走入陰陽接壤的「鬼門關」。

陳平安便坐在遠處，學著僧人雙手合十，低頭不語。

返回京城後，陳平安還是尋找不到觀道觀。就在陳平安一咬牙準備暗中去往皇宮時，這一天烈日當空，陳平安來到一口水井旁邊，低頭望去，水井深不見底，幽暗無光。

陳平安看了一會兒，實在看不出門道，便收回視線，繼續逛蕩起來。

他回望一眼水井，方才站在那邊，似乎有些清涼意味。

自從跟大隋供奉蔡京神一戰後，崔東山就贏得了一個蔡家老祖宗的便宜頭銜，這個頭銜在山崖書院很吃香，加上崔東山當下的皮囊，風神俊逸，實在討喜。

崔東山可以在書院中隨意走動，他的身邊總是跟著一個名叫謝謝的貼身婢女。今天兩人旁聽了葛老夫子的一堂經義課程，聽了一半，趴在外邊窗臺上的崔東山就睡著了，謝謝站在一旁，不敢打攪自家公子的春秋大夢，害得屋內學生個個忍著笑，十分辛苦。

葛老夫子恨不得幾戒尺打得那崔東山滿頭是包，可一想到連累家族一起遷出京城的蔡京神，老夫子就忍住了心中憤懣，想著回頭一定要跟副山長茅小冬說道說道，以後不准崔東山靠近自己的課堂。

崔東山打了個哆嗦，像是做了噩夢，睜開眼後，好半天才緩過神，然後他大搖大擺地帶著婢女謝謝返回住處。

等到謝謝關上院門，崔東山脫了靴子跨過門檻，一揮大袖，霧靄升騰，最終浮現出一幅寶瓶洲的山河形勢圖。崔東山一手環胸，一手捏著下巴，站在地圖上寶瓶洲最北端的大隋處，視線往南移，越過黃庭國、大隋，停留在中部的觀湖書院、彩衣國和梳水國一帶，他突然趴在地上，左右張望。

謝謝斜坐在門檻上，這幅一洲山河圖幾乎占據了整間屋子，她進去肯定要挨罵，挨打都有可能。

崔東山一直趴在那邊，隨口問道：「妳說現在大隋國境內，廟堂江湖，山上、山下，有沒有人大罵皇帝，是不戰求饒、割地求和的昏君？」

謝謝老老實實回答道：「外邊的事情，我不知道，在書院裡頭，出身大隋的夫子們，大多愁眉不展，唉聲嘆氣，倒是不曾聽說有人開口謾罵。」

崔東山爬起身，笑咪咪道：「讀書人有一好，不罵君王，只罵奸臣、權宦、狐狸精、外戚，罵天罵地罵他娘的……當然了，事無絕對，敢罵皇帝的肯定有，可罵得好的，一針見血的，很少。」

謝謝已經習慣了跟崔東山相處，敷衍道：「公子高見。」

她是真的敷衍，毫不掩飾的那種，別說是崔東山，就是李槐這種不長心眼的，都能夠一眼看穿，但是崔東山恰恰對此並不介意。

崔東山雙手叉腰，張開嘴，猛然一吸，將那幅地圖的霧靄全部鯨吞入腹，然後崔東山抬起雙手，張牙舞爪，咧嘴做猛虎咆哮狀，看得謝謝嘴角抽搐。

崔東山拍了拍袖子，洋洋自得：「真是氣吞萬里如虎，了不得，了不得。」

侍女謝謝只恨自己不敢翻白眼，她轉頭望向院子高牆那邊，不管大隋朝野如何暗流湧動，這座東山和書院，又度過了一個太平無事的日子。

一條金色絲線從院外驟然而至，無聲無息，快若閃電！

雖然極其細微，甚至不如女子謝謝的一根青絲，可是在這根纖纖金絲憑空出現後，在氣候轉涼的晚秋時節，整個院子的溫度隨即升高，讓人如同置身於炎炎夏日。

謝謝瞠目結舌，根本來不及反應。她腦海中一片空白，雖然院內氣溫灼熱，可是謝謝渾身冰涼，僵硬轉頭，只見那崔東山的眉心恰好被金色絲線一穿而過，向後轟然倒地。

必然是一位陸地神仙的刺殺手段！

遠處，一個滄桑嗓音快意響起：「妖人亂國，死不足惜！」

更遠處，身為此方小天地主人的副山長茅小冬怒喝道：「膽敢在書院行凶！」

謝謝眼神呆滯，依然保持斜坐於門檻的姿勢，望著那個倒地不起的白衣少年——他就這麼死了？

肩膀被人輕輕一拍，謝謝驀然驚醒，她身體緊繃，轉頭望去的同時，就要反手一掌拍去，但是謝謝匆忙收手，一副白日見鬼的神情。

原來崔東山就站在她眼前，彎腰與她對視。他瞇起眼，一手負後，一手輕輕伸出手指在謝謝額頭上一點，將她向屋內推倒。

謝謝的身軀已經仰頭倒在地板上，其縹緲魂魄卻留在了原地，她被崔東山以蠻橫祕術強行分離身魂，經不住陽氣摧折的絲絲縷縷魂魄，馬上就要消散。

崔東山打量著謝謝的魂魄，最終在她的某座氣府發現了異樣，笑著說了一句「跟我捉迷藏，嫩了點吧」。只見他如棋士雙指撚子，從謝謝魂魄之中抓取出一粒墨綠色的光點，將其在指縫間隨意捏爆。謝謝的體魄被神魂牽引，已經失去感知的那具嬌軀，如砧板上的魚使勁蹦跳了一下。

崔東山一巴掌打在謝謝魂魄的「臉上」，笑罵道：「成事不足敗、事有餘的玩意兒，滾回去。」

神魂歸位，謝謝緩緩醒來，頭疼欲裂，她掙扎著坐起身，一手撐地，一手摀住額頭，痛得她滿臉淚水。

崔東山大步跨入門檻，彎腰撿起屋內一張品秩極高的替身傀儡符，用手指撮成灰燼，轉頭笑道：「茅小冬，這你能忍？人家都在你家裡拉屎、撒尿了！」

追殺途中的茅小冬，其冷笑的嗓音遙遙傳入小院：「對，你就是那坨屎！」

崔東山嘿嘿笑道：「我要是一坨屎，那咱們山崖書院，豈不是成了一間茅廁？」

謝謝一言不發。崔東山也懶得跟她解釋其中凶險和玄妙，盤腿坐下，皺眉沉思。

為何觀湖書院如此隱忍？

大驪鐵騎南下之行，過於順遂了點，這和他當年的預期嚴重不符。依照原本的謀劃，大驪鐵騎最少要經歷四場艱苦大戰，一場在中部附近的世俗王朝，一場跟觀湖書院撕破臉皮，一場跟南寶瓶洲的白霜王朝，一場跟寶瓶洲南方的山上勢力。

難道寶瓶洲悄悄湧入了許多除大驪墨家之外的勢力？只可惜如今自己已經不是大驪國

師，許多最山頂的內幕消息已經無法獲得，連下棋人是誰，棋風如何，全都抓瞎。

崔東山突然問道：「有沒有想過在大驪龍泉扎根？」

謝謝搖搖頭：「不曾想過。」

高大老人茅小冬大步走入院子：「是個不知來歷的元嬰修士，給他跑了。」

崔東山根本不在意，笑道：「這次不過是試探而已，你還是小心書院的夫子、學生吧。世上總有些自以為是的『好人』，覺得世道，都得按照他們的想法去運轉。一旦山崖書院和大隋京城對立起來，高氏和宋氏的兩場山盟因此作廢也不是沒有可能。」

茅小冬皺眉道：「真要封山？」

崔東山冷笑道：「怎麼，覺得沒面子？」

茅小冬下定決心，轉身就走。

崔東山笑道：「茅小冬，如果你說一句，自己就是一坨屎，出了事情，我可以出手幫助書院。」

茅小冬轉過頭，面無表情道：「我是一坨屎。」

崔東山悻悻地道：「如果我說自己是兩坨屎，可不可以收回之前的話，然後舒舒服服隔岸觀火？」

老人扯了扯嘴角，撂下「不行」二字，就快速離去。

崔東山哀嘆一聲，向後「砰」的一聲倒地，併攏雙指在他身前立起，他嘟嘟囔囔著「急急如律令」，就這麼在屋內翻來滾去。

謝謝輕輕擦拭額頭的汗水。

崔東山停下幼稚行徑，挺屍一般躺在地板上，卻說起了更加幼稚的言語：「先生，你什麼時候回來啊，弟子給人欺負了。」

謝謝無可奈何。

崔東山抬了抬腦袋，問道：「是不是覺得妳家公子在說笑話？」

謝謝猶豫了一下，點了點頭。

崔東山側身而躺，單手托著腦袋，嗤笑道：「有陳平安在，不管他修為高不高，我只需要出力就行了，對了不挨罵，錯了挨罵，反正不用多想。妳呢，可以少挨我的打。于祿這麼個沒心沒肺的，看熱鬧就行了。林守一，會更加轉向修道。李槐嘛，膽子小，就更有理由膽小了，反正有陳平安護著他。」

「所有心事，反正都由我這位先生擔著呢。」崔東山懶洋洋的，不再言語。

謝謝有些好奇，崔東山好像漏了一個喜歡穿紅色衣裳的小姑娘。

崔東山嘆息了一聲：「大概就只有小寶瓶，會心疼我家先生吧。」

崔東山「哎喲」一聲，又開始滿地打滾，他手捧心口，嚷嚷著「一想到這個，就心疼死我了」。

山崖書院在經過那樁短暫的刺殺風波後，在副山長茅小冬的執意要求下，開始封禁山門，無論是夫子先生還是學生雜役，一律不得外出。名義上的山長——大隋禮部尚書，對此頗有異議，但是皇帝陛下支持此事，而且他還祕密增派了幾位供奉，隱匿於東山附近，還讓皇子高煊正式進入書院求學。

這天高煊又陪著好友于祿，一起在湖邊垂釣。

隨著時間的推移，于祿終於對高煊坦誠相見，一是他的身分——盧氏王朝前朝太子，二是他的武道修為——七境，高煊聽過之後只是發出兩聲，一個「哦」，一個「哇」。

大隋皇子當時眼中熠熠生輝，為自己挑選朋友的眼光感到自豪。

高煊投桃報李，也對于祿說了許多自家的心酸事，與女子相處，總是希望自己盡善盡美，其實未必是真喜歡她；與男子交往，對方能夠全然不在乎自己的缺點，以誠相待，多半是真把他當朋友了。

兩個同齡人，一人一根綠竹魚竿，安靜等待魚兒上鉤，高煊問道：「之前你不是說過寶瓶會召開武林大會嗎？為何我進了書院這麼久，也沒見你去參加？」

于祿微笑道：「寶瓶辦了三次，之後就不再召集群雄了，其他人不好說，反正我是有些失落的。」

高煊指了指岸邊小路，笑道：「李槐在那邊。」

于祿沒有轉頭望去。根本不用看，就知道李槐一定帶著兩個小夥伴在瘋玩。這兩人一個是活潑開朗、有些頑劣的寒族子弟，一個是世代簪纓卻怯懦內斂的權貴公孫。三人不知怎麼就湊在了一起，每天形影不離，據說在那個寒族子弟的提議下，三個小傢伙還斬雞頭燒黃紙，結拜為兄弟。所謂雞頭，不過是從樹上捉來的鳥雀，黃紙則是從書樓典籍上悄悄撕下的書頁，事情敗露後，三人還因此被授業先生打得屁股開花。

三人在湖邊以手中樹枝作為刀劍，你來我往，呼嘯而過。李槐自然見到了岸邊釣魚的于祿，只是他猶豫了一下，沒有跟于祿打招呼。若是林守一，李槐可能還會去聊幾句，對于祿和謝謝，李槐不是特別親近。

當年那支大隋遠遊求學的隊伍中，李槐、李寶瓶、林守一既是同窗又是同鄉，他們的情誼，比他與于祿、謝謝的情誼要更重。

林守一如今去書樓的次數少了，除了每天上課，更多的還是待在獨門獨棟的小院中修行。這間院子是一位德高望重的老夫子幫他跟書院要來的，老先生是修行中人，願意對林守一傾囊相授，不僅為他解釋林守一隨身攜帶的那本《雲上琅琅書》的諸多精妙之處，還給小院帶來了幾本自家珍藏的仙家祕笈。

老夫子一有時間就會來到小院，為林守一排難解惑。

一老一少，雖無師徒之名，但有師徒之實。

林守一除了學習枯燥的典籍經義，其更多的心思，還是放在了清淨修行上。

一心問道。

寒秋瑟瑟，書院裡的那個小姑娘，將單薄的紅色衣裙，換成了厚重一些的紅色衣裙，至於棉襖，暫時還用不上。

她還是經常獨自一人，來到東山之巔的高樹上，坐在那邊發呆或是吃些解饞的糕點。課業繁複的時候，她也會拿著書籍坐在樹枝上背書，免得第二天又要被先生罰抄。好在她稍有空閒，就會早早備好罰抄用的文章抄錄，一摞摞疊放整齊，已經在學舍積攢了好多，所以她如今在山崖書院有了個「抄書姑娘」的綽號。

今天，李寶瓶在樹上晃蕩著腳丫，掰著手指頭，用心算著自己跟小師叔離別了多久。

『都這麼久了，小師叔怎麼還不來呢？』李寶瓶有些眼神幽幽。

『哈哈，既然已經過了這麼久，是不是意味著距離他們下次見面，便近了？』李寶瓶又開心了起來，於是紅衣小姑娘站起身在樹枝上蹦躂起來，盡量讓自己高高遠遠地望去。說不定一個不小心，小師叔就已經站在山腳呢？

「啪嗒」一下，李寶瓶摔在了地上，灰頭土臉，一身塵土。

好在她經驗豐富，曉得如何讓自己摔得不疼一些。她並未受傷，不過還是一身的酸疼青腫。

齜牙咧嘴的小姑娘趕緊環顧四周，發現沒有人看到自己的窘態這才蹣跚著走下山去。一路上有不少人主動跟她打招呼，李寶瓶一一回應。

李寶瓶回到了學舍，閒來無事，又開始抄書，她瞥了一眼書桌上的「家當」，燦爛一笑。『嘿，下次小師叔來到大隋京城，她就可以翹課一旬了，事後夫子秋後算帳，她就搬出這座書山給他。』

李寶瓶越想越覺得自己聰明，一手執筆嫻熟抄書，一手伸出大拇指，兩眼放光，嘖嘖道：「不愧是武林盟主，老霸氣了！」

龍泉郡落魄山上，很少外出的青衣小童，在收到一封信後，先去小鎮自信滿滿地回了一封信，然後破天荒去了趟披雲山，去大驪北嶽殿找那魏檗。但是他回到竹樓後，粉裙女童發現他的興致不高，雖然不知道他所求何事，應該是不太順利。

青衣小童不願跟她發牢騷，只是獨自在崖畔長吁短嘆。他很快就恢復了昂揚鬥志，又下山去了一趟小鎮，硬著頭皮逛了縣衙和窯務督造府，回來的時候又病懨懨的，隔了兩天再去了趟北邊大山外新建成的龍泉郡城，找了郡守吳鳶。

青衣小童這番忙前忙後，粉裙女童看得一頭霧水。雖然他平日裡沒個正經，可她知道他心高氣傲著呢，那叫一個眼高於頂，以往他連魏檗都看不順眼。別看遇上了魏大山神他十分諂媚，溜鬚拍馬之後，轉頭就會吐口水，更別提什麼袁縣令、曹督造和吳郡守了。

粉裙女童忍不住問了一嘴，他只說「妳一個丫頭片子懂個屁」，然後搬了把竹椅，獨自坐在崖畔那邊。

終於有一天，青衣小童重新開始走路帶風，大搖大擺。

粉裙女童怕他又嫌棄自己煩人，忍著不問。青衣小童這次心情大好，主動搬了兩把竹椅到屋簷下，蹺著二郎腿嗑瓜子。

粉裙女童心想，怕不是傻了吧？

青衣小童意氣風發，笑道：「水神兄弟託付我的事情，辦成了！我已經往黃庭國御江水神廟寄了封信！」

粉裙女童愕然道：「那御江水神要你辦什麼事情？」

青衣小童咧嘴笑道：「這不是黃庭國變成了大驪的藩屬國嘛，水神兄弟聽說我在大驪混得風生水起，想讓我幫他牽線搭橋。除了保證他的水神廟不被拆掉之外，最好能夠跟大驪要一塊太平無事牌。這點雞毛蒜皮的小事算什麼？這不就成了？」

原來是御江水神從黃庭國寄信過來，請他辦事，青衣小童當即便在信上言之鑿鑿，說了好些大話。他說水神兄弟只管放心，些許小事，不值一提，等他的好消息便是。

粉裙女童心中腹誹，小事？之前你一天到晚抓耳撓腮，一副生無可戀的模樣算什麼？再說了，你怎麼好意思說自己在龍泉這邊混得風生水起，就連勤勉修行，都只是為了被人兩拳打死。估計你每次壯著膽子下山，都是戰戰兢兢的吧。

粉裙女童輕聲問道：「是魏山神幫你解決的？」

青衣小童臉色微變，笑容有些牽強，故作豪邁道：「那當然，我跟魏檗啥關係，都這麼熟了，每天稱兄道弟的，這點小忙而已，魏檗哪裡敢說個不字。我第一次登上披雲山拜訪北嶽殿，只是老魏剛有事外出。妳是不知道，北嶽殿的輔官神靈對我那個客氣，擺了一大桌酒席款待我，我說不用，他們硬是拖著我不讓我下山。唉，愁死個人……」

粉裙女童沒有說什麼，她只是不願意揭穿而已，畢竟他那麼死要面子。

青衣小童說得唾沫四濺，眉飛色舞，只是說到最後，便沒了精氣神，乾脆不再說話，默默嗑著瓜子。

第二次見面，魏檗確實點頭答應了，以北嶽正神的身分，跟大驪朝廷開口，幫他那個御江水神兄弟，索要了兩張護身符，但是他付出了一點代價，作為交換——陳平安送給他的一顆上等蛇膽石。

青衣小童很肉疼，但是不後悔。

他突然笑了起來，伸出手，指向南方：「笨妞兒，以後到了御江，我帶妳去我那水神兄弟的府邸，大碗喝酒，大塊吃肉，好教妳曉得我在那邊的人緣，到底有多好！只因為是我帶妳去的，人人都會敬妳！」

粉裙女童無言以對，她無意間瞥見他的臉色，神采飛揚，便有些於心不忍，輕聲道：「好的，記得不要大魚大肉啊，我吃些時令山珍就行了。」

青衣小童哈哈大笑：「這有何難，我一句話的事情！」

兩人開始沉默。

他突然說道：「如果老爺在山上，我應該可以少跑幾趟，對吧？」

粉裙女童輕輕「嗯」了一聲。

西邊那座大山山腳，董水井的餛飩攤子的生意越來越好，來山神廟燒香的善男信女都愛來這邊吃一碗，解乏飽肚，一舉兩得。生意做大了，攤子就太小了，於是董水井乾脆搭起了一間鋪子。如此一來，碰上惡劣的風雨天氣，也能讓客人一邊進餐，一邊等雨停。

這個少年好說話，客人不掏錢吃餛飩，只是拿店鋪當落腳歇息的行亭，他不趕人，還會讓新僱用的兩名店夥計，送上熱騰騰的一碗茶水。

鋪子開銷大了，可是每一碗餛飩的價格始終不漲，味道也始終不變，以致龍泉郡的幾位官老爺都聞訊趕來，例如官帽子最大的太守吳鳶也在鋪子裡吃了碗香氣撲鼻的餛飩，並對餛飩讚不絕口。

這天傍晚，鋪子打烊在即，董水井讓店夥計招呼著稀稀疏疏的幾桌客人，筋疲力盡的他難得忙裡偷閒，坐在鋪子門口，端了一碗茶水，慢慢喝著。

董水井猛然起身，趕緊喝完剩下的茶水，快步向前走去。

從山上走下一夥人，其中有一張熟悉面孔，她應該是跟著家裡長輩登山燒香，這會兒才下山，看天色，他們多半是要住在龍泉郡城裡頭了。

董水井笑著打招呼，朝那幾個大人，喊了叔伯嬸嬸，然後望向那名個子稍微高了些的丫頭，問道：「石春嘉，什麼時候回來的？」

如今，小姑娘不再紮羊角辮了。石春嘉當初跟隨李寶瓶、董水井他們一起經歷了一場驚心動魄的短暫遠遊，回到小鎮後，這些孩子便分成三撥人，分道揚鑣，各有選擇。

李寶瓶、李槐和林守一，跟著陳平安去往大隋求學。董水井留在小鎮，上了一段時間的學塾，很快就離開。他將小鎮上的兩棟祖宅，留一棟、賣一棟，在郡城買了半條街的高門豪宅，又將剩下的銀錢作為本錢，獨自做起了買賣。石春嘉一家賣了騎龍巷的那間祖傳鋪子，她跟隨家族搬去了大隋京城，不知道這次回到故鄉，是為了祭祖還是怎的。

石嘉春的爹娘只是聽說過董水井，卻不曾見過，他們看女兒對董水井念念不忘，就勢說要吃幾碗餛飩。董水井親自下廚，親自將餛飩遞上桌後，和石嘉春一家寒暄了兩句就回到櫃檯後邊。石嘉春潦草吃完，就起身跑到董水井身邊，小聲詢問有無寶瓶的消息。董水井只是將陳平安說過的一些事情，複述了一遍，石嘉春豎起耳朵，一個字都不願意錯過。

董水井眼觀六路，瞧著那邊餛飩都快吃完了，看似隨意地問道：「這次回來，是要住下嗎？」

石嘉春點頭道：「聽說這邊的新學塾，是龍尾溪陳氏創辦的。我爺爺便讓我和爹娘回來了，反正鋪子賣了，但是祖宅還在，有地兒住。」

董水井點點頭。最後他還是跟石嘉春他們收了錢，只不過每碗都少收了些。

石嘉春是個性情直爽的丫頭，見董水井這傢伙竟敢收錢，狠狠瞪了眼這個掉錢眼裡的同窗。

董水井微微一笑，不以為意。他目送他們離去，知道以後見面的機會，多著呢。

做生意，熟人登門，絕不可以殺熟，但是也不可以不收錢，不賺不虧，是最好的，否則越做就越沒朋友。

你次次虧本，那人還喜歡時時登門，證明對方不把你當朋友。你次次賺得比平時多，那就更清楚了，你根本不曾將那人當作朋友。若是這般，反而爽利；若是前者，就要揪心了。

確定不會再有客人，兩個店夥計已經累散了架，董水井給他們做了兩大碗餛飩。

董水井望向店鋪外邊的夜色，看到了一個將長劍橫掛身後的男人跨過門檻。

名叫許弱的墨家豪俠剛從老龍城返回龍泉郡渡口，就直接找到了這裡。他對那高大少年笑問道：「關於她的消息，我已經破例告訴你了，那麼現在你決定好了嗎？」

董水井點點頭。

既然她已經是神仙中人，自己就不能再這麼過日子了。做了那什麼賒刀人，便可以多活幾十年甚至幾百年。

不管最後自己能否跟那位姑娘走到一起，能夠多看她幾眼，總是好的。

書簡湖出現了一位姓顧的小魔頭。小魔頭名叫顧璨，是青峽島截江真君劉志茂的關門弟子，他竟然能夠駕馭一條實力堪比金丹巔峰的蛟龍。先前那場同門內訌的血戰，那條蛟龍殺得青峽島屍橫遍野。奇怪的是，劉志茂從頭到尾都沒有阻攔，哪怕大弟子都被那頭畜生咬死，仍然沒有露面。

若只是如此，顧小魔頭的赫赫凶名，還不至於傳遍寶瓶洲水域最廣的書簡湖。在那之後，書簡湖的碧波之上，經常會有一個看似天真無邪的小孩子四處閒逛。一開始還有錬氣士誤以為這孩子是用了馭水、避水術法，才能夠雙腳不動地悠哉游弋於湖面之上。

一般而言，都是井水不犯河水。可有一次，二十餘名師門關係交好的年輕錬氣士乘坐一艘巨大樓船，結伴泛湖遊玩，無意間遇上了那個孩子。兩兩迎面相向，誰都不願讓道，就起了衝突。

雙方就要撞在一起的時候，雙臂環胸的孩子驀然升高，原來他腳下踩著一條龐大的蛟龍。蛟龍一爪按下，就將一條樓船攔腰斬斷。先是試圖御風逃離沉船的錬氣士，被那條畜生口中所噴水柱一沖而過之後，只剩一副骨架，然後淪為落湯雞的那撥錬氣士，被蛟龍一爪一個，開膛破肚，運氣差一些的，甚至被它放入大嘴之中咀嚼。

一切兵器和神通，砸在它身上，根本不痛不癢，它甚至都懶得躲避。最淒慘一人，是試圖擒賊先擒王的一個「聰明人」。他是一位身分金貴的劍修，在群雄並起的書簡湖小有名氣，他試圖以本命飛劍刺殺那個立在蛟龍頭顱之巔的孩子。

一直抱著嬉戲玩鬧心態的蛟龍，立即變得無比暴躁，駕馭身軀四周的湖水，掀起滔天大浪，將那名劍修困在一座方方正正的碧水牢籠之中。然後不知這畜生使用了何種祕法，竟然抽掉所有空氣，任由劍修靈氣乾涸、身體炸裂而死。

「砰」的一聲巨響，那座牢籠中鮮血四濺，像是開出一朵巨大的紅色花朵。

那孩子盤腿坐在蛟龍頭頂，哈哈大笑。

一些火速趕來的龍門境修士和金丹境大佬，近距離親眼看到這一幕後，嚇得不輕。先前青峽島內訌，他們距離遙遠，而且當時這畜生也未展現出類似鍊氣士術法的神通。今日他們離此不過百餘丈，見那頭畜生好似開竅悟透了本命神通。若是有關蛟龍一族的古書記載沒有出錯，豈不是它只要百尺竿頭、更進一步，就是名副其實的地仙？此等蛟龍能夠幻化成人形，擱在蛟龍興盛的遠古時代，恐怕就有資格在大江大河之中，擁有一座龍宮了。

這撥大名鼎鼎的書簡湖大修士一開始還心存僥倖，想要偷偷救下一、兩個門下弟子，可數十丈外率先出手的一個龍門境老修士，其整副身軀被那畜生輕輕揮爪，就莫名其妙多出一個巨大爪印，當空打爆。

中五境修士之間的廝殺，哪怕隔著一、兩個境界，一般都不會如此生死立判。所有人面面相覷，最終沒有一人拯救那些落水的門派弟子，都選擇明哲保身，速速退去。

在那之後，有人偷偷進入青峽島，想要暗殺那個魔頭顧璨，結果都被截江真君劉志茂一一擊斃。半年之間，陸陸續續五、六次刺殺，都被青峽島攔下。半年之後，以劉志茂為首，以顧璨和那頭畜生作為主力，殺向那些刺客所在島嶼門派。最後無一例外，青峽島只挑選了一些修道資質尚可的少年、少女，其餘人等，全部處死，他們還刮地三尺，搜集所有財寶法器。一時間青峽島隱約成為書簡湖的群島之主，順之者昌，逆之者亡。

如今顧璨和他娘親，住在青峽島一座最為富麗堂皇的宅邸之中。幾次師徒聯手去滅門派山頭，大戰落幕之後，顧璨都會讓那個當年為他通風報信的師姐，幫他挑選一些姿容出彩、年紀不大的美人胚子，作為將來開襟小娘的人選，他還專門請人教她們琴棋書畫。

今天，顧璨難得沒有出門遊玩，陪著娘親來到後堂，畢恭畢敬跪在蒲團上，向一塊牌位磕頭敬香。

婦人這些年養尊處優，容顏身姿，越發豐腴動人。

婦人起身後，閉上眼睛，雙手合十，輕聲喃喃，像是在跟死去的夫君報平安。

顧璨站在肅穆寂靜的大堂中，抬頭看著前方的嫋嫋香火，這個已經手染無數鮮血的孩子，怔怔無言。

娘倆一起跨過門檻，顧璨突然喊了一聲娘親。

牽著顧璨小手的婦人低頭望去，柔聲問道：「怎麼了？」

顧璨擠出一個笑臉，搖搖頭，說沒事。

南苑國的京城，有個饑腸轆轆的乾瘦小女孩，衣衫破敗，眼神冷漠，小心翼翼地走到權貴扎堆的清河坊，熟門熟路地來到一座豪華宅邸的後門。

烈日炎炎，枯瘦黝黑的小女孩走得滿頭大汗，她蹲在一棵大樹的綠蔭中，抬頭望去，看著冗餘天空那輪驕陽，那份光明，看得她雙眼流淚。

她默默收回視線，擦了擦眼淚。

很快這座宅子的後門就被人偷偷打開，從狹窄門縫裡，溜出一個跟枯瘦女孩差不多歲數的同齡人，是個粉雕玉琢的富貴小千金，衣著華美。

她有些吃力地抱著一只小木盒，大汗淋漓，一路小跑到枯瘦女孩身前，笑容燦爛道：「送給妳的禮物。」

小木盒中有些水漬滲出，枯瘦女孩皺著眉頭接過木盒，捧在懷中，一手推開蓋子。

對面的漂亮小女孩開心地笑了起來：「妳還記得嗎，咱們在去年冬天一起堆了這個雪人，我讓府上的人將其放在了冰窖裡頭，喜歡嗎？」

枯瘦小女孩低著頭，死死盯住那個小雪人，看不清表情。

從勳貴之家走出的那個漂亮丫頭，還在那邊邀功似的，天真爛漫地追問她喜不喜歡。

乾瘦小女孩緩緩抬頭，問道：「吃的呢？」

漂亮丫頭「哎呀」一聲，致歉道：「不好意思，給忘了。」她哭喪著臉，不斷道歉，「我馬上就要跟爹娘一起去寺廟燒香祈福，今兒不能給妳帶吃的了，對不起啊……」

枯瘦小女孩扯了扯嘴角，低頭又看了眼小木盒裡頭的小雪人，「啪」的一聲，木盒「不小心」摔在了地上。

漂亮小女孩泫然欲泣，趕緊蹲下身去，枯瘦小女孩也跟著蹲下，伸手撿起牆根的一塊石子。她又看了眼那個在木盒中碎成兩半的小雪人，然後高高舉起手，將石子朝著一身錦繡衣裳的女孩使勁砸去。

一陣清風拂過，那個漂亮小女孩抬起頭，擠出笑臉，想要對好朋友說聲沒關係，卻驚訝發現身前出現了一個陌生人。

他穿著一身好看的雪白袍子，還背著劍，腰間掛著一只朱紅色小葫蘆。

小女孩眨了眨水潤眼眸，稍稍轉頭，望向黝黑枯瘦的小女孩，眼神中充滿詢問。

那背著劍的傢伙牽著她的好朋友，笑著對她指了指後門方向，說道：「妳先回家吧，妳看，有人在等妳了。」

果然管家趙爺爺已經找來了，漂亮小女孩捧著小木盒，有些猶豫，不知道是該送給她的玩伴，還是拿回家繼續藏在冰窖裡。

好在那個陌生人又替她做了決定：「拿回去吧，在外邊留不住的，多可惜。妳們可以等到今年冬天下雪了，再把這個小雪人堆成大雪人。」

小女孩使勁點頭，抱著小木盒，跟那個已經認識了將近兩年的好朋友告別離去。

枯瘦小女孩默不作聲。

大門關上後，陳平安這才鬆開小女孩的手。

對於這個小瘋子的行徑，他覺得匪夷所思。兩個孩子明明關係不錯，就因為對方一次沒有帶食物，就要殺人？

陳平安低頭望去，問道：「妳是誰？」

小女孩仰起頭，反問道：「你管我？」

第七章　遠觀近看

陳平安看著這個眼神冰冷的枯瘦孩子，哪怕她還只是一個孩子，遠遠不是朱鹿那般歲數，可陳平安心中還是由衷厭惡。

陳平安不再看她，轉頭望向宅邸後門。貌似和藹孱弱的老管家剛好牽著小主人的手跨過門檻，轉頭向陳平安這邊看來。

視線交匯，陳平安輕輕點頭致意，那人略作猶豫，點頭還禮。一切盡在不言中。

若是今天陳平安不出現，這個枯瘦孩子早就悄無聲息地死了，而且這個老人顯然也願意對一位看不出深淺的同道中人主動給予善意，選擇不再懲罰那個不知感恩的小雜種，任由陳平安處置。

陳平安收回視線，對孩子說道：「以後別再來了，不然妳會死的。」

小女孩咧咧嘴，不說話。陳平安轉身離去。

枯瘦小女孩朝陳平安消失的方向狠狠吐了口唾沫，還不忘對高牆大門也吐了一口。只是做完這兩個充滿怨恨的小動作後，本就饑腸轆轆的她越發饑餓，有些頭暈目眩。

她原路返回，盡量避開道路中央，沿著牆根行走。她甚至不會讓路上的馬車和行人多看自己一眼——惹惱了他們，才是真的會死。

至於那個身穿雪白袍子的男人，她不怕。她對於惡意，自年幼記事起，就擁有一種敏銳的直覺，誰可以惹，誰不可以惹，她掂量得很清楚。

陳平安其實沒有遠去，就在暗中默默觀察這個渾身是刺的小女孩。

她一路走走歇歇，謹慎張望之後，等待片刻就嫻熟翻牆，偷了一戶人家的醃菜，狼吞虎嚥，快步跑出小巷。之後口渴，便又偷翻入牆，躡手躡腳，從水缸裡舀了水。重新蓋上蓋子之前，她迅速從地上抓了一把泥土撒入水缸，這才悄悄離去。

陳平安看出來，她的腿有點瘸，還經常伸手去揉肋部，多半是以往做這些壞事的時候吃過苦頭。

就在陳平安打算離去的時候，小女孩來到了一處雞鳴犬吠、滿是糞泥的陋巷地帶，有一撥站姿歪斜的男子在那邊等著，好像就是在等她的到來。

這些人歲數都不大，小的十三、四歲，最大的也不過二十歲出頭，吊兒郎當，流氓痞氣。其中一人見到了小跑向他們的枯瘦小女孩，二話不說就一腿踹去，沒輕沒重的，若是踹結實了，估計能把小女孩踹飛出去。

好在小女孩好像早有預料，卻也不是躲避，而是在奔跑途中有意無意地放慢了一些速度，雖然被踹中了，但沒多少力度。她毫無破綻地後仰倒去，掙扎一番，神色慘然地站起身，望向那些人的眼神和神態，充滿了彷彿天生就會的諂媚和討好。

一個應該是領頭的壯碩地痞不願意浪費時間，便讓小女孩帶路。一行人繞來繞去，花了不少時間才找到一間荒廢已久的破宅子。小女孩往裡頭悄悄伸了伸手指，那痞子頭目獰笑道：「如果指錯路，等下打斷妳的腿！」

小女孩使勁搖頭，然後怯生生伸出雙手，捧在心口。

痦子頭目先是做了個江湖黑市的動作，身旁眾人便開始去包圍這棟宅子。他自己沒有摻和其中，丟了七、八枚銅錢在小女孩手上，陰惻惻道：「小賤種，剩餘的一半銅錢，不巧了，哥身上沒帶，先欠著？要不要等下辦完事情，跟哥回家拿去？」

小女孩使勁搖頭，抖了抖，將所有銅錢滑到一隻手心裡，另外一隻手拿起三枚，遞給痦子頭目。

痦子頭目樂得不行，小丫頭片子還挺上道啊。他揮揮手，沒了繼續戲耍她的興致。

小女孩倒退而去，對痦子頭目點頭哈腰了數次，這才轉頭跑開。

她身後的那棟宅子裡，有人發出了震天響的哀號聲。她一邊奔跑一邊快速攤開手心看著那幾枚銅錢，稚嫩卻枯黃的小臉龐驀然笑開了花。

洞天下墜、天地接壤的龍泉郡就像一塊靈氣充沛的福地，引人垂涎。周邊數以萬計的妖怪精魅經過兩年多時間的遷徙，逐漸開始依附各大山頭，形勢趨於穩定。其中僅是金丹境的大妖就有三隻之多，無一例外，各自都曾是叱吒風雲的一方巨擘，至於是否有元嬰大妖隱匿其中，不願過早暴露，暫時不知。

這些妖怪精魅中，因為各種原因半途夭折、暴斃的，以及不守規矩被大驪朝廷鎮壓斬殺的，總計接近一千之數。不過中五境妖魅死亡數目不大，死的多是剛剛踏足修行、只憑本性凶悍行事的末流妖族。

妖族之中，有資格獲得大驪朝廷頒發的太平無事牌的屈指可數。為此，依附各大山頭擔任供奉或者山門護法的妖族，或是自掏腰包、削尖了腦袋與官府打點關係，或是祈求府邸主人向大驪示好，無非還是一個有錢能使鬼推磨。這項收益，讓措手不及的大驪戶部眉開眼笑，順帶著與兵部原本有些僵硬的關係也開始有所緩和。畢竟，袁、曹兩大上柱國姓氏的各自山頭勢力就在兵、戶兩部衙門，而袁、曹兩家近百年來的水火不容，朝野皆知。

作為此方小天地聖人，出身風雪廟的阮邛創建了龍泉劍宗，地盤極大，囊括了神秀山在內的大量山頭，但是入室弟子依然少得可憐：一個名叫徐小橋的風雪廟棄徒，負責小鎮外的那間老劍鋪，很少進宗門山頭；一個沉默寡言、終年只穿黑色服飾的年輕人董谷；一個出身驪珠洞天的長眉少年謝靈，哪怕加上獨女阮秀，龍泉劍宗的香火依舊稀薄得可怕。

阮邛對此似乎毫不在意，除了去龍脊山那座斬龍臺石崖，以及跟風雪廟、真武山打交道之外，便不理俗事。無論是龍泉郡守吳鳶還是北嶽正神魏檗，他幾乎從不理睬，對幾名弟子的傳道一事更不上心，一般都是讓女兒阮秀盯著。

神秀山今日雲海滔滔，大日浮空，照耀得天海共紅豔。

紮一根馬尾辮的青衣少女——其實已經不能稱呼為少女了，比起最早進入驪珠洞天那會兒，如今她身材修長，個頭高了些，眉眼已經長開，出落得亭亭玉立——她身邊站著徐小橋、董谷和謝靈，他們難得碰頭。三人中，徐小橋稱呼阮秀為「大師姐」，董谷稱呼為「阮姑娘」，但是透著發自肺腑的尊敬，謝靈則一直喜歡喊她「秀秀姐」。

阮秀腳邊趴著一條土狗，原本那條病懨懨趴在小鎮街旁等死的老狗如今竟然變得精神奕奕，雙眼充滿了靈性。這要歸功於阮秀經常丟給牠幾顆丹藥，它們皆非凡品，每一顆都價值千金，曾經有路過的錬氣士看見那一幕，頓時心生淒涼，只覺得自己混得比狗不如，恨不得一個飛撲過去，與狗爭食。

絢爛雲海之中，有稀稀疏疏的幾座大山破開雲海，高高聳立，宛如島嶼。

阮秀指了指一座山頭：「我爹說了，只要你們躋身金丹境，他就送出一座山頭，昭告天下，並為你們舉辦開峰儀式。」

然後她望向董谷：「你雖是精魅出身，相較我們三人破境更難，但靠著長壽，底子打得不錯，早早就是龍門境，也該試試看了。」

董谷欲言又止，顯然信心不大。中五境金丹境是修士最難勘破的境界，擋下了不知多少龍門境錬氣士。董谷之所以離開家鄉，捨了一國太師的偽裝身分、悉數拋棄人間富貴，就是想要借助驪珠洞天超乎尋常的盎然靈氣增加自己躋身金丹境的把握，至於成就金丹的品相高低、丹室圖畫的多寡，他絕不敢奢望。

「結成金丹客，方是我輩人」這句話不知道吸引了世間多少錬氣士，年復一年，不問世事，只是孜孜不倦地修行問道。

「在你的破境過程中，我會用些手段，借助自家幾座山頭的山水氣運幫你壓陣。」阮秀說道，又指了指謝靈，「你師弟先前得了一件近乎仙兵的寶貝——一座玲瓏塔，是一位高人賞賜下的，能夠降低你破境的風險。」

謝靈哭喪著臉，想跳崖尋死的心都有了：『我的好秀秀姐，這可是我壓箱底的天大祕密，妳怎麼就這麼隨隨便便說出口了！』

常年好似面癱一般的董谷終於流露出一抹激動的神色，對著小師弟謝靈鞠躬致謝道：「謝師弟，這份大恩，董谷畢生難忘，將來必有報答！」

阮秀三兩句話就打發了眼神幽怨的謝靈：「既然有這麼好的東西，就要物盡其用，別總想著躲起來偷著樂。大道修行，歸根結底，是修一個『我』。太過依仗外物，無論是對敵還是在心性上，都會有很大的麻煩。好些個老元嬰為何閉關就默默死了？就在於修行過程中太過重視法寶器物。」

阮秀背書一般一鼓作氣說完這些，謝靈笑了起來。

徐小橋和董谷的眼神也有些異樣。

阮秀嘆息一聲，有些洩氣：「這些道理都是我爹要我死記硬背的，難為死我了。」

謝靈笑得合不攏嘴，徐小橋和董谷也會心一笑。

阮秀叮囑道：「董谷，回頭你自己挑一個風水寶地和良辰吉日，到時候我和謝靈會準時出現。」

董谷使勁點頭，心情激盪。

阮秀從袖中拿出一塊繡帕包裹，沒有打開，對三人說道：「都回了吧。」

謝靈就住在山上，董谷卻是在山腳結茅修行，徐小橋更是住在龍鬚河畔的劍鋪。阮邛訂立規矩，不准修士隨便御風遠遊，所以可憐徐小橋和董谷都要步行下山。

阮秀隨口道：「龍泉劍宗弟子想御風就御風，想御劍就御劍，自家地盤誰管你這些？我爹？他不管這些，他只管你們能不能躋身金丹境，以後能不能成為上五境修士。」

她又補充道：「這些話是我自己說的啊，可不是我爹教的。」

三人各自散去。

阮秀蹲下身，拈起一塊桃花糕丟入嘴中，笑得一雙眼眸眯成月牙兒，然後使勁睜開眼睛，盡量讓自己嚴肅一些，望向那條土狗。

她腮幫鼓鼓，含糊不清道：「要珍惜現在的好日子，別總在街上對人瞎嚷嚷，耀武揚威的，很好玩嗎？聽說有一次還差點咬傷了行人。要你老老實實看家護院，你為何擅自跑到這座山上來？希望我護著你？」她揚起一隻手，「信不信我一巴掌拍死你？」

這條土狗立即匍匐在地，嗚咽求饒。

阮秀依舊眼神冷淡：「如果不是他的緣故，我可以吃好幾天燉狗肉了。」

土狗的背脊顫抖起來。

阮秀站起身，指了指下山的道路：「連那些個鍊氣士都要夾著尾巴做人，你本來就是一條狗，要造反？下山看門去！」

土狗「嗖」一下，拚了命奔跑離去。之前靈智稍開的牠只覺得她可愛可親，直到這一刻，牠憑藉本能，才發現她對自己其實從未有過半點憐惜、親近之意。

阮秀嚼著第二塊桃花糕，一隻手托在下巴附近，免得那些零碎糕點掉在地上。

這麼好吃的東西，真是百吃不厭，就是不知道將來那些江河神祇吃起來的滋味比不比得上桃花糕。聽爹說，他們的金身最是補益她的自身修為，嘎嘣脆。

這位秀秀姑娘有些嘴饞了，趕緊擦了擦嘴角。

作為曾經盧氏王朝的藩屬之一，大驪王朝崛起之初曾經伴隨著無數的屈辱和隱忍，而成功滅掉看似無敵的盧氏王朝，讓大驪無論國力還是信心都顯著增長，這才是大驪鐵騎南下征伐的最大底氣所在。在這期間，又出現了一些意外，讓打慣了死戰、苦戰的邊關大將以及在京城運籌帷幄的兵部大佬們都有些哭笑不得。那就是大驪邊軍中的底層士卒，甚至是中層將領，最早對於這趟南下充滿了百戰老卒的謹慎。可先是北方頭號大敵大隋高氏龜縮避戰，包括黃庭國在內數個藩屬國的皇帝主動出城，向高坐馬背之上的大驪武將交出傳國玉璽，各地只有零零星星的反抗，這使得能征善戰的大驪邊軍有些懵，感覺自己毫無用武之地。

再往南，戰事稍稍頻繁起來，開始有了一股股數目可觀的敵軍人馬，或在開闊地帶集結精銳，主動與大驪邊軍決一死戰，或依託雄關險隘、高城巨鎮固守不出，或是數個小國之間結為聯盟，共同對抗勢如破竹的大驪邊軍。

大驪對此，除了幾場硬碰硬的大戰外，更多是用了驅狼吞虎之計。在這期間，無數潛伏在各國的大驪死士、諜子發揮了巨大作用，無數的親人反目成仇，至交好友揮刀相向，一股股江湖勢力在國境內揭竿造反、蜂擁而起，一位位國之砥柱的文武重臣突然暴斃。大驪南下戰功無數，曾經讓人覺得遙不可及的滅國之功唾手可得。一支支鋒芒畢露的大驪精銳在東寶瓶洲北方往南，齊頭並進，以戰養戰，越發勢不可當。

大驪皇帝宋正醇頒布了一道密旨，紛紛傳至各個大將軍帳——在打到東寶瓶洲中部的彩衣國北方邊境線之前，大驪兵馬的攻城掠地，諸位統兵將領一律便宜行事，無須兵部的文書勘定。

「諸位，馬蹄只管向南踩去！慶功一事，先以敵人頭顱做碗，鮮血為酒，豪飲之！」

一向極少真情流露的皇帝陛下，竟然在聖旨上用了如此感性的措辭，這讓那些本就殺紅了眼的大驪武將如何能夠不熱血沸騰？

在陣陣雷鳴般的大驪馬蹄之後，是藩王宋長鏡帶著一支嫡系大軍不急不躁緩緩推進，以及更後邊暗中南下的國師崔瀺親自負責將一名名大驪文官安排進入各大更換了城頭旗幟的城池。東寶瓶洲的北方諸國就像一攤爛泥，被人踩得稀爛。

歷時三個月，西河國北方精銳的一座重鎮終於被破。這場仗，大驪邊軍打得很辛苦，只說那些路上補充進入隊伍的別國兵馬加上西河國北方投誠的駁雜勢力，十不存三，但是攻破了這座足可稱為雄偉的西河國第一邊鎮，西河國韓氏的國祚就算斷了，這就是事實。

一場苦戰好不容易打贏了，這支大驪兵馬的氣氛卻有些沉重。不僅僅是傷亡一事，他們聽聞另外一支由某位上柱國領銜的大驪兵馬趁著他們啃西河國最硬的骨頭之際，竟然越界進入西河國，以迅雷不及掩耳之勢直接將十數座空虛城池給一鍋端了，據說馬上還要直撲西河國京城。

為他人作嫁衣裳，誰都高興不起來。不少滿身鮮血的武將跑到主將跟前訴苦抱怨，主將只是聽他們發牢騷，並未表態。

在一隊數十人的精銳扈從護衛下，一名披掛普通騎卒制式輕甲的男子緩緩入城，看著硝煙四起的城池景象，他臉色堅毅，並沒有因為屬下的群情激憤而影響心態。

這人叫宋豐，是皇親國戚，年僅三十歲。其實他與當今大驪皇帝的那支正統血脈隔得有點遠了，但是口碑極好，投軍入伍已有將近十年，在那之後就很少返回京城。

宋豐不是那種親身陷陣的猛將，畢竟身分尊貴。哪怕他自己願意涉險，下邊的人也要死死阻攔，因為一旦他死了，誰都擔待不起。好在宋豐也不在乎那點虛名，在這種事上，從未讓麾下將領為難過。十年戎馬生涯，朝夕相處，如今手握大權的麾下將領起先可能只是伍長之流，說他們願意為主將宋豐拋頭顱灑熱血，半點不誇張。

這場攻城戰，雙方修士也廝殺得極為慘烈。宋豐麾下的鍊氣士、大驪朝廷安排的隨軍修士和他自己招徠的供奉客卿總計三十餘人，死了將近半數。這種慘痛戰損，幾乎抵得上之前南下的所有戰事了。

宋豐當下身邊只有兩名鍊氣士模樣的人物貼身護送：一個袒胸露背的魁梧壯漢，身高九尺，手持兩把摧城錘，胯下坐騎比重騎軍的戰馬還要大上許多。他的腰間懸掛著扎眼的大驪太平無事牌，除此之外，還掛著兩顆鮮血淋漓的頭顱，是攻城戰的戰利品，頭顱的主人生前都是西河國北境赫赫有名的鍊氣士。

相較壯漢的威風八面，另外一人就要不起眼多了，是個瞧著比主將宋豐還要年輕的男子，身穿一襲灰撲撲的棉衣長袍，長了一張英俊的狐狸臉，對誰都笑咪咪的，腰間挎長短兩把劍，劍鞘一黑一白。此時他雙手攏袖，縮著脖子，意態懶散。

左前方的城中，遠處有劍光沖天，那壯漢哈哈大笑，縱馬前奔，轉頭對宋豐道：「大局已定，難得還有漏網之魚，去晚了可能連殘羹冷炙都沒了！將軍自己小心，可別掉下馬背啊。」

此人是近期進入這支軍隊的高手，傳聞曾是某位宮中大人物的嫡系心腹，因為那位大人物失勢了，才不得不離開京城撈點軍功。他見慣了京城權貴，對於一個外放邊關多年的宋氏宗親，並不如何尊敬。

他轉移視線，望向曹峻：「姓曹的小白臉，只要你洗乾淨屁股去找我，我就將接下來到手的這份軍功白送你，如何？」

被如此羞辱，曹峻也只是眯眼笑著，還不忘對壯漢揮揮手掌，示意他趕緊趕赴戰場，不要耽擱時間了。

壯漢哈哈大笑，在馬背上高高抬起屁股，伸手繞後，狠狠一拍，搖晃了幾下，這才落回馬鞍，向那些劍光起始之地策馬狂奔。

宋豐身邊的精銳騎軍人人惱火不已，唯獨宋豐和曹峻都沒放在心上。

這支騎隊緩緩向城中大將軍府而去。

靠近城門的一間簡陋鋪子內，有三人在這場大戰中選擇從頭到尾隱匿氣息，沒有參與任何一場戰事，任由城門被破，任由大驪王朝那幫王八蛋殺入城中，殺死一切膽敢手持兵器之人。他們之中一個是這座北邊巨鎮的修士第一人，其餘兩人一個是西河國山上仙家門派的執牛耳者，另外一個是鄴國的皇家供奉，金丹境修為！

一個金丹境，兩個龍門境，三人祕密隱藏在此，不為救下巨鎮，事實上也挽救不了。包括西河國在內的附近六座小國，此番祕密籌劃，為的就是刺殺宋豐！

在戰場上斬殺一位大驪宋氏的皇族子弟，一旦成功，哪怕國破也能夠極大鼓舞人心，使得六國疆土哪怕被大驪鐵騎碾壓而過也依然會有無數義士奮然挺身，一定可以讓大驪這幫畜生疲於應付，片刻不得安寧，短時間內無法順利消化掉六國底蘊轉為南下之資。至於他們的設想是否真的能夠達到預期，在座三人，以及六國君主，恐怕都不願意深思。

事已至此，顧不得了，山河破碎，生靈塗炭，總要做點什麼！

一旦事成，揚名立萬，捨了北方基業，直接逃亡南方，絕對身價暴漲，成為大王朝的座上賓又有何難？

破境無望，壽命將盡，在山上畏縮三百年，死前總該做一次壯舉了。

在場三個山上人，各有心思。

隊伍之中，宋豐看似閒散隨意，其實攥緊馬鞭的手心都是汗水。

曹峻對他微笑道：「有我在，你死不了。」突然又說：「幫了你這次，你也得幫我一次。不難，在上報朝廷的戰損名單裡添加一個鍊氣士就行了，如何？很簡單，就說他死在那些躲起來的敵方修士手中，忠心護主，英勇捐軀。」

宋豐點點頭。

曹峻雙手從袖中抽出，分別按住長短雙劍的劍柄，緩緩推劍出鞘。

砰然一聲，坐騎背脊斷裂，當場暴斃。

曹峻已經一掠而去，身形瞬間消逝不見，空中猶然掛著兩條流彩不散的長虹。

一刻鐘之後，最後一名斷手斷腳的金丹境修士不得不選擇悲憤炸碎那顆金丹，曹峻的棉衣長袍之上竟是一點血跡都不曾沾染，瀟灑御劍而去，腳下方圓百丈的屋舍瞬間夷為平地，飛揚的塵土遮天蔽日。

宋豐抬頭望去，如釋重負，這才放心縱馬前衝。

猶豫了一下，他沒有徑直去往大將軍府邸，而是去了先前劍光沖天的戰場。等他到了那邊，在廢墟之中發現了那名壯漢。

他的屍體倒在血泊中，臀部附近被一杆長槍刺透釘入，曹峻就站在那杆長槍的頂部，正打著哈欠，見著了宋豐，笑著招了招手。

這天之後，曹峻就主動投身於一支尋常的斥候隊伍，不再待在宋豐身邊耗著。

隊伍中有一名四處游弋、戰功微小卻連綿不斷的龍門境天才修士，在鄰國另外一處大驪兵馬南下的戰場上，不斷悄然了結著大驪邊軍斥候的性命，每次出手都點到為止，並不洩露自己的身分，短短半年就殺掉了大驪斥候一百六十人。要知道，每一名大驪邊軍斥候都是精銳中的精銳。

由於先前一次次短兵相接的接觸戰並不集中在某一片戰場，此人並未招來大驪修士的注意和圍剿，大驪方面逐漸有所警覺，不斷加重隨軍修士的數量，希望來一場螳螂捕蟬、黃雀在後。當兩名觀海境隨軍修士都被斬殺之後，大驪軍方高層終於重視起這個傢伙，結果他直接跑了，繞了一個大圈，轉移到了宋豐領軍的西河國戰場上。

曹峻遇到他，是偶然；他遇上曹峻，則是某種必然。常在河邊走，哪能不濕鞋。

曹峻眼睜睜看著他殺掉身邊七名斥候，然後宰了他。

擅長殺伐的修士投軍，看似建功立業、封侯拜將都是探囊取物，其實不然。

一山還有一山高。

曹峻學著那個手持擂城錘的壯漢樣子割了那個原本前途無量的龍門境修士腦袋，只是不掛腰間，而是懸在馬鞍一側，然後獨自南下，要再學學此人，單槍匹馬去刺殺那些西河國的軍中大將。他沒覺得自己的運氣會比馬鞍旁邊那顆腦袋的主人更好，但是兩人唯一的區別，是他曹峻有護道人，以身涉險，不用擔心安危，只管痛快廝殺，不用想什麼退路。

他笑著低頭，用手拍了拍那顆死不瞑目的頭顱：「可惜你沒有。」

一個嗓音響起，帶著一絲不滿：「為何不救下那些斥候？身在沙場，即是袍澤。」

曹峻笑道：「我若不在其中，他們死了也是白死；有我在，好歹有人幫他們報仇，他們難道不該謝我嗎？」

仙家無情。山上修道，遠離人世，時間太久，距離太遠。自然而然，久而久之，許多修士便會對人間無情，至多就是「我不為難這個人間，但莫要奢望我善待人間」。

南苑國京城某處，有個衣衫襤褸的小女孩站在肉包子鋪前，流著口水盯著熱氣騰騰的籠屜——層層疊疊，泛著香味。

掌櫃嫌棄她礙眼，怒斥趕人。小女孩挺直腰杆，攤開手心示意自己有錢——五文錢。掌櫃正眼也不瞧她，依舊讓她滾蛋，見她還不願意走，拎了一張板凳就要打她，嚇得她趕緊跑開。

到了遠處，小女孩眼神陰沉地望著那間鋪子，咧咧嘴，轉身走向一家賣烙餅的攤位，買了兩張大餅，還餘下一文錢。

其實她吃一張餅就能把今天對付過去，一開始她也確實只吃了一張。可是走著走著，她就開始天人交戰，最後便找了一處牆根，將原本是明天伙食的烙餅給吃掉了。吃完後，她似乎有些後悔，便狠狠擰了一下自己的胳膊，但是起身後，難得肚子飽飽的她就開始雀躍起來，一路撒腿飛奔，偶爾抬頭望向京城上空的點點紙鳶，充滿了豔羨。

這一夜，她沒有回「自家」那處小窩。

夏夜清涼，睡哪兒不是睡，不會死人的，就是蚊子多，有些惱人罷了。

有一家境還算殷實的富人門戶，門口擺著一對手藝拙劣的石獅子，而且形制古怪，不是蹲坐姿勢，而是四腳著地，仰頭遠望。石獅子不高不低的，剛好讓小女孩爬到背脊上。她先是坐在上邊看了一會兒夏夜的星空，掏出那枚僅剩的銅錢，透過那個小小的方孔，望著大大的星空。

那一刻，她滿臉笑意。

之後她便藏好銅錢，趴下酣睡起來，很快就發出輕微的呼嚕聲。

隔壁那隻石獅子上，陳平安盤腿而坐，轉頭看了眼沉沉熟睡的小女孩，眉頭緊皺，難以釋懷。他不再多想什麼，開始閉上眼睛，練習劍爐立樁。

小女孩趴在石獅背上，睡相香甜。

清晨時分，大門吱呀作響，小女孩瞬間醒來，跳下石獅背脊，躡手躡腳，貓著腰，沿著牆根逃離此處。

陳平安當然比她更早「起床」，在遠處看著她離開後便不再跟隨她的行蹤，返回自己的住處。

陳平安在京城南邊租了一棟宅子的偏屋，附近有條狀元巷，名頭很大，其實比起家鄉杏花巷都不如，住著許多赴京趕考的寒酸士子。這些人春闈落選，付不起返鄉的盤纏，在京城又可與剛剛結識的朋友切磋學問，就這麼定居下來。

陳平安只有房門鑰匙而無院門鑰匙，所以他是掐著點回來的。此時院門已開，他回到自己屋子，關上門，瞥了眼桌上的那疊書籍以及床上的被褥，發現都被動過了。一點點蛛絲馬跡在陳平安眼中也十分突兀，他嘆了口氣，有些無奈，好在東西倒是沒少。

陳平安之前不住這裡，而是在一家客棧下榻，要了一間大屋子，可以隨意練拳練劍。後來尋找道觀無果，心境越來越煩躁，陳平安破天荒停了走樁和劍術，為了省錢，便搬來了這邊，只會偶爾練習劍爐立樁。

陳平安躺在床上，看著天花板，怔怔出神。

總這麼像一隻無頭蒼蠅亂撞，不是個事兒。

受益於在劍氣長城上滴水穿石的打熬，後邊又有飛鷹堡兩場大戰，尤其是邪道修士丹室自爆，靈氣傾瀉如洪水，讓陳平安那場逆流而行收穫頗豐。陳平安如今武道四境有些瓶頸鬆動的跡象，但是總覺得還欠缺一點什麼。

他有一種模糊的直覺，四、五境的門檻，他只要願意，可以很快就一步跨過。但他還是希望更扎實，實在不行，就像陸臺當初所說，去武聖人廟碰碰運氣，要不就是尋一處古戰場遺址，尋找那些戰死後魂魄不散的英靈、陰神。

總得找點事情做做，不然陳平安都怕自己發霉了。他決定在南苑國京城待到夏末，再找不到那座觀道觀，就返回東寶瓶洲，把精力全部放在武道上。崔瀺的爺爺就在落魄山竹樓，陳平安對此信心很大，跟寧姚的十年之約說不定可以提前幾年。

不過陳平安還是有些發怵，就怕那個心比天高、拳法無敵的老人揚言要將他打磨成什麼最強五境、六境。當初三境已是那般大苦頭，陳平安真怕自己被他活活打死，還是疼死的那種。

陳平安雙手抱著後腦勺，緩緩閉上眼睛。

不知道阿良在天外天跟那位傳說中真無敵的道老二有沒有真正分出勝負。

不知道劉羨陽去往潁陰陳氏的路途中，看過最高的山有多高，看過最大的水有多大。

不知道李寶瓶在山崖書院讀書開不開心。

不知道顧璨在書簡湖有沒有被人欺負，記別人仇的小簿子是不是又多了一本。

不知道騎龍巷鋪子的桃花糕，阮秀姑娘還喜不喜歡吃。

不知道張山峰和徐遠霞有沒有認識新的朋友，可以一起出生入死、降妖除魔。

不知道范二在老龍城有沒有遇上心儀的姑娘。

陳平安想著心事，竟然就這麼睡著了。

有飛劍初一、十五在養劍葫內，其實陳平安這一路風餐露宿，並不太過擔憂。

這棟宅子的主人家是三代同堂，有五口人。老頭喜歡出門找人下棋，棋力弱，棋品更差，咋咋呼呼的。老嫗言語刻薄，成天臉色陰沉沉的，很容易讓陳平安想起杏花巷的馬婆婆。年輕夫婦二人，婦人在家做些針線活，操持家務，每天給婆婆罵得腦袋就沒抬起過。

她男人，按照南苑國京城的老話，是個耍包袱齋的，就是背著個大包袱四處購買破爛兒，腰繫小鼓，走街串巷大聲吆喝，運氣好的話能撿漏，得個值錢的老物件兒，再賣給相熟的古董鋪子，一倒手，就能掙好些銀兩。

夫婦二人相貌平平，倒是生了個相貌靈秀的崽兒，七、八歲，唇紅齒白的，不像是陋巷裡的娃兒，反而像是大戶人家裡的小公子。上了學塾，聽說很受教書先生的喜歡，經常看他爺爺跟人下棋，一蹲就能蹲大半個時辰，一言不發，觀棋不語真君子，很有小夫子的模樣了。街坊鄰里無論大小都親近這孩子，經常拿他打趣，問他隔壁巷子的青梅丫頭和學塾裡的劉小姐他到底喜歡哪一個多些，他往往只是靦腆笑著，繼續默默觀棋。

在陳平安睡去後，一個小東西從地面冒出來，爬上桌子，坐在那「書山」旁邊，開始打瞌睡。

蓮花小人兒明顯精通土遁之術，無聲無息，速度極快。來到南苑國京城之前，陳平安幾次跟他逗樂，或是策馬狂奔，或是卯足勁一口氣飛奔出數十里，等到停馬、停步之際，腳邊總會有小傢伙從土裡探出腦袋，朝他咯咯直笑。

無論陳平安是走樁打拳還是練習劍術，他從不打攪，總是遠遠看著，只有陳平安向他招手，他才會來到陳平安身邊，沿著法袍金醴攀援而上，最終坐在陳平安肩頭，一大一小一起欣賞風景。至於那枚雪花錢，則暫時寄放在陳平安處。

陳平安只是小憩片刻，很快就被院子裡的動靜吵醒。老嫗絮絮叨叨，婦人囁囁嚅嚅，老頭在吊嗓子，孩子在晨讀，唯獨那個青壯漢子沒出聲，應該還在呼呼大睡。

陳平安坐在桌旁，輕輕拿起一本書。

蓮花小人兒也緩緩醒來，犯著迷糊，呆呆望向他。

陳平安笑道：「睡你的。」

蓮花小人兒麻溜起身，跑到陳平安身邊，幫他翻開一頁書。

陳平安習以為常。桌上書籍都是離開陸臺和飛鷹堡後新買的，當時陸臺說，唯有讀第一流的書才有希望當第二流的人。讀書一事，不可求全，貪多嚼不爛，以精讀為上，細嚼慢嚥，真正把一本經典的精華全部吃進肚子裡，將那些美好的意象、真知灼見、隱匿於句章之間的精氣神一一化為己用，這才叫讀書，否則只是翻書，翻過千萬卷，撐死也就是個兩腳書櫃。

陳平安當時聽得茅塞頓開，如果不是陸臺提醒，他真可能會見一本好書就買一本，而且都會細看、慢看。書海無涯，人壽有限，陳平安既要練拳練劍，還要尋找道觀，好不容易餘下一點閒暇時光，確實應該用來讀最好的書。

陸臺給過一份書單，但是陳平安珍藏好那張紙，卻沒有照著書單去買書，而是去買了儒家亞聖的經義典籍。可惜文聖老秀才的書，市面上根本買不到了，陳平安想要看「三、四」，對比著看。

從情感上說，陳平安當然最傾向於老秀才，但是喜歡、仰慕和尊敬一個人，這沒有問題，如果因此覺得那個人說的話、做的事就全是對的，則會有大問題。文聖老秀才的學問高不高？當然很高，按照崔東山的說法，曾經高到讓所有讀書人覺得「如日中天」。

那麼陳平安有沒有資格認為老秀才的道理不是最有道理的？看似蚍蜉撼大樹，可笑不自量，但其實是有的，因為還有一位亞聖，還有亞聖留下來的一部部經典。

陳平安曾經跟寧姚爹娘說過，真正喜歡一個人，是要喜歡一個人不好的地方，也曾跟青衣小童和粉裙女童叮囑過：「如果我錯了，你們記得要提醒我。」

不過陳平安內心深處，當然還是希望看過了三、四之爭的雙方學問，自己能夠由衷覺得文聖老秀才說得更對，那麼下次再跟老秀才一起喝酒，就有得聊了。

陳平安正襟危坐，讀書很慢，嗓音很輕，每當讀到一頁結尾處，蓮花小人兒就會手腳利索地趕忙翻開新的一頁，然後坐回原處，依葫蘆畫瓢，模仿陳平安的端正坐姿，豎起耳朵，安安靜靜聽著頭頂的讀書聲。

對於屋外充滿市井煙火氣的院子，白袍、背劍、掛葫蘆的陳平安就像一個遠在天邊的奇怪人物，來了不親近，走了不留戀，付錢就行。

狀元巷旁邊不遠就有酒肆青樓，還有梵音嫋嫋的寺廟，雖然離著近，可就像是兩個天下那麼遠。陳平安經常能夠看到僧人們托缽出門，雖然身形消瘦，卻大多面容安詳，哪怕不身披袈裟，也能一眼瞧出他們與市井百姓的不同。

勾欄酒肆往往是夜間人聲鼎沸，整條大街都流淌著濃郁的脂粉氣，到凌晨時分才消停下來。無論是喝花酒的客人還是敬酒的女子都穿著綾羅綢緞，可歡愉一旦落幕，他們大多神色憔悴。

陳平安幾次看到那些女子送客人們離開後，回去卸掉臉上妝容，天濛濛亮便走出青樓側門，到了一條擠滿攤販的小巷，坐在那邊吃上一碗米粥或是餛飩，有些女子吃著吃著便趴在桌上睡了——春宵一刻值千金，像是在跟老天爺借錢，要還的。

有些跟勾欄女子混熟了的攤販最喜歡說葷話，有些女子不計較，敷衍幾句便算了，為的是能少掏幾枚銅錢；也有格外較真的，本該習慣了低眉順眼、曲意逢迎的她們直接就破口大罵。攤販當時畏畏縮縮，等到女子離去便開始罵她們不過是做皮肉生意的腌臢貨色，有什麼臉皮裝那黃花閨女。

第二天，罵了人的勾欄女子照舊來，昨天挨了罵的攤販依然會偷瞥她們露出袖管的白小手，白得跟案板上的豬肉似的，比起自家的黃臉婆真是一個天、一個地，真不知道這些水靈靈的娘兒們是怎麼生養出來的。只是想著要摸到她們就要花掉小半年的辛苦營生，便只能嘆息。

南苑國已經數百年無戰事，國泰民安，一代代君王垂拱而治，既無賢名也無惡名，故而京城並無夜禁，江湖豪傑大大咧咧攜刀佩劍，鮮衣怒馬，官府從來不管，路上遇到了，馬上馬下，雙方還會客客氣氣招呼幾聲，交情好的，便就近一起喝酒了，你說些官場上讓人無奈的升遷，我說些江湖上蕩氣迴腸的高手過招，一來二去，兩、三斤酒肯定打不住。

為了尋找觀道觀，陳平安每天都會遊逛這座京城，見了市井百態，也見了隱於市井的一些古古怪怪的東西，只要它們不主動招惹，陳平安就不願理會。

陸臺曾經說過一句話，當時感觸不深，如今越嚼越有餘味。

上了山，修了道，就會覺得世間的古靈精怪和鬼魅陰物好像越來越多。

一個時辰的時光就這樣流逝，陳平安合上書本，準備出門繼續逛蕩。

尋找道觀期間，陳平安的心境越來越煩躁，他不是沒有嘗試靜下心來。事實上，他做了許多努力，去了那些大大小小的寺廟燒香拜佛，獨自行走在靜謐的小徑樹蔭中，每到一處寺廟就記錄在竹簡上。

陳平安去的次數最多的是狀元巷邊上那座心相寺，寺廟不大，算上住持也就十幾人，久而久之就混成了熟臉，陳平安每次心不靜就會去那邊坐坐，不一定會與僧人說話，哪怕只是獨自坐在屋簷下，聽著風鈴的叮咚聲，就能打發掉一個暑氣升騰的下午。

南苑國崇佛貶道，京城和地方上寺廟林立，香火鼎盛，道觀難得一見，京城更是一座也無。最近幾天，一件駭人祕事在京城上下沸沸揚揚：南苑國京城四大寺之一的白河寺出了一樁天大醜聞，白河寺歷來以住持佛法深厚、有金身活羅漢著稱於世，歷代高僧圓寂之後，都能夠留下不腐肉身或是燒出舍利子，其餘三寺在這一點上都要自愧不如，這也被視為南苑國佛法昌盛遠勝鄰國的明證。

但是前不久，一位在白河寺掛單修行的高僧，前年被推舉為住持，風光無限，卻在某天跑出寺廟，直接去了大理寺告官。聽完他的陳述後，包括大理寺卿在內的諸位官員，人人面面相覷。原來，這位老僧告發白河寺在他的飯菜裡下毒，還密謀要在他死後往他的屍體裡灌注水銀。不但如此，他還揭發白河寺僧人罪孽深重，誘騙重金求子的京城貴婦，如此種種，總計六樁大罪。

這個案子太過驚世駭俗，直接驚動了南苑國皇帝下令徹查，結果白河寺三百僧人有大半被下獄，其餘被驅逐出京城，沒收度牒，此生不得再做僧人。其餘三寺依舊地位超然，畢竟根深蒂固，可是連累了許多名聲不顯的小寺，比如心相寺近期的香客明顯少了許多。

心相寺的住持是一個慈眉善目的老和尚，高高大大的，入京三十年依舊鄉音未改，也不愛與人嘮叨佛法的精妙深遠，多是家長里短地聊著，陳平安每次去寺裡閒坐，得費很大勁才能聽懂他說什麼。他對這老僧印象很好，而且看破未說破，老住持是一個修行中人，只是尚未躋身中五境。

陳平安離開巷子去往心相寺，打算在那邊靜坐，練習劍爐立樁。

不過是兩里路程，陳平安就走過了一間武館和一家鏢局。尤其是那懸掛「氣壯山河」匾額的武館高牆裡邊，每回路過都有一群漢子哼哼哈哈，應該是在練習拳架。鏢局門外的大街上經常都是鏢車簇擁的場景，年輕男女皆趾高氣揚、意氣風發，老人們則沉默許多，偶然見著了陳平安，也會點頭致意。

陳平安起先是拱手還禮，之後再見就主動行禮，不承想一來二去，老人們便紛紛沒了興致，乾脆看也不看他。等到事後陳平安想通其中關節，啞然失笑：多半是一開始將自己當成了過江龍，後來查清楚了住處，便看輕了自己。自己過於「客氣」的禮數，更是讓鏢局老江湖們認定自己是個繡花枕頭。

陳平安覺得挺有趣。京城武館、鏢局眾多，那些闖出名頭的江湖門派都喜歡在這兒弄個堂口，高門大院的，不輸王侯公卿的府邸，不用忌諱什麼禮制僭越，反而是有關錬氣士的傳言極少，就連國師都只是一位江湖宗師。

不過最有趣的，還是一座不起眼的宅子裡邊的人物。進進出出的男女幾乎人人都是江湖上的練家子，卻刻意隱藏身分，穿著樸素，不苟言笑。陳平安有次還看到了一位極有可能是武道六境的高手，身邊跟著一個頭戴帷帽的年輕女子，看不清面容，但是身姿婀娜，應該是個美人。

不知不覺，陳平安開始用另一種眼光看待這個世界。

到了心相寺，寺內如今香客稀疏，多是上了歲數的附近街坊，所以寺裡的僧人和沙彌們個個愁眉苦臉。

陳平安之所以最近串門有些勤快，最主要的原因，是感覺到了老住持大限將至。

今日老住持像是知道陳平安要來，早早等在了一座偏殿的廊道中。

隨意放上兩張蒲草圓座，兩人相對而坐。

看到陳平安欲言又止，老住持開門見山笑道：「白河寺歷代住持裡，是出過真正金身的，不如外界傳聞那般都是騙子，不用一棍子打死白河寺千年歷史。」

看到了好，但前提是先看到了惡。

老住持又笑道：「只是貧僧死後，本想著燒出幾顆舍利子，好為這座寺廟添些香火，如今看來是難了，少不得還要刻意隱瞞一段時間。」

陳平安疑惑道：「這也算佛家的因果嗎？」

老住持點頭道：「自然算。放在南苑國京城，白河寺和心相寺向來沒有交集，看似因果模糊，實則不然；放在佛法之中，天大地大，皆是絲絲縷縷的牽連了。」

這是他第一次在陳平安面前說「佛法」。

老住持猶豫了一下，笑道：「其實，兩座寺廟之間也有因果，只是太過玄妙細微，也太……小了，貧僧根本沒把握說出來，還需要施主自己體會。」

兩人閒聊，無須一板一眼。老住持以前經常會被小沙彌打岔，聊著寺廟裡邊雞毛蒜皮的小事，就把陳平安晾在一邊。陳平安也經常會帶上幾支竹簡或是一本書，讀書刻字，也不覺得怠慢無禮。

今天陳平安沒有帶書，只是帶了一支纖細竹簡和一把小刻刀。

陳平安從不厭舊，刻刀還是當初購買玉牌時，店家贈送的。

老住持今天談興頗濃，關於佛法，蜻蜓點水般說過後就不再多提，更多還是像以往那樣隨便聊，琴棋書畫、帝王將相、販夫走卒、諸子百家都說一些，拉家常一般。

光陰悠悠。

老住持笑問：「一個大奸大惡、遺臭萬年的文人、官員，能不能寫出一手漂亮的字、一首膾炙人口的詩？」

陳平安想了想，點頭道：「能的。」

「一個名垂青史的名士、名將，會不會有不為人知的陰私和缺陷？」

「有的。」

老住持笑道：「對嘍，萬事莫走極端。與人講道理，最怕『我要道理全占盡』。最怕一旦與人交惡，便全然不見其善。廟堂之上，黨爭，甚至是被後世視為君子之爭的黨爭，為何還是遺禍極長？就在於君子、賢人在這些事情上同樣做得不對。但是朝堂上的黨爭，你要是軟弱了，講這套大道理，多半會死得很慘，委實怪不得那些做了官的讀書人。既然如此，是不是可以說，貧僧這一通話，繞了一圈，全是廢話？為何要說呢？」

陳平安笑著搖頭道：「有一位老先生跟我說過類似的道理，他教我要萬事多想，哪怕想了一大圈，繞回了原點，雖然費心費力，可長遠來看，還是有益的。」

老住持欣慰點頭：「這位先生是有大學問的。」

陳平安手指摩挲著那支翠綠欲滴的小竹簡，輕聲道：「有次老先生喝醉酒了，醉眼朦朧的，看似是在問我，可其實大概是在問所有人吧。他是這麼說的：『讀過多少書，就敢說這個世道「就是這樣的」？見過多少人，就敢說男人女人「都是這般德行」？你親眼見過多少太平和苦難，就敢斷言他人的善惡？』」

老住持感嘆道：「這位先生定然活得不輕鬆。」

陳平安突然想起始終想不明白的一事，好奇問道：「佛家真會提倡『放下屠刀，立地成佛』嗎？」

老住持微笑道：「回答之前，貧僧先有一問。是不是覺得此言既嚇人，又別開生面，但細細咀嚼一番，總覺得是走了捷徑，不是正法？」

陳平安撓撓頭：「我連一般的佛法都沒讀過，哪裡清楚是不是正法。」

老住持哈哈大笑：「放下屠刀，立地成佛。世人只看捷徑，匪夷所思，殊不知真正的玄妙在於悟得『屠刀在我手』，是謂『知道了惡』。世間百態，很多人為惡而不知惡，很多人知惡而為惡，說到底，手中皆有一把鮮血淋漓的屠刀，輕重有別而已。若是能夠真正放下，從此回頭，豈不是一樁善事？」

他又說得遠了些：「禪宗棒喝，外人仍然覺得詫異，實則棒喝開悟之前的那些苦功夫常人看不見罷了，看見了也不願做罷了。成佛難不難？當然難。知佛法是一難，守法、護法和傳法便更難了。但是……」他突然停下嘆了口氣，「沒有『但是』，既然貧僧一個向佛之人自己都做不到，為何要與你說那麼遠的道理呢？」

陳平安笑道：「但說無妨，道理再遠，先不說我去與不去，我能夠知道它就在那兒，也是好事。」

老住持擺擺手：「容貧僧歇一會兒，喝杯茶潤潤嗓子，都快冒煙了。」

他喊了一聲，不遠處一座精舍內，有個看似低頭念經，實則打盹的小沙彌猛然睜開眼睛，聽到老住持的言語後，趕緊去端了兩碗茶水來。

不遠處有一棵參天大樹，樹蔭濃密，停著一隻小黃鶯，點點啄啄。

陳平安喝茶快，老住持喝茶慢。陳平安笑著將茶碗遞還給小沙彌時，老住持還未喝掉半碗，於是陳平安低頭拿起那支竹簡，其上左右兩端都有一絲不易察覺的印痕。

陳平安左看右看，覺得竹簡就像一把小尺子。

老住持喝完了茶水，轉頭望去。

炎炎夏日，驕陽炙烤人間，世人難得清涼，斷斷續續說著感慨：

「末法時代，天下之人，如旱歲之草，皆枯槁無潤澤。

道理，還是要講一講的。

佛法，是僧人的道理；禮義，是儒生的道理；道法，是道士的道理。其實都不壞，何必拘泥於門戶，對的，便拿來，吃進自家肚子嘛。」

陳平安的視線從竹簡上移開，抬頭一笑，點頭道：「對的。」

老住持望向廊道欄杆外的寺廟庭院：「這個世界一直虧欠著好人。對對錯錯，怎麼會沒有呢？只是我們不願深究罷了。嘴上可以不談，甚至故意顛倒黑白，可心裡要有數啊。只可惜世事多無奈，聰明人越來越多，心眼心竅多如蓮蓬者，往往喜歡譏諷淳厚，否認純粹的善意，厭惡他人的赤誠。陳平安，你如何看待這個世界，世界就會如何看待你。」

他好似多此一舉，重複道：「你看著它，它也在看著你。」

陳平安想了想，覺得有理，卻未深思。

今天老住持說的話有些多，陳平安又是願意認真思量的人，所以一時半會兒還沒有跟著老住持走到那麼遠的地方。

老住持突然燦爛笑道：「陳施主，今天貧僧這番道理，說得可還好？」

陳平安心中有些傷感，笑道：「很好了。」

老住持笑道：「之前有一次聽你講了那『先後』、『大小』、『善惡』之說，如今貧僧還想再聽一聽。」

陳平安第一次說得生疏晦澀，可是道理和真心話總是越說越明瞭的，如一面鏡子時時擦拭，抹去塵埃，便會越擦越亮。

對錯有先後，先捋清楚順序，莫要跳過，只談自己想要說的那個道理。

對錯還分大小，用一把、兩把甚至多把尺子來衡量大小，這些尺子可以是所有世間正法、善法，法家律法、儒家禮義、術家術算都可以借來一用。底線的律法、高高的道德、各地的鄉俗、精準的術算都會涉及，不可以一概而論，鑽研起來極煩瑣複雜，勞心勞力。

之後才是最終定下善惡。無形之中，人性是善是惡的三、四之爭不再成為讀書人不可逾越的一道險隘，因為這是末尾來談的事情，而不是讀書之起始就需要做出決斷的第一件事情。

最後是一個「行」字。教化蒼生，菩薩心腸傳法天下，獨善其身修一個清淨，都可以各憑喜好，隨便了。

老住持神色安詳，聽過了陳平安的講述，雙手合十，低頭道：「阿彌陀佛。」

陳平安望向那隻停在飛簷上的小黃鶯，牠正在打量著打掃寺廟的小沙彌。

陳平安收回視線，老住持微笑道：「寺廟不在，僧人在；僧人不在，經書在；經書不在，佛祖在；佛祖不在，佛法在。便是心相寺沒了一個僧人，剩不下一本經書，只要有人心中還有佛法，心相寺就還在。」

老住持轉頭再次望向幽靜的院子，只有小沙彌掃地的沙沙聲響。

他視線模糊，喃喃道：「貧僧好像看到人間開了朵蓮花。」

陳平安寂靜無言。

老住持低下頭，嘴唇微動：「去也。」

遠處小沙彌往廊道這邊望來，懷抱著掃帚，跟老住持抱怨著：「師父，日頭這麼大，我能不能晚些再打掃啊，要熱死了。」

陳平安轉過頭，指了指好似酣睡打盹的老住持，然後伸出手指在嘴邊「噓」了一聲。

小沙彌趕緊噤聲，然後偷著樂：『哈哈，我愛偷懶，原來師父也愛睡覺。』

他躡手躡腳跑去大殿屋簷下乘涼，那隻小黃鶯壯起膽子，飛到小沙彌肩頭。小沙彌愣了一下，故意轉頭，朝牠做了個鬼臉，嚇得小黃鶯趕緊撲騰飛走。

呆呆一人的小沙彌摸了摸光頭，有些愧疚。

廊道裡的蒲草圓座上，已圓寂的老住持保持著那個鬆鬆垮垮的坐姿，卻像是為這方小天地提起了精氣神。

陳平安沒來由地想起陸臺的一句話：「人死大睡也。」

知道師父死了，小沙彌哭得很傷心，看不開、放不下，一點都不像出家之人，但是陳平安當時看著號啕大哭的他使勁搖晃著師父的手臂，像是想要把師父從睡夢中搖醒，就覺得如此這般才是人之常情。

其後曉得師父圓寂後竟然燒出了佛經上說的舍利子，小沙彌又笑了，覺得師父的佛法大概還是有些厲害的。小沙彌仍是不像個出家人。

陳平安一直幫著料理寺廟老住持的後事，忙前忙後，私底下與心相寺新任住持說了老住持的想法，舍利子一事不要急著對外宣揚，免得在這個當下白白惹來市井非議，甚至有可能引起官府的揣測。新住持對此沒有異議，對陳平安低頭合十，以表謝意。

在那之後，陳平安就不再去心相寺靜坐，但是跟新住持說過，若心相寺有什麼難處，可以去他住處知會一聲，他能幫多少是多少。

新住持誦一聲佛號，在陳平安離去後去了大殿佛龕，默默為這位心善的施主點燃一盞長明燈，喊來小沙彌，要他經常照看著。

小沙彌「哦」了一聲，點頭答應下來。

新住持見小傢伙答應得快，便知道他會偷懶，屈指在那顆小光頭上輕輕一敲，教訓了一句：「木魚，此事要放在心上。」

小沙彌苦著臉又「哦」了一聲，事情記沒記住不好說，不長記性的後果已經曉得了。

等到新住持離開大殿，小沙彌嘆息一聲。師兄以前多和藹，當了住持，便跟師父一樣不講情面了，以後他就算能當住持也不要當，否則肯定會傷了師弟的心……咦，自己是師父最小的弟子，哪來的師弟？以後都不會有了，太吃虧了！想到這裡，小沙彌「嗖」一下轉身，飛快跑出大殿，追上新住持，殷勤詢問師兄啥時候收弟子。

新住持知道小沙彌的那點小心思，哭笑不得，作勢就要再拿小沙彌的腦袋當木魚，本來他的法號就叫「木魚」。

小沙彌哀嘆一聲，轉身跑開。

很奇怪，心境趨於安寧的陳平安，仍是沒有重新撿起《撼山譜》和《劍術正經》，而是繼續在京城遊蕩。這一次，他背著小小的棉布包裹緩緩而行，就著酒水吃乾餅，居無定所，隨便找個安靜地方對付一下就行，可以是樹蔭中、屋頂上，也可以是小橋流水旁邊。

那些高高的朱紅色牆壁上，有對著牆外探頭探腦的綠意，牆內有秋千搖晃聲和歡聲笑語；有高冠博帶的士子文人曲水流觴，盛世作賦，出口成章，一襲白衣就默默坐在樹枝上喝著酒。

有臨水的酒樓，在座俱是南苑國京城的青年才俊，指點江山，針砭時弊。書生治國，天經地義。陳平安坐在酒樓屋頂仔細聽著他們的議論，滿腔熱血，嫉惡如仇，可是陳平安覺得他們的那些個治政方針落在實處有點難，不過也有可能是這些年輕俊彥喝高了，沒有細說的緣故。

兩撥地痞約好了幹架，各自三、四十人，興許這就是他們的江湖，他們在走江湖，闖蕩江湖。陳平安蹲在遠處一堵破敗矮牆上，發現二十歲往上的「老江湖」出手油滑，二十歲以下的少年則出手無忌，狠辣非常，事後鼻青臉腫、滿臉血汙，與患難兄弟勾肩搭背，已經開始嚮往著下一場江湖恩怨。

其中一幫人的帶頭大哥年紀稍長，將近三十歲了，則招呼他們去酒肆喝酒，浩浩蕩蕩殺去。姿容秀麗的沽酒婦人正是他的媳婦，見著了這幫熟臉面，只得擠出笑臉，拿出酒水吃食款待自己男人的兄弟，看著被人圍住、居中高談闊論的男人，婦人眉宇間有些生計不易的哀愁，可眼神中又有些仰慕的明亮。

她看著自己男人，而她男人麾下最得力、最敢衝殺的一個高大少年則偷偷看著她。

陳平安坐在離他們最遠的地方，要了兩壺酒，一壺倒入養劍葫，一壺當下喝。

年輕婦人一咬牙，報高了兩壺酒的價格，多要三十文錢。陳平安彷彿不知市井行情，毫不猶豫就掏了錢。婦人有些愧疚，便多給他拿了兩碟自己做的佐酒菜，他起身笑著對她致謝。婦人紅了臉，連忙擰腰轉身，不敢再看那張俊秀乾淨的臉龐。

那邊人滿為患的酒桌上，年近三十的男人藉著酒意說：「兄弟們，總有一天，我們會在京城有一塊真正的地盤，到時候人人喝酒吃肉，見著了腰間挎刀的監獄官老爺們根本不用怕，人家肯定眼巴巴求著跟咱們稱兄道弟。以後再向那個瞧不起咱們的馬秀才討要幾副春聯幾個『福』字，且看他還敢不敢斜眼看人，有無膽識說一個『不』字……」

男人舌頭打結，旁人聽得心神蕩漾，大聲喝彩，唾沫四濺。尤其血氣方剛的少年們，喝了吐、吐了喝，回到桌旁，醉眼朦朧之間，依稀可見四周皆兄弟，只覺得人生這般活，痛快，好痛快！

陳平安默默離開街邊酒肆，走遠後，忍不住回望一眼，像是看到了當年的自己、劉羨陽和鼻涕蟲顧璨。那會兒他還是黝黑似炭的龍窯學徒，應該會心疼酒水錢；劉羨陽一定在嚷嚷完了豪言壯語之後開始憂愁，埋怨著為什麼稚圭就是不喜歡自己；從小就很早熟的顧璨大概會咬牙切齒，學著江湖中人的腔調，說要報仇雪恨就該快意恩仇，其餘管他的。

陳平安收回視線，繼續前行。

有一個眼尖的少年開玩笑道：「方才那個小白臉停下來看了咱們這邊很久，該不會是瞧上咱們嫂子了吧？」

已經醉醺醺的男人一拍桌子道：「有這狗膽，老子砍死他！你們信不信，就算明天老子死了，你們的嫂子也會守一輩子寡，誰也不嫁！皇帝老兒都不嫁！一個細皮嫩肉的小白臉算個屁，背把劍了不起啊……」

說著說著，他腦袋一磕，重重撞在酒桌上，澈底醉了過去。

年輕婦人低頭擦拭酒桌，悄悄抿起嘴角，不知道為何而笑。

那個視線經常掃過婦人婀娜身姿的高大少年此時也低下腦袋，有些慌張也有些怨懟。

少年喝了口酒，沒滋沒味。

有個市井坊間的憔悴婦人不知為何，逮住頑劣稚童就是一頓痛打，孩子嘴上乾號，其實對著不遠處的小夥伴們擠眉弄眼。

衣衫寒酸的婦人打著打著就自己哭出聲，孩子一愣，這才真哭了起來。

一場滂沱大雨過後，京城終於重新見著了暖洋洋的日頭。一夥錦衣玉食的膏粱子弟縱馬大街，揚鞭策馬，踩得泥土飛濺。路旁一個老嫗的攤子來不及撤離，上邊擺了些做工粗糙的針織物件，不小心給爛泥濺得慘不忍睹，老嫗頓時臉色慘白。末尾一騎是個眉眼倨傲的年輕女子，見著了這一幕，馬不停蹄向前，卻隨手丟了一紙錢袋子在攤子上邊。只是由於她騎術算不得熟諳，太想著將那只沉甸甸的錢袋拋得有準頭，一不小心就歪斜著墜馬，好一頓驢打滾，哎喲哎喲叫著起身後，原本秀美的臉龐和昂貴的衣裙都不能看了。

她踉蹌著走向那匹停下的駿馬，略微艱辛地爬上馬背，揚鞭而去，眼角餘光發現一個身穿雪白長袍的劍客正站在街邊望向自己，忍不住轉過頭。

那人朝她抬起手臂，豎起大拇指。她翻了個白眼，沒有放在心上。

陳平安就這樣走走停停，看了許多士子風流和市井百態。

白河寺的醜劇只蔓延了不到一旬時間就已經迅速落下帷幕。白河寺的財產一律充公，至於誰會接收這顆燙手山芋，有說是京城其餘三大寺裡的高僧，也有說是地方上幾個著名大寺的住持。

南苑國顯然有高人在為皇帝陛下出謀劃策，白河寺醜聞以一種攔腰斬斷的方式迅速消停沉寂下去，因為朝野上下的注意力很快就轉移到了另外一場盛事上：天下四大宗師之一的湖山派掌門俞真意閉關十年，如今成功破關，要召開武林大會，召集群雄，商議圍剿魔教三門一事。屆時，被譽為「天下第一手」的南苑國國師種秋、鏡心齋童青青，以及號稱能夠在山霧雲海中溫養劍意的鳥瞰峰山主陸舫都會出現。

四大宗師齊聚毗鄰南苑國京城的牯牛山，這是江湖百年未有的大氣象。

這四人皆是各自所在國家的武林魁首，跺跺腳就能讓一國江湖掀起驚濤駭浪，尤其是種秋和俞真意，他們之間的恩怨糾纏了足足甲子光陰。兩人是松籟國的市井出身，自幼就是街坊鄰居，一對生死兄弟，機緣巧合下開始一起行走江湖，各有奇遇，成為當時江湖上最引人注目的一雙武道天才，最終不知為何反目成仇。一場只有寥寥四、五人觀看的生死戰後，兩人都身負重傷，種秋這才來到南苑國。在那之後，兩人老死不相往來，不談恩情也不說仇怨。

黃昏中，陳平安回到了狀元巷附近的宅子。此前，房主翁孫正在街角看別人下棋，見著了陳平安的身影，孩子臉色雪白，趕緊起身，招呼陳平安來看棋。

陳平安走近跟他們一起看了會兒，孩子又說有事要先回家，撒腿就跑。

陳平安猶豫了一下，沒有觀棋興致的他站了一炷香工夫，這才緩緩走回宅子。

開門進屋後，對面屋的孩子踩在小板凳上，透過窗戶望向陳平安，輕輕鬆了口氣。

陳平安關了門，摘下包袱放在床上，蓮花小人兒立即從地面蹦跳出來，咿咿呀呀，指指點點，好像十分氣憤。

陳平安瞥了眼桌上的那疊書籍，一些不易察覺的細微褶皺比起自己離開宅子前顯然多了些。他心中了然，蹲下身攤開手掌，讓蓮花小人兒走到自己手心，然後起身坐在桌旁。

蓮花小人兒跳到桌上，又輕輕跳到書山上，跪在一本聖人書籍的扉頁上，用小胳膊仔仔細細撫平褶皺。

陳平安笑道：「沒關係，書是給人看的，人家這不是已經還回來了嘛，不用生氣。」

正在辛勤幹活的小傢伙轉過頭，眨巴眨巴眼，有些疑惑不解。

陳平安揉了揉他的小腦袋，掏出竹簡和刻刀，輕輕放在桌上。

在這天夜色裡，陳平安悄悄去往白河寺，之前就來燒過香，陳平安並不陌生。

白河寺有一座大殿極為奇特，供奉著三尊佛像，有佛像怒目，也有佛像低眉，居中一座佛像竟然倒坐，千年以來，不管香火如何薰陶，佛像始終背對大門和香客。

白河寺最近有些蕭條，大白天都門可羅雀了，深夜時分更是寂寥，加上那些以訛傳訛的可怕傳聞，襯托得往日寶相莊嚴的菩薩天王神像怎麼看怎麼陰森猙獰。前些天，有一夥毛賊來打秋風，結果一個個哀號著跑出去，全部瘋瘋癲癲的，直到進了牢房才安靜下來，只說那白河寺鬧鬼，萬萬去不得。

陳平安進入這座大門未關的偏殿前，特意點燃了一張陽氣挑燈符，並無異樣。他又悄悄換了幾處地方，符籙始終是勻速緩緩燒盡。

陳平安正打算離開白河寺，剛走到殿門口附近就驟然倒掠，腳尖一點，下一刻就坐在了大殿橫梁上，側身而臥，屏氣凝神。

從大殿外大搖大擺走入三人，毫無竊賊的模樣，反倒像是月夜賞景的達官貴人。

陳平安皺了皺眉頭，竟然有兩人他都見過，其中一人正是狀元巷一棟幽靜宅子裡的武道同輩。老人身材高大，相貌清臒，雖非道人，卻頭戴一頂樣式古樸的銀色蓮花冠，相較於陳平安那次市井街道的遠望，老人今夜不再刻意收斂氣勢，當他跨過門檻，就如一座巍峨山嶽硬生生撞入了這座白河寺大殿。

另一人是名女子，她摘下遮掩容貌的帷帽，姿容動人；脫了籠罩住身段的曳地披風，色彩靡麗。最出奇之處，在於她穿了一雙木屐，屐上赤足如霜雪。

一個俊俏公子則是生面孔，身材修長，一襲藏青色的寬袍大袖，手上纏繞著一串珊瑚念珠，行走之間，他會輕輕撚動珠子。

女子嗓音清脆，嫵媚地瞥了一眼俊俏公子，調侃道：「我的簪花郎唉，你既然虔誠信佛，為何還不跪下磕頭？到時候我往佛像身前一站，占了周公子這麼大便宜，豈不是一夜之間名動天下？死也無憾。」

俊俏公子微笑不語，只是仰頭望向三尊神像。

天地寂寥，偌大一座佛殿，唯有珠子滾動的細微聲響。

老人笑道：「鴉兒，就別拿周仕開玩笑了，人家那是脾氣好，不與妳一般見識，不然撕破了臉皮打一架，到時候周仕的棺材錢，誰出是好？」

貌若少女，可氣質風情卻如婦人的「鴉兒」掩嘴嬌笑，秋波流轉，風情流瀉，竟是讓一座原本陰森嚇人的大殿都有些春意盎然。

名為周仕、綽號「簪花郎」的年輕公子無奈一笑：「丁老教主就莫要欺負我這麼個晚輩了。」

「湖山派的俞真意、南苑國的種秋、鏡心齋的童青青、鳥瞰峰的陸舫可都是了不起的神仙人物，其中童青青那老婆姨更是跟師爺爺一個輩分的。反觀咱們，勢單力薄，真要玩這一出火中取栗嗎？即便拿到了羅漢金身和那部經書，能否活著離開南苑國京城？」鴉兒掰著手指頭，一個個點名道姓過去，說著江湖上最為帷幕重重的祕事，「雖說師爺爺你才是真正的天下第一，可是好漢雙拳難敵四手，俞真意的徒子徒孫那麼多，南苑國種秋又是地頭蛇，童青青那個老妖婆最喜歡蠱惑人心，說不得上次簪花郎負傷歸來，嘴上說是給她打得半死，其實是被老妖婆的美色迷得神魂顛倒，在跟咱們演一齣苦肉計呢。尤其是那個陸舫，幾十年來出手的次數屈指可數，江湖上都說他是走了正道的師爺爺，由此可見，天賦該有多好，經過這麼多年潛心練劍，說不定都已經超過俞真意和種秋了吧？」

老人置若罔聞，默不作聲，雙手負後，望著那尊背對蒼生的佛像。

鴉兒一跺腳，有些幽怨。木屐踩在石板上，響聲清脆。

周仕出言寬慰道：「這四人並非鐵板一塊，真到了生死關頭，恐怕沒誰樂意捨生取義的。」

鴉兒笑道：「咱們中就有人願意啦？」

周仕神色自若，繼續道：「其實光是我爹，加上臂聖程元山和磨刀人劉宗，僅就頂尖戰力來說，已經不比那四位大宗師聯手遜色。我們這次是密謀行事，又不是沙場上的兩軍對壘，不用講究兵力多寡，鴉兒妳不用擔心。」

其實四大宗師只是江湖正道的自家之言，故意撇乾淨了那些魔教中人和黑道梟雄，屬於關起門來自己樂呵，真正服眾的說法，是更有含金量的十大高手，剛好正邪各占一半。

四大宗師中，從武道一途轉入修習仙家道法的白道第一人俞真意排第二，世間外家拳第一人種秋排第六，傳言九十高齡卻青春常駐的童青青排第九。都說在她之後，數個你方唱罷我登場的所謂第一美人的姿色、風韻加在一起，都不如她一人。隱世獨居鳥瞰峰的劍客陸舫排第十，是四大宗師中最年輕的一位，如今還不到五十歲。幾乎所有人都堅信，隨著時間的推移，二十年前墊底的陸舫是最有資格挑戰並且戰勝那位第一人的存在，甚至有人認為如今的陸舫已經超過南苑國國師種秋，能躋身前五之列。

簪花郎所說的臂聖程元山武功極高，對人對敵必分生死，所以不被名門正派認可，覺得他武德太差，不配享有宗師頭銜，此人排在第八。

磨刀人劉宗是名副其實的頂尖邪道高手，純粹喜好殺人，惡名昭彰，排第七。

至於周仕的父親周肥更是無數正道人士做夢都想大卸八塊的大魔頭，武學奇高，品行極為低劣，創建了一座春潮宮，搜羅天下美女，自詡為「山上帝王，陸地神仙」。讓人無奈的是，周肥排第四，而且公認橫鍊功夫天下第一。年輕時的陸舫曾經以一把佩劍「龍繞梁」成功刺穿周肥身軀三次，周肥依然安然無事，戰力折損幾乎可以忽略不計，陸舫就此主動退去。

孤身一人仗劍闖入春潮宮的陸舫也為自己的意氣用事付出了巨大的代價。在他一次出門遠遊的三年內，師門六百人被周肥半點不講高手風範地親手慢慢折磨殆盡，傳言陸舫的師娘和十數個師姐師妹如今尚在春潮宮擔任侍女。

至於為何陸舫遊歷歸來，聽聞噩耗，沒有再度登山挑戰周肥，就成了天底下最大的幾個江湖祕密之一，與天下第一人的那個大魔頭到底有多強、鏡心齋童青青到底有多美、俞真意到底可以活到多少歲並稱為「天下四大謎案」。

從南苑國京城到城外牯牛山這一路，處處波譎雲詭。

有一個萬里迢迢趕來的中年男子帶著一身酒氣進入南苑國京城後，如魚得水，終日在街邊酒鋪酗酒，渾渾噩噩，以至於最後不得不將佩劍押在了酒鋪，換了五兩銀子。那還是掌櫃婦人看在他一身腱子肉的分上，可以趁他睡著了偷摸幾把，不然給三兩銀子頂天了。

牯牛山頂，一個身材如稚童、面容純真的人物，每天閒來無事就細細打磨一把玉竹摺扇，而負責山腳下那八百御林軍的南苑國武將見到此人後，卻要畢恭畢敬地尊稱一聲「俞老真人」。

太子府第，一個多年來擔任掌勺廚子的佝僂老人揭了一大缸時候未到的醃菜的蓋子，酸味撲鼻，嘴上呢喃著「多事之秋，多事之秋」。

但這些人，都沒今夜入白河寺而不燒香的三人分量重。這倒跟鴉兒和簪花郎周仕關係不大，只因為老人姓丁，八十年來在天下第一人的位置上屹立不動，殺人只憑個人喜好和心情——江湖名宿也殺，帝王將相也殺，罄竹難書的武林惡人也殺，路邊老幼婦孺也殺，連自己的弟子都殺到只剩一人。後來，他將教主之位傳給了這唯一的弟子，從此消失，但是在之後的二十年一次的評選中，他依舊是毫無懸念的第一人。

有個聽上去很可笑的江湖傳聞，說專職收集江湖祕聞、評點宗師高低的敬仰樓先後兩任樓主的至交好友，都曾好奇詢問為何不撤掉那個生死不知的丁魔頭，兩人都說過同樣一句話：「萬一他沒死，我就死了。」

此刻大殿之中，鴉兒笑問道：「你爹只要樊仙子這麼一個美人兒，明面上卻是出力最大，如此興師動眾，當真不覺得虧了？」

周仕苦笑：「我爹什麼脾性妳還不清楚？說好聽點是愛美人不愛江山，說難聽點就是見色忘命。如果不是種秋就住在南苑國皇宮旁邊，他都能進宮去搶那位周皇后。」

鴉兒伸手揉著臉頰，自怨自艾道：「樊莞爾、周姝真，一個當今第一美人，一個在二十年前顏色甲於天下，你爹的眼光真高，難怪我會難入他老人家的法眼，哪怕見了面，一起喝茶也是客客氣氣的，目不斜視。」

周仕苦笑不已。

鴉兒笑問道：「你爹怎麼不對童青青有念想？」

周仕仰頭望向那尊對人間怒目的威嚴佛像，手指不停撚動珠子，輕聲道：「我爹說，一份美食，燙嘴不怕，燙得起了水泡都值得，但是註定會燙穿了肚腸的美食，嘴再饞，也莫要去碰。」

負手而立的丁老教主聽聞此言，扯了扯嘴角，環顧四周，輕聲道：「走了，金身已經不在這邊。」

鴉兒和周仕並無異議，也不敢有絲毫質疑。別看鴉兒口口聲聲「師爺爺」，十分嬌憨親暱，實則膽戰心驚，生怕一個不留神就要被老人拍碎頭顱。周仕也好不到哪裡去，父親周肥至多是一張可有可無的護身符，遠遠不足以成為真正的保命符。

一舉一動都彷彿與天地契合的丁老教主跨出門檻的時候，腳步略作停滯。

只是這麼個不起眼的小動作，就讓鴉兒和周仕氣息紊亂，胸口發悶，額頭滲出汗水，停步站立不動。

丁老教主又稍稍加快速度跨過了門檻，走下臺階。兩個在江湖上已經贏得極大名頭的武學天才又覺得氣血疾速奔走，如牽線木偶一般，情不自禁地跟著老人一起快步前行。

丁老教主抬頭看了眼月色，笑道：「這南苑國京城，比起六十年前，有意思多了。」

身後兩人視線交匯，都覺得大有深意。

夜涼如水，陳平安從臥姿變成了坐姿，先是雙手合十，跟三尊佛像告罪一聲，莫要怪自己的不敬，然後又想，那個姓丁的老者挺厲害的。

突然，陳平安又側臥回去，很快就又有兩道身影如縹緲青煙一閃而至。

好一對金童玉女，當下這女子的姿色氣度比起先前那個鴉兒還要勝出一籌。

男子三十歲出頭，玉樹臨風，穿著古雅，冠冕風流，一身帝王之家的貴氣。

他用純正的京城口音笑道：「樊仙子，如妳先前所說，這個丁老魔頭性情果然古怪，剛才明明發現了咱倆，竟然都不出手。」

飄然出塵的女子就像一株生長於山野的幽蘭，容貌出眾得不講道理。尋常美人應該第一眼看到她就會自慚形穢，尋常男子甚至生不出占有之心——得有自知之明。

聽到男子的話後，她道：「他是不屑對我們出手。」

男子笑道：「難道我一招都擋不下？不至於吧，我師父好歹是那十人身後追得最緊的一小撮人物之一，如今我與師父過招，已經有兩、三分勝算了。」

樊莞爾搖頭道：「太子殿下自然天賦極好，可是江湖宗師之間的生死廝殺，與切磋武藝有著天壤之別。殿下切莫小覷了這江湖，哪怕是面對一個二流高手，不到最後一刻，也不可掉以輕心。」

南苑國太子為這位仙子擔憂自己而感到由衷喜悅，只是生在帝王家，早早養成了喜怒不形於色的習慣，便輕輕點頭，微笑道：「我記下了，以後與人對敵之前，都會拿出仙子這番言語好好思量思量再出手不遲。」

樊莞爾莞爾一笑，不置一詞。她已經獨自行走江湖六年之久，男人這點小心思的含蓄輕佻，她不會在意，當然更不會動心。

她突然冷笑道：「出來吧！」

南苑國太子臉色微變，心湖震動。

能夠隱藏到現在而不被發現，至少也是與他們兩人實力相當的人物。

他們一起用視線巡視大殿各處，片刻後，樊莞爾鬆了口氣，笑道：「讓殿下笑話了，行走江湖，小心駛得萬年船。」

南苑國太子如釋重負，忍俊不禁，微微側身學那江湖中人拱手抱拳道：「仙子教誨，小生受教了。」

樊莞爾也笑了起來。

兩人之後在三尊佛像附近摸索探尋，並沒有發現隱蔽機關，徒勞無功，只好與之前三人一樣，離開白河寺。

一條橫梁之上，漣漪陣陣蕩漾，逐漸露出一抹雪白，原來是那件金醴法袍變大許多，使得陳平安能夠縮在其中，也算是陳平安自己琢磨出來的一門不入流的障眼法，對付江湖中人挺實用，就是不夠高手氣派、仙家風範。他剛要摘下養劍葫喝上一口酒，突然想起這是寺廟大殿，便收回手，飄然落地，就要離開白河寺，結果剛來到大殿門檻，就看到遠處那個姓樊的漂亮女子正朝他冷冷看來。

他停下腳步。

樊莞爾既不說話，也不出招，就只盯著陳平安，讓陳平安有些鬱悶：『姑娘，妳瞅啥瞅，我已經有喜歡的姑娘了，她可比你好看！反正我是這麼認為的。』

想到這裡，陳平安咧咧嘴。其實……眼前這位姑娘，確實挺好看的，但是姑娘妳長得好看是妳的事情，可不是妳傻了吧唧使勁瞪我的理由吧？

陳平安不願再跟她耗下去，害怕飛簷走壁不太容易脫身，便乾脆用了一張方寸符，直接離開了白河寺。

樊莞爾微微張嘴，滿臉震驚。難道是江湖上哪位隱世不出的前輩宗師嗎？

陳平安離開白河寺沒多久，目光被一條彩燈連綿的熱鬧街道吸引，香味濃郁，便跑去找了家攤子，吃了碗又麻又辣又燙的玩意兒，結果陳平安發現自己身邊又站了一個目瞪口呆的漂亮姑娘。

第八章　殺機四起

還是那個姓樊的女子，初看穿著素雅，若是細看，便會發現衣裳繡有如意水雲圖案，在天上月輝和市井燈火的映照下若隱若現，富扎眼、貴雍容，不過如此。此刻她應該是覆了一張面皮，只有先前姿容的五、六分神采，不至於讓這市井坊間太過轟動。

見她還是使勁盯著自己，陳平安放下碗筷，不得不問道：「妳找我有事？」

樊莞爾突然伸手揉了揉額頭，環顧四周，皺緊眉頭。

隔壁桌上有食客與人起了爭執，罵起街來，拍桌子瞪眼睛，氣勢洶洶地指著對方鼻子怒罵，濃郁的南苑國京師腔調，說得既難聽又雜亂：「你家一門老鴇娼婦，事不過三，你再敢扯這有的沒的，老子就要直接在你家開妓院了。」

樊莞爾一手指肚輕輕揉捏太陽穴，恢復正常神色，以江湖武夫的凝音成線，眼中充滿了好奇和憧憬的光彩，詢問道：「這位公子，你可是……謫仙人？」

陳平安啞然失笑：「我只是個外鄉人，來南苑國遊歷，不是姑娘說的什麼謫仙人。」

樊莞爾有些遺憾，歉意道：「多有叨擾，公子恕罪。」

陳平安擺擺手：「沒關係。」

樊莞爾猶豫了一下，還是提醒道：「最近南苑國京城不太安寧，公子是人中龍鳳，很容易被人盯上，希望公子多加小心。」

陳平安拱手抱拳：「謝過樊姑娘。」

樊莞爾也不是拖泥帶水之人，就這樣離開這條熙熙攘攘的宵夜鬧市。一些個青皮流氓想要藉機揩油，只是每次他們出手，她總是剛好躲過，如一尾魚兒游弋在水草石塊之間。

陳平安有些疑惑。按照崔姓老人的說法，武人天賦好不好，要看能否從低劣的拳架中養出最高明的拳意，當初他選擇陳平安，這是原因之一。不過他死要面子，不願承認《撼山譜》其實有著諸多可取之處，陳平安也不願揭穿。

眼前這個素未蒙面卻兩次找上自己的奇怪女子，按照先前丁姓老者與那鴉兒、簪花郎周仕的說法，多半就是那個名動天下的樊莞爾，擱在家鄉東寶瓶洲可就是賀小涼的地位。

她分明已經有點「近道」的意思，為何一身武道修為好像給壓了一塊萬斤巨石，遲遲上不去？

一身氣勢可以隱藏，可以返璞歸真，但是處久了，內在神意騙不了人，每一口呼吸的緩急，舉手投足的韻味，往往都會洩露天機。先前丁老教主看似隨隨便便一步跨入白河寺大殿，陳平安就立即察覺到了天地異象。

陳平安可是從驪珠洞天走出來的，見過的山頂人物不算少了，能夠讓陳平安覺得「挺厲害」的人物，自然不簡單。在落魄山竹樓的餵拳之人，曾是一位十境巔峰的武夫；在桂花島上的餵劍之人，好歹也是一位老金丹。

陳平安在樊莞爾的身影消失後，想了想，也離開這處鬧市。

南苑國京城分為大大小小八十一坊，大致格局與陳平安路過的許多王朝藩國差不多。這座被譽為天下首善的城池，北貴南貧、東武西文，白河寺位於西城，多是中層文官和殷實商賈的宅第所在，處處可見匠心。

此時陳平安就走在一座石拱橋上，夜深人靜，他輕輕跳到欄杆上，望著腳下這條小河潺潺而流，下邊立著一尊鎮水獸，形狀若蛟龍，亦是不罕見。東寶瓶洲許多繁華城池的欄板柱頭或是拱券龍門石上都有這類用以壓勝水中精怪的鎮水獸，但是陳平安察覺不到這頭古老的鎮水獸有一絲一縷的殘餘靈氣，好像就只是個裝飾擺設。

在陳平安望水發呆的時候，出身鏡心齋的仙子樊莞爾遇上了本該回到南苑國宮城的太子魏衍。此人雖是天潢貴胄，卻是一個深藏不露的年輕高手，他的武道授業恩師是個從北方塞外流亡到南苑國的老一輩宗師，正如魏衍所說，是當今天下距離十大高手最近的一小撮人之一。

這位宗師與魔教三門之一的垂花門有著不共戴天之仇，所以魏衍也被湖山派和鏡心齋都認定為正道中人，並且有希望成為下一代的江湖領袖人物，鏡心齋甚至有意將其扶持為下一任南苑國君主。而那個魔教中人鴉兒則暗中扶持魏衍的皇弟魏崇，雙方爾虞我詐，相互構陷，在南苑國老皇帝面前爭寵，已經打了五、六年的擂臺。

樊莞爾與魏衍散步於靜謐夜色中，魏衍輕聲道：「樊仙子，妳要見那個人，其實不用瞞著我的。他能夠躲在白河寺大殿，自始至終都沒有讓我們察覺到，肯定不是尋常的江湖莽夫。萬一他是魔教中人，妳出了事情，怎麼辦？」

樊莞爾不願讓魏衍這位未來南苑國皇帝心生芥蒂，微笑道：「殿下，你覺得我和你，還有魔教那個不知真實姓名的鴉兒、春潮宮的簪花郎周仕，加上其餘六個差不多年紀的年輕高手，我們十人當中，誰的武道最高？」

魏衍對此早就心中有數，除了有個好師父，還是一國太子，諜報眼線遍布天下，哪怕沒有走過江湖，也早就對江湖祕事爛熟於心，於是不用思索便娓娓道來：「誰為魁首不好說，但是前三早有定數。生死之戰，一旦狹路相逢，誰生誰死，就看誰更擅長爭奪冥冥之中的大勢，天時地利人和，誰占據更多，誰就能贏。」

說到這裡，魏衍瞥了眼樊莞爾身後。今夜出行，樊莞爾並沒有攜帶兵器。

魏衍笑道：「樊仙子精通鏡心齋、湖山派與失傳已久的白猿背劍術，三家聖人之學相容並蓄，當然位列前三。師父由衷稱讚過仙子：『有無劍背在身後，是兩個樊莞爾。』」

樊莞爾笑道：「殿下謬讚了。」

魏衍一手負後，一手手指輕輕敲擊腰間玉帶：「魔教那個鴉兒，當年剛剛進入京城，心高氣傲，竟敢跑去找種國師，還吃了種國師一拳。能傷而不死，世人都覺得是她僥倖，但是父皇跟我說過，國師曾言：『那個小姑娘，武學天資之高，可謂女子中的陸舫。』最後一人，應該就是那個來歷不明的馮青白了，這十來年橫空出世，他的身世、師門，所有都查不到任何蛛絲馬跡，喜好遊歷四方，不斷挑戰各路高手宗師。看他挑選的對手就會發現，他從一個略懂三腳貓的外行，短短十年間就成長為當世第一流的高手。」說完這些，魏衍轉頭問道：「樊仙子，其餘七人當中，還有隱藏更深的？」

樊莞爾雙手負後，走在一座寂靜無人的小橋上，靠近欄杆，一次次拍打著其上雕刻的小石獅的腦袋，搖頭道：「就算真有，至少我和鏡心齋都不知道。」

魏衍笑容和煦，不承想樊仙子還有如此俏皮的時候。他看著那雙水潤眼眸，一時間有些癡了。他停下腳步，又驟然加快，與樊莞爾並肩而行，想要伸手牽住她的纖纖素手，可惜沒有那份勇氣。

樊莞爾停下腳步，側過身，舉目遠眺，眉眼憂愁，緩緩道：「之所以聊起這個，就是想說一件我始終想不明白的怪事。」

魏衍好奇道：「說說看。」

樊莞爾揉了揉眉心，魏衍擔憂道：「怎麼了，可是那白袍劍客使了什麼陰險手法？」

樊莞爾笑著搖頭：「殿下，你從你師父那邊聽說過『謫仙人』嗎？」

魏衍笑道：「我師父是個江湖莽夫，可不提這個。他老人家最不喜歡文人騷客，我年少時，只要聊天的時候說得稍稍文縐縐一點就要挨打，所以我就只能從詩篇中去領略謫仙人的風姿了。」

既然魏衍這邊沒有線索，樊莞爾就不願多說此事，轉移話題。

她眼神深遠，喃喃道：「殿下，你可曾有過一種感覺，當我們經歷一事，或是走過一地、見過一人後，總覺得有些熟悉？」

魏衍點點頭道：「有啊，怎麼沒有。」他覺得有趣，「難道樊仙子也相信，佛家轉世一說？」

樊莞爾搖搖頭。

京城外的牯牛山上，今夜站著七、八人之多，其中顏色若稚童的湖山派俞真意神色凝重，遠眺夜幕中的京城輪廓。

滿身酒氣，連佩劍都當給了酒鋪婦人的邋遢漢子，名為陸舫。

南苑國國師種秋是一個不苟言笑的清瘦男子，氣質儒雅，很難想像他會是那個天下第一手。

俞真意嗓音也如容貌一般稚嫩清靈，緩緩開口道：「除了丁老魔、春潮宮周肥、游俠馮青白、鏡心齋童青青這既定四人，我們恐怕要多殺一人了。」

陸舫自嘲道：「不會是我吧？」

種秋冷冷瞥了眼他，他攤開手，無奈道：「開個玩笑也不行啊？」

除了這四大宗師中三人，山頂還有一些絕對不該出現在此地的人物，但是無一例外，要麼是榜上有名的十大高手之一，要麼是如魏衍師父那般的武學宗師。

今夜的牯牛山，以及接下來的南苑國京城，註定會不談正邪。

俞真意死死盯住京城某個地方，輕聲道：「陸舫，你跟你朋友先解決掉那個最大的意外，至於是聯手殺人還是獨自殺人，我不管，但是只許成功不許失敗。三天之內將那人的頭顱帶過來，他身上的所有物件，老規矩，殺人者得之。」

陸舫摸了摸後腦勺，嘆息一聲。

遠處有人陰森而笑，躍躍欲試。

陳平安沒有返回宅子，就這麼孤魂野鬼似的獨自夜遊京城，其間潛入一家書香門第的藏書樓，隨手翻閱書籍，在天亮之前又悄然離去，在京城國子監又旁聽那些夫子授課，直到日頭高照的正午時分，才走回狀元巷，有意避開了跟丁老教主、簪花郎周仕有關的那棟宅子。

狀元巷有幾間逼仄狹小的書肆，除了賣書也順帶賣一些稱不上案頭清供的文房四寶，粗糙簡陋，好在價格不高，畢竟這邊的買主都是些進京趕考的窮書生。陳平安在一家鋪子買了幾本文筆散淡的山水遊記，近期肯定不會翻看，只是想著讓落魄山多些藏書而已。等陳平安走回住處的巷弄，剛好那個清秀的小傢伙下課歸來，兩人一起走在巷子裡，孩子像是有難言之隱，憋了半天也沒好意思說出口，陳平安就假裝沒看到，回了宅院。

晚飯是跟孩子一家人在一張飯桌上吃的，按照事先說好的，這戶人家為陳平安添雙碗筷，每天多收三十文錢。老嫗信誓旦旦地說餐餐必有魚肉，事實上陳平安經常外出，要麼錯過吃飯的點，要麼乾脆一段時間沒人影兒，老嫗高興得很。

今天桌上沒什麼油水，老嫗笑著道歉，說：「陳公子今兒怎麼不早點打聲招呼，才好準備食材。」

陳平安笑道：「能吃飽就行了。」

老嫗便問明天怎麼說，當聽到陳平安說明天要外出後，老嫗又唉聲嘆氣，埋怨陳平安太忙碌了，連吃頓家常飯菜都這麼難，其實她兒媳婦的廚藝還是不錯的，不敢說多好，肯定下飯。一直低頭扒飯、連菜都不敢多夾一筷子的婦人微微抬頭，憨厚笑笑。婆婆誇獎自己，破天荒了。

陳平安吃過了飯，就搬了條小凳去那孩子爺爺經常跟人下棋的街角。難得是大條青石鋪就的街面，世世代代住在這的人看著人來人往，與街坊鄰居聊著家長里短，很能解悶。若是有富家子弟騎馬疾馳而過，或是某個小有名氣的青樓女子姍姍走過，都能讓一整條街亮堂起來。

陳平安坐在棋攤子不遠處，那邊圍了一大堆人。

他突然發現，那個孩子也搬了條凳子坐在了自己身邊。

之前他已經摘下那把「劍氣」放在屋內，畢竟市井納涼還背著一把劍，不像話。養劍葫帶在了身邊，但是讓更為聽話的飛劍十五留在了院子裡，免得給人偷了去。如今南苑國京城不太平，藏龍臥虎，想必很快就都該起身了。

察覺到孩子的彆扭，陳平安笑問道：「有心事？」

上了學塾便知曉一些粗略禮儀的孩子低下頭：「對不起啊，陳公子。」

陳平安輕聲道：「怎麼說？」

孩子坐在矮矮的板凳上，雙手緊握拳頭，放在膝蓋上，不敢看陳平安：「我娘經常趁著陳公子不在家就去翻陳公子的東西。」

陳平安愣了一下。本以為是那個言語刻薄的老嫗經常去他房間「串門」，不承想是那個看著很老實的孩子他娘親。

孩子心情越發沉重：「後來陳公子離開久了，娘親就偷拿了陳公子放在桌上的書籍給我，我一個忍不住就翻開偷看了，我知道這樣不好。」

陳平安本想說一個輕描淡寫的「沒關係」，很快就咽回肚子，改口道：「是不好。」

之前遊逛京城，某天在喧鬧廟會上看到一對富貴氣派的娘兒倆，身後暗中跟著一幫目露精光的扈從。五、六歲的孩子瞧見了一個漂亮姐姐在攤子邊挑選物件，便跑過去扯那少女的袖子。孩子自然並無惡意，只是為了吸引大人的注意而已。那少女起先並未理睬，只是孩子出身權貴高門，見這位姐姐竟然不理睬自己便有些惱火，手上的力氣便越來越大。那少女被糾纏得不耐煩，倒也知書達理，並未跟不懂事的孩子計較，便抬頭望向不遠處站著的孩子母親，後者便喊了孩子回來，不讓他繼續胡鬧。

當時這一幕如果止步於此，陳平安看過也就算了，但是那位氣質華貴的婦人說了一句話，讓陳平安一直難以釋懷，卻想不出癥結所在。

必然是從鐘鳴鼎食之家走出的婦人教育自己孩子的那句話是：「你看姐姐都生氣了，別再頑皮了。」

乍一看，毫無問題。婦人的神態，一直當得起「雍容」二字，望向自己兒子的目光慈祥寵愛，對那少女的態度也絕無半點惡劣。直到這一刻，陳平安與這個孩子隨口閒聊，才想明白了緣由。與梳水國宋雨燒老前輩有關的那樁慘烈禍事，相似又有不同。

婦人如此教子，是錯的。難道那攤邊少女不生氣，孩子就可以如此行事了嗎？

相較於宋雨燒前輩的那樁江湖慘事，市井上這種「無傷大雅的小事」好像說重不得，真要絮絮叨叨個沒完，肯定會給人不近人情的嫌疑，說不定那婦人覺得是在得理不饒人，得寸進尺，真當家族姓氏是好欺辱的？甚至那少女都未必領情。

陳平安掏出那支竹簡看著左右兩端，視線不斷往中間移動，上邊已經刻了許多印痕。陳平安兩隻手的左右食指抵住如同一把尺子的竹簡兩端，懸在空中，轉頭對那個忐忑不安的孩子笑道：「你娘親如此作為肯定是錯的，你知錯不改還是不太對，但是呢，在知道這個之後，還要明白，世間事分大小，人生在世，除了對錯，大是大非之外，終究是要講人情的。比如你娘親為何如此做？還不是想要你多讀書，以後成為童生、秀才、舉人老爺，甚至是考中進士。你娘親那麼能吃苦的人，難道是為了什麼光宗耀祖，為了她穿得好、吃得好？想來不是的，只是單純想要你將來過得好，對不對？你娘親為何做錯事，你如果明白了，便可以不去多想。她的錯與對你的好，你已心中有數，接下來就該輪到你了。你讀了書，學了書上的聖賢道理，便是知禮了，那麼若是光陰倒流，再給你一次機會，你會怎麼辦呢？」

孩子一直聽得很用心，因為陳平安將道理說得淺，他又聰慧，便聽懂了，認真思考之後，回道：「我應該將娘親偷來的書本默默放回陳公子的屋子裡，然後光明正大地跟你借書，這樣對嗎？」

陳平安點頭：「我只敢說在我這兒已經對了，換作其他人，你可能還得多想一些。」

孩子雀躍道：「陳公子，那你不會怪罪我娘了吧？」

陳平安揉了揉那顆小腦袋：「有些錯是可以彌補償還的，你就這麼做了。」

孩子使勁點頭：「所以先生告訴我們，知錯能改，善莫大焉！」

跟人打生打死都不講幾句話的陳平安，今天竟然跟一個孩子講了這麼多，連他自己都覺得驚訝，不過心境又靜了幾分，感覺就算現在馬上去走樁和練劍都已經沒有問題。

他收起那支竹簡放回袖子，便乾脆再多說了幾句：「每天必須吃飯，是為了活下去。當在衣食無憂的前提下，讀書講理不一定是為了做聖賢，而是為了讓自己活得更好一些。當然，不一定真的更好，但是儒家聖人們的經典教誨，世世代代君子賢人們的金玉良言，最少最少給了我們一種最『沒有錯』的可能性，告訴我們原來日子可以這麼過，過得讓人心安理得。」

孩子迷迷糊糊道：「陳公子，這些我就有些聽不懂了。」

陳平安笑道：「我有許多事情其實也沒想透澈，就像搭建一間屋子，只是有了幾根柱子，離能夠遮風避雨還差得很遠。所以你不用當真，聽不聽得懂都沒關係，以後有問題想不明白，可以多問問學塾先生。」

孩子笑著起身，拎著小板凳，給陳平安鞠了一躬後，說要回家抄書寫字了，教書先生可嚴厲了，稍稍偷懶就會挨板子的。

陳平安笑著揮手道：「去吧。」

等孩子離開，他沒有轉身，突然道：「把手裡的石頭丟掉。」

身後響起一個稚嫩嗓音，「哦」了一聲，然後就是石子摔在地上的響動，似乎石子還不小。

一個枯瘦小女孩拍拍手，大搖大擺地走到陳平安身邊蹲下，轉頭問道：「凳子借我坐坐唄？」

陳平安置若罔聞，摘下養劍葫開始喝酒。

小女孩又問道：「你這麼有錢，能不能給我一些？你剛才不是說了嗎，要每天吃飯，才能活下去。」

陳平安不看她，反問道：「妳怎麼找到我這裡的？」

兩人對話牛頭不對馬嘴，小女孩可憐兮兮道：「我知道你不缺錢，給我幾兩銀子，你又不心疼，可是我能買好多乾餅和肉包子呢。到了冬天，每年京城都會凍死很多老乞丐，他們身上的那點破爛衣服，我扒下來要費好大的勁，你瞧瞧，我現在身上這件就是這麼來的。我要是有了錢，肯定就能熬過去了。」

陳平安還是不看她：「身上這件是這麼來的，可是上次穿的呢，是那個小姑娘偷偷拿出來送妳的衣裳吧？今天怎麼不穿了，就為了見我？」

小女孩看似天真無邪，完全沒聽懂陳平安的言下之意，嬌憨笑道：「大夏天的，衣服破一些反而涼快，她送我的那件，我一般捨不得穿，到了冬天再拿出來，穿在身上特別暖和。」

陳平安突然站起身，左右各看了一眼街道兩端的盡頭，話語卻是對那個蹲著的小女孩說的：「去貼著牆根站著，接下來不管發生什麼，都不要出聲。」

小女孩是個心思活絡的，時時刻刻都在偷偷觀察著陳平安，所以早早順著陳平安的視線瞥了兩眼，然後嘟嘟囔囔，抱怨著起身，就要跑去牆邊避難，突然聽到那人說：「拿上板凳。」

她不樂意了：「憑啥幫你拿，你是我失散多年的野爹啊？」

陳平安直截了當道：「十文錢。」

「好嘞，爹！」小女孩黝黑臉龐上立即笑出一朵花來，拎起了小板凳就跑。

長條青石鋪就的街道兩頭，有兩人相向而行，陳平安和棋攤子剛好位於中間位置。

陳平安左手邊是一個面罩白紗的女子，一身青色衣裙，紅錦裹身，繫以玉帶，懷抱一只琵琶，分外妖嬈，搖曳生姿。陳平安右手邊則是一個身高八尺的漢子，赤手空拳，上身裸露，肌肉虯結，卻穿了條粉色長褲。

這一對男女，怎麼看都不像是跟雞鳴犬吠做伴的市井百姓。

那漢子殺氣騰騰，毫不遮掩自己的昂揚戰意，比起尋常南苑國青壯男人，這傢伙的個子還要略高一些，雖然面容清秀，可也算不得什麼少年郎了。

漢子朗聲笑道：「外鄉人，我叫馬宣，來自塞外，有好事之徒給了一個『粉金剛』的綽號。昨兒有人花了黃金千兩要買下你的腦袋，還說你武功深不可測，別看長得面嫩，極有可能是俞真意那般的老妖怪，我便喊了姘頭一起。今兒你是自盡好留個全屍，還是給我雙拳砸得粉碎？」

漢子嗓門大，一番言語說得震天響，棋攤子那邊的眾人譁然，顧不得棋盒板凳，四處逃散。這可是要當街殺人，他們哪敢湊熱鬧。按照狀元巷老一輩人神神道道的說法，南苑國京城歷史上有過幾次江湖高人的廝殺，打得天翻地覆，幾座大坊直接就給打成了廢墟，事後披麻戴孝的門庭少說也有幾百戶。

透過輕薄面紗瞧著那些作鳥獸散的街坊百姓，琵琶女嘴角翹起，右手就要挑弦，以音律殺人割頭，但是她驀然停下了挑弦動作，嫣然一笑：「既然這位公子不喜歡助興，奴家就不多此一舉了。」

原來那個白袍外鄉人盯上了她，感覺像是只要她敢手指觸弦，他就會撇下粉金剛先找上她。她是來幫老相好一起掙千兩黃金的，可不是來擔任吃力不討好的廝殺主力，之所以願意接這筆買賣，就在於她和粉金剛馬宣是江湖上少有的絕佳搭檔，一人近身廝殺肉搏，一人遠遠牽扯襲擾，天衣無縫，只要是那十人之外的江湖宗師，兩人配合，哪怕打不過，也能逃得掉。

陳平安覺得有點莫名其妙。為何要找上自己？先是樊莞爾所謂的「謫仙人」，現在又有人出價黃金千兩，於是光天化日之下蹦出這麼兩個滿身血腥煞氣的傢伙，如果不是自己阻攔，恐怕那些四處逃竄的百姓就已經死了。

相較於聲勢嚇人的魁梧大漢馬宣，陳平安的注意力更多還是在琵琶女身上。

那把以整塊紫檀製成的華美琵琶，落在陳平安眼中，又有玄機。琵琶弦附近絲絲縷縷的血腥氣和濃如墨汁的死氣相互纏繞，向四周散發流溢。只是琵琶上沒有任何怨靈厲鬼產生，陳平安對此有些奇怪。按照自己行走東寶瓶洲和桐葉洲各地的經驗，死於琵琶之下的亡魂如此多，怨氣凝聚，應該會有靈異古怪的東西產生才對。

枯瘦小女孩坐在牆根的板凳上，碎碎呢喃著：「誰都看不到我……看不到我……」

至於為何不跟隨那些百姓一起逃入遠處街巷，她先前不是沒有猶豫，但是總覺得待在這邊更安心一些。

陳平安問道：「我如果出兩千兩黃金，你們能否告訴我幕後主使？」

琵琶女低頭掩嘴嬌媚而笑，由於懷抱琵琶，做出這個動作之後，胸脯便被擠壓得厲害了。馬宣只是瞥了一眼她便眼神炙熱，笑罵道：「騷娘兒們，幾年不見，見著了俊俏男子還是走不動路！做完這樁買賣，咱們找個地兒打架去。能不能便宜一些？一次就要百兩黃金，天底下誰吃得消？」

陳平安嘆了口氣道：「沒得談？」

馬宣大步前行，哈哈大笑道：「擰下你的腦袋，我們再來談，該說不該說的，大爺都告訴你，咋樣？」

琵琶女緩緩而行，在距離陳平安尚有百步之遙時就停下身形，輕輕搖晃手腕，蓄勢待發。

馬宣猛然一蹬，腳下青石地面砰然碎裂，魁梧身形瞬間就來到陳平安身前不足一丈之處，粉色長褲緊貼大腿，由於速度太快，發出獵獵聲響。

一丈距離而已，那個像是被嚇傻的傢伙依然一動不動。

馬宣嗤笑道：「敢惹老子的姘頭發騷，死不足惜！」

他不再保留實力，一拳驟然加速，砸向陳平安頭顱。

陳平安心思急轉，不耽誤躲避這一拳，身體輕飄飄後仰倒去，雙腳扎根大地。

這邊的純粹武夫貌似膽子有點大啊，對陣迎敵還有閒情逸致跟人聊天？就不怕那一口氣用完，在新舊交替的間隙被對手抓住破綻？

一拳落空，馬宣心知不妙，立即散氣全身。雖然是外家拳的宗師，可小心起見，仍是害怕自身橫鍊的體魄未必扛得住，不得已放棄了攻勢，全部轉為防禦，氣走周身竅穴，肌膚熠熠生輝，像是塗上了一層金漆。

陳平安一腳向上踹去，踹中馬宣腹部，馬宣整個人被踹得砰然升天。

一個擰轉翻身，陳平安猛然站直，腳步輕挪，左右各自搖晃了一下，恰好躲過四根凝聚成線的「琴弦」。

琵琶女以撚、滾、挑三勢觸動琴弦，右手五指眼花繚亂，琵琶卻無聲無息，但是身前有一絲絲晶瑩亮光驟然出現，轉瞬即逝。

陳平安在街道上飄來蕩去，每次都剛好躲過琴弦迸發而出的冷冽絲線，那些如鋒刃的絲線在空中縱橫交錯，雜亂無章，像是幾十張強弓激射而出的連珠箭，籠罩四方。

馬宣使了一個千斤墜轟然落地，雙手作錘狀，凶悍壓下街面。

顯然琵琶女也在時刻關注著馬宣的動向，掐準時機，在馬宣落下之時，從琵琶那邊激盪而出的絲線就緩了緩，以免耽誤了馬宣的進攻勢頭。

陳平安在原地憑空消失，馬宣愣了一下，拳勢已經來不及收回，便重重砸在街道上，砸得青石板不斷碎裂飛濺。

陳平安出現在馬宣身側，一手按住馬宣肩頭，微微加重力道，按得馬宣轟然下沉，雙膝沒入青石條板。

馬宣怒喝一聲，想要頂開那隻重達千鈞的手掌，陳平安只是再一按，就壓得他一屁股坐在地上，肌膚上那層意味著一身橫鍊外功幾乎已至江湖巔峰的金色竟然開始自行消散，體內氣息不由自主地紊亂流轉，馬宣給驚駭得肝膽欲裂，魂飛魄散。

經過「切磋」，陳平安終於發現一個真相：這名走外家拳路數的武夫體內那口純粹真氣太散了。他一身外泄流淌的氣勢和拳意都是真的，是實打實的武道鍊氣境界，但就像一間屋子的棟梁木材不夠好，尋常風和日麗不會有問題，可一旦遇上真正的大風大雨就容易垮塌下去。一口氣雜且亂，求多而不求精，根本就與「純粹」不沾邊，反而像是一名武夫走了鍊氣士的道路。

琵琶女乾脆就停下了十指動作，面紗後有一聲幽怨嘆息。

雙方實力懸殊，這次她和馬宣算是撞到鐵板了。

眼前這個貌似年輕的白袍公子哥極有可能是無限臨近「天下十人」的隱世大宗師。

是魔教中人？丁老魔之後又一位橫空出世的天之驕子，要一統江湖？還是老神仙俞真意精心調教出來的嫡傳弟子，是為了針對丁老魔重出江湖的殺手鐧？

形勢一團亂麻，琵琶女心中也是如此，自己和馬宣不該摻和進來的。

牆頭上有人輕輕拍掌：「厲害厲害，不愧是被臨時放到榜上的傢伙，確實值得我們認真對付。」

琵琶女抬頭望去，頓時如墜冰窟。牆上蹲著一個笑容僵硬的男子，他這副尊容萬年不變，就像戴了一張蹩腳低劣的面具，戴上去就生根發芽，這輩子再也摘不下了。

笑臉兒，錢塘。

那十人之外，此人堪稱天底下最難纏的宗師，沒有之一。他也是性情最古怪的邪魔外道，不太濫殺無辜，但是遇上相同境界的高手，一定會死纏爛打。老一輩十人之列的八臂神靈薛淵雖說因為上了歲數，拳法巔峰已過，跌出了十人行列，但是瘦死的駱駝比馬大，魔教三門之一的某位梟雄就差點死在他的八臂神通之下。面對笑臉兒，被足足糾纏了整整一年，差點給逼得失心瘋。

錢塘蹲在牆頭，一手抓起一塊泥土輕輕拋擲，嘿嘿道：「如果還要故意保留實力，你會死翹翹，不是死在他手上，而是死在我手上。對吧，馬宣？還有那個大胸婦人。對了，你姓甚名誰來著？」

被陳平安數次以手掌壓在肩頭的馬宣，一身雄渾罡氣突然炸裂開來，氣勢比起之前暴漲了無數。琵琶女也戴上了一副假指甲，泛著幽光，再無半點炫技的嫌疑，開始重重撥動琵琶弦。

馬宣反手凶悍一拳，陳平安伸出一隻手掌在身前擋下那一拳，身形借勢倒滑出去，雙腳像是兩顆棋子在鏡面上輕輕滑過。

在馬宣和陳平安之間，方才有兩道粗如拇指的瑩綠色絲線交錯而過，兩側牆壁崩裂出兩條裂縫，若是陳平安撤退稍晚，就需要直面這次偷襲。

馬宣轉過身，先抬頭瞥了眼牆頭上笑臉依舊的傢伙，冷哼一聲，死死盯著安然無恙的陳平安，吐了口血水在地上。先前被陳平安一腳蹬上天，五臟六腑其實已經受了傷。他提醒身後的女子：「騷婆娘，不來點真本事，今天咱倆很難糊弄過關了。」

琵琶女惡狠狠道：「都怪你，天底下哪有這麼難掙的錢！」

馬宣咧嘴道：「老子事先哪裡知道這黃金如此燙手，說好了都去對付丁老魔的，本以為這個傢伙就是小魚小蝦而已。」

陳平安的注意力更多還是放在牆頭那個人身上。他在試探他們，或者說在試圖看穿這江湖的深淺，他們又何嘗不是在查看陳平安的真正底細。

錢塘再次拍手：「有趣有趣，大夥兒想到一塊兒去了？」

就在此時，街巷交叉的路口緩緩走出一個玉樹臨風的年輕男子——頭簪杏花，手中拎著兩顆鮮血淋漓的腦袋——簪花郎周仕。他站在拐角處遠遠望著陳平安，笑著將手中腦袋輕輕丟在地上。

他身後又姍姍走出一名腳踩木屐的絕色女子，手中也拎著兩顆頭顱隨手丟在街面上，嫣然而笑：「這位公子，我家師爺爺說了，只要你交出酒葫蘆，那孩子就能活命。不然，他們一家五口可就要團團圓圓了。這些日子，公子逛遍了南苑國京城，一看就是個心腸好的人，忍心嗎？」

在巷子深處的那棟宅子裡，頭戴一頂銀色蓮花冠的老人正坐在板凳上曬著太陽，旁邊有個孩子瑟瑟發抖，滿臉鼻涕眼淚。

丁老教主微笑道：「不用害怕，你的天賦很好，我打算破例收你為徒，說不定能夠成為下一任魔教教主。哭什麼呢？沒了幾個親人而已，卻有希望擁有一整座江湖，娃兒你讀過些書，應該已經能夠算清楚這筆帳了。再哭的話，害我分心，無法困住屋子裡的那個小傢伙，我可就要連你一起殺了。」

他抬頭望向遠處：「俞真意、種秋，不妨實話告訴你們，周肥我已經答應保下了，勸你們還是先殺童青青和馮青白，之後再來對付老夫。再說了，多出一個外鄉人就是多出一份機緣，殺不殺我已經沒那麼重要。你們真以為我會對一副羅漢金身動心嗎？那你們也太小看我丁嬰了。不過我可以告訴你們一個天大的好消息，殺了街上那人，可就不是十了。一條性命之外，加上那只酒葫蘆和我身後屋內傳說中的仙人飛劍，那麼最少是十三。」他有些懶洋洋的，「不如你我雙方都順勢改變策略吧，宰了那小子，就可以多出很多選擇的機會。」

大概是已經得到確切回覆，他嗤笑一聲。

街上，陳平安環顧四周，沉聲道：「不用再算計我的心境了。」

錢塘和周仕都覺得匪夷所思，不知為何要冒出這麼一句，唯獨遠處一個抱劍立於樹蔭中的中年漢子原本一直在打盹，這會兒睜開眼，不再有半點慵懶神色，冷笑道：「果然如此。」他緩緩走出樹蔭，握住劍柄。

劍柄朝下左右搖晃著，這哪裡像是個劍客，倒像是個手持撥浪鼓的頑劣稚童。

當他出現在眾人視野，馬宣、琵琶女、錢塘、周仕及鴉兒都變了變臉色。

陸舫不去看這些在江湖上聲名赫赫的頂尖高手，只是對陳平安笑道：「想多了，你還沒有這麼大的面子，這裡的江湖百年，估計也就只有丁嬰一人夠格。你……」他伸出空閒一手，搖動手指，「還不行。」

眾目睽睽之下，他將長劍往地面一戳，掌心抵住劍柄，意態懶散，對這幾撥人笑呵呵道：「別發呆啊，你們繼續，如果實在殺不掉，我再出手不遲。放心，我今日出劍只針對那小子，保證不會誤傷你們。」

馬宣吐了口帶血絲的唾沫，肆意笑道：「不承想還有機會讓陸劍仙壓陣，這趟看是沒白來了。不管結果如何，以後江湖上只要聊起這場大戰，總繞不過『馬宣』這個人，可以放手一搏了！」他微微彎腰弓背，一頭下山虎的文身圖案瞬間出現，一直從肩頭蔓延到手臂，氣勢驚人。不但如此，高高隆起的後背上還文有一幅好似門神的畫像，一個手持長刀的青袍長髯漢子作閉眼拄刀狀，散發著一股濃郁的冷冽氣焰，比肩頭下山虎更觸目驚心。

錢塘笑容更濃，雙指拈著不知從哪裡拔來的草根輕輕咀嚼。

周仕對身邊的鴉兒輕聲解釋道：「顯然馬宣也有奇遇，得了些零碎機緣。我爹說過這叫請神之術，在三百年前那次甲子之約中，有人就靠這個在塞外大殺四方，追著兩千草原精騎殺了個一乾二淨。」

瞧見了琵琶女的晦暗眼神，一身氣勢節節攀升的馬宣嘿嘿笑道：「沒點新鮮本事哪敢蹚這渾水，妳真以為老子在乎那點黃金？」

琵琶女冷冷道：「我只為黃金而來，這錢，乾淨。」

馬宣譏諷道：「咋的，該不會真對那個窮書生上了心吧？讀書人有幾個不要臉皮的，給他曉得了妳的過往事蹟還不得悔青腸子，少不得要罵妳一句連娼妓都不如。人家可沒冤枉妳，從頭到腳，妳身上有哪一處是乾淨的？趕緊滾，回頭妳與那窮書生成親的時候，大爺一定賞你們五百兩黃金，就當嫖資了。」

周仕笑道：「口口聲聲姘頭，原來是真情實意。」

琵琶女露出一絲猶豫。

錢塘突然道：「成親？我來這裡之前與某個姓蔣的讀書人相談甚歡，聊了好些江湖趣聞，其中就說了些琵琶妃子的江湖往事。那書生約莫是讀書讀傻了，只說世間怎會有如此恬不知恥的放浪女子，竟是到最後都沒想到那位琵琶妃子就是自己的枕邊人。唉，既然是個糊塗蛋，那麼想來這樁親事還是能成的。」

琵琶女神色哀慟，隨即變得毅然決然。

陳平安一直在用心看、用心聽，沒有絲毫焦躁。不僅僅在於身處街上陷入重圍，更在於仕處那邊，飛劍十五好像再次陷入了被「井」字符禁錮的境地。

陸舫是陳平安見到的第三個「近道」武夫，之前兩人分別是丁嬰和樊莞爾。陸舫的武道修為比樊莞爾要高出不少，就目前來看，與丁嬰的差距應該不大，但是一個馬宣都有壓箱底的本事，這江湖顯然沒想像中那麼淺。如果養劍葫內是方寸物十五而不是初一，情況會更好一些，不過事已至此，多想無益。

名副其實的腹背受敵。

周仕微笑道：「鴉兒姑娘，有勞了。」

鴉兒無奈道：「師爺爺都發話了，我哪敢偷懶，但是你可要記得救我。」

周仕點頭道：「辣手摧花是世上第一等慘事，我絕不會讓鴉兒姑娘失望的。」

錢塘丟了草根，也站起身，舒展筋骨後，雙手揉了揉臉頰，露出一個不再死板的真誠笑容：「我要親手掂量一下謫仙人的斤兩。」

陸舫「喂」了一聲，笑著提醒道：「大戰在即，你還要想那些有的沒的？一個東躲西藏的童青青，一個一往無前的馮青白，加上一個渾渾噩噩的你，其實都沒什麼，各有各的活法，只不過數你運氣最差就是了。知道你一直在刻意隱藏實力，小心玩火自焚。」

馬宣已經一鼓作氣，將氣勢升到了武學生涯的最高處，就再無拖曳的理由。他對琵琶女的怨恨和眷念未必假，藉機蓄勢、全力一搏更是真。

那頭下山虎猶如活物，身軀抖動，隨之在馬宣肩頭和胳膊上帶起陣陣金光，使得馬宣左手握拳之時，指縫間滲出金色光芒。

一步踏出，馬宣瞬間來到陳平安身前，一拳砸出，空中震起風雷聲。

陳平安不退反進，腦袋傾斜，彎下半腰，以肩頭貼靠而去，同時右手按住對方的膝蓋一送，馬宣整個人被當場摔出去七、八丈，踉蹌數步，每一步都在街面上踩出坑窪，這才止住身形。

琵琶聲響，兩根雪亮絲線從馬宣兩側畫弧而來，直撲陳平安。

馬宣猛然一踩，再次前衝。

陳平安身形一閃而逝，躲過了琴弦刺殺，除了身法極其敏捷之外，還像是被什麼東西猛然拖曳向前，快到了不合常理的地步。

陸舫眼前一亮，高聲笑道：「馬宣，注意身前。」

馬宣驟然停步，以至於街面上被犁出兩條溝壑，雙腳重重踩踏，雙臂格擋在身前。

果真有匪夷所思的一拳砸中他手臂，他怒喝一聲，背後所繪長髯青袍的持刀儒將猛然睜眼。

「去死！」馬宣只是微微後仰，一腳向前踩去，掄起一臂就是一拳揮出，金光流溢的整條胳膊在空中畫出了一道金色扇面。

在錢塘眼中，只見陳平安一隻手按住馬宣拳頭，輕輕向下一壓，身形拔地而起，直接越過了馬宣頭頂，並且一腳點在了馬宣後腦勺上，向那個躲在後方鬼祟出手的琵琶女一躍而去。琵琶女見大事不妙，手指在琵琶弦上飛快滾動，在兩人之間交織出一張碧綠色的蛛網。

陳平安突然皺了皺眉頭，剎那之間改變方向，棄了琵琶女，直接向左手邊一掠而去，正是那個陰森森的笑臉兒錢塘。除去陸舫不提，目前露面的兩撥人當中，陳平安最忌憚這個怪人。

錢塘嬉笑道：「都說揀軟柿子捏，你倒好。」

他張開雙臂筆直向前倒去，下一刻，他的身影瞬間消失。

陳平安在空中擰轉方向，伸手去抓莫名其妙出現在身後、打算無聲無息踹他一腳的錢塘，竟然一抓而空，就像是用了縮地符。

錢塘再次神出鬼沒地出現在後方，這次他身軀蜷縮，雙臂攤開，雙拳分別敲向陳平安兩側太陽穴。

陳平安剛要有所動作，陸舫的話語剛好早先一步，大大方方說給錢塘：「小心，他要發力了。」

錢塘稍作猶豫就主動放棄了雙拳捶爛陳平安頭顱的大好時機，瞬間站在了街道上。

陳平安差不多跟他互換了位置，此時正站在牆頭，瞥了眼兩次壞他好事的陸舫：「你為什麼不乾脆自己動手？」

陸舫掌心輕輕拍擊劍柄，樂呵呵道：「跟這麼多人合夥圍毆一個晚輩，傳出去不好聽呢。」

陳平安默不作聲。

養劍葫內死氣沉沉，像是原本打開的酒壺給人堵上了，再也聞不到半點香味。初一如同泥牛入海沒了動靜，與陳平安斷了那份心意牽連。不但如此，他身上那件法袍金醴也失去了功效，這意味著他不能再無視兵器加身。不過他的手腳也因為沒了無形束縛，出拳只會更快。

初一失蹤，十五被困，金醴沒了任何法寶神通，換來一個酣暢淋漓的出拳。

出拳講究收放自如，陳平安其實一直在「收著」，因為他實在對這個江湖，以及整個南苑國京城，還有所謂的天下十人充滿了疑惑。

只是想不通歸想不通，有些事情還是得做。

陸舫又開始指點江山：「馬宣，別死啊。」

馬宣擺出一個拳架，左右雙臂都已經變成金色，呼吸之間吐露出點點金光。他背後那尊長髯綠袍武聖人睜眼之後更是栩栩如生，從刀尖處亮起一粒雪白光球，絲絲縷縷散布百骸，很快，馬宣雙眼就泛起淡淡的銀光。

宛如一尊大殿供奉神像的他咧嘴道：「這副不敗金身本來打算用來試一試種國師的天下第一手，小子，算你狠，來來來，只管往爺爺身上捶，皺一下眉頭就算我輸……」

「好的。」陳平安一蹬而去。

眾人視野出現一種錯覺，整條大街都像是給這一腳踩得塌陷幾尺。

一拳再無留力的鐵騎鑿陣式轟然砸中馬宣胸膛，砸得他後背長髯綠袍武聖人圖像一瞬間就支離破碎。

馬宣的魁梧身軀砰然倒飛出去，陳平安如影隨形，又是一拳擊中，馬宣身軀已經扭曲成一張弧弓。這一次陳平安出拳的角度微變，使得馬宣剛好撞向身後同伴。

「陸舫救我！」琵琶女臉色劇變，驚駭出聲後，也沒有束手待斃，腳尖一點，迅猛向前，試圖躲在擁有金剛不壞之身的馬宣身後，心想那個傢伙總不能一拳打穿馬宣體魄，只要他稍作停滯，相信陸舫就要出劍了。

陳平安彷彿看穿了她的心思，第三拳竟是再度擊中馬宣的腹部。馬宣的金身被震盪得粉碎不說，原本淡銀色的雙眼立即變得通紅，布滿瘆人的血絲，後背也和弄巧成拙的琵琶女狠狠撞在一起，撞得琵琶弦一陣亂響。

琵琶女噴出一口鮮血後，雙腳交錯踢出，凌空虛步，向後倒退。

仍是太慢了。陳平安一拳打穿她懷中的琵琶，重重打在她腹部，手臂掄出半圈。琵琶女連同破碎琵琶一起在空中被拳勢帶著擰轉，之後猛然撞向一側牆壁，那具豐腴嬌軀幾乎全部嵌入牆壁，生死不知，懷中琵琶頹然摔在地上。

遠處的陸舫面帶微笑，依舊沒有出劍，哪怕陳平安好像將他當成了真正的敵人。

他再次懶散開口：「笑臉兒，記住了，千萬別被他當下的出拳速度迷惑，他還可以更快。盡量別被他近身，暗器、毒藥什麼的，不妨試試看。」

他又故作恍然：「哦，對了，他真正想殺的人，其實是鴉兒姑娘和周大公子。」

被陳平安拳法震懾，鴉兒連硬著頭皮湊熱鬧的心思都沒了，哪怕事後被師爺爺追責，也好過現在就淪落到跟馬宣一樣的淒慘下場。周仕更是早早做好了作壁上觀的打算，結果陸舫這麼一說，兩人皆是驚悚異常。

果不其然，陳平安一個橫向轉移，面朝之人正是腳踩木屐的鴉兒。

她剛要有所動作，卻驀然瞪大眼睛，滿臉痛苦之色。背後牆壁毫無徵兆地炸裂開來，出現了一把極其纖細的長劍。刺客雙手持劍，快若奔雷，劍尖從鴉兒後背一穿而過，刺客握劍的雙手貼在她後背，繼續前奔。可憐的鴉兒就這樣被推著向前，腹部就像長出了一把三尺無鞘劍，劍尖直刺陳平安，直指中庭。

中庭穴別稱「龍頷」，位於陳平安身前那條正中線上。

陸舫悄然握住了劍柄，但是很快又鬆開。

千鈞一髮之際，陳平安憑空消失，用去了最後一張方寸符。

刺客鬆開一隻握劍之手，按住鴉兒後腦勺，使勁往前一推，她的嬌軀就從劍身上滑了出去，撲倒在數丈外的地面上，背脊微微鬆動，應該是在嘔血不止。一攤鮮血浸透了後背衣襟，鴉兒掙扎了一下，試圖翻轉身軀，但是手肘剛剛彎曲些許就重重摔在街面上。

刺客是一個赤腳、袖管捲起的年輕男人，他轉頭望向正在調整呼吸的陳平安，笑容燦爛道：「聽人說只要宰了你就有法寶可以拿，我就來了。」他抖出一個絢爛劍花，「我叫馮青白，劍修。躋身十人之列是一份，加上你人頭換來的那份，就賺大了。」

他隨即無奈道：「可惜沒能一劍殺了你，估計正面交鋒未必是你的對手。不過，沒關係，我可以配合陸舫，他可是這裡唯一的劍仙之資，板上釘釘要回去的。」

只會半吊子請神降真的馬宣金身已破；陷入牆壁的琵琶女紋絲不動，斷斷續續有碎石墜地的聲響；鴉兒這個祕密扶龍數年的魔教著名妖女倒在血泊中，木屐跟那雙如霜雪白皙的腳丫都很扎眼，但是還有陸舫、自稱劍修的馮青白、錢塘和周仕。

枯瘦小女孩縮在小板凳上，心中默念：『一拳又一拳，打爆他們的狗頭，我好扒下他們的衣服和靴子，一看就值很多銀子。』她看著遠處鴉兒的慘狀，尤其是那一雙木屐，心想：『穿得這麼花裡胡哨，難怪死得快。』

陳平安雙拳緊握，然後鬆開，以此反復數次。

練拳這麼久，是該放一放了。

牯牛山之巔，種秋臉色肅穆，有些不敢確定，沉聲問道：「當真如此？斬殺那人，除了獲得一個嶄新名額之外，還能夠獲得三樁福緣？為何會如此，根據各國祕史記載和敬仰樓的祕密檔案，歷史上在每個甲子之約臨近的時候從未出現過這種情況。會不會是丁嬰的詭計？」

俞真意正用刻刀仔細雕琢一支玉竹扇骨，細細摩挲，如癡情人善待心愛女子的肌膚。

面對種秋的詢問，他並沒有回答，而是目不轉睛地盯著竹枝上的細微紋路，額頭上滲出絲絲汗水，這對於武道境界已經返璞歸真的他而言絕對不合常理。

俞真意作為僅次於丁嬰的大宗師，早已寒暑不侵，而且傳言在古稀之年獲得一本仙人祕笈，體悟天意數十載，精通術法。甚至有人言之鑿鑿，曾經親眼看到俞真意騰雲駕霧、騎鶴跨鸞。正是那個時候，俞真意的體形外貌開始由白髮老者一步步轉為青壯、少年，直到如今的稚童。

他經過十年閉關，如今成功破關而出，終於天人合一，世人皆憧憬正道魁首俞真意能夠與丁嬰一戰，最好是將其擊斃，從此河清海晏，幾位皇帝可以不用再擔心在睡夢中被他割走頭顱，正邪兩派宗師都可以不用仰人鼻息，就連魔教巨擘都巴不得這個性情古怪的老祖宗要麼早點死，要麼趕緊做到傳說中的飛升壯舉，總之，莫要在人間待著了。八十年，也該換個人來坐一坐頭把交椅了。

除了俞真意和種秋，牯牛山頂還有個身穿尊貴褘衣的絕色女子。褘衣深青色，是南苑國皇后的第一禮服，只在朝會、謁廟等盛典穿著。此刻山頂有一個最為遵規守矩的南苑國國師，那麼這女子就只能是南苑國皇后周姝真了。她還有一個祕不示人的身分，就是敬仰樓現任樓主，負責為天下高手排名，每二十年一次。

俞真意放下手中那支玉竹，抬起手臂擦了擦額頭汗水，輕輕吐出一口濁氣，如雲霧嫋嫋，在那張孩童臉龐附近經久不散。他先回答了種秋的問題：「應該不假，但是丁嬰此人心思難測，比起合力斬殺那名突兀出現的年輕劍客，他的後手更值得我們小心。」

俞真意加重語氣：「我不放心狀元巷那邊的形勢，種國師你最好親自去盯著。」

他稱呼種秋為「種國師」，看來兩人關係確實很一般。

種秋皺眉道：「狀元巷圍殺之局，有丁嬰坐鎮不說，陸舫還帶了劍去，有什麼好不放心的？」

俞真意搖頭道：「我不放心丁嬰，也不放心陸舫。」

種秋神色有些不快：「陸舫此人光明磊落，又有什麼好不放心的？只因為他跟那劍客是一路人？」

眼前這位享譽天下的正道第一人、湖山派掌門、松籟國帝師、世人眼中的老神仙，從來都是這樣，處處行事光明正大，但是骨子裡透著一股疏離和冷漠，誰與他走得越近，感觸便越深。

俞真意淡然道：「你要是不去，我去好了。」

種秋冷哼一聲，看也不看周姝真一眼，如一頭鷹隼掠向山腳，變作一粒黑點，幾次兔起鶻落，很快遠離了牯牛山。

周姝真感慨道：「強如種秋，仍是無法如同古籍上記載的那般仙人御風。你呢，俞真意，如今可以做到了嗎？」

俞真意沉默不語。

周姝真笑了起來：「哪怕不是乘雲御風，可怎麼看，還是很飄逸瀟灑的。」

她還是少女的時候，在他國市井中初次見到種秋和俞真意，前者鋒芒畢露，後者神華內斂，可都讓她感到驚豔。

俞真意站起身，個頭還不到周姝真胸口，但是周姝真就像一下子被攆到了山腳，只能高高仰望山巔此人。

俞真意問道：「天下十人，確認無誤了？」

周姝真點頭道：「已經完全確定。」

她突然忍不住感嘆：「挺像一場朝廷對官員的大考，就是沒那麼殘酷。」

俞真意雙手負後，舉目遠眺，意態蕭索。

周姝真問了一個問題：「童青青到底躲在哪裡？」

俞真意沉默片刻：「想必只有丁嬰知道吧。」

周姝真轉過頭，望向這位高高在上的神仙人物：「丁嬰的武學境界到底有多高？」

俞真意說了一句怪話：「不知道我知不知道。」

小院裡，房東家的孩子畏懼到了極點，反而沒那麼怕了。

如今世間只剩他孤零零一個人，他不過是個剛讀過幾本蒙學書籍的孩子，還不懂什麼叫委曲求全，此刻滿臉仇恨、咬牙切齒地問道：「你叫什麼名字？」

丁嬰笑意玩味。

孩子補充道：「我一定會殺了你的！我要給爹娘、阿公阿婆報仇！」

丁嬰指了指自己，笑道：「我？世人都喜歡喊我丁老魔，正邪兩道都不例外。教中子弟見著了我，大概還是會尊稱一聲『太上教主』。至於我的本名，叫丁嬰，已經好多年沒用了。」他又問：「那你叫什麼名字？」

孩子嗓音顫抖，卻盡量高聲道：「曹晴朗！」

丁嬰打趣道：「你這名字取得也太占便宜了，加上你這副皮囊，以後行走江湖，小心被人揍。」他隨手一揮袖，罡風拂在側屋的窗紙上，嗡嗡作響，纖薄窗紙竟是絲毫無損，屋內好像有東西被打了回去。

曹晴朗發現不了這種妙至巔峰的手腕，只是氣得臉色鐵青：「放你的屁！」

親人已經死絕，爹娘給的姓名就成了他最後的一點念想。

丁嬰不以為意，眼見著院中有幾隻老母雞在四處啄啄點點，起身去了灶房，在米缸裡掏了一把米出來，坐回位置後，隨手撒在地上，老母雞們飛快撲騰翅膀趕來，歡快進食。

丁嬰笑道：「世人都怕我，但是你看看，牠們就不怕。」他彎下腰，身體前傾，「這是不是意味著所謂的高手宗師、帝王將相，都不如一隻雞？」

曹晴朗太過年幼，滿腦子都是仇恨，哪裡願意想這些，只是盯著這個殺人不眨眼的大魔頭，只恨自己力氣太小。他心思微動，想起灶房裡還有把柴刀，磨得不多。京師之地，像曹家這種還算殷實的小門戶，是有底氣去讓吆喝路過的賣炭翁停下牛車的，家中柴刀不過是做個樣子。

丁嬰望向天空，自問自答道：「當然不是這樣，無知者無畏罷了。有些時候，一隻雄鷹掠過天空，田地裡的老鼠趕緊護住爪下的穀子。我們這個天下，這樣的人不多，可也不少，比凡夫俗子好不到哪裡去，只是能夠看到那道陰影。比如松籟國轉去修仙的俞真意、你們南苑國太子府裡的那個老廚子，還有金剛寺的講經老僧。」說到這裡，丁嬰站起身，抖了抖雙袖，手指輕彈，一次次罡氣凝聚成線，擊向側屋窗戶。他出手太快，幽綠色的罡氣不斷在窗戶邊凝聚，星星點點，就像一幅星河璀璨的畫面。

「還有一些外鄉客，來者不善、善者不來，一律被我們稱為『謫仙人』。遊戲人間，如彗星掃尾，來也匆匆，去也匆匆，至於這人間變得如何，捅了多大的婁子，變成了多差勁的爛攤子，他們從來不在乎，不在乎人世間的悲歡離合。」

丁嬰笑著做了一個翻書頁的動作，然後輕輕拍掌，好似合上一本書，「這些人就像閒暇時分看了本閒書，翻過去就翻過去了，書頁上是否寫了『禮樂崩壞』、『流血千里』、『生靈塗炭』，都不在乎。傳承千年的禮義之家、書香怡人的聖人府邸出了個怪胎，給他淫亂得一塌糊塗。偏居一隅的小國出了個野心勃勃的皇帝，根本不諳兵事，卻偏偏窮兵黷武，二十年間，半國青壯皆死。」

曹晴朗哪裡聽得懂這些，只是沉浸在仇恨當中：「那你做了什麼？你只會殺我爹娘、阿公阿婆……」他帶著悲憤哭腔，「你算什麼英雄好漢，你就是個十惡不赦的大魔頭！」

丁嬰好像故意要捉弄他，學他嗚嗚嗚了幾聲，然後哈哈大笑。真不知道這算是童心未泯，還是喪心病狂。

曹晴朗氣得渾身發抖，丁嬰笑道：「其實那些謫仙人做了什麼跟我有關係嗎？沒有，我只是給自己找個藉口殺人，殺一些有意思的傢伙。」他抬起手臂，做了一個手掌做刀、一次次提起落下的剁肉姿勢，「一個謫仙人，兩個謫仙人，三個、四個，剁死他們。除了他們，還有那些什麼除我之外的『上十人』以及之後的『下十人』，有意思的留著，不順眼的一併殺了。」

在曹晴朗的嗚咽聲中，丁嬰瞥了眼天幕。

這次，跟六十年前那次不太一樣，所以他才選擇留在這裡，而不是親自出手。他畢竟還沒瘋，試圖去一人挑戰九個甚至是十多個頂尖高手。六十年前就有人試圖這麼做，想要獨占天下武運，結果輸得很慘。

如果那個飛劍的年輕主人能夠活下來，會讓所有人都覺得意外。

那他丁嬰到時候就會離開，讓那個人變得不意外。

丁嬰知道這個天下就像是在養蠱，他內心深處藏著一個不為人知的祕密，為了揭開這個謎底，他只在意一件事：若是自己讓這六十年的養蠱成了竹籃打水一場空，那人會不會來見自己，到底會是誰走到自己身前。

在這之前，有兩個關鍵：一是周仕必須死在街上，讓陸舫和周肥都主動入局，二是飛劍的主人也要死。

丁嬰回望一眼窗口，笑了笑，覺得沒什麼難的。

一個鷹鉤鼻老者行走在南苑國京城的繁華街道上，不怒自威，應該是北地人氏，身材極高，鶴立雞群，引來不少百姓偷偷打量。老人身邊有數名眼神湛然、步伐矯健的男女護衛，他們只是斜眼一瞥，就將那些好奇打量的目光壓了回去。

老人身處這座天下首善之城感慨頗多，習慣了塞外的天高地闊，蒼茫寂寥，實在是不太適應這邊的人山人海。就在老人心情有些糟糕的時候，一個精悍漢子從遠處快步走來，以草原方言告訴恩師，說他找到了那人，就在一個叫科甲橋的地方，距離此處不遠。

老人讓這名弟子帶路，很快就走過了一座歷史悠久的石橋，來到一間臨水的綢緞鋪。老人讓弟子們在外邊候著，鋪子生意冷清，沒有客人光顧，老人獨自跨過門檻，看到不高的櫃檯後邊只露出一顆腦袋，頭髮稀疏，長得歪瓜裂棗。

掌櫃見到了老人，笑道：「喲，稀客稀客，最近見著誰我都不奇怪，可唯獨看到你，真是太陽打西邊出來，想不明白了。雖說周肥那兒子事先跟我通了氣，說你要來，我其實是不太相信的，只當是詐我出山，好幫他老爹擋災呢。」

掌櫃繞過櫃檯，伸手示意鷹鉤鼻老者隨便找個地方坐下，言談無忌：「程大宗師，您老人家趕緊坐下說話，不然我跟您聊天總得仰著脖子，費老勁了。」

遠道而來的老人不以為意，坐在了一把待客用的粗劣椅子上，開門見山道：「如果不是信不過敬仰樓的十人名單，我不會來這裡冒險。你我二人的名次都不在前五之列，很有可能出現意外。謫仙人身分無疑的馮青白、丁老魔的徒孫鴉兒、周肥的兒子周仕，現在就有三個了，誰知道還有沒有偷偷躲在水底的老王八小烏龜。」

掌櫃點點頭，深以為然。

俞真意、種秋在內的四大宗師聚首牯牛山，這是檯面上的消息，給天下人看熱鬧的。敬仰樓這次選擇在南苑國京城頒布十人榜單，這才是真正暗藏玄機的關鍵所在。

老人冷笑道：「我使槍，你使刀，跟種秋一樣，都是外家拳的路子，跟俞真意那隻老狐狸不同，只要是一場死戰，或多或少就會留下點傷勢隱患。我們三人肯定撐不到六十年後了，為了這次機會，我一路拚殺到今天，身上那些大大小小的暗疾，總得有個交代！」

說到最後，老人輕輕一拍椅把手，椅子安然無恙，可是椅子腳下的地面已經出現了密密麻麻的龜裂縫隙。鋪子外邊那些他的入室弟子察覺到屋內的氣機流轉，一個個如臨大敵，呼吸沉重起來。

掌櫃笑道：「你這些弟子資質不咋樣啊。不是聽說你很多年前在草原上找到個天賦驚人的小狼崽兒嗎？你精心調教這些年，不會比鴉兒、周仕那些天之驕子遜色吧？」

老人漠然道：「死了。天資太好，就不好了。」

掌櫃憤憤道：「程元山！虎毒尚且不食子，你還有沒有點人性了？」

這位千里迢迢從塞外趕來南苑國的老人正是天下十人之中排名第八的臂聖程元山，在二十年前躋身敬仰樓排出的十人之列後就悄悄去了塞外草原，很快成為草原之主座上賓。

程元山斜眼看著這個在南苑國隱姓埋名的矮小老頭兒：「劉宗，就你也好意思說我？磨刀人、磨刀人，你劉宗最喜歡拿什麼磨刀？」

磨刀人劉宗嘿嘿而笑。

程元山疑惑道：「我才來，南苑國又是種秋苦心經營的地盤，這次種秋到底站在哪一邊？起先我以為是俞真意，現在看來，不一定？丁老魔又想做什麼？他才是天底下最不用做什麼事情的，卻偏偏來到了南苑國京城，圖什麼？」

劉宗在被程元山提及「磨刀人」之後有過一瞬間的氣勢暴漲，當下又鬆垮下去，整個人又成了蠅營狗苟的鋪子小老兒，指了指程元山，調侃道：「你啊，就是喜歡想太多。」

程元山心知肚明，劉宗這些年半點沒耽誤修為，甚至還百尺竿頭、更進一步。可南苑國一帶這麼多年有種秋坐鎮皇宮周邊，並未有驚世駭俗的傳聞，劉宗的武學沒了磨刀石，怎麼竟能不退反進？程元山這些年除了暗中屠戮塞外高手，還多次潛入南方，殺掉了兩名有望躋身前十的江湖宗師，為的就是在凶險廝殺中砥礪心境，不敢有絲毫懈怠。

程元山道：「周肥此人行事從無忌諱，太像歷史上那些謫仙人，這次又靠上了丁嬰，是福是禍，你透個底給我。劉宗，別人我信不過，你是例外。」

劉宗笑道：「憑什麼相信我？」

程元山鄭重其事道：「江湖上被稱為武癡的傢伙多如牛毛，但是在我心中，真正的武癡只有你劉宗一人。你和丁嬰、種秋、俞真意一樣，是當年那場亂戰中少數幾個活下來的人，那十人死的死，消失的消失，只有你們這些局中的邊緣人反而各自獲得了機緣。丁嬰得了那頂仙人遺留下來的道冠，俞真意得了一部仙家祕笈，種秋拿到了什麼我不清楚，但是你劉宗當初主動捨了那把妖刀不要，只為了身邊已經有的一把刀。這種選擇，天底下就只有你做得出來。」

劉宗撚著稀疏鬍鬚，笑咪咪道：「這等祕事，你一個沒有親身參與那樁禍事的外人，如何知道的？」此事可謂劉宗生平最瘙癢之處，與常人說不得，但是當程元山今天主動道破，他仍是有些揚揚自得。

程元山坦誠以待：「那把妖刀『煉師』選擇的新主人是我親手殺掉的，只是我沒能留下它。」

程元山一向心高氣傲，對於身在榜上的鏡心齋童青青之流是半點都瞧不起，至於好事者評出的十人之外的又十人，程元山曾經直接放話出去，說這些人中的某某可以給他端茶送水，某某可以給他脫靴，某某可以幫他看門護院。十個名動天下的頂尖高手，就沒一人入他程元山的法眼。不過今天來見劉宗，他卻極為客氣，甚至無形中還願意矮人一頭。由此可見，這次程元山來到南苑國京城，沒有半點信心。

劉宗伸出一根手指放進嘴裡，從牙縫剔出上一頓飯的殘留肉絲，隨手一彈：「一個屠子的手藝好不好，就看他用得最順手的那把刀剝皮剁肉剔骨可以用多少年，最差的兩、三年就得換新刀，好一點的用個七、八年。我那一把，從我在江湖出道起就一直在用了，到今天為止，已經用了將近四十年。」他笑呵呵道，「殺那些個遮遮掩掩的謫仙人才夠勁，磨了幾十年的刀，可莫要成了那書上的狗屁屠龍技。來了好，來了正好。」

一個進京趕考的寒族書生還在等著他的美嬌娘回去，為了她，他連聖人教誨的君子遠庖廚都不管了。

路上偶遇，相逢於江湖，她雖然年紀大了他六歲，還經常喜歡開玩笑，說自己不是什麼好女人，他都覺得沒關係。能夠彈出那麼美妙的琵琶的人，壞不到哪裡去。

有個莫名其妙的傢伙來他這裡，說了一名江湖女子的事情。

他覺得那傢伙說的如果是真話，那麼那個女人確實壞透了心腸。

但是呢，他覺得自己認識的她不一樣，她是一個好女人，知書達理，溫柔賢慧，還長得那麼漂亮，可以娶進家門，白頭偕老。

他在等她回家，想著見到她後，要跟她說說這些心裡話。

金剛寺，南苑國京城的第一大十方叢林，也是這個天下規模最大、僧人最多的佛家聖地。寺廟內位置僻靜且偏遠的一座簡陋茅廬內，大門打開，空蕩蕩的屋子裡除了一位老僧和一張蒲團，竟然就再無其他。

一個清瘦英俊的公子哥被十數個絕色佳人眾星拱月，緩緩走向這座不起眼的小茅廬。茅廬四周有幢幡林立，年輕人像是攜美遊歷的王公子弟，一路走來，為她們解釋各個佛家詞彙的淵源和由來。這些女子大多出身優越，其中不乏學識淵博之輩，便有人嬌笑著指出年輕人的幾處紕漏，他也不解釋什麼，只說各地鄉俗不同，他家鄉那邊的說法更符合佛家宗旨。

打坐老僧睜開眼，笑問道：「周施主，既然已經得到丁嬰承諾，穩穩占據一席之地，為何還要來此？」

年輕人抬起手，示意美人們不要跟隨，獨自走向茅廬，笑道：「為我那不成器的兒子跟法師討要一副羅漢金身。」

他臨近門檻，抬了抬腳，客氣詢問：「要不要脫靴子？我怕髒了法師的潔淨精舍。」

老僧笑道：「靴子沾上的泥土無垢，垢在周施主心上，脫不脫靴子，有區別嗎？」

年輕人無奈道：「你們這些光頭，在哪裡都喜歡說這些沒用的廢話，美其名曰禪機，我真是喜歡不起來。」他指了指家徒四壁的屋舍，「看似空無一物，可你還在這裡嘛。」

老僧嘆息道：「周施主是有慧根的，萬般道理都懂得，只可惜自己不願回頭。」

年輕人仍是脫了靴子，跨過門檻後，一屁股坐在門邊，抬起一條胳膊，指了指身後環肥燕瘦各有千秋的美人：「如果她們就是我所求的佛法，和尚你又該如何勸我？」

老僧苦著臉道：「與你們這些謫仙人打機鋒，真累。」

年輕人裝模作樣，低頭合十，笑咪咪佛唱了一聲「阿彌陀佛」。

老僧本就是枯槁苦相的面容，此刻越發皺巴巴，愁眉不展。

若是尋常混子，進不來金剛寺，就算是南苑國的達官顯貴，仍是找不到這座茅廬，眼前這個看似弱冠的年輕男子，叫周肥。他是天底下排第四的大宗師，一身高深武學說是登峰造極也不過分，而且琴棋書畫樣樣精通。那些女子喜歡他，千真萬確。興許一開始是被逼無奈，要麼早有心儀男子，要麼早早嫁為人婦，卻被周肥或是春潮宮爪牙強擄到山上。但是朝夕相處後，或短短數月，或長達三五年甚至十數年，始終尚無一人能夠不對周肥心軟動真情，這本就是很沒道理可講的一樁江湖怪事。

底層江湖總喜歡將春潮宮這位「山上帝王」說成是臃腫如豬的醜八怪，或是動輒殺人的暴戾之徒，實則不然。不論江湖仇殺，只說對於他看上眼的女子，周肥不但風流倜儻，而且容貌一直年輕。

此時周肥笑道：「父子二人連袂飛升，是不是很值得期待？」

老僧嘆息道：「白河寺的金身之前確實在貧僧這兒藏著，只是丁施主時隔六十年再度現身京城後，就立即搬去了南苑國皇宮。周施主，你來晚了。」

周肥凝視著老僧的那雙眼睛，片刻之後，轉移話題，問道：「聽說京城有一件四處飄蕩的青色衣裳，肉眼凡胎看不見，老和尚你瞧見了嗎？」

不等老僧回答，周肥瞇起眼眸，加重語氣道：「我希望你瞧見了！」

殺機畢露。

老僧像是修了閉口禪，也有可能是在權衡利弊。周肥此人，一旦開口說要將金剛寺殺個一乾二淨，就一定說到做到，絕不會剩下一個小沙彌或是掃地僧。

周肥爽朗一笑，收起了那份猶如實質的濃郁殺機：「南苑國的羅漢金身和飛天衣裳，松籟國的護身寶甲，塞外那把可破一切術法的妖刀。這六十年來，世間總計出現了四件寶貝。得手之人如果本就是十人之一，地位自然更加穩固；若是接近十人之列的高手，則如虎添翼，有望擠掉某個運氣不佳的可憐蟲。」

老僧像是下定了決心，放下了所有擔子，神色從容許多，拉家常一般問周肥道：「周施主，在你家鄉那邊，佛法昌盛嗎？」

周肥扯了扯嘴角：「那邊啊，不好說。」

老僧又問：「有些書上記載了你們謫仙人提及的瑣碎言語，說得道之人能夠出手焚燒大澤，一拳破山嶽，呵一口氣就能變成飛劍，取人首級於千里之外，御風掠過大江大海，能夠單手擒拿蛟龍，是真的嗎？」

周肥正要說話，一名白衣女子飄掠而至，直接落在了茅廬外邊，滿臉惶恐：「公子在狀元巷受了重傷。」

周肥滿臉不悅：「什麼？」

姿容清冷動人的年輕女子欲言又止，噗通一聲跪下，渾身顫抖。

周肥嘴角抽搐，緩緩伸手，摀住額頭：「陸舫，陸舫，你不但是個蠢貨還是個廢物，連我兒子都護不住……」

額頭上那隻潔白如玉的手掌五指如鉤，彷彿恨不得揭開自己的天靈蓋。

周肥收起手指，輕輕拍了拍膝蓋，猛然揮袖向後，屋外跪著的那名絕色女子如破布袋一般砰然倒飛出去，不等落地，就已經在空中粉身碎骨。更後邊的女子讓出道路，但是很多人都被濺了滿身血水，卻沒有一人膽敢流露出絲毫怨氣。

「未必是壞事。」周肥重重呼出一口氣，笑道，「老和尚，咱們繼續聊咱們的，聊完了，我再去解決一點家務事。」

老僧啞口無言。

周肥也不強人所難，問道：「是怎麼受的重傷？」

問完才意識到來報信的女子已經死了，周肥一手探出袖子快速掐訣，是這個天下所有佛門道門都不曾記載的法訣。

屋外，依稀出現一名女子的縹緲身影，死後猶然畏懼萬分，怯生生飄向周肥，嘴唇微動，並無聲音，但是唯獨周肥一人明顯「聽得見」。

老僧嘆了口氣。

人外有人，天外有天。

——劍來　【第二部】（四）人間多不平　完

高寶書版集團
gobooks.com.tw

DN 296
劍來【第二部】（四）人間多不平

作　　者　烽火戲諸侯
責任編輯　高如玫
封面設計　張新御
內頁排版　賴姵均
企　　劃　何嘉雯

發 行 人　朱凱蕾
出　　版　英屬維京群島商高寶國際有限公司台灣分公司
　　　　　GlobalGroupHoldings,Ltd.
地　　址　台北市內湖區洲子街88號3樓
網　　址　gobooks.com.tw
電　　話　(02)27992788
電　　郵　readers@gobooks.com.tw（讀者服務部）
傳　　真　出版部(02)27990909　行銷部(02)27993088
郵政劃撥　19394552
戶　　名　英屬維京群島商高寶國際有限公司台灣分公司
發　　行　英屬維京群島商高寶國際有限公司台灣分公司
初版日期　2023年11月

本書中文繁體字版由浙江文藝出版社有限公司授權出版。

國家圖書館出版品預行編目(CIP)資料

劍來第二部（四）人間多不平 / 烽火戲諸侯著. -- 初版. -- 臺北市：英屬維京群島商高寶國際有限公司臺灣分公司, 2023.10
　面；　公分.--

ISBN 978-986-506-833-2（平裝）

857.9　　112015341